KB076413

칼스테드
에렌페스트의 기사단장이자 질베스타와 페르디난드의 사촌형. '귀족' 로제마인의 호적상 아버지.

엘비라
칼스테드의 제1부인. '귀족' 로제마인의 호적상 어머니.

기사단장 일가

에크하르트
칼스테드의 장남. 페르디난드의 호위 기사.

램프레히트
칼스테드의 차남. 빌프리트의 호위 기사.

코르넬리우스
칼스테드의 삼남. 로제마인의 견습 호위 기사.

오틸리에
시종. 엘비라와 친분이 있는 상급 귀족.

로제마인의 측근

안게리카
견습 호위 기사. 마검을 기르고 있는 중급귀족.

리카르다
필두 시종. 세 보호자의 어린 시절을 꿰고 있는 상급귀족.

브리기테
호위 기사. 기베 일크너의 여동생으로 중급귀족.

다무엘
호위 기사. 무녀 시절부터 호위역을 맡고 있는 하급귀족.

제3부 **영주의 양녀 Ⅳ**

일러스트 시이나 유우 **지도제작** 후지시로 요 **번역** 김 봄 **디자인** 백진화
편집 정성학 김일철 **교정** 김남훈 **마케팅** 김정훈 **주간** 박관형

제 3 부

영주의 양녀 Ⅳ

프롤로그

한창 봄철다운 상쾌한 바람이 부는 어느 날 투리는 엄마인 에파, 소꿉친구인 루츠와 함께 장을 보러 나섰다. 에렌페스트에서는 여자가 열 살이 되면 무릎까지가 아니라 종아리까지 내려오는 치마로 옷차림을 바꾸게 된다. 그러므로 열 살이 되기 전에 새 옷을 갖추는 것이다.

또 열 살은 세례식 때에 맺은 수습생 계약이 종료되는 때이기도 하다. 같은 공방에서 계약을 갱신할지, 다른 공방으로 옮길지 각자가 선택해야 한다. 인생에서 열 살은 큰 전환점인 셈이다.

투리는 목표대로 계약이 종료되는 열 살에 맞추어 코린나의 공방에 다프라로서 이직하기로 했다. 부모님을 대동하고 정식으로 계약하기 전까지는 구두 계약일 뿐이지만, 구두이더라도 길베르타 상회와 코린나의 공방이 영주의 양녀 로제마인의 전속 머리장식 장인인 투리를 상대로 맺은 계약을 어길 수는 없었다. 덕분에 투리는 아무 걱정도 없이 준비를 이어갈 수 있었다.

'여름이 오면 나도 루츠처럼 다프라 견습생이야.'

지금까지 함께 일한 친구들과는 헤어지겠지만 꿈에 한 걸음 다가갔다는 성취감에 투리는 발걸음이 가벼웠다. 들뜬 마음으로 중앙 광장에 도착해서 투리는 루츠와 에파를 향해 뒤돌아보았다.

"그럼 이제 어디로 가면 돼, 루츠?"

"오늘은 공방 작업복과 길베르타 상회 소속 수습복을 맞추라고 하셨어. 넌 로제마인 님의 전속이라서 앞으로 길베르타 상회와 함께 신전에 갈 테니까 그때 입을 수습복이 필요하대. 손에 든 짐이 없을 때 맞추는 게 편할 테니까 다른 옷 사기 전에 주문하러 코린나 님 공방부터 가자."

오늘 루츠가 함께 와준 것은 벤노가 보내서라고 했다. 투리는 벤노의 그런 배려가 대단하다고 생각했다.

"시간 뺏어서 미안. 오늘 잘 부탁해, 루츠."

"주인님 부탁이기도 했고 마침 나도 하복이 필요했으니까 괜찮아."

루츠가 목적지를 가리키며 앞서 걷기 시작했다. 그 뒤로 투리와 에파가 따라갔다. 중앙 광장을 지나 마을 북쪽에 접어들자 지나다니는 사람들의 복장이 고급스러워지고 말투도 정중하며 세련된 분위기로 바뀌었다. 에파는 머뭇머뭇 주위를 둘러보았다. 그에 반해 투리는 언제부터인지 몰라도 스스로 보기에도 전과 달리 마을 북쪽을 익숙하게 걷고 있었다. 루츠를 좇아 걸으면서 주변을 둘러보다가 투리는 "후훗." 하고 웃었다.

'다른 사람들 눈에는 나도 북쪽에 익숙한 사람으로 보일까?'

"뭐야, 투리? 혼자 히죽거리고……."

"루츠, 나 있지, 코린나 님께서 나보고 자기 공방에 와서 로제마인 님의 머리장식을 만들어달라고 직접 권유해주셨어. 대단하지?"

다른 직장에서 이직을 제의해주는 것이 얼마나 자랑스럽고 기쁜 일인지 일하는 사람이라면 누구나 공감할 터이다. 루츠는 씁쓸하게 웃으며 "잘됐네."라고 말해주었다. 하지만 에파는 어처구니없어하는 눈빛으로 투리를 보았다.

"투리, 그런 얘기 함부로 하는 거 아니야."

동료가 이직 제의를 받는다면 어떤 장인이든 그 자랑스러운 마음에 공감해줄 것이다. 실제로 지금껏 투리가 다니는 공방에서 다른 공방으로 옮긴 장인들은 모두 축하받으며 떠났다. 하지만 투리는 마을 남쪽 빈민가에서 북쪽 공방으로 옮기게 되었다. 보통은 거의 없는 일이다. 말하자면 이런 경우 축하의 말을 듣기보다는 질투를 한 몸에 받게 된다. 작은 마을에서 생활하려면 쓸데없는 질투는 피해야 살기 편하다.

에파의 꾸중을 듣고 투리는 볼을 부풀렸다.

"알았어. 그런데 뭐 어때? 이 근처에는 우리를 아는 사람이 거의 없잖아……."

친구에게라도 너무 떠벌리지 말아야 한다는 건 투리도 직감으로 알았다. 그래서 생활권 내에서는 자랑하고 싶어도 꾹 참았다. 사실은 코린나 님의 공방으로 옮기게 되었다고 자랑하고 축하받고 싶었지만 그러지 않고 매번 애매하게 질문을 피했다.

"나보다 먼저 길베르타에 들어간 루츠한테는 말해도 괜찮잖아. 동네에서는 말 안 해. 요새 라우라는 지금 공방도 재계약이 어렵겠다는 말을 듣고 우울해하는데, 나는 코린나 님 공방에 가게 됐다는 말을 어떻게 해."

투리가 머리장식 건으로 코린나의 공방에 여러 번 불려간 사실은 같은 공방 사람 누구나 안다. 그래서 조금만 생각하면 투리가 이직하는 곳이 코린나의 공방인 줄은 누구나 눈치챌 것이다. 하지만 투리는 가족에게말고는 굳이 알리지 않았다.

"하긴~, 다루아 계약 갱신은 각자 노력의 결과긴 하지만, 그래도 갱신이 힘든 녀석이 있으면 말하기 좀 그렇지. 난 처음부터 상인 수습생이었고 다프라 계약을 맺었으니 이직할 일은 없을 거고, 도중에 공방을 바꿔서 질투받는 일을 겪어보진 않았지만, 네가 노력했다는 건 알아."

질투가 전혀 담기지 않은 루츠의 말에 투리의 마음이 편해졌다. 최근 계약 갱신 얘기가 나올 때마다 아무리 입을 닫고 있어도 선망과 질투의 시선을 받았던 투리는 변함없는 루츠의 태도에 마음이 놓였다.

"힘든 이직은 겪어보지 않았지만 루츠는 처음에 고생이 심했잖아."

루츠는 세례식 직후에 마을 북쪽에 있는 큰 상점에 들어갔다. 친족의 소개도 없이, 가업도 아닌 상업 계열 수습생으로 들어간 것이다. 같은 직종의 공방으로 옮기는 투리도 이래저래 달라진 상황에 혼란스러운데, 루츠는 세례를 받자마자 누구 하나 의지할 사람도 없이 난항을 헤쳐 나갔다.

"루츠가 먼저 길베르타 상회에 들어가지 않았다면 난 코린나 님 공방으로 옮길 생각도 못했을 거야. 루츠는 대단해."

"마인 덕분이지. 길베르타 상회에 들어간 것도 마인이 주인님과 협상해준 덕분이고, 들어가고 나서 내가 무능하다는 생각 안 하고 당당할 수 있었던 것도 청색 견습무녀의 공방에 드나들었기 때문이야. 다프라 견습생이 된 지금도 영주의 양녀와 관계가 있다는 점 때문에 내 입지가 든든하고."

루츠는 "물론 나도 노력은 했지만." 하고 가볍게 말하며 투리를 보았다.

"투리 너도 그렇잖아? 마인이 처음에 머리장식 만드는 법을 가르쳐준 덕분에 머리장식 장인이 되었지. 영주의 양녀가 된 마인이 투리의 머리장식을 갖고 싶다고 하니까 길베르타 상회가 널 잡으려고 필사적이고. 최고의 머리장식을 만들기 위해서 네가 노력한 건 맞지만, 그 길을 터준 사람은 마인이야."

보통은 영주의 양녀에게 팔 머리장식을 열 살도 되지 않은 수습생에게 맡기지는 않는다. 영주 일가의 전속이라는 자리는 누구나 노리고 있으니, 어린아이에겐 과분하다며 어른이 뺏어가면 그만이다. 길베르타 상회가 그러지 않는 이유는 마인이 투리와 만나고 싶어하는 속사정을 알기 때문이었다. 투리가 전속으로 남을 수 있는 건 마인이 후원하기 때문이라고 루츠는 단언했다.

"……그러네, 맞아."

집안일도 변변히 돕지 못하는데다 흥분하면 쓰러지고 열이 나면 앓아눕던 여동생의 모습이 투리의 머릿속에는 선명하게 박혀 있었다. 하지만 지금 이 상황에 이르는 길을 터준 사람은 누가 뭐래도 마인이다.

"내가 종이 제작과 인쇄에서만은 누구에게도 절대 지지 않으려고 노력하는 이유도 마찬가지야. 너도 온 힘을 다해 기술을 갈고닦아서 누구에게도 지지 않을 머리장식을 계속 만들어야 해. 만약 너보다 실력 좋은 어른이 나타나서 누가 봐도 네 머리장식이 뒤떨어진다면 전속 자리는 뺏길 거야."

상점 입장에선 아름다운 머리장식이 있는데 영주의 양녀를 제쳐놓고 다른 귀족 여성에게 팔 수는 없다. 길베르타 상회가 영주의 양녀를 무시하는 것으로 보이기 때문이다.

"네 머리장식이 뒤떨어지면 어떻게 될지 알겠어?"

"마인을 못 만나게 되겠지?"

"아니야. 연줄도 끊기고 마인의 화까지 사는 그런 판단을 주인님과 코린나 님이 하실 리 없잖아? 넌 지금까지 했듯이 머리장식을 납품하러 함께 가게 될 거야. 단, 남이 만든 머리장식을 네가 만든 물건이라며 내놓게 되겠지. 그건 싫지?"

루츠의 충고에 투리는 고개를 끄덕였다. 그건 죽어도 싫다. 전속 자리를 지키기 위해 끊임없이 노력하겠다고 투리는 다시금 결심했다.

"어머나, 루츠와 투리구나. 벤노 씨한테 연락 받고 기다리고 있었어."

코린나의 공방에 들어가니 낯익은 장인이 맞이해 주었다.

"사무적인 절차는 루츠가 할 테니까 투리는 안쪽 탈의실로 들어가서 얼른 치수를 재도록 해. 여기저기 사러 다니느라 시간 없지?"

얼른얼른 하라는 재촉이 담긴 장인의 말에 투리는 에파와 함께 안쪽 탈의실로 들어갔다. 탈의실에 들어가니 대기하던 몇몇 재봉사가 치수를 재겠다며 옷을 벗으라고 했다.

"투리가 여기서 일할 작업복을 내가 만든다니 느낌이 이상하네. 투리가 여길 드나든 지도 벌써 2년째라 이제 와서 옷을 맞춘다니 새삼스럽기도 하고."

투리가 속옷만 남기고 옷을 벗자 재봉사 하나가 치수를 재기 시작하고는 웃으면서 그렇게 말했다. 딸이 이미 공방에 녹아들었다는 것이 느껴져서 에파는 안도의 미소를 지었다.

"봄 막바지에 정식으로 계약할 예정이랍니다. 여러분, 앞으로도 투리를 잘 부탁해요."

"지금까지는 머리장식 만드는 법을 가르치러 와줬는데 앞으로는 함께 일하는 동료가 되겠네. 우리야말로 잘 부탁해, 투리."

모두가 환영해준다는 것을 느끼고, 투리는 불안이 사그라드는 기분이었다. 혹시나 자신에게 과분한 곳이 아닐까 하는, 기쁨 속에 숨어 있던 공포심이 조금씩 풀렸다.

"납품하러 신전에 드나들 때 입을 길베르타 상회 수습복도 만든다고 했지? 그럼 이 부분도 사이즈를 재야겠네."

자기 몸 곳곳에 줄자가 닿는 상황이 투리에게는 조금 신기했다. 마인이나 브리기테의 치수를 잴 때 도운 적은 있어도 지금껏 자기 옷을 공방에 주문해서 만드는 경험은 처음이었다. 직업상 투리는 가슴이 두근거렸다.

"투리는 성장이 빠르니까 조금 넉넉하게 만들어 주실래요? 안 그러면 금방 못 입게 될 거예요."

"그럼 치마도 약간 길게 만들까요?"

에파와 재봉사들이 의논하는 동안 투리는 다시 옷을 입었다. 주문을 끝내고, 잘 부탁한다고 인사하며 탈의실을 나왔다.

"투리, 치수 다 쟀으면 여기 앉아. 구두 장인이 와 있어."

탈의실을 나오니 이번에는 가죽 구두를 만들기 위해 발 치수를 잴 차례였다. 발 여기저기를 만지는 손길이 간지러워서 투리는 애써 웃음을 참았다.

'치수 재기도 힘들다고 마인이 그러더니 정말이었구나!'

맞춤 제작해야만 하는 의상을 주문하고 나서, 이번에는 마인이 옷을 사주기로 한 이후 몇 번 이용한 적이 있는 고급 중고의류 상점으로 이동했다. 이번에는 마을 북쪽에서 입고 다닐 옷을 살 생각이었다. 열 살답게 종아리까지 내려오는 치마와 보디스가 필요했다.

"나도 내 옷을 몇 벌 사둬야 하니까 투리 너는 아줌마랑 같이 고를래?"

루츠가 그렇게 말하며 남성복이 많은 곳으로 가버렸다. "이런 곳에서 옷을 사?"하며 곤혹스러워하는 에파를 이끌고 투리는 여성복이 진열된 곳으로 이동했다.

"있지, 엄마. 치마 기장은 이 정도면 될까?"

투리가 입고 나온 치마 기장을 보고, 에파의 얼굴에는 즐거운 미소가 떠올랐다.

"괜찮은데? 지금은 조금 길어 보여도 가을이면 키가 더 클 테니까 이 정도쯤은 돼야겠지."

투리가 잇따라 갈아입는 옷을 보는 동안 에파의 긴장도 점차 풀린 듯했다.

"보디스도 사야 하잖아? 투리, 이건 어때?"

투리는 에파가 건넨 보디스를 걸쳐 보았다. 보디스는 조끼처럼 앞판이 좌우로 나뉜 형태의 속옷으로 여성은 열 살부터 몸 선이 예뻐 보이게 이 보디스를 입는다. 투리는 끈으로 앞판을 꽉꽉 죄어서 몸에 딱 맞게 보디스를 조절했다.

"빠르고 예쁘게 입으려면 연습이 필요하겠구나."

조금 어른이 된 기분이 들어서 투리는 거울을 보면서 몸을 이리저리 틀어 비추어보았다. 꽤 잘 어울렸다. 투리가 이히히 웃는데, 에파가 보디스 끈 매듭을 손끝으로 꾹 눌렀다.

"매듭은 끈이 풀리지 않게 잘 묶어야 해. 지금처럼 묶었다간 움직이다 보면 금방 풀릴 거야. 여름이 오기 전까지 연습해야겠구나. 지금 입은 그 보디스를 사면 되겠니?"

"음……. 이게 더 귀여워 보이는데 둘 중에서 뭐가 나아?"

투리는 눈에 들어온 보디스를 집어들고 물었다. 에파의 표정이 어두워졌다.

"귀엽긴 하지만 이건 직장에서 입기엔 조금 화려하지 않아?"

투리와 에파가 보디스 두 벌을 몸에 대보면서 고민하다 보니, 루츠가 선택을 끝내고 옷을 계산대에 수북하게 쌓는 모습이 보였다. 투리는 크게 손을 흔들며 루츠를 불렀다.

"있지 루츠. 둘 중에 뭐가 길베르타 상회 수습생한테 어울릴까?"

"투리 넌 다프라 수습생이 될 테니까 둘 다 사둬."

"둘 다 사라니…… 그렇게 많이는 필요 없어."

하나만 있으면 충분하다고 투리가 말하자 루츠가 고개를 가로저었다.

"다프라 수습생이 되면 지금까지처럼 코린나 님한테 가끔 초대받아서 마을 북쪽으로 가는 게 아니라 거기서 생활하는 거잖아. 곧 여름이니까 갈아입을 옷이 여러 벌 필요할걸?"

확실히 그곳에서 살게 될 테니 몇 벌은 필요하리라. 투리는 옷 가격을 생각하며 핏기가 가신 채 "여러 벌을 어떻게 사……." 하면서 얼굴을 감쌌다. 에파도 정신이 아찔한 표정이었다. 평소 사 입는 헌 옷과는 가격이 천지차이니 그럴 수밖에 없었다.

"……아, 돈 걱정은 안 해도 돼. 마인한테 이걸 받아놨거든."

그렇게 말하며 루츠가 매끈한 카드를 옷 속에서 꺼냈다. 투리가 나아가고자 하는 길을 지원하기 위해, 가족과의 관계를 앞으로도 유지하기 위해, 마인으로서 살았을 때 모아둔 돈을 쓰라고 했다고 한다.

"잠깐만 루츠. 마인은 대체 돈을 얼마나 모아둔 거야?"

"나도 확실히는 몰라. 최근에 모은 돈도 일부는 몰래 여기에 넣어 뒀다고 했거든. 게다가 요샌 규모가 커져서 금액이 더 엄청날 거야."

루츠는 그렇게 말하면서 눈을 피했다. 그리고 "공방에서 남부끄럽지 않게 필요한 물건은 마음껏 사."라며 투리가 들고 있던 보디스 두 개를 모두 계산대에 올렸다.

"보디스하고 치마는 한 벌씩 더 골라. 블라우스도 두세 벌 필요할 거야."

루츠의 말에 투리는 에파와 함께 서둘러 옷을 골랐다. 계산대 위에 옷이 점점 많이 쌓였지만 루츠는 태연한 얼굴로 "길베르타 상회에 배송해주세요."라고 점원에게 말하고 계산을 마쳤다.

"옷 말고도 이것저것 살 게 많으니까 어서 가자."

루츠는 그렇게 말하며 걷기 시작했다. 물건을 그렇게나 많이 사고서 빈손으로 상점을 나오는 것만 해도 놀라운데, 이미 옷을 잔뜩 샀는데도 '이것저것 사야 한다'라니 투리는 눈이 동그래졌다.

"응? 이것저것이라니? 옷은 이제 다 샀잖아?"

"옷 말고도 새 사무용품이나 문구류도 필요하다는 게 생각나서 말야. 다프라 수습생이 되면 자기 방이 생기잖아? 그러면 식기도 필요할 거야. 생필품은 언제든 나중에 천천히 사도 되기는 하지만, 내가 같이 다닐 때 사야 이 카드를 쓸 수 있거든."

자신이 길베르타 상회에 들어갈 때 샀던 물건을 떠올리면서 루츠는 투리를 이 상점, 저 상점으로 데리고 가주었다. 개인 펜과 잉크,

목패를 사고 길베르타 상회에서 다른 다프라와 식사할 수 있게 식기도 갖췄다. 투리는 지금껏 그런 물건에 생각이 미쳐본 적이 없었다.

"루츠가 있어서 다행이구나. 난 하나도 모르거든."

에파는 녹초가 된 얼굴로 그렇게 말하며 고개를 저었다. 에파는 투리가 소원대로 마을 북쪽에 있는 코린나의 공방으로 옮기게 되어서 진심으로 기뻤다. 하지만 그렇게 되니 작업복이며 작업 도구며 전부 새 일터에 걸맞게 마련해야 했다. 무엇이 필요한지, 다른 사람들은 얼마나 질 좋은 물건을 쓰는지 에파는 몰랐다. 길베르타 상회의 수습복을 입은 루츠를 붙여주고, 지금까지 마인의 돈을 보관해준 벤노의 배려가 너무나 감사했다.

"투리까지 이렇게 빨리 독립할 줄이야."

생필품을 갖추면서 에파는 절절하게 실감했다. 여름부터는 지금까지와 완전히 다른 생활이 시작될 것이다. 마인도 그렇고 투리도 그렇고 자식들의 독립이 너무 빠르다는 생각이 들었다.

"나도 집을 떠나는 건 불안하지만 루츠가 있으니까 괜찮을 거야. 그치, 루츠?"

달래듯이 에파의 팔을 가볍게 두드리고는 투리가 루츠를 불렀다. 그러나 루츠는 "……아니, 계속 함께 있을 순 없을걸." 하곤 곤란한 표정을 지으며 팔짱을 꼈다.

"응? 무슨 말이야? 루츠, 길베르타 상회를 그만두려고?"

다프라 수습생은 그만둘 수가 없는데 무슨 말일까. 투리와 에파는 눈을 동그랗게 뜨고 루츠를 바라보았다. 두 사람이 설명을 요구하자 루츠는 주변을 둘러보면서 목소리를 낮췄다.

"아직 다른 사람한테는 말하지 말아줘. 투리는 앞으로 길베르타 상회의 수습생이 될 예정이니까 말하는 거야."

몇 번이나 다짐을 받은 뒤, 루츠는 길베르타 상회 관계자가 거의 없는 빈민가까지 돌아와서야 천천히 입을 열었다.

"주인님은 종이와 책 제작 사업을 길베르타 상회에서 분리해서 독립시킬 생각이셔."

길베르타 상회는 이제 인쇄와 제지업 등 의류업과 전혀 관계가 없는 새로운 분야에서 들어오는 이익이 지나치게 커졌다고 했다. 게다가 그 새로운 분야는 영주의 양녀가 요망하면서 시작된 사업으로서 앞으로 더욱 확장될 전망이었다.

"그 녀석이 양녀가 되고부터 업적 성장이 지나치게 뛰어나. 심지어 새로 유행할 법한 의상도 생각해냈다며?"

브리기테가 입을 의상은 코린나가 온 힘을 다해 디자인을 다듬는 중이었다. 그 의상이 단숨에 귀족들 사이에서 유행하게 되면 길베르타 상회는 더욱 승승장구하리라. 투리도 그렇게 생각했다.

"다른 상점들도 어떻게든 필사적으로 새 사업에 끼어들어서 이익을 챙기려고 한대. 주인님이 큰 상점 점주들이 모이는 회의에 갔다가 온갖 말을 다 들으셨나 봐. 길베르타 상회를 의류 상점으로서 보존하려면 인쇄나 제지업을 독립시켜서 이익을 갈라야만 해."

"흐음? 많이 벌면 좋은 거 아냐?"

가게를 지키기 위해서라는 말이 투리는 바로 이해가 안 됐다.

"좋은 일이지만 다른 상점들이 질투하면 이래저래 귀찮아지거든. 네가 공방을 옮기는 사실은 좋은 일이지만 다른 녀석들의 질투를 사지 않게 대책을 고민해야 하는 것과 마찬가지야."

그렇게 말하니 이해가 되었다. 주변의 질투를 피하는 일은 매우 중요하다.

"그리고 주인님은 새로운 상점을 세워서 유사시엔 마인을 따라갈 생각이셔. 그 녀석이 인쇄업 후원자이자 일등 고객이니까. 마인이 없으면 발전은커녕 시작도 못 해. 인쇄업에는 지연(地緣)보다 로제마인 님의 열의가 더 중요하거든."

귀족은 결혼해서 다른 영지로 나가는 일이 흔하다. 그런 일이 절대 없을 것이라고는 말할 수 없다. 특히나 에렌페스트는 다른 영지에 비해 약하기 때문에 영지를 떠날 수밖에 없는 상황이 생길 수도 있다고 했다. 그럴 때 새로운 인쇄 상점은 마인의 전속으로 붙어서 함께 영지를 떠날 수 있게 준비하고 싶다는 것이다.

"하지만 길베르타 상회는 그렇지 않아. 지금껏 고객과 인연을 맺고 신뢰를 쌓아 왔잖아. 로제마인 님 혼자만이 고객이 아니니까 모든 걸 내버려두고 따라갈 순 없어. 코린나 님은 지연을 소중하게 여기셔. 그러니까 길베르타 상회는 그 녀석이 이동해도 움직이지 않을 거야."

"나는 같이 가고 싶은데!?"

길베르타 상회가 기존 고객과의 인연을 버릴 수 없다는 것은 이해되었다. 하지만 투리가 길베르타 상회와 계약하려고 한 이유는 '로제마인 님의 전속'으로 남기 위해서였다. 마인과 함께 갈 수 없다니 난처했다.

"다프라는 상점에 묶이니까 그럼 다루아 계약이 낫다는 말이지?"

"아니, 아니, 그게 아니야. 마인이 다른 영지로 가기로 확정된 건 아니잖아. 만에 하나 그럴 수도 있다는 말이지. 그리고 가능하면 다프라 계약을 하는 게 좋아. 다양한 방면으로 대우가 다르거든. 빈민 출신인데다 제대로 된 뒷배가 없는 우리에게 다프라 계약은 정말 중요해. 주변 시선이 완전히 달라."

다루아 수습생이었다가 다프라로 계약한 루츠가 하는 말이니 직업 면에서는 다프라 계약이 낫다는 사실은 틀림없는 듯했다. 투리는 어금니를 꽉 깨물었다.

"당연히 나도 다프라로 계약하고 싶어. 하지만 내 꿈은 길베르타 상회에 들어가는 게 아닌걸. ……일류 재봉사가 되어서 언젠가 옷을 만들어주겠다고 약속했단 말이야."

투리의 꿈은 일류 재봉사가 되는 것이었다. 영주의 양녀가 되기 직전에 마인과 나눈 마지막 약속을 지키는 일이 투리에게는 가장 중요했다.

누군가 어깨를 톡톡 두드려서 투리는 고개를 들었다. 에파가 조금 곤란한 미소를 지으며 투리를 내려다보고 있었다.

"투리, 혼자 고민해도 해결되지 않을 것 같구나. 코린나 님과 상담해야겠어. 아직 계약은 끝나지 않았잖니. 어떻게 하면 너에게 가장 좋을지 곰곰이 생각해보자."

달래주는 에파를 향해 투리는 고개를 끄덕였다. 집으로 걸어가면서 투리는 살짝 한숨을 쉬었다.

'다프라 계약을 할지 말지 고민하게 될 줄은 꿈에도 생각 못했는데.'

새로운 의상

"로제마인 님, 고아원 원장실로 가시지요. 모니카가 먼저 가서 길베르타 상회를 맞이할 준비를 하고 있습니다."

오늘은 형태를 잡아보기 위해 저렴한 천을 준비하여 브리기테의 몸에 직접 대고 재단하기로 했다. 함께 원장실로 향하는 브리기테도 은근히 기대하는 눈치였다. 코린나와 투리도 올 예정이라 내 마음도 들떴다.

'투리와 루츠를 만난다. 우후훗, 후훗.'

"안녕하십니까, 여러분. 오래 기다리셨습니다."

고아원 원장실에는 이미 길베르타 상회 관계자들이 도착해 있었다. 벤노, 루츠, 코린나, 투리, 그리고 몇몇 재봉사가 현관 홀에 있었다. 미리 듣긴 했지만 실제로 이만한 인원이 모이니 생각보다 훨씬 복작였다. 홀이 조금 좁게 느껴졌다.

"어서 재단을 위해 자리를 옮길까요. 남성분들은 프랑이 대접하도록 하세요."

나는 인사를 마치고 모니카에게 눈짓해서 비밀의 방으로 들어갔다. 브리기테, 코린나, 투리, 몇몇 재봉사가 재봉 도구와 몇 가지 보따리를 안고 따라 들어왔다.

"그럼, 이쪽으로 오시지요. 모니카도 함께 들어오세요."

"알겠습니다."

귀족 여성인 브리기테에게 맞춰 재단해야 하므로 여성만 비밀의 방에 들어왔다. 브리기테는 재단을 할 수 있도록 옷을 벗었다. 문을 열어도 안이 보이지 않게 입구 근처에 천을 걸친 칸막이를 세운 채 재봉사들이 분주하게 움직였다.

브리기테는 간이형 갑옷을 마석으로 되돌린 후 재봉사들의 도움을 받으며 속에 입었던 옷을 벗었다. 그리고 따로 갖고 있던 마석 하나를 변화시켜 몸선에 꼭 맞도록 굳혔다. 이러면 바늘에 피부를 찔릴 일 없이 입체적으로 재단할 수 있다고 했다.

"마석으로 만드는 기사 갑옷의 기본입니다. 귀족원에 들어가면 누구나 배우지요. 예복 차림일 때는 언뜻 갑옷을 입지 않은 것처럼 보이겠지만, 기사는 그럴 때도 화려한 옷 아래에 이것을 받쳐 입고 있답니다."

귀족이 옷 안에 껴입는 방탄조끼 역할도 된다고 했다. 흉흉한 영지에서는 갑작스러운 공격에 대비하기 위해 문관과 시종까지도 착용하는 것이 상식이라고도 했다. 영주 일가인 내가 착용하지 않는 점만 보아도 에렌페스트가 얼마나 평화로운지 알 수 있었다.

'이걸로 야무지게 몸을 두르면 보정 속옷이나 브래지어가 필요 없겠네?'

나는 귀족이 된 후로 어머니나 다른 여자 어른과 같은 방에서 지낸 적이 없어 성인 여성의 속옷 사정을 아예 몰랐다. 그러나 마석으로 몸을 고정할 수 있으니 보정 속옷은 따로 필요 없어 보였다. 의류 기술은 귀족보다도 보디스로 상반신을 꽉 죄는 평민 사이에서 더 발달한 듯했다.

'음. 그래도 좀 아깝네. 상반신은 마석으로 매끈하게 조였는데 하

반신은 드로즈라니 전혀 섹시하지 않잖아.'

우라노 시절의 감각이 남아서 그런 생각이 드는지도 모르겠지만, 가터벨트가 어울릴 법한 브리기테의 늘씬한 각선미가 드로즈에 가려지다니 너무 아까웠다. 나 자신이 어린아이고 우라노 시절부터 지금까지 섹시한 속옷이 필요했던 적이 없었던지라 전혀 의식한 적이 없었는데, 이걸 보니 속옷 혁명도 필요할지도 모르겠다.

'이렇게 볼륨감 넘치는 나이스바디 미인이 드로즈라니 너무 슬퍼.'

하지만 전투가 최우선인 기사는 치마가 젖혀져도 당황스럽지 않을 상태를 유지해야 한다. 그렇기에 발목까지 내려오는 바지 형태의 전혀 섹시하지 않은 드로즈를 입는 것이다. 섹시미가 드러나는 옷을 입혀서 여기사가 싸울 수 없게 만들면 헛된 짓이다.

'실용성이냐, 섹시냐, 으, 어려운 문제야.'

내가 남의 속옷을 심각하게 고민하는 동안 코린나와 몇몇 재봉사가 브리기테의 몸에 옷감을 대보기 시작했다. 목패에 그려진 디자인을 바탕으로 천을 접어넣고 주름을 잡은 후 바늘을 꽂아 가며 대담하게 가위질을 했다. 그동안 투리는 바늘을 건네기도 하고 지시받은 물건을 가져오기도 하면서 모두의 작업을 진지한 시선으로 지그시 바라보았다. 조금이라도 더 경험을 흡수하려는 투리의 태도가 기뻐서 나는 마음속으로 투리를 힘껏 응원했다.

브리기테의 의상이 완성되어 가는 과정이 무척 궁금했지만 빤히 쳐다보고만 있을 수는 없었다. 시간도 걸릴 테니 완성되면 보기로 해야지.

"모니카, 재단이 끝나면 알려주겠어요? 저는 벤노와도 할 얘기가 있거든요."

"알겠습니다."

나는 모니카가 열어준 문으로 혼자 비밀의 방을 나왔다. 2층 방에는 벤노와 루츠, 시종인 프랑과 길, 호위 기사인 다무엘만이 있었다. 다소 나의 본모습을 보여도 문제가 없는 인원 구성이었다.

"그럼 재단이 끝날 때까지 벤노의 얘기를 들어볼까요."

나는 의자에 앉아 프랑이 따라준 차를 마시면서 벤노를 재촉했다.

"먼저 감사의 말씀을 드립니다. 로제마인 님이 돌보아주신 덕에 귀족 분들과의 거래가 대폭 늘었습니다. 진심으로 감사드립니다."

입으로는 고맙다고 하지만 벤노의 적갈색 눈은 '바빠 죽겠단 말이야'라고 말하는 듯이 보이기도 했다. 귀족과 거래를 트고 매출이 올랐으니 상인으로서 기쁜 마음도 진심이겠지만 죽도록 바쁜 것도 사실이리라.

"……저기 벤노 씨. 돌려서 말하면 못 알아들어요. 그래서 진심은 어떠신데요?"

나는 주변을 둘러보곤 가벼운 어투로 질문했다. 벤노도 프랑과 다무엘의 표정을 살피면서 "뭔데?"라며 말을 놓았다.

"제가 길베르타 상회에 일거리를 너무 많이 늘려버리긴 했죠. 많이 힘들면 다른 곳에 일거리를 떼어줄까요?"

"이놈아, 쓸데없는 신경 꺼. 그럼 남들이 보기에 네가 우리를 자른 줄 알 거 아냐, 바보야. 인고 때 같은 실수를 또 할 셈이냐? 길베르타 상회를 궁지에 빠뜨리고 싶어?"

"당치도 않아요!"

"아무리 바빠도 우리 일거리를 다른 곳에 나눌 생각은 없어. 이 점은 똑똑히 새겨둬라."

내가 길베르타 상회를 잘랐다는 오해를 받았다간 오히려 마이너스다. 신경 써준답시고 벤노네 일거리를 줄이는 짓은 하지 않는 게 낫겠다.

"두 분 모두, 아무리 사정을 아는 자들만 있다지만 조금은 품위를 지켜주십시오."

프랑의 쓴소리에 나와 벤노는 얼굴을 마주보고 한번 어깨를 들었다가 놓았다.

"로제마인 님, 앞으로도 부디 길베르타 상회를 지원해주십시오."

"네, 물론이지요."

"그럼 오늘의 본론입니다만……. 로제마인 님, 기베 일크너와 교류를 맺고 싶으시다고 핫세에서 말씀하셨는데, 자세히 들려주실 수 있으시겠습니까?"

눈을 살짝 가늘게 뜨고 웃는 벤노의 미소가 섬뜩했다. '또 일거리를 늘릴 셈이냐?'라고 말하는 눈빛이 분명했다. 하지만 다른 곳에 일을 넘기지 말라고 벤노가 못을 박았으니 하는 수 없었다. 나는 일거리가 늘어날 이야기를 꺼냈다.

"일크너는 산이 많아 임업이 융성한 땅이라고 해요. 제가 모르는 목재도 많다고 하니 새로운 종이를 연구하기 위해 한 번 일크너를 방문하고 싶군요."

"……그 말씀은 일크너에서 종이를 제작하겠다는 뜻이십니까?"

"그렇게 되겠네요. 루츠와 길, 그리고 함께 종이를 만들 회색 신관 몇 명을 데려갈 생각입니다. ……어려울까요?"

내가 의견을 구하자 벤노가 상당히 곤란한 표정을 지었다.

"어렵습니다. 길베르타 상회에서 루츠만 보내기는 불안합니다만, 루츠와 함께 일크너에 보낼 인재가 저희 상회에는 없습니다. 귀족과 거래가 늘어난 지금 제가 움직일 수도 없는 노릇이고, 귀족을 상대할 수 있는 유일한 사람인 마르크를 장기간 멀리 보낼 수도 없습니다."

그 외의 사람들은 토지를 가진 귀족을 상대해낼 수 있을지 어떨지 모른다. 나는 길베르타 상회의 직원 사정을 잘 모르지만 성에서 판매할 때 회색 신관들을 빌려갔던 점만 보아도 일손이 부족한 상황임은 예측되었다.

"오토는 아직 귀족과 협상하는 자리에 내보내지 않으시나요?"

저번에 받은 아빠의 편지에 '오토가 병사를 그만두고 본격적으로 상인이 될 예정이다'라는 내용이 적혀 있었다. 올해 예산 작업이 끝나면 그만둔다고 했으니 기원식이 끝나고 봄이 한창인 지금이라면 이미 병사를 그만뒀을 터였다.

"오토는 장사 지식은 문제없습니다. 하지만 평민 상대라면 몰라도 귀족 앞에 낼 만큼 몸가짐이 다듬어지지는 않았습니다."

"하급 귀족 응대쯤은 문제없을 거예요. 오토는 문에서도 귀족 응대를 맡았잖아요? 익숙해지는 게 중요해요. 하급 귀족을 응대시켜서 익숙해지게 하는 방법밖에 없습니다."

아빠조차 귀족을 대하는 방법을 아예 모르지는 않는다. 상인에게 문지기 수준의 응대만 요구하지는 않겠지만, 오토는 조금만 익숙해지면 괜찮을 것 같았다.

"마르크와 오토를 한 팀으로 짜고 벤노는 오토를 보조하거나, 다른 인재를 데리고 다니는 단계부터 시작하면 어떨까요?"

나도 해낸 일이다. 진심으로 노력하면 상급 귀족의 몸가짐도 한 계절 안에 익힐 수 있을 것이다. 완벽하게 가르칠 교사가 있어야 가능하겠지만.

벤노는 난감한 표정을 짓다가 나와 프랑을 번갈아 보았다.

"레온에게 식사 시중을 지도해주셨을 때처럼 오토와 그 보좌를 맡을 테오의 몸가짐을 이곳에서 지도해주실 수 있겠습니까?"

"프랑, 어떻게 생각해요?"

나는 레온의 교육을 맡았던 프랑에게 의견을 물었다. 이곳에서 귀족을 상대할 예의범절을 가르칠 만한 사람은 영주 일족인 페르디난드에게 교육받은 회색 신관뿐이다. 그리고 그중 내가 움직일 수 있는 사람은 프랑과 잠밖에 없었다.

"지도 말이군요. 곧 잠이 로제마인 님의 정식 시종으로 들어올 테니 조금 여유는 생길 겁니다. 마침 니콜라와 모니카에게 예절을 가르칠 예정이었으니 원장실에서 그 두 사람과 함께 지도할 수는 있습니다. 정말 예의범절밖에는 가르쳐드릴 수가 없습니다만……."

프랑이 말하자 벤노가 느릿하게 고개를 저었다.

"아니요, 그 예의범절이 중요합니다. 귀족에게 하는 인사부터 시작해 물건을 다루는 몸짓이며 말투까지, 평민은 좀처럼 배울 기회가 없으니 말입니다."

예전에도 벤노는 귀족을 상대할 예절을 가르쳐줄 사람을 찾기가 어렵다고 했다. 돈을 퍼부어도 쉽게 찾을 수 없을 거라면서. 그러니 나도 돈을 퍼부어도 얻지 못할 귀중한 인재를 보수로서 요구해두기로 했다.

"그럼 이번 수업료로서, 오토와 테오가 예절을 익혔을 때쯤에 마르크와 루츠를 일크너에 파견해주세요."

"……알겠습니다."

그리하여 오토와 테오의 교육을 프랑이 맡게 되었다. 교육 기간은 다음에 루츠를 통해 알리기로 했다.

"마지막으로 루츠, 길. 로제마인 님께 보고해라."

두 사람이 벤노에게 "네." 하고 시원시원하게 대답하고 나를 보았다. 그리고 서로 마주보며 씩 웃더니 진지한 표정으로 내게 보고해주었다.

"자크가 설계하고 인고와 요한이 제작한 새로운 인쇄기가 완성되었습니다."

"와아!"

내가 벌떡 일어나려고 하자 프랑이 얼른 어깨를 눌러 제지했다. 프랑은 웃으면서 천천히 내 어깨를 누르고 의자에 바로 앉도록 지시했다.

'미안해요. 흥분한 나머지 순간 귀족다운 행동이 싹 날아가버렸어요.'

"로제마인 님께서 이후에 시범 가동을 지켜봐 주셨으면 합니다. 인쇄할 내용을 정해주시겠습니까?"

지금 당장이라도 보러 가고 싶어하는 나를 완곡하게 저지하는 말이었다. 대신 시험 삼아 찍을 만한 원고를 내놓으라는 것이다.

"로제마인 님, 무엇을 인쇄할까요?"

루츠의 질문에 나는 몸을 쭉 내밀며 대답했다.

"그 인쇄기는 지금까지 만들었던 그림책과 달리 글자가 빼곡한 책을 만들 때 적합해요. 그러니까 그림책을 졸업하는 어린이에게 맞게 글자가 많은 책을 만들고 싶어요."

귀족 사이에서 전해지는 기사 전설을 토대로 기사가 어떤 일을 하는지 아이들이 이해하기 쉽고 멋있게 쓸 것이다. 또 이 기회에 페르디난드를 삽화 모델로 삼아 빌마가 아름답게 그리게 해서 여성 고객을 노릴 것이다. 일석이조다. '이 이야기는 허구이며 등장하는 모든 단체·인물은 가상의 존재입니다'라고 써두면 그만이다. 페르디난드의 클레임도 두렵지 않다.

"인고에게 부탁한 활자 케이스와 식자대, 그리고 스틱과 인테르도 완성됐나요? 요한에게 부탁한 절편과 포르마트는 어떻게 됐지요?"

인쇄에 필요한 소도구 준비도 마무리되었는지 물으니, 루츠가 자신만만하게 고개를 끄덕였다.

"잉크 발주까지 끝났습니다. 원고만 있으면 바로 시작할 수 있어요."

'야호! 신에게 기도를!'

"어쩜, 대단해요! 얼른 금속활자 사용법과 인쇄 방법을 가르쳐야겠네요. 활자 케이스를 배치하기도 어려우니까요. 제가 공방에 직접 가서 가르칠게요!"

"로제마인 님, 그건……."

제지하려는 프랑을 올려다보며 나는 고개를 도리도리 저었다.

"모처럼이니 조판부터 해판까지 쭉 해보고 싶어요. 공방에서 작업하면 안 되는 줄은 알지만 줄곧 인쇄기 완성이 목표였는걸요. 제가 제일 먼저 만져보고 싶어요."

내가 주먹을 불끈 쥐며 주장하자, 프랑이 하는 수 없다는 표정으로 고개를 저었다. 길은 "로제마인 님이 폭주한다."라며 어깨를 떨구었고, 루츠는 팔짱을 끼며 나를 보았다.

"프랑 님이나 다무엘 님이 공방 출입을 통제하신 후에 로제마인 님 마음대로 하시게 두는 편이 가장 좋겠습니다. 어차피 사용법을 로제마인 님께 배워야 하니까요."

"루츠! 역시 루츠가 나를 가장 잘 이해해주는군요!"

내가 가슴 앞에 깍지를 낀 채 감격에 빠지자, "한번 해보고 나면 좀 진정할 테니까."라고 루츠가 작은 목소리로 덧붙였다.

'윽. 역시 루츠야. 몰라도 되는 부분까지 안다니까.'

"인쇄할 원고가 준비되는 즉시 인쇄기를 시범 가동해보겠어요."

"진정해주십시오, 로제마인 님. 쓰러지십니다."

"지금 인쇄를 시작하면 여름에 있을 성결식에는 첫 권이 나올까요?"

"정말 슬슬 쓰러질지도 모르니까 진정해. 지금 쓰러지면 절대 인쇄기 못 만지게 할 거야."

루츠는 처음에는 정중하게 말리다가 내가 듣고 있지 않다는 걸 꿰뚫어보고 바로 위협조로 말을 바꿨다. 밀 속에 담긴 루츠의 진심이 느껴져서 나는 깜짝 놀라 힉 숨을 삼켰다.

"그건 싫어."

내가 심호흡하며 호흡을 가다듬고 있자니, 비밀의 방문 주변에서 마석이 빛났다.

"로제마인 님, 모니카가 보낸 신호입니다."

"알겠습니다. 저는 잠시 저쪽 상황을 살펴보고 올게요."

나는 비밀의 방으로 들어가 칸막이 안으로 향했다. 가느다란 핀을 수두룩하게 꽂은 상태이긴 하지만 브리기테를 감싼 천은 아메리칸 슬리브 드레스 형태가 되어 있었다. 염색하지 않은 싼 옷감이라 맑은 흰색이라서인지 마치 신부 드레스 같았다.

"어머, 멋져! 정말 잘 어울려요, 브리기테."

작년 의상보다 단연 어울렸다. 나는 의상을 보면서 브리기테 주변을 한 바퀴 돌았다. 대체로 디자인한 대로 만들어졌지만 세세한 부분이 자연스럽지 않았다. 재봉사인 코린나에게도 생소한 디자인이기 때문이리라.

"어디 보자……. 코린나, 여기는 이런 식으로 박아서 허리가 더 잘록해 보이게 해주세요. 등도 이 위치에 이렇게……."

코린나는 내 지시에 따라 핀을 뽑았다가 다시 꽂아넣으며 라인을 조정해 갔다. 이 형태를 바탕으로 패턴을 만들어야 하므로 모든 사람들의 눈빛이 사뭇 진지했다.

브리기테의 몸에 착 달라붙은 천이 가슴에서부터 잘록한 옆구리, 허리까지 이어지며 상반신 라인을 멋지게 드러냈다. 그리고 허리께부터는 천을 넉넉하게 들여 주름을 풍성하게 잡은 치마가 넓게 퍼졌다.

브리기테는 여기사이므로 활동성을 중시하여 치마에는 되도록 얇고 가벼운 천을 썼다. 천을 많이 썼지만 그다지 무거워 보이지는 않았다.

"브리기테, 답답한 곳은 없나요?"

"괜찮습니다. 옷이 어깨를 감싸지 않아서 팔을 움직이기 편한 점이 좋군요. 유사시에는 이곳을 마석으로 방어할 수도 있을 테고요."

화려한 의상을 입었으면서 싸울 때 편리하겠다는 말만 하는 브리기테를 직업에 헌신적이라고 칭찬해야 할지, 좀 더 연애 방면으로 생각해달라고 호소해야 할지 고민되었다. 이 옷으로 멋진 결혼 상대를 사로잡아 주길 바랐는데 브리기테는 전혀 그럴 생각이 없었다.

"……다무엘을 이 방에 들여도 될까요? 제가 보기에는 이 옷이 브리기테에게 매우 어울리는데, 귀족 남성이 보기에는 어떤지 의견을 듣고 싶어요."

"네, 이 의상을 다른 여기사가 입으면 어떨지 저도 다무엘에게 물어보고 싶습니다."

브리기테가 마다하지 않았으므로 나는 다무엘을 부르러 일단 비밀의 방을 나왔다.

"다무엘, 이 방으로 들어와 주세요."

"무슨 일입니까?"

"남성의 의견이 필요해요. 브리기테의 새 의상이 어떤지 의견을 말해줘요."

다무엘은 이해가 안 된다는 듯이 고개를 갸웃거렸다.

"……귀족 남성에게 반응이 좋지 않을 의상이라면 제작을 중지하는 편이 낫지 않을까요? 브리기테는 내키지 않아도 제가 고안한 옷이라는 이유로 참고 입어줄 테니까 다무엘이 귀족 남성 대표로서 솔직한 의견을 들려주세요. 내 취향이 이상해서 브리기테가 창피를 당하면 안 되잖아요?"

내 말에 다무엘은 진지한 표정으로 수락해주었다. 말하자면 다무엘은 나의 온갖 폭주를 곁에서 지켜봐 왔으니 내가 다른 사람들의 상식에서 어긋났다는 점을 알 터였다. 브리기테가 창피를 당하지 않게 막아줬으면 했다.

"다무엘을 들여보내겠습니다. 브리기테, 괜찮은가요?"

"네, 들어오십시오."

내 뒤로 다무엘이 따라왔다. 칸막이를 돈 순간 다무엘의 걸음이 딱 멈췄다. 헉 하고 숨을 들이마시는 소리가 들려서, 나는 뒤돌아서 다무엘을 올려다보았다.

"다무엘?"

내가 불러도 다무엘은 아무 반응이 없었다. 놀란 듯 회색 눈을 가볍게 뜬 채 브리기테를 삼킬 듯이 바라보았다. 살짝 벌어진 입에서 "하아" 하고 작은 한숨이 새어나왔다. 눈이 부신 듯 다무엘의 눈매가 가늘어지고, 입꼬리는 천천히 벌어지며 미소를 띠었다.

'나 지금 사람이 사랑에 빠지는 순간을 목격한 것 같아요.'

브리기테에게 시선을 빼앗긴 채 미동도 없는 다무엘의 모습을 코린나와 재봉사들까지 눈치채고 흐뭇한 시선을 보내기 시작했다. "봄은 만물이 싹트는 계절이지요."라며 모두들 매우 흐뭇한 광경을 보는 눈빛으로 다무엘을 바라보았다. 사랑에 빠지는 순간을 목격한 다른 사람들과 함께 히죽거리고 싶은 마음과, 굳어버린 다무엘에게 '눈에 다 보이니까 그냥 고백해버려' 하고 등을 떠밀고 싶은 마음이 뒤섞였다.

"다무엘, 어떤가요?"

"네!? 아, 아……."

내가 망토를 쭉 잡아당기자, 다무엘은 퍼뜩 정신이 들었는지 나를 쳐다보았다가 다시 브리기테를 보고 표정을 고치며 헛기침을 했다.

"크흠. ……괜찮은 듯합니다."

'수줍어하지 말고 더 솔직하게 말해야 칭찬이 전해지지! 자, 힘내!'

마음속으로 질타와 격려를 날렸지만 기본적으로 다무엘은 숙맥이었다. 브리기테를 똑바로 보고 입을 열기가 어려운지 살짝 시선을 피한 채였고 칭찬의 말도 더 나오지 않았다. 한마디라도 더 하라는 듯이 주변 사람들이 다무엘을 지켜보았지만, 다무엘은 더 이상 말이 없었다. 난처한 듯 시선을 이리저리 움직일 뿐이었다.

"로제마인 님께서 고안해주신 의상인데, 다른 여기사에게도 추천할 만할까요?"

브리기테가 자기 의상을 내려다보면서 그렇게 말하자, 다무엘은 "음, 뭐……." 하며 애매하게 고개를 끄덕였다. 더 명확한 의견을 듣고 싶었지만 사랑에 빠져 뇌가 녹아버린 다무엘은 도움이 될 것 같지가 않았다.

"문제가 없다면 브리기테의 의상은 이대로 준비하도록 하지요. 재단을 마무리할 테니 다무엘은 이만 나가주세요."

나는 그렇게 말하며 자리를 정리하고 다무엘을 비밀의 방에서 내보냈다. 문을 탁 닫고 나는 브리기테의 표정을 슬쩍슬쩍 살폈다. 태도와 시선이 그렇게 빤히 보였으니 당사자인 브리기테가 눈치채지 못했을 리 없었다.

"……저어, 브리기테."

나는 재봉사들에게 둘러싸인 브리기테에게 말을 걸었다. 살짝 수줍은 얼굴로 브리기테가 미소 지었다.

"다무엘은 참 알기 쉬운 사람이군요. 저를 저런 식으로 쳐다보는 남성은 처음이라 조금 낯간지럽습니다."

'아니, 아니야, 저렇게 속이 빤히 보이는 사람이 없었을 뿐이지 브리기테는 미인이니까 분명 전에도 더 있었을 거야.'

브리기테가 가족과 영지와 싸움 생각밖에 없어서 남자가 시야에 들어오지 않았든, 아니면 약혼했던 상대밖에 눈에 보이지 않았든, 둘

중 하나이리라.

"브리기테는 그, 다무엘을…….."

"다무엘은 괜찮은 사람이라고 생각합니다. 일크너를 가로챌 성격도 아니고, 차남이며 작위도 가지지 않아서 홀가분한 몸이고, 바탕이 성실하니까요. 그리고 로제마인 님께서 마음에 들어하시는 기사이기도 하니 일크너에 나쁜 조건은 아닙니다."

의외로 반응이 좋은데? 하며 내가 눈을 반짝이자 브리기테가 싱긋 웃었다.

"단, 마력의 차이가 커서 혼인 대상이 아닙니다."

맑은 미소를 지으며 브리기테는 시원하리만치 싹둑 이야기를 잘라버렸다. 그러고 보니 마력의 차이가 크면 자식을 가질 수 없으므로 나는 평민으로 남아 있으면 결혼할 수 없을 거라고 페르디난드가 말한 적이 있다. 마력의 차이가 크면 귀족끼리라도 연애 대상에서 제외되는 모양이다.

'사랑에 빠진 그 자리에서 딱 잘라 제외되다니, 가엾어도 너무 가엾어.'

내 축복으로 다무엘의 마력이 조금씩 늘어나기는 했지만, 정확히 얼마나 늘었는지 또 얼마나 더 필요한지는 알 수 없었다. 노력하면 브리기테의 연애 대상에 들어갈 수 있는 걸까. 잠깐 고민해 봤지만 나처럼 연애 경험도 없을뿐더러 이쪽 상식도 없는 사람이 남의 연애사에 끼어들어 봤자 별다른 결실이 나올 것 같지는 않았다. 마음속으로 몰래 응원만 하자.

'마력 문제만 해결되면 길이 열릴지도 몰라. 힘내, 다무엘.'

새로운 인쇄기 시범 가동

"자, 어떤 이야기로 할까?"

길베르타 상회 관계자들이 돌아간 후 나는 신전장실로 돌아와 바로 책상 앞에 앉았다. 인쇄기 시범 가동에 알맞도록 글이 빼곡한 책을 인쇄하려면 쉬지 않고 원고를 써야 했다.

겨우내 아이들에게 듣고 기록해둔 이야기 중에 기사 이야기가 몇 개 있었다. 그 내용을 바탕으로 원고를 쓴다면 그렇게 어렵진 않을 것이다.

"나중에 기사 이야기 단편집으로 엮을 수 있게 단편부터 인쇄해 볼까?"

"시범이니 짧은 글부터 시작하는 게 좋지 않겠습니까?"

길과 의논하면서 나는 어떤 이야기를 인쇄할지 골랐다. 기사가 마물을 퇴치한 후 마물에게서 얻은 마석을 마음에 두었던 여성에게 선물해서 해피엔딩이 되는 이야기를 쓰기로 했다.

며칠 뒤, 별로 길지 않은 단편 기사 이야기가 완성되었다. 일곱 점 종이 울리면 시종에게 하루의 보고를 듣는 시간이다. 나는 보고하러 온 길과 프리츠에게 기사 이야기가 완성되었다는 소식을 알렸다.

"길, 프리츠. 기사 이야기 원고가 완성됐어요. 어린이들을 공방에서 내보내야 하니 맑은 날 오후에 조판을 시작하겠습니다. 루츠에게 일정을 전달해주세요. 그리고 공방 작업에 참여할 사람을 프랑과 상의해서 정하세요."

길이 "알겠습니다."라고 똑부러지게 대답했다. 그러자 잠깐 고민
하던 프리츠도 온화한 진갈색 눈으로 눈웃음을 지었다.

"길은 조판을 하고 싶을 테니 제가 고아들을 숲에 데리고 나가겠습
니다. 제 몫까지 로제마인 님의 설명을 잘 듣고, 방법을 똑똑히 익혀
주세요."

"맡겨주십시오. ……로제마인 님, 일러스트는 완성되었습니까?"

"이번엔 글자만 인쇄할 거라 일러스트를 기다리지 않아도 돼요. 일
러스트는 지금까지 했듯 등사판 인쇄로 할 예정입니다. 아, 일러스트
를 부탁하러 고아원에 들르려고 하니 미리 빌마에게 언질을 전해주
세요."

다음날 오후, 나는 완성된 원고를 들고 허겁지겁 고아원으로 향했
다. 빌마에게 일러스트를 의뢰하기 위해서였다.

"빌마, 이 기사 이야기에 넣을 삽화를 그려줬으면 해요. 신관장님
의 얼굴을 참고해서 그려주세요."

"……로제마인 님, 그러면 또 신관장님께 꾸지람을 들으실 겁
니다."

빌마가 나를 걱정스럽게 바라보았다. 하지만 나에겐 비장의 수단
이 있었다.

"걱정하지 말아요. 어디까지나 참고만 하면 되니까요. 이야기에
나오는 기사와 신관장님은 다른 인물인 거예요. 이름도 다르고, 이
이야기는 허구이며 등장하는 단체와 인물도 전부 가상의 존재라고 책
에 똑똑히 적어두려고요."

"어머, ……정말 어쩜 그런 생각들을 다 하시나요."

빌마는 어이없다는 듯 눈을 동그랗게 떴다가 살짝 시선을 들어 위를 보며 으음, 하고 생각에 잠겼다.

"그럼 머리 형태를 바꾸든지 해서 손을 보면서 조금 다른 사람으로 보이게끔 그려보겠습니다."

"감사하게 생각합니다, 빌마."

"신관장님 그리기가 즐거웠는데 금지되어서 저도 아쉽던 참이거든요."

후훗 하고 공범자 같은 미소를 지으며 빌마가 삽화를 맡아주었다.

"삽화는 글 인쇄가 전부 끝난 뒤에 등사판 인쇄로 찍을 거예요. 그리고 한 페이지를 전부 삽화에 배정할 테니까 글자가 들어갈 자리나 글씨 크기는 고민하지 않아도 돼요. 바로 삽화가 들어가야 하는 건 아니니 천천히 해도 되고요."

"알겠습니다."

내가 빌마와 얘기를 끝내고 자리에서 일어나자, 우리를 방해하지 않으려고 식당 구석에서 놀던 아이들이 우르르 달려왔다.

"로제마인 님, 새 그림책을 만드세요? 이번엔 어떤 그림책이에요?"

내가 기원식을 하러 가 있는 동안 공방에서는 가을 권속을 다룬 그림책을 완성했고, 지금은 한창 겨울 권속 그림책을 만드는 중이었다. 그런 상황이라 아이들은 새 책 내용이 궁금했던 것이다. 나의 '고아원 아이들이 책을 좋아하도록 키우기 계획'이 제법 성과가 있는 듯하다.

"후훗, 겨울 권속 그림책을 만든 후에는 기사 이야기책을 만들 거예요. 이번 책에는 글자가 잔뜩 들어가는데, 다들 읽을 수 있겠어요?"

"꼭 읽을 수 있게 공부할게요. 새로운 글자를 외우는 것도 재밌어요."

"기사 이야기는 귀족 자제분들에게 들은 이야기를 책으로 엮은 거랍니다. 언젠가 여러분이 새로운 책을 써줄 날을 기대하고 있을게요."

"글씨를 예쁘게 쓸 수 있게 연습할 거예요."

의욕에 찬 아이들의 눈빛을 보며 나는 매우 행복해졌다. 더 많은 아이들이 책벌레가 되고, 자라서는 다양한 책을 만들어줬으면 좋겠다. 고아원 아이들에게 글자를 가르치고 독서의 즐거움을 알려주는 일은 내가 언젠가 읽을 책을 늘리기 위한 선행투자인 셈이다.

기다리고 기다리던 조판 날. 첫 조판을 기대하며 들뜬 채로 오전 업무를 마쳤다. 최대한 빨리 점심을 해치우고 공방으로 가고 싶어서 참을 수가 없었다. 서둘러 식사하면서 시중을 들어주는 프랑에게 말을 걸었다.

"프랑, 오후엔 공방에 갈 테니까 더러워져도 되는 옷으로 갈아입고 싶어요……."

내가 요청하자 프랑의 눈꼬리가 곤란한 듯 아래로 처졌다.

"로제마인 님, 대단히 죄송합니다만 원래 영주의 따님이 직접 손으로 작업할 일은 없습니다. 때문에 더러워져도 될 옷은 준비되어 있지 않습니다."

"네? 그렇지만 잉크가 묻으면 지워지지 않는걸요. 그래도 괜찮아요?"

평소 입고 다니는 하얀 신전장 의상을 손가락으로 집어서 들어올렸다. 하얀 옷에 시꺼먼 잉크가 묻으면 지우기도 힘들뿐더러 신전장이 더러운 옷을 입고 다니면 보기에도 좋지 않을 것이다. 프랑은 내가 입은 신전장복을 바라보며 잠시 생각에 잠겼다가 입을 열었다.

"고아원 원장실에 견습무녀 시절 입으셨던 옷이 몇 벌 남아 있습니다. 그 옷은 어떠십니까? 단 옷은 원장실 안에서 갈아입으시고, 신전에서는 되도록 신전장 차림을 갖춰주십시오."

신전장실 옷장에는 신전장복과 영주의 양녀에게 걸맞은 옷밖에는 구비되어 있지 않다. 고아원 원장실은 몇 번이고 드나들었지만 스스로 옷장을 열 일이 없어서 옷이 남아있는 줄 몰랐다. 평민 출신이었던 사실을 숨기려고 전부 처분한 줄로만 알았다.

"……보관해주었군요. 감사하게 생각합니다, 프랑."

나는 모니카와 다무엘과 함께 고아원 원장실로 가서 그곳에 있던 마인 시절 옷으로 갈아입었다. 옷장에 남아 있는 옷 중에 길베르타 상회의 수습복이 있었다. 그리움에 가슴이 먹먹해졌다.

"저는 이 옷으로 갈아입을게요. 소매가 하늘하늘하지 않은 옷이 이것밖에 없네요."

모니카가 옷을 훑어보고는 "이 옷이 작업하기에 제일 적합하겠어요." 하고 수긍했다.

그리움에 젖은 채 수습복 소매에 팔을 넣었다. 약간 끼이지만 못 입을 정도는 아니었다. 끼이는 걸 보니 나도 자라기는 한 모양이다. 옷이 끼인다는 사실이 마인 시절과 달라졌다는 사실을 상징하는 것 같아 쓸쓸하기도 했다.

내가 옷을 다 입었을 때쯤 점심식사를 마친 길이 찾아왔다.

"난 길과 함께 공방에 갈 테니 모니카는 가서 빌마를 도와주세요. 내가 그림 작업을 부탁하는 바람에 좀 바빠졌을 테니까요."

"알겠습니다. 맡겨주세요."

모니카를 고아원에 보내고 나는 길과 다무엘과 함께 공방으로 갔다.

"로제마인 님이 조판하다가 좀 폭주하셔도 문제없도록 전부 바깥으로 내보냈습니다."

오늘은 내가 공방에서 작업할 수 있게 프리츠가 아이들을 전부 숲으로 데리고 나갔다. 봄이 온 이후로 종이를 만들러 숲에 처음 나가는지 아이들은 신나서 펄쩍펄쩍 뛰며 달려나갔다고 했다. 완벽하게 준비했다며 길이 자신만만해하자, 내가 벌이는 모든 일에 엮여야만 하는 다무엘이 쓴웃음을 지었다.

"폭주해도 괜찮도록 준비하지 말고 폭주를 막아줬으면 한다."

"책이 관련되었을 때 로제마인 님의 폭주를 말리려면 지혜의 여신 메스티오노라의 조력이 필요할 겁니다. 다무엘 님은 가능하십니까?"

'나는 못 말린다'라는 뜻을 에둘러 표현하며 길이 다무엘을 올려다보았다. 내가 새 인쇄기를 앞에 두고 자제할 수 있을 리가 없다고 길과 루츠 둘 다 생각하는 듯하다.

"그럼 나도 지혜의 여신 메스티오노라에게 기도를 올려두마."

다무엘도 내 폭주를 막기를 포기하고 신을 찾기로 한 모양이다.

'이왕 메스티오노라에게 빌 거면 인쇄기술의 발전을 빌어주면 좋을 텐데.'

그런 생각을 하다 보니 공방에 도착했다. 이미 루츠가 공방에서 도구를 꺼내놓으며 준비하고 있었다. 나는 루츠에게 말을 걸었다.

"루츠, 기다렸지?"

"마인!? ……아, 잘못 봤다. 마인이 아니네."

루츠는 내 목소리에 뒤돌아보고 흠칫 놀라 눈을 동그랗게 떴다가 머리를 획획 저었다. 수습복을 보고 놀란 것이다. 나는 제자리에서 빙그르르 돌며 포즈를 취했다.

"루츠, 어때? 반갑지?"

"반가운 게 아니고 헷갈려. 잘못해서 옛날처럼 부를 것 같으니까 다음부터는 다른 옷을 입고 와줘."

"작업하기 편한 소매가 이 옷밖에 없는걸. 포기해."

뾰로통해하는 루츠에게 그렇게 말하고 나는 식자대 앞으로 갔다. 그리고 식자대 가장 아래쪽의 활자 케이스를 꺼내보았다. 가지런히 놓인 금속 활자가 번쩍이는 모습을 보니 입꼬리가 저절로 올라갔다.

"루츠, 길. 스틱이랑 인테르는 어디 있어?"

"인고와 요한이 만든 소도구는 전부 이 서랍에 정리해뒀어. 뭐가 필요해?"

빽빽하게 나열된 인테르와 스틱을 보고 황홀해져서 감탄의 한숨을 쉬었다. 아름답다. 이제 인쇄를 하게 됐다고 생각하니 실로 감동했다. 차례대로 식자대에 끼워진 모든 서랍을 확인해보려다가, 나는 중대한 사실을 깨닫고 말았다.

'나, 식자대에 손이 안 닿잖아.'

"길, 발판을 가져와 줘요."

"그러기보다 작업용 탁자에 활자 케이스를 늘어놓는 게 낫지 않겠어? 이 식자대 앞에 다같이 서서 작업하기엔 좁잖아."

그 말에 고개를 끄덕이고 나는 길과 루츠더러 탁자에 활자 케이스를 나열하게 했다. 식자대 앞에 서서 멋있게 작업하고 싶었는데 아쉬웠다.

　"그럼 조판을 시작하자. 음, 전에도 그림책 문장을 인쇄할 때 조판은 해봤지? 방법은 거의 똑같은데 앞으로는 글자가 빽빽한 책을 인쇄해야 하니까 읽기 편하도록 한 행의 길이와 행간 폭을 가지런히 맞춰야 해."

　나는 인쇄할 원고를 루츠와 길에게 건넸다.

　"루츠는 이 페이지, 길은 이 페이지야."

　탁자에 원고를 놓고 스틱을 집어든 후 길과 루츠에게도 스틱을 건넸다. 스틱은 한 손에 쏙 들어오는 가늘고 긴 나무 상자다. 여기에 금속활자를 몇 행 나열하는 것이다.

　"먼저 스틱에 인테르를 넣어. 그래, 그 좁고 긴 나무판. 인테르 길이에 맞춰서 활자를 나열하는 거야. 한 행의 글자 수를 인테르 길이에 따라 정하는 거니까 활자가 인테르 밖으로 튀어나가면 안 돼. 인테르를 놓았으면 이제 절편을 놓아."

　"그런데 이 절편은 왜 넣는 거야?"

　루츠가 얇은 금속으로 된 절편을 집어 들고 신기한 표정으로 이리저리 뒤집으며 관찰했다. 나는 인테르 다음에 절편을 놓고서 첫번째로 들어갈 활자를 찾기 시작했다.

　"절편은 금속활자를 잘 미끄러지게 해. 나무판인 인테르 위를 미끄러트릴 때보다 더 깔끔하게 미끄러져서 활자끼리 가지런하게 맞춰진대. 아, 첫 글자 찾았다."

　찾는 금속 활자를 활자 케이스 속에서 발견하고, 상하가 거꾸로 되

지 않았는지 확인하면서 착 하고 스틱에 넣었다.

"반드시 이쪽에서부터 순서대로 찾도록 해."

"알았어."

그 후로는 오로지 착 착 금속끼리 맞닿는 소리만 울렸다. 첫 행에 들어갈 활자를 전부 갖추고 나면 또 인테르를 놓고, 절편을 빼서 새 인테르 곁에 다시 놓는다. 그리고 다시 금속활자를 짜 넣는다. 조판 작업은 이 행위의 반복이다.

"음, 어디 있지? ……아, 이거다."

처음 해보는 작업이라 활자를 찾아내는 데 시간이 많이 걸렸다. 루츠와 길도 눈을 부릅뜬 채 활자를 찾았다. 스틱에 활자를 몇 행 나열하고 나면 흐트러지지 않게 조심하며 인쇄판으로 옮기고, 다시 텅 빈 스틱에 활자를 집어넣었다. 그렇게 반복했다.

"이거 엄청나게 시간을 잡아먹네."

"익숙해지면 더 빨라질 거야."

그렇게 반론하면서 나는 부지런히 조판을 했다. 하지만 처음에만 기운이 넘쳤을 뿐, 절반 정도 끝냈을 때쯤엔 이미 녹초였다. 조그마한 활자를 노려보며 나열하다 보니 눈이 따갑고 굉장히 피로했다. 시작은 좋았으나 한 페이지 분량의 조판 완성은 셋 중에서 내가 가장 느렸다.

한 페이지의 조판이 끝나면 활자가 흐트러지지 않게 해판실로 단단히 묶어야 한다. 나는 힘이 없어서 제대로 묶질 못했고, 하는 수 없이 루츠에게 맡겼다.

"이걸로 인쇄판은 완성이야. 조판은 끝났어. 이제 교정쇄를 찍을 차례네. 교정쇄를 찍으려면 인쇄기를 써야 하니까 인고와 자크와 요한도 불러서 하는 게 좋겠어. 지금은 일단 인쇄기에 인쇄판을 설치하는 방법만 설명할게."

나는 완성된 인쇄판을 들고 인쇄기로 향했다. 요한답게 설계도 그대로 만들어낸 인쇄기였다. 인쇄판을 제 위치에 조심스레 놓았다. 좌우 두 페이지를 함께 인쇄할 수 있는 구조이므로 옆 페이지에는 루츠가 짠 인쇄판을 놓았다. 여백용 포르마트를 놓아 인쇄판 주변에 여백을 만들고 나무틀로 고정했다. 이걸로 준비는 끝이다.

"이젠 여기에 잉크를 발라서 조판 확인용 인쇄를 하는 거야. 종이의 이 부분에 표시가 있지? 표시에 맞춰서 종이를 받침판에 놓고, 여기 이걸로 눌러."

덮개를 덮어 종이를 누른 후, 다시 종이를 놓은 받침판을 접으면 종이가 정확히 인쇄판 위에 놓이는 구조다. 나는 인쇄기의 설계도와 실물을 비교하면서 사용 방법을 하나하나 설명했다.

"분명히 이 핸들을 돌리면 작업대가 움직일 텐데……."

"어디? 내가 해볼게."

내 힘으로는 꿈쩍도 하지 않던 핸들이 루츠와 길의 힘으로는 돌아갔다. 주문했던 대로 작업대가 스윽 움직이자 나는 감동하고 말았다. 인쇄 과정 중 가장 힘이 많이 필요했던 압축판도 지레의 원리를 썼으니 상당히 편하게 움직일 것이다.

"이제 이 핸들을 움직이면 인쇄할 수 있어. 지금은 잉크를 바르지 않아서 찍히진 않겠지만 돌려봐. 저번 인쇄기보다 훨씬 가볍게 움직일 거야."

어른 두 사람이 돌려야 했던 저번 인쇄기와 달리 새 인쇄기는 루츠와 길의 힘으로도 움직였다.

"가볍잖아, 대단한데! 활자만 빨리 찾게 되면 인쇄가 꽤 편해지겠어."

루츠가 새 인쇄기를 보면서 녹색 눈동자를 반짝였다. 길은 서자판에 인쇄 순서를 메모하기 시작했다. 두 사람이 인쇄 순서를 확인하면 오늘 작업은 끝이다.

"……대강 알겠습니다. 내일은 공방에 인고 등의 장인들을 불러서 확인용 인쇄를 해보겠습니다."

서자판에 순서를 적던 길이 고개를 들고 말했다. 루츠가 길의 메모를 들여다보고 가볍게 고개를 끄덕였다.

"내일은 신전장답게 직접 작업하지 말고 얌전히 견학해. 오늘 작업해서 조금은 직성이 풀렸지?"

"뭐, 내일은 얌전히 있을게."

'얌전히 있겠다기보다 오늘 작업으로 녹초가 돼서 내일은 못 움직이겠다는 말이 맞겠지만.'

다음 날, 인고와 자크와 요한이 찾아왔다. 오늘은 작업이 있어서 모두 작업복을 입었다. 나 혼자만 어울리지 않게 깨끗한 신전장 복장을 입은 채 견학이었다.

"그럼 새 인쇄기로 확인용 인쇄를 시작하겠습니다. 길, 루츠. 시작해주세요."

내 말에 두 사람은 고개를 끄덕이고 미리 의논했던 대로 교정쇄를 찍기 시작했다. 잉크를 바르고, 종이를 세팅한 후 덮개로 누르고 받침판을 접었다. 루츠가 핸들을 돌리고 길이 작업대를 밀어서 압착판

아래에 집어넣었다. 모두 흥미를 띠고 긴장하며 두 사람의 움직임을 지켜보았다. 특히 장인들은 미간을 찌푸리고 진지한 표정으로 둘의 작업을 바라보았다.

지레의 원리를 이용한 핸들을 힘차게 돌리자, 쿵 하고 커다란 소리를 내며 압착판이 움직였다. 길과 루츠는 작업대를 꺼내어 종이를 고정했던 덮개를 들어내고 종이를 꺼냈다. 한쪽 페이지만 찍히는 작은 공판인쇄와 달리 좌우 페이지가 한 번에 인쇄되었다.

"오오, 잘 나왔구만."

"호. 이게 바로 인쇄구나. ……뭘 써놓은 건지 모르겠지만 굉장하네."

완성된 교정지를 보며 장인들은 동시에 안도의 한숨을 쉬었다. 주문품이 무사히 완성되어 긴장감에서 해방된 장인들의 표정을 보며 나는 키득거렸다.

"세 분이 힘을 합쳐준 덕분에 훌륭한 인쇄기가 완성되었어요. 잔액지불과 협회에 올릴 보고는 길베르타 상회에 맡겨졌습니다. 겨울 동안 고생하셨어요. 어떤 부분이 힘들었나요?"

긴장감에서 해방된 장인들은 어떤 고생을 했는지 제각기 털어놓았다.

"로제마인 님에게 구텐베르크로 인정받은 후부터 겨울이 몹시 바빠졌습니다."

한숨 섞인 요한의 토로에 나는 볼을 괴고 고개를 갸웃거렸다.

"요한, 몹시 바쁘다니……. 그 말은 나 외에도 새로운 후원자를 찾았다는 말인가요? 그렇다면 기쁜 일이긴 한데, 구텐베르크에서 제외되어도 일이 들어올까요?"

"윽……."

아직 새 후원자를 찾지는 못했는지 요한은 어색하게 시선을 피했다.

벤노의 부탁

"교정쇄가 완성되면 틀린 부분은 없는지 원고와 비교하면서 교정합니다. 가능하면 두 명 이상이 교정하는 게 좋아요. 혼자서는 틀린 부분을 못 보고 넘어가는 일이 생기고 말거든요."

오탈자를 확인하고 수정한 후 다시 찍어본다. 전부 고쳐졌는지 확인하면 한꺼번에 인쇄에 들어간다. 인쇄는 이러한 작업의 반복이다.

"이 인쇄기는 정말 만족스럽네요. 핫세에도 인쇄기를 들여놓고 싶으니 같은 물건을 하나 더 주문하겠습니다."

"가, 감사합니다."

인고와 요한이 어색한 미소를 지었다. 설계만 담당한 자크는 자신만 배제되었다고 느꼈는지 얼굴에 불만이 가득해 보였다.

'자크에게 설계도를 부탁하고 싶은 물건은 많이 남았는데 말이지.'

하지만 내가 갖고 싶은 물건을 한꺼번에 이 세계에 퍼트려버리면 아주 넓은 범위에 영향을 끼칠 것이다. 게다가 서로 이익을 얻으려고 공방 간에 격한 분쟁이 생길 터이다. 결국 나의 대리인으로서 중재 역할을 하는 길베르타 상회에 일거리를 늘리는 셈이 된다.

'한 공방만 전속으로 정하지 못하는 게 문제란 말이지.'

나는 살짝 한숨을 쉬었다. 나는 자크의 발상과 설계 능력을 높이 평가하고 그 설계를 한 치의 오차도 없이 실현해내는 요한의 기술력도 높이 평가한다. 그래서 결국 두 사람에게 업무를 나누어 맡기게 되는데, 서로 다른 두 공방 간의 이익 분쟁은 생각보다 격하다고 한다.

'공방이 하나로 합쳐지면 편할 텐데.'

잠시 고민하다가 나는 시선을 슥 돌려 자크를 바라보았다.

"저기, 자크. 어떻게 하면 자크가 새로운 공방의 주인이 될 수 있을까요?"

자크가 "뭐!?" 하고 휘둥그레진 눈으로 나를 보았다. 인고와 요한도 대체 무슨 말을 하나 싶은지 신기한 물건을 보는 듯한 눈으로 나를 쳐다보았다. 상식에서 벗어난 발언을 해버린 모양이다. 나는 서둘러 내가 그런 발언을 하게 된 흐름을 설명했다.

"자크와 요한이 한 팀으로 공방을 세우면 내가 주문하기 쉬워지겠다고 생각했거든요."

단순히, 한 공방만 골라 전속으로 정할 수는 없으니 내 전속 장인들만 모은 대장간을 만들어버리면 되지 않나 싶었을 뿐이다.

"지금은 요한과 자크가 서로 다른 공방에 있으니까 이익 배분도 까다롭고 주문하기도 복잡하잖아요? 그러니까 붙임성이 좋고, 쾌활하고, 발상이 뛰어난 자크가 주인장을 맡고 기술이 확실한 요한이 제작을 담당하면 최강의 공방이 되겠다고 생각했거든요……."

"아니, 잠깐만 기다려주십시오. 저와 요한은 다프라라서 벨프 자격을 딴 후에 후계자로 지명되면 지금 있는 곳의 주인장은 될 수 있겠지만, 새로운 공방의 주인장은 될 수 없습니다."

"네? 그런가요?"

장인들의 설명을 듣자 하니, 다루아는 기본적으로 3년짜리 고용 계약을 맺지만 다프라는 그 공방을 번영시키기 위해 종신 고용 계약을 맺으므로 독립해서 자기 공방을 세우지는 못한다고 한다. 유능한 인재를 묶어두고 싶은 마음은 모두가 똑같은 모양이다.

"심하게 도움이 안 되거나 문제를 일으킨 다프라는 계약을 해지하기도 하지만, 요한과 자크는 각자 공방의 주 수입원이야. 공방 주인장이 놓아주지 않을 거야."

개인 공방을 가진 인고가 주인장의 관점으로 가르쳐주었다. 인고는 실력에 자신이 있었고 부모님 덕분에 다소 모은 돈이 있었기에 어릴 적부터 주인장이 목표였다고 한다. 그래서 다양한 공방을 전전하며 주변에서 다프라 계약을 권해도 거절하고 다루아 계약만 맺으면서 실력을 쌓았다고 했다.

"그럼 나의 구텐베르크 대장간을 세우기는 어렵겠네요."

실망하는 내게 요한이 "매우 어렵습니다." 하고 진지한 표정으로 재차 고개를 끄덕였다.

"설계를 맡기고 싶은 큰 주문이 몇 가지 있어서 전속 공방을 세우면 주문이 쉬워지겠다 싶었는데, 안 된다면 어쩔 수 없겠네요."

"……큰 주문?"

자크가 의아한 표정을 지었다. 나는 고개를 끄덕였다.

"네. 우물물을 쉽게 길어올릴 수 있는 '펌프'를 설계해주지 않겠어요? 그러면 그 설계도를 구매할게요. '펌프' 설계도는 대장간 협회가 관리하게 하고, 언젠가는 누구나 만들 수 있게 하고 싶어요."

"무엇을 위해서입니까?"

"한 공방이 독점하기엔 이익이 방대한데다 '펌프'는 한 번에 널리 보급하는 편이 좋을 것 같아서예요. 물 긷기를 힘들어하는 건 누구나 똑같잖아요?"

"그래도 왜 설계도를 공개하는지 모르겠습니다. 이익은 최대한 독점해야 하지 않습니까."

장인들은 너도나도 의아해했다. 자기 공방의 이익 독점이 최우선인 장인들은 편리한 물건을 얼른 보급하고 싶은 내 뜻을 이해하기 힘든 모양이었다.

'모든 평민의 사고방식이 이렇다면 장인들도 납득하기 쉽도록 이익을 확실히 취하는 게 나을지도 몰라. 그러는 김에 특허료와 비슷한 사고방식을 보급한다면······.'

"물론 대장간 협회에 설계도 관리를 맡기겠지만, '펌프'를 무료로 보급하겠다는 뜻은 아니에요. '펌프'를 하나 제작할 때마다 최초로 제안한 저와 설계도를 만든 자크에게 돈이 들어오도록 대장간 협회와 계약 마술을 맺을 생각이에요."

"······그렇군. 그러면 상품을 보급하면서 이익도 꼬박꼬박 얻을 수 있겠어."

인고가 턱을 쓰다듬으면서 고개를 끄덕였다. 이익을 얻겠다고 말하니 자크도 이해했다는 표정을 지었다.

"펌프는 어떤 물건입니까? 로제마인 님의 제안이니 이상한 물건일 거란 예상은 갑니다만."

"맞아요. 이상한 물건이에요."

가장 간단하게, 아니, 내가 설명할 수 있는 수준으로 펌프의 원리를 설명했다. 우라노 시절에 사회 수업에서 '지금 생활과 옛날 생활 비교하기'를 했을 때 조별과제로 조사했었다. 그때 조원들은 도서관에서 조사하는 역할을 내게 맡겼다. 남에게 일을 부탁받아본 적이 거의 없어서 기뻤던 기억이 난다. 그렇다고 펌프를 직접 만들어보진 않았다. 그림을 그리며 대강 설명할 수밖에는 없었지만, 자크는 회색 눈을 도전적으로 반짝이며 집중했다.

"이걸 움직이면 이게 움직이면서 마개가 열린다. ……일단 알겠습니다. 해보겠습니다."

"네, 도전해보세요."

나는 이번 인쇄기 잔금부터 새로 주문한 인쇄기와 펌프 설계도의 착수금까지 루츠와 길드 카드를 맞춰 결제했다. 인고를 포함한 장인들의 보수 지급과 협회에 올릴 보고 등, 이후의 대응은 길베르타 상회에 일임했다.

"로제마인 님, 주인님께서 이것을 전해드리라 하셨습니다."

루츠가 길에게 편지를 건네자 길이 내게 전해주었다. 나는 바스락거리며 편지지를 펼쳤다. 편지에는 '푸고가 궁정 요리사가 되고 싶다고 한다'라고 쓰여 있었다. 아무래도 이탈리안 레스토랑의 후임 교육이 끝난 듯하다.

"가능하면 로제마인 님께서 푸고를 궁정에 소개해주시기를 바라는 모양입니다."

궁정 요리사로서 고용할지 어떨지는 최종적으로 영주가 판단한다. 푸고는 일단 질베스타에게 직접 제안받은 적은 있지만 정식 서면을 주고받지는 않았다. 아마 내가 한마디 거들지 않으면 성이나 귀족 마을로 발을 들이기도 어려울 것이다.

"결국 성결식 전에 새 애인을 발견하지 못했군요……."

'그러고 보니 푸고도 여자 친구한테 차였지. 푸고도 그렇고 다무엘도 그렇고, 내 주변 사람들은 왜 차이기만 할까.'

주위의 실연 비율을 생각하며 어깨를 축 늘어뜨리고 나는 루츠를 보았다.

"루츠. 일단 본인과 얘기하고 싶으니 푸고를 데려와 달라고 벤노에게 전해줘요."

"알겠습니다."

사흘 뒤, 푸고를 데리고 벤노와 루츠가 고아원 원장실을 찾아왔다. 예복을 입은 푸고는 송구스러운지 탄탄한 몸을 움츠리고 있었다. 처음 보는 모습이라 조금 재밌었다. 고아원 원장실에서 요리사를 했을 때는 2층으로 올라와 본 적이 없어서인지 푸고는 주변을 둘러보면서 흠칫거리며 걸었다.

인사를 끝낸 후 앉기를 권하고 프랑에게 차를 내게 했다. 나는 귀족답게 느긋한 태도로 차를 마시고, 엘라가 만든 과자를 집어서 먹는 모습을 보여주었다. 푸고가 온다는 소식을 듣고 엘라가 의욕적으로 만든 신작 과자다. 랑그드샤처럼 비스킷 사이에 크림과 계절 과일로 만든 잼을 바른 쿠키로 '옛 스승에게 성장한 실력을 과시해주겠다'라고 투지를 불태우며 만들었다고 했다. 니콜라가 웃으면서 귀띔해주었다.

"드셔보세요. 엘라가 만든 신작 과자랍니다."

그 순간 긴장으로 움츠러들었던 푸고가 요리를 앞에 둔 장인의 표정으로 변했다. 등을 꼿꼿이 세운 채 날카로운 눈빛으로 과자를 바라보더니 하나를 손에 집었다. 여러 각도로 과자를 구석구석 훑어본 뒤, 입에 넣었다. 한입 먹더니 푸고의 미간이 잔뜩 찌푸려졌다. "젠장, 성장했잖아."라며 분한 듯 조그맣게 중얼거렸다. 엘라가 혼신을 다한 과자는 푸고의 자존심을 자극하는 데 성공한 모양이었다.

"자, 푸고가 궁정 요리사가 되고 싶어한다는 얘기를 들었는데요……."

내가 본론을 꺼내자 벤노가 고개를 끄덕였다.

"영주님께서 직접 권유는 해주셨지만 정식 서면은 없었습니다. 그래서 로제마인 님께서 한 말씀 거들어주셨으면 합니다."

"그럼 이탈리안 레스토랑은 푸고를 포기하는 셈인데, 그래도 괜찮나요? 공동 경영자인 프리다는 뭐라고 하던가요?"

이탈리안 레스토랑에서 궁정 요리사가 배출되면 식당 평도 좋아질 테니 가고 싶으면 가도 좋다며 프리다도 벤노와 의견을 같이해주었다고 한다.

"그렇군요. 그럼 푸고가 궁정 요리사가 되도록 주선해줄 수는 있어요."

"감사합니다."

벤노는 안심하고 가슴 앞에서 팔을 교차했다. 푸고도 벤노를 따라 했다. 나는 가볍게 고개를 끄덕이고, 푸고를 힐끗 쳐다보며 최종 의사확인을 시작했다.

"하지만 예전에 궁정 요리사에게 레시피를 가르치며 머물렀을 때와는 대우가 완전히 다를 거예요. 레시피를 가르치던 교사 입장이 아니라 잡일꾼부터 시작하게 되겠죠. 어떻게 생각해요? 힘들게 이탈리안 레스토랑 요리장까지 올라갔는데, 궁정 요리사가 되면 밑바닥부터 다시 시작해야 돼요."

푸고는 "그래도 부탁드립니다."하고 무릎 위에 얹은 주먹에 힘을 꽉 주었다.

"또 염려되는 점이 있어요. 지금까지 푸고에게 가르친 레시피는 계약 마술로 보호되고 있습니다. 만일 푸고가 궁정 요리사로 고용된다

해도 새로운 레시피를 만들어내지 못한다면 요리사들 사이에서 어떤 대우를 받게 될지 저로선 잘 모르겠군요."

"벤노 나리에게도 같은 말을 들었습니다. 하지만 전⋯⋯."

푸고의 의사는 강고했다. 어떤 환경이든 궁정 요리사가 되고 싶은 모양이었다.

"그리고 이 문제도 중요한데, 궁정 요리사로서 한 번 귀족 마을에 발을 들이면 고용주의 허가 없이는 평민촌에 돌아갈 수 없습니다. 푸고에겐 가족이 있지요? 가족과 헤어져도 괜찮은가요? 가족들은 다들 찬성합니까?"

내가 가족과 헤어지기 싫어했던 모습을 아는 벤노는 살짝 시선을 떨어트렸다. 하지만 푸고는 가족과 헤어지더라도 궁정 요리사가 되고 싶다고 했다.

"왜 그렇게 궁정 요리사에 집착하죠? 예전엔 권력욕도 별로 없었는데, 이유가 궁금하네요. 이탈리안 레스토랑에 그렇게 불만이 있었나요? 요리사로서 큰 불만이 있었다면 다른 요리사를 위해서라도 알려주세요."

"아닙니다. 직장에 불만이라니요⋯⋯. 그, 상당히 사적인 이유로⋯⋯."

더듬거리는 푸고를 대신해 벤노가 사정을 설명해주었다. 표정은 매우 심각한 한편 눈빛은 장난기가 넘쳤다. 알고 보니 푸고의 전 애인이 이웃 주민과 사귀면서 매일 사이좋은 모습을 과시하는 바람에 푸고는 조금이라도 빨리 궁정 요리사가 되어 집에서 멀어지고 싶다는 것이다.

'차인 게 다가 아니었구나. ⋯⋯이거 정말 불쌍한데.'

"애인이 필요하면 궁정이 아니라 계속 이탈리안 레스토랑에서 일해야 만남의 기회가 많을 텐데요. ……알고 있겠지만 성 안에 요리사라곤 남자뿐인걸요?"

엘라가 성에 갈 때 무척 걱정되어 조사한 적이 있어서 성 안의 요리사 성비는 잘 알았다. 내 지적에 푸고는 순간 "으……." 하고 숨을 삼켰다가 다시 고개를 세차게 저었다.

"전 평생을 요리에 바칠 겁니다!"

"푸고의 인생이니 푸고가 그 선택을 후회하지 않는다면 괜찮겠지요. 다만 궁정 요리사를 지망하는 이유가 지금의 직장과 거처에서 멀어지고 싶다는 마음 하나뿐이라면, 차라리 나의 전속 요리사로서 더 부살이로 고용할 수도 있어요. 어때요?"

푸고는 눈을 동그랗게 뜨고 깜짝 놀란 표정을 지었다. 나는 싱긋 웃어 보였다. 푸고만큼 실력 있는 요리사를 잡일꾼으로 삼기는 너무 아까웠다. 그리고 푸고는 나의 레시피를 이미 알고 있으니 이탈리안 레스토랑에서 나간다면 내가 데려오고 싶었다.

"마침 요리사가 엘라 혼자라 고생하는 것 같아서 전속 요리사를 늘리려던 참이었어요. 푸고는 엘라와도 친분이 있고, 실력도 확실하잖아요? 내 주방으로 오면 밑바닥부터 다시 시작하지 않아도 되는데요."

"아니, 그래도…… 가족에게 궁정 요리사가 되겠다고 선언하고 이탈리안 레스토랑을 그만뒀습니다. 그래놓고 궁정 요리사가 되지 못한다면……."

체면이 상하고 꼴사납다고 했다. 이것이 바로 남자의 자존심이겠지.

"전속 요리사가 되면 나와 함께 성과 신전을 왕복하는 생활을 할 테니 평민촌 사람들에게 궁정 요리사라고 말해도 아예 틀린 말은 아니에요."

푸고는 가볍게 눈동자가 커진 채 잠시 미동이 없더니 고개를 홱홱 저었다.

'아, 조금 흔들리고 있어. 좋아 좋아. 이대로 몰아붙이자.'

"그리고 여태껏 익힌 레시피를 헛되이 썩히지 않고 레시피대로 요리할 수도 있고, 앞으로도 새 레시피를 가장 먼저 손에 넣을 수 있는 자리지요. 이탈리안 레스토랑에 새 레시피를 공급하는 사람은 저니까요. 또, 어디 보자. 새로운 조리도구도 제일 먼저 손에 넣을 수 있어요."

조리도구라는 말에 요리사로서 구미가 당겼는지 푸고의 눈동자가 흔들렸다. 벤노는 그런 푸고 옆에 앉은 채 재밌다는 듯이 음흉하게 웃으며 조용히 상황을 지켜보았다.

"신전에 머물 때는 신청을 하면 평민촌에 돌아갈 수도 있어요. 그럼 가족도 조금은 안심하지 않을까요?"

흔들흔들 움직이는 마음을 나타내듯 푸고의 머리가 까딱까딱거렸다. 이제 마지막 한 방이다.

"그리고 내 주방에는 엘라가 있어요. 니콜라와 모니카도 조수로서 드나들죠. 남자만 득실거리는 칙칙한 성의 주방보다 귀여운 여자아이들이 가득한 직장이 낫지 않겠어요?"

"로제마인 님, 잘 부탁드립니다."

단호한 표정으로 푸고가 넘어왔다. 손으로 입가를 틀어막고 웃음을 참는 벤노를 중간에 세우고 푸고와 전속 계약을 맺었다. 이렇게 하여 푸고도 나의 전속 요리사가 되었다.

"푸고 몫으로 내줄 방을 내일까지 청소해둘 테니 짐을 들고 오세요. 모니카, 푸고를 신전장실 주방으로 안내해줘요. 오늘은 주방 위치만 알려주면 됩니다."

"알겠습니다. 푸고, 이쪽으로 오세요."

모니카를 따라 푸고가 방을 나갔다. 들어올 때와 달리 콧노래라도 부를 것처럼 기분이 좋아 보였다. 나는 계단을 내려가는 푸고를 지켜본 후 벤노에게로 시선을 옮겼다.

"벤노, 오토와 테오의 교육 날짜가 정해졌어요."

오토와 테오가 교육받는 날은 영주 회의 기간 중 내가 성에 가 있는 동안이다. 내가 부재중일 때는 시종들도 비교적 여유로워서 그동안에 교육하기로 했다.

성의 도서실에서 마음껏 책을 읽……고 싶지만, 영주 회의로 영주가 부재중인 동안에는 빌프리트와 함께 마력을 공급하라고 페르디난드가 말했다.

"바쁘실 텐데 대단히 송구스럽습니다."

그렇게 말하고 벤노는 비밀의 방 쪽으로 힐끗 시선을 돌렸다. 저기서 하고 싶은 얘기가 있다는 뜻이다. 나는 가볍게 고개를 끄덕이고 자리에서 일어났다.

"다무엘, 길, 저쪽 방으로 가겠습니다."

벤노와 길과 다무엘과 함께 비밀의 방에 들어가서 의자에 앉았다. 앉은 후 벤노와 시선을 마주치자 상인다운 미소를 띠던 벤노가 순간 떨떠름한 표정을 지었다.

"무슨 일 있어요, 벤노 씨?"

"최근에 우리가 귀족과 교류가 늘었다는 건 알지?"

"네. 루츠가 투정한다고 길이 전해줬어요."

겨울에 성에서 재료를 팔았을 때 엘비라가 말을 건 이후부터 길베르타 상회는 귀족과 거래가 단숨에 늘었고, 눈코 뜰 새 없이 바빠졌다고 했다.

"로제마인 공방에서 만든 교재를 사겠다는 문의가 쏟아지고 있어. 귀족뿐만이 아니라 평민 부자들까지 말이야. 그렇게 되니 길베르타 상회는 원래 의상을 취급하는 상점 아니냐며 큰 상점 주인들이 불평불만을 쏟아내더군."

벤노는 머리를 벅벅 긁으며 천천히 한숨을 내쉬었다.

"일을 너무 크게 벌였어. 그뿐이었다면 불평을 듣지 않았겠지만, 모든 일에 네가 관련된 데다 모든 사업에서 막대한 이익이 들어오고 있어. 귀족과도 거래가 단숨에 늘어서 주변 시기가 심각해."

이탈리안 레스토랑에는 길드장과 프리다를 끌어들였고, 오히려 벤노는 요새 드나들지 않아서 투자만 했을 뿐인 관계로 보인다고 한다. 그래도 나와 엮이면서 인쇄 관련 일거리가 단숨에 늘어난데다 귀족 고객이 엄청난 기세로 증가한 탓에 큰 상점 주인들이 어떻게든 필사적으로 길베르타 상회의 이익을 뺏으려 든다고 한다.

"새로 고객이 된 귀족들 중에는 길베르타 상회가 의류 상점인 줄 모르는 사람이 많아. 이렇게 되면 코린나와 레나테에게 상회를 넘겨주기가 어려워지지. 그래서 말인데 오토가 교육을 마치는 대로 길베르타 상회와 인쇄 일을 맡을 상점을 분리할까 한다. 가능하면 네가 새롭게 유행시키려는 옷이 나오기 전에……."

상점을 분리하고 이익을 나누어서 주변의 시기를 조금이라도 줄일 생각인 듯하다. 그걸로 정말 시기가 줄어들지는 모르겠지만, 상인의 생리를 잘 모르는 내가 훈수를 둘 처지는 아니었다.

"그럼 책 작업을 맡을 새로운 상점은 벤노 씨와 마르크 씨와 루츠가 시작하나요?"

"그래. 그 상점에는 영주의 새로운 사업에 끼고 싶어 좀이 쑤시는 큰 상점들이 자기네 다루아를 한 명씩 보내기로 했어."

다른 상점의 다루아를 길베르타 상회에 들여놓고 싶지 않다는 마음이 상점을 분리하려는 진짜 이유인 듯했다. 그럼 왜 다루아 투입을 거절할 수는 없는 걸까, 상인의 세계는 이해하기 어려웠다.

"그러면 저는 뭘 해드리면 될까요?"

"이름이 필요해. 너의 보증을 받고 시작된 사업이란 걸 알 수 있게 새 가게의 이름을 네가 지어주지 않겠어?"

길베르타 상회가 처음 세워졌을 때도 창업자가 귀족에게 이름을 하사받았다고 했다. 또 귀족이 앞으로 이름도 바꾸라고 지시해서 창업자 자신도 길베르타라는 이름을 썼다고 한다.

"음…… 그 말은 새로운 상점이 로제마인 상회가 되는 건가요? 그리고 벤노 씨가 상회를 따라서 로제마인이라는 이름을 쓴다고요?"

"난 이름을 바꾸지 않을 거다. 그리고 내가 상회를 따라 이름을 바꾸길 원한다면 상회에 남자 이름을 붙여! 애시당초 네 이름을 붙일 필요는 없어. 뭐든 새 가게 이름을 지어주기만 하면 충분하다."

거침없이 혼쭐이 나고 나는 음, 하고 고민했다. 구텐베르크는 칭호로 사용 중이므로 인쇄업에 관련된 다른 이름이 좋겠다. 내 머릿속에는 딱 하나의 이름이 떠올랐다.

"로제마인 공방이 이미 있으니까 상회 이름까지 똑같으면 헷갈릴 테고, 플랑탱 상회는 어때요?"

"……어디서 튀어나온 이름이냐?"

나는 "비밀이에요."라며 웃었다. 말해도 모를 테니까. 플랑탱은 성서를 인쇄했다는 이유로 이단 심문을 당했으며 그로 인해 방방곡곡 도망치면서도 다국어 성서라는 인쇄물을 탄생시킨, 인쇄에 인생을 건 사람의 이름이다. 참고로 플랑탱 인쇄 공방은 세계 유산으로도 등재되었다. 벨기에에 있는 플랑탱-모레투스 박물관이 그것이다. 한 번쯤 직접 보고 싶었는데.

"플랑탱이라. 뭐 구텐베르크가 아닌 게 어디냐."

"……출처는 비슷하긴 한데요. 그것보다 벤노 씨. 이왕 이렇게 된 거 이제부터 이름을 플랑탱이라고 하세요."

"거절한다."

바로 퇴짜 맞았다. 어차피 벤노 씨가 이름을 바꿔버리면 나부터 헷갈릴 테니 이대로가 좋다. 이름보다도 20개의 인쇄기를 총 가동하여 마구 인쇄물을 뽑아냈던 플랑탱을 본받아 인쇄업을 발전시키는 것이 중요했다.

"벤노 씨, 벤노 씨, 플랑탱 상회에서 책을 잔뜩 만들어 팔도록 해요. 전 인쇄기가 20대는 들어갈 만한 공방을 갖고 싶어요."

새로운 인쇄 공방을 세워도 좋고, 지금 있는 로제마인 공방에 인쇄기를 늘려도 좋았다. 내가 야망을 말하자, 벤노는 아주 싫은 표정을 짓더니 손가락을 튕겨 내 이마를 딱 때렸다.

"……너 말이야. 성급한 성격 고치라고 신관장님한테 혼나지 않았냐?"

"그랬어요. 자중, 자중……. 자중 내다버려도 될까요?"

"되겠냐, 이 바보야!"

벤노의 호통이 떨어지고 "아아, 정말 호흡이 딱딱 맞네요. 오랜만이다."라고 배시시 웃자, 벤노가 주먹 사이에 내 머리를 끼우고 마구 돌렸다.

'자, 잠깐, 힘조절! 힘조절 해주세요!'

영주 회의 동안의 성 지키기

"프랑, 내가 성에 지내는 동안 교육을 맡길게요. 잠도 최대한 프랑을 도와주세요."

오늘부터 봄에 있을 성인식까지 성에서 생활하게 되었다. 영주 부부가 영주 회의에 참석하러 중앙으로 가 있는 동안에 초석의 마술을 위해 마력을 공급해야만 해서다.

"로제마인, 가자."

페르디난드의 부름에 나는 엘라와 푸고, 로지나를 기수에 태웠다. 브리기테는 지정석인 조수석에 앉았다. 다무엘의 기수에게 후방을 보호받으며 나는 페르디난드의 뒤를 따라갔다.

푸고는 기수가 하늘을 나는 순간 "으히이이." 하고 한심하게 소리를 질렀지만, 기수에 익숙한 엘라가 비웃자 바로 입을 꾹 닫았다.

"푸흡, 그렇게 무서워할 거 없어요, 푸고 씨. 금방 익숙해질 텐데요 뭐."

대화를 듣자 하니 엘라가 살짝 선배 티를 냈다. 푸고를 놀리는 것이 재미있는지 엘라의 목소리가 평소보다 한 톤 높게 들떠 있어 재밌었다.

"저도 처음 탔을 땐 푸고 씨처럼 놀랐습니다. 지금은 마차보다 쾌적하지만요."

"로지나 씨! ……엘라, 로지나 씨랑 자리 바꿔라."

푸고가 감격의 소리를 질렀다. 미인인 로지나가 자신을 변호해줘서 기쁜 건 알겠지만, 태도가 너무 노골적이었다.

"로제마인 님이 운전 중이실 땐 못 바꾸거든요~, 안 됐네요."

흥, 하고 엘라가 고개를 획 돌렸고, 로지나가 키득거리며 웃었다. 뒷자리가 즐거워 보여서 부러웠다.

"어서 오십시오, 로제마인 님. 잘 오셨습니다, 페르디난드 님. 이미 여러분 몫의 준비는 마쳤습니다."

노르베르트의 마중 인사에 나는 "무슨 준비요?" 하고 고개를 갸웃했다. 반면 페르디난드는 기수를 정리하고 "그렇군." 하며 천천히 고개를 끄덕였다. 노르베르트는 나의 기수에서 내리는 전속 세 사람과 그 주변을 둘러보며 지시를 내리기 시작했다.

"로제마인 님의 전속 요리사는 주방으로 가세요. 오틸리에와 시종들은 짐을 옮기고, 악사는 로제마인 님의 방으로 안내하세요. 그리고 지금 가는 곳에 다무엘과 브리기테는 입장 불가입니다. 호위는 코르넬리우스로 교대하고 두 분은 쉬도록 하세요."

"네!"

다무엘과 브리기테가 한 걸음 물러서서 무릎을 꿇었다. 노르베르트의 지시대로 푸고와 엘라는 각자의 짐을 들고 시종 한 사람과 함께 주방으로 향했고, 로지나는 페슈필을 안고 오틸리에와 함께 북쪽 별채로 걸어갔다.

"로제마인 님, 잠시 본관을 걸어야 하니 기수를 준비해주시길 바랍니다."

오늘은 내 방이 아니라 다른 곳에 가는 모양이다. 나는 기수를 1인용으로 변형하고 올라탔다.

"안내 부탁드려요."

나는 노르베르트와 페르디난드의 뒤를 1인용 레서버스를 타고 따라갔다. 에크하르트와 코르넬리우스가 호위하고, 리카르다가 시종으로서 함께 따라왔다. 뒤쪽 출입구를 통해 본관으로 들어가 계단을 올라가서 영주의 집무실에 도착했다.

"아우브 에렌페스트, 로제마인 님과 페르디난드 님이 도착하셨습니다."

집무실에는 영주 부부와 각자의 호위 기사와 시종, 그리고 빌프리트와 램프레히트와 오즈발트가 모여 있었다. 집무실 문 앞에 선 우리를 보고 질베스타가 자리에서 일어났다.

"아아, 왔군. 자, 이제 가지."

나와 페르디난드가 집무실에 들어가자, 램프레히트와 에크하르트가 집무실 밖으로 나가 문을 지키고 섰다. 두 사람이 호위로 선 것을 확인하고 시종들이 문을 닫았다. 집무실 안쪽 문에는 플로렌치아의 호위 기사와 코르넬리우스가 호위로서 섰다.

"대체 무슨 일이죠?"

삼엄하고도 긴장감이 넘치는 분위기에 나는 무심코 페르디난드의 소매를 꼭 잡았다. 페르디난드가 나를 내려다보고 가볍게 눈썹을 씰룩거렸다.

"초석의 마술에 마력을 붓는 거다. 그렇게 설명했지 않은가?"

슥 지나가는 듯한 간단한 설명이었던데, 신구에 마력을 봉납하거나 봉납식에서 작은 성배에 마력을 담는 방식과 별반 다르지 않다고 그때 페르디난드는 말했다. 이렇게 경계와 긴장이 넘치는 상황일 줄 누가 상상이나 했을까.

"……이렇게 삼엄할 줄은 몰랐어요."

"에렌페스트의 기반이 되는 마술이다. 경계하면 할수록 좋겠지."

지금 이 자리에 있는 사람들은 영주와 비교적 가까운 혈족인 상급 귀족뿐이라고 했다.

질베스타가 턱을 슥 치켜들자 리카르다와 오즈발트가 고개를 끄덕이고 집무 책상 뒷벽에 걸린 태피스트리를 떼어내기 시작했다. 태피스트리를 떼어내자 작은 문이 있었다. 내가 몸을 구부려야 들어갈 만큼 상당히 작은 문으로, 채광창만한 크기라는 표현이 어울렸다. 문에는 일곱 개의 동그란 구멍이 뚫려 있고 그 중 네 군데에 유리구슬 같은 마석이 박혀 있었다.

"로제마인, 빌프리트, 이것을 쥐고 자기 마력을 등록해라."

질베스타가 건네주는 유리구슬 같은 마석을 받아 마력을 담자, 마석이 옅은 노랑으로 물들었다. 빌프리트도 마석을 쥐고 마력을 담았다. 질베스타는 우리의 마력이 담긴 마석을 동그란 구멍에 끼웠다.

"이제 그대들도 저곳에 들어갈 수 있게 됐다. 가지."

영주 부부가 장갑을 벗고 각자의 시종에게 건넸다. 영주가 문손잡이를 잡자, 작은 문이 쓱 커지며 페르디난드도 무난히 들어갈 만한 크기가 되었다. 질베스타가 커진 문을 열었지만 무지개색 막에 가려진 듯이 방안이 보이지 않았다.

가장 먼저 질베스타가 들어가고 플로렌치아가 그 뒤를 이어 들어갔다. 다음은 누굴까 하고 주변을 돌아보는데, 페르디난드가 "그대가 가라." 하고 빌프리트의 등을 가볍게 떠밀었다. 빌프리트는 깜짝 놀란 얼굴로 뒤돌아보았다.

"빌프리트 도련님, 로제마인 공주님, 영주의 자제로서 처음 임하시는 임무입니다. 힘드시겠지만 최선을 다하실 수 있도록 저희는 이곳에서 기도드리겠습니다."

무엇이 있을지 모른다는 불안감과 긴장감에 얼굴이 딱딱해진 빌프리트를 향해 리카르다가 온화하게 웃어주었다.

"가요, 빌프리트 오라버니. 아니면 제가 먼저 갈까요?"

"아니, 내가 가겠어."

빌프리트가 침을 꼴깍 삼킨 뒤, 눈을 꾹 감고 발을 디뎠다.

들어가라고 재촉하는 페르디난드의 시선을 받고 나도 빌프리트 뒤를 따랐다. 끈적끈적한 막을 찢는 듯한 감각과 함께 무지개색 막을 통과하자 막 너머였다.

"우와!"

'판타지다!'

무심코 마음속으로 소리쳤다. 지금까지 마술과 관련된 온갖 물건을 실컷 봐왔지만, 이곳은 방 전체가 판타지였다. 태피스트리도 카펫도 없는 새하얀 방 한가운데에 수박보다 조금 큰 크기의 마석이 공중에 떠 있었다. 몇 중으로 겹쳐진 복잡한 마법진이 공중에 떠서 그 마석 주변을 빙글빙글 돌았다. 마력을 머금고 빛나는 복잡한 글자와 문양의 띠가 빙빙 도는 모습은 마치 받침대 없는 지구본 같았다.

"로제마인, 방해되니 멈춰서 있지 마라."

마지막으로 들어온 페르디난드가 째려보았다. 나는 허둥지둥 그 자리를 비켰다.

"페르디난드 님, 이곳은 대체 무슨 방이에요?"

"에렌페스트의 초석에 마력을 붓기 위한 마력 공급의 방이다. 영주 부부와 마력을 등록한 영주 일족만이 출입하도록 설정되어 있지."

지금 공급의 방에 들어올 수 있는 사람은 영주 부부와 그 자식인 빌프리트와 나, 그리고 선대 영주의 자식인 페르디난드, 마지막으로 선선대 영주의 자식으로서 칼스테드의 아버지이자 나의 할아버지인 보니파티우스라는 사람뿐이라고 한다. 영주의 어머니는 죄를 지어 유폐되었을 때에 등록한 마석을 제거했다고 한다.

　'하긴 악의로 무슨 짓이라도 저지르면 곤란하니까.'

　"이 마석은 초석의 마술과 이어져 있다."

　"이어져 있다는 건 초석의 마술 그 자체는 아니라는 뜻인가요?"

　"아, 그렇다. 초석의 마술 본체는 다른 곳에 있다. 그곳에 출입할 수 있는 사람은 영주뿐이다."

　페르디난드의 설명에 질베스타가 긍정하며 고개를 끄덕이고 설명을 덧붙였다.

　"시집갈 가능성이 있는 딸이나 신하로 격하되는 아들, 다른 영지에서 온 사람인 배우자에겐 초석의 위치를 누설하지 말아야 한다. 초석을 다스리는 자가 곧 영주이니까."

　영주 외에는 초석이 어디에 있는지도 모른다고 한다. 영지의 기초이자 영주를 정하는 조건이라고 하니 왜 이렇게 신중한지도 납득이 간다.

　"영주 회의 기간에 로제마인과 빌프리트는 이곳에서 초석에 마력을 공급하게 하겠다."

　두 이름만 올라오자 깜짝 놀라서 나는 페르디난드와 질베스타를 번갈아 보았다.

　"저희 둘이서요? ……지금까지는 어떻게 하셨는데요?"

　"작년에는 어머님과 페르디난드가 맡았지. 도중에 그 사건이 일어나서 부족한 부분은 숙부…… 보니파티우스가 협력해줬다."

작년에는 영주 회의 도중에 전 신전장이 체포되고 영주의 모친이
범죄자로서 유폐되었다. 새로운 신전장 자리에 내가 취임하고, 페르
디난드는 이제 신관장 업무에 더해 신전장 업무의 절반 이상을 소화
해야 했다. 도무지 신전을 빈번히 비울 수 없는 상태였다. 그래서 올
해는 영주 부부가 성을 비우는 동안 마력을 공급할 길이 마땅치 않다
고 했다. 원래는 귀족원에도 들어가지 않은 아이에게 시킬 일은 아니
지만, 마력이 부족해서 별 도리가 없는 듯했다.

"마력 공급 자체는 신전에서 평소에 하는 봉납이나 봉납식과 별반
다르지 않다. 내가 신전을 비우는 것보다는 로제마인을 성에 넘기는
편이 효율적이라고 판단했지."

'난 신전 사무업무도 귀족을 대하는 법도 모르는 부분이 천지니까,
그래, 페르디난드 님의 판단은 틀리지 않았어.'

맞아 맞아, 하고 내가 납득하며 고개를 끄덕이고 있자니 질베스타
가 허리춤에 걸친 가죽 주머니에서 마석 하나를 꺼냈다. 그리고 그
탁구공만한 마석을 빌프리트에게 건넸다.

"그럼 본론으로 들어가지. 빌프리트에겐 이걸 주마. 마력이 채
워진 마석이다. 이 마석에서 마력을 꺼내어 여기에 흘려보내도록
해라."

빌프리트는 자랑스럽게 그 마석을 잡았다. 그 마석은 봉납식 때 페
르디난드가 캠펠과 프리다에게 건넸던 마석과 아주 비슷했다. 누구의
마력이 채워져 있는지 나는 대강 알 것 같지만 빌프리트는 모르는 걸
까. 아니면 빌프리트에겐 사정을 가르쳐주지 않기로 한 걸까. 페르디
난드도 아무 말 하지 않았다.

"마석을 넣은 주머니는 여기에 놔두마. 앞으로 마력을 공급할 때 써라. 다 쓴 마석은 이쪽 주머니에 넣도록."

도난을 방지하려면 이 방에 놔두는 것이 제일 나은 모양이다. 질베스타는 마석이 담긴 주머니와 텅 빈 주머니를 방 구석에 두었다.

"오늘 모두 함께 마력을 부어 놓으면 영주 회의가 끝날 때까지는 버틸 거다. 하지만 우리가 영주 회의에서 돌아왔을 때 마력이 거의 다 떨어져 있으면 곤란해. 그러니 무슨 일이 생겼을 때를 대비해서 공급 방법을 보여주마. 연습 삼아 둘이서 매일 조금씩 마력을 흘려보내도록."

질베스타가 빙글빙글 도는 마법진의 중심에 있는 마석의 바로 아래까지 걷더니 그 자리에 무릎을 꿇고 바닥에 손을 얹었다. 그 순간, 방안의 바닥과 벽에 마법진을 닮은 문양이 옅은 빛을 뿜으면서 떠올랐다.

"로제마인, 이리 와라. 여기가 그대의 위치다. 항상 여기서 마력을 흘려 보내거라."

페르디난드가 둥근 진을 가리키며 그렇게 말했다. 그 중심에 바람의 여신을 나타내는 기호가 보였다. 내가 시키는 대로 무릎을 꿇자, 페르디난드는 또 다른 진에 가더니 그곳에서 무릎을 꿇었다. 다른 한쪽 진에는 빌프리트, 그리고 아들에게 마석을 다루는 방법을 가르치며 도와줄 플로렌치아가 함께 무릎을 꿇는 모습이 보였다. 마치 질베스타를 중심으로 정삼각형을 그리는 듯했다.

모두가 자기 위치에서 바닥에 손을 얹었다. 그것을 확인한 페르디난드가 질베스타를 향해 가볍게 고개를 끄덕였다.

"나는 세상을 창조한 신들에게 기도와 감사를 바치는 자."

천천히 귓속에 울리는 청량한 질베스타의 목소리가 의식의 방에서 메아리쳤다. 봉납식 때와 똑같은 익숙한 기도문을 듣고 나도 따라서 복창했다.

"높고 정정한 천공을 관장하는 최고신은 어둠과 빛의 부부신, 넓고 호호막막한 대지를 관장하는 다섯 분의 대신, 물의 여신 플류트레네, 불의 신 라이덴샤프트, 바람의 여신 슈첼리아, 흙의 여신 게두르리히, 생명의 신 에이비리베. 살아있는 모든 생명에 은혜를 내려주신 신들에게 경의를 표하며, 고귀한 신력의 은혜에 보답할지어다."

마력이 서서히 빨려나가는 느낌이 들었다. 흘러나간 마력은 빛의 물결처럼 방 전체를 돌았다. 마석을 둘러싼 마법진의 움직임이 빨라졌다. 바닥에 손을 얹은 채 방을 둘러보자, "여기까지." 하고 질베스타가 제지했다.

나는 마법진에서 손을 떼고 그 자리에서 몸을 일으켰다. 주저앉아 움직이지 않는 빌프리트를 플로렌치아가 살피는 모습이 보였다.

"괜찮은가요, 빌프리트?"

"괜찮습니다, 어머님."

입으로는 괜찮다고 말하지만, 괜찮은 척할 뿐 빌프리트는 명백하게 상태가 나빴다. 안색은 나쁘고 녹초가 된 듯 어깨가 축 떨어졌다. 처음으로 어마어마한 마력을 쓴 것이다. 봉납식 때는 청색 신관들도 피폐해졌다. 그러니 어린 빌프리트가 피곤하지 않을 리 없다.

"로제마인은 괜찮아 보이는군. 허약한 그대가 제일 먼저 쓰러질 줄 알았는데."

방을 휙 둘러본 질베스타가 나를 보고 놀랍다는 듯이 말했다.

"이 정도쯤이야 봉납식 때 매일 하는 일이라 싫어도 익숙해져요.

그리고 마력만 쓰지, 체력을 쓰는 것도 아니고…….”

“이런 게 익숙하다? 페르디난드, 로제마인을 너무 혹사하는 것 아닌가?”

“작은 성배를 늘린데다 영지의 수확량을 올리겠다고 기원식 때 온 직할지를 돌게 한 사람이 누구지? 아무리 생각해도 로제마인을 혹사하는 사람은 내가 아니지 않은가?”

페르디난드는 질베스타를 날카롭게 노려보며 “난 적당히 조절해주고 있고, 항상 약도 구비해놓는다.”라며 당당하게 말했다. 약을 준비했다고 혹사해도 되는 건 아닌데 말이다.

‘아아, 그랬구나. 난 모두에게 혹사당하는 거였구나. 그럴지도 모르겠다고 어림짐작했지만, 다른 사람 입에서 나오니 꽤 충격이네.’

마력 공급이 끝난 후에는 저녁때까지 방에서 쉬라고 했기에 나는 리카르다에게 책을 들고 오게 해서 느긋하게 휴식하기로 했다.

“공주님, 책을 읽는 건 휴식이 아닙니다만?”

“독서할 때에 가장 마음이 안정되고 평온해져요. 이보다 더 좋은 휴식은 없죠.”

리카르다와 그런 대화를 하며 책을 읽다 보니 금방 저녁 시간이 왔다.

식당에 온 빌프리트는 아직 피곤이 덜 풀렸는지 안색이 나빴다. 그러고 보니 신식의 열에 휘둘리던 무렵엔 나도 그랬다. 마력이 날뛸 때마다 체력을 잔뜩 소비해서 쓰러지던 시절이 떠올랐다.

‘나, 강해졌구나.’

여기까지 온 긴 과정을 곰곰이 돌이켜 생각해보는데 페르디난드의 호통이 떨어졌다.

"듣고 있는가, 로제마인!?"

"안 듣고 있었어요. 뭐였죠?"

페르디난드가 골치아파하며 관자놀이를 누르고, 영주 부부는 웃음을 참으며 입가를 틀어막았다. 내가 고개를 갸웃거리자 페르디난드가 한숨을 내뱉으며 입을 열었다.

"로제마인은 봄에 있을 성인식까지 성에 지내면서 마력을 공급해야 하니…… 얌전히 지내라. 쓸데없는 생각을 하거나 돌아다니지 말도록."

"네! 도서실에서 얌전히 지낼게요! 독서 말고는 아무것도 안 할 거예요. 안심하세요."

바라던 바라며 나는 힘차게 고개를 끄덕였다. "그래, 그럼 안심이군." 하고 질베스타가 말하자 페르디난드가 고개를 저으며 "안 된다." 하고 말을 가로막았다.

"질베스타, 전혀 안심할 상황이 아니다. 로제마인은 정말 독서 외에 아무것도 하지 않게 될 테니 항상 과제를 줘야만 한다."

'윽, 들켰네.'

"너무해요, 페르디난드 님. 제가 더없이 행복을 누리는 시간을 방해하시려는 거예요!?"

"조용히 해라. 가뜩이나 허약하니 사람다운 생활이 중요해. 리카르다를 감시역으로 붙여서 마력 공급 시간, 공부 시간, 기초체력을 다지는 시간은 반드시 확보하게 하마. 그대의 손에 책을 쥐여 줄 땐 주의가 필요하지."

저녁을 함께 먹은 후, 페르디난드는 리카르다에게 나를 단단히 감시하도록 주의를 주고 신전으로 돌아갔다. 내 독서시간은 페르디난드 때문에 확실히 줄어들었다.

'신관장님 못됐어!'

"다녀오십시오, 아버님, 어머님."

"다녀오십시오, 양아버님, 양어머님."

성에 온 지 사흘째, 영주 회의로 향하는 길에 오르는 영주 부부와 기사단장인 칼스테드를 배웅하게 되었다. 이미 호위 기사와 시종, 문관은 먼저 보낸 뒤다. 멤버가 하나둘 떠나고, 남는 사람은 빌프리트와 나 그리고 엘비라와 오라버니들뿐이었다.

"엘비라, 우리가 없는 동안 부탁하마."

"네, 칼스테드 님. 맡겨두십시오."

두 사람과 오라버님이 가족간의 인사를 하는 중에, 칼스테드와 엘비라의 시선을 받고 나도 그 단란한 가족의 틈에 끼어들었다.

"아버님, 일 열심히 하세요."

"그래, 로제마인도 임무를 똑똑히 다하거라. ……성에는 아버님이 계시니 무슨 일이 있으면 부탁해라. 손녀의 부탁을 저버리진 않겠지."

영주 부부가 없는 동안은 선선대 영주의 자식이며 칼스테드의 부친인 보니파티우스가 영주 대리로서 에렌페스트를 통치한다고 한다. 나는 세례식 때와 겨울 사교장에서 짧게 인사했을 뿐 그 사람을 잘 모른다. 그래도 칼스테드나 오라버니들처럼 뇌까지 근육으로 덮인 혈통이란 건 한눈에 봐도 알 만한 체격을 가진 사람이었다. 보니파티우스는 이 순간도 영주 대리로 일하는 중인지 이 자리에는 없었다.

"그럼 두 사람 다 성을 부탁하마."

"빌프리트, 착실히 공부하세요."

세 사람이 전이 마법진으로 길을 떠났다. 조금 쓸쓸해하고 있자니 엘비라가 내게 말을 걸었다.

"로제마인, 이렇게 대화를 나누기도 오랜만이죠?"

"좀처럼 만날 기회가 없었지요. 어머님, 괜찮으시다면 얘기를 나누지 않으시겠습니까?"

나는 엘비라를 다과회에 초대했다. 엘비라의 말은 초대해 달라는 암묵적인 권유가 맞았던 듯하다. 나의 초대에 엘비라는 만족스럽게 고개를 끄덕였다.

리카르다를 시켜 대기실에 차를 내오게 했다. 영주 부부가 없는 지금은 북쪽 별채에 들어갈 수 있게 허가를 내줄 사람이 없어서다. 엘비라와 차를 마시는 곳도 본관에 있는 대기실이어야 했다. 시종에게 차를 따르게 하고, 엘라의 과자를 내오도록 했다. 내가 먼저 과자를 한입 먹자 엘비라도 손을 뻗었다. 차를 마시고 엘비라가 나를 바라보았다.

"로제마인, 물어봐야 할 일이 있어요."

"뭔가요?"

"어제 우리 저택에 길베르타 상회를 불렀어요. 그때 상인에게 들었는데 여기사를 위해 새로운 의상을 고안했다면서요?"

나는 금시초문인데 어떻게 된 일이죠, 라는 듯한 엘비라의 무시무시한 미소에 나는 "히익." 하고 숨을 삼켰다.

"지, 지금 유행하는 의상이 호위기사에게 전혀 어울리지 않길래 어울릴 법한 의상을 생각해봤을 뿐이에요. 그, 어머님에게 알려야 한다는 생각까지는 못했어요."

내 말에 엘비라는 하는 수 없다는 듯 한숨을 내쉬었다.

"어떤 의상을 유행시키려고 하는지 한 번 보여줘요."

"어머님, 전 지금 만드는 의상을 유행시킬 생각은 없어요."

"뭐라고요?"

믿을 수 없다는 듯이 엘비라가 입가를 가리며 눈을 크게 떴다.

"……그게, 아무리 유행하는 옷이라도 어울리는 사람과 어울리지 않는 사람이 갈리잖아요? 그러니 지금 유행하는 옷이 어울리지 않는 사람이 입을 만한 옷을 만들고 싶었을 뿐이에요. 에렌페스트의 모든 귀족 여성에게 유행시키려는 의도는 없어요."

브리기테를 위해 만든 아메리칸 슬리브 드레스가 유행이 되면 당연히 그 옷이 어울리지 않아서 고민하는 영애가 생길 것이다. 유행했다가 쇠했다가 하는 흐름이 없어질 수는 없겠지만, 솔직한 심정으로는 각자 자신에게 어울리는 의상을 입는 문화가 되었으면 했다.

"로제마인, 지금 유행이 어울리지 않는 분이라니 대체 어떤 분이죠?"

"지금 유행하는 의상은 몸집이 아담하고 마른 분들에겐 매우 어울려요. 하지만 제 호위 기사인 브리기테처럼 몸을 단련해서 탄탄한 여성이 입으면 몸집이 옆으로 떡 벌어져 보이는데다 어깨가 더 넓어 보여서 어울리지 않아요."

엘비라는 브리기테를 떠올렸는지 "그렇군요." 하고 납득하는 표정을 지었다.

"어울리지 않는 옷을 입고 성결식에 참가하면 가엾잖아요? 그래서 유행하는 옷이 어울리지 않는 분에게 선택지를 주려 했을 뿐, 새로운 유행을 만들 생각은 없어요."

"그러면 안 돼요. 당신이 만든 유행을 주변에 알린 뒤에 새 의상을 입어야 해요. 그렇지 않으면 주변 사람들은 브리기테 혼자만 이상한 의상을 입었다고 생각해버릴 거예요."

엘비라는 심각한 표정으로 머리를 가로저었다. 내가 자신의 호위 기사를 위해 새 의상을 만들었다는 점을 주변에 알려서 브리기테에게 선망의 시선이 집중되게 해야 한다고 한다. 귀족 간의 일은 잘 모르니까 엘비라가 말하는 대로 하기로 했다. 나 때문에 브리기테가 가엾게 창피를 당해선 안 되니까.

"당신이 새로운 물건을 만들 때는 내가 확인할게요. 재단은 끝났지요? 시침질은 언제죠?"

"당분간 신전에 돌아갈 수 없으니까 천천히 해도 좋다고 길베르타 상회에 전해뒀어요. 아마 봄의 성인식 후가 되지 않을까요?"

"그러면 너무 늦어요. 조금 더 서둘러서 성에 부르세요."

시침질 상태로 의상을 엘비라의 파벌에 공개해서 '이런 새로운 의상을 만들고 있습니다'라고 어필해두겠다는 것이다. 그 자리에 브리기테와 체격이 비슷한 여성도 몇몇 초대해서 의상을 보여주고 그들의 마음에 선망을 심어두는 게 좋다고 했다. 유행의 선구자도 참 힘들겠다.

"성에서 시침질을 해도 상관은 없어요. 그러면 어머님께서 길베르타 상회에 연락을 해주시겠어요? 전 신전에 돌아가야지만 연락을 할 수 있거든요."

"그러지요. 길베르타 상회에는 내가 연락을 넣죠."

'미안, 벤노 씨, 코린나 씨. 일이 급해졌어!'

의상 소개와 보수

성에서 지내는 생활은 쾌적했다. 아침에 눈을 뜨면 아침 식사 전까지 독서다. 신전과 달리 아침이 느긋해서 읽는 속도가 빨라 기뻤다. 그야말로 '일찍 일어나는 새가 벌레를 잡는다'라는 말대로였다.

아침을 먹으면 빌프리트와 함께 기사단의 연습장에 간다. 빌프리트는 검을 본뜬 나무막대기를 휘두르지만 내겐 그건 무리다. 체력을 다지기 위해 쓰러지지 않을 정도로만 몸을 움직인다. 일과로서 에크하르트의 감시를 받으며 라디오 체조를 한다. 그것만으로도 피곤하다.

"겨우 그 정도인가, 로제마인?"

"……진지하게 하면 엄청 피곤하다고요, '라디오 체조'는."

사람들이 아연실색하며 쳐다봐도 지지 않고 그 뒤에도 훈련장을 걸어 다니면 훈련은 끝난다. 겨우 그 정도냐고 빌프리트는 말하지만 나는 그것만으로도 기진맥진해진다.

세 점 종이 울리면 훈련을 마친다. 빌프리트의 방으로 이동해서 함께 오후 수업을 받는다. 빌프리트가 읽고 쓰기와 계산을 조금 할 수 있게 되면서 어느샌가 지리와 역사 공부도 추가로 하게 되었다.

"치사해요. 저도 새 책을 읽고 싶은데 오라버니만 먼저 읽어버리다니!"

나보다 지리와 역사를 먼저 시작했는데 내가 이틀만에 따라잡자 빌프리트가 토라졌다.

"어떻게 로제마인은 그렇게 쉽게 외우지!? 나는 무척 고생했는데!"

"그건 제가 수확제와 기념식 때문에 영지를 돌아다녀서 그래요. 징세할 때 각지의 특산물이 뭔지 징세관이 이것저것 얘기해줘서 알게 됐을 뿐이에요."

둘이서 으르렁거리며 공부를 한다. 역사에 관해서는 질베스타나 빌프리트의 직계 선조가 영주가 된 이후부터 한창 공부하는 중이다. 이 내용이 제법 재밌다. 일족이 에렌페스트의 영주가 된 후 질베스타가 7대째로 약 200년의 역사가 있다고 한다.

오전 수업이 끝나면 빌프리트와 함께 점심시간이다. 오후부터는 페슈필 연습시간이 있고, 그다음 빌프리트는 공부, 나는 수를 놓고 레이스를 짜는 수예 시간이다. 지금부터 혼수를 마련해야 한다고 했다.

"리카르다, 시집을 안 가면 자수나 레이스 짜기를 안 해도 될까요?"

"공주님! 무슨 말씀을 하시는 거예요!? 시집을 안 가실 순 없어요!"

"……그렇군요."

수예에 질려서 잠깐 툴툴거렸다고 리카르다에게 잔뜩 혼이 났다. 나는 며칠 만에 우는 소리도 포기하고 깨작깨작 레이스를 짜고 수를 놓았다.

다섯 점 종이 울리면 자유시간이다. 빌프리트는 부모님이 집을 나서기 전에 미리 허가를 받았는지 본관에 있는 동생들을 만나러 갈 때가 많다. 빌프리트가 같이 가지 않겠냐고 권한 적도 있었지만, 리카르다가 말하기론 나는 동복형제가 아니라서 허가가 나지 않는다고 한다.

"저는 도서실에 갈 테니까 빌프리트 오라버니는 동생들에게 그림책을 읽어주면 좋겠어요. 책을 좋아하는 아이로 자라도록 힘써주세요."

나는 빌프리트에게 그렇게 말하고, 부리나케 도서실로 이동한다. 수많은 책이 있는 도서실에서 최고로 행복한 시간을 보내는 것이다. 하지만 그 행복은 짧다. 순식간에 끝나버린다.

여섯 점 종이 울리면 리카르다에게 책을 뺏기고 저녁 식사다.

문관이 없어진 후가 좋다는 이유로 나와 빌프리트는 저녁 식사 후에 마력을 공급한다. 영주의 집무실에서 보니파티우스가 기다리다가 빌프리트를 보좌해주긴 하지만, 마력을 공급하는 사람은 나와 빌프리트뿐이다. 영주 대리로서 마력을 아껴두는 사람이 반드시 있어야 해서 보니파티우스는 마력을 공급하면 안 된다고 한다.

마력을 공급한 후에는 목욕하고, "주무실 시간이에요, 공주님!" 하고 리카르다에게 혼날 때까지 독서. 이것이 성에서 보내는 나의 일상이었다.

땅의 날은 휴일이다. 공부도, 훈련도, 아무것도 없다. 하고 싶은 일을 해도 된다. 평소와 똑같은 일상이 이어지는 신전과는 아예 다르다. 그렇다고 독서를 할 수는 없었다. 땅의 날은 보강 중인 안게리카가 귀족원에서 돌아오는 날이라 본관 방 하나를 빌려서 귀족원 공부 모임을 했다.

"안게리카, 보강은 어떤가요?"

"8할 정도는 합격했습니다. 이제 조금밖에 안 남았어요."

매일 노력하는 덕인지 착실히 합격 과목을 늘리고 있다고 했다. 안게리카도 조금 자신감이 붙었는지 미소가 밝았다.

"로제마인 님 덕분에 졸업할 수 있겠습니다."

놀랍게도 안게리카는 이론이 젬병이라 전에는 퇴학을 각오했다고 한다.

'내 호위 기사가 생각보다 위험할 뻔했네.'

다무엘과 코르넬리우스가 다음에 익혀야 할 공부 내용을 안게리카에게 알려주고, 이해하기 쉽게 차근차근 설명했다.

"다무엘은 참 잘 가르치네요."

"제가 할 수 있는 건 이론뿐이죠. 그리고 이만한 자료가 있는 덕분입니다."

다무엘은 코르넬리우스가 가져온 자료를 가리켰다. 코르넬리우스가 에크하르트에게 빌려온 귀족원의 강의 자료였다. 다무엘은 지금까지 기억과 자기가 목패에 간단히 메모한 자료를 토대로 안게리카와 코르넬리우스를 가르쳤다. 하지만 얼마 전, 기숙사에서 다무엘과 코르넬리우스가 게빈넨으로 병법을 공부할 때 에크하르트가 지나가다가 보고는 귀족원 시절 자료를 제공해줬다고 한다.

"이만한 자료를 남길 수 있는 재력이 부럽습니다."

양피지가 아까워서 강의 노트를 남길 수 없었던 다무엘이 어깨를 떨구었다. 다무엘은 목패에 중요한 내용을 썼다가 시험이 끝나면 판자를 깎아내고 그 위에 새로 기록했다고 했다. 그래서 귀족원 시절에 기록한 자료가 거의 남아 있지 않다고 했다.

"안게리카, 힘내요."

"네! 전 반드시 로제마인 님의 마력을 받고 말겠어요."

　그런 생활이 이어지던 어느 날, 엘비라가 보낸 올도난츠가 날아왔다. 길베르타 상회에 연락을 취했고 시침질 날이 정해졌다고 했다. 그 날에 내 이름으로 다과회를 열어서 엘비라 파벌에 속한 귀부인들을 모아 새로운 의상을 먼저 소개하기로 했다. 플로렌치아가 없는 지금, 성에서 다과회를 열 수 있는 사람은 영주의 양녀인 나뿐이었다.

　리카르다와 엘비라가 다과회 준비를 도와주기는 했지만 독서 시간은 확실히 줄어들었다. 나는 어깨를 축 떨어뜨린 채 초대장을 쓰고, 다과회 개최에 부족한 물건은 없는지 체크하고, 엘라와 푸고와 함께 과자에 관해 의논하면서 다과회 개최라는 귀족 영애의 필수 기술을 손에 넣었다.

　'이런 일 말고 독서를 하고 싶어. 절실하게.'

　내 독서 시간을 희생한 보람이 있어, 다과회 겸 시침질한 옷을 소개하는 날이 다가왔다. 봄으로 단장한 정원이 한눈에 보이는 다과회용 방의 옆방을 오늘 탈의실로 쓰게 되었다.

　"로제마인 님, 길베르타 상회 관계자 분들이 도착하셨습니다."

　"들여보내세요."

　길베르타 상회를 마중하기 위해 브리기테와 엘비라와 내가 나란히 섰고, 그 뒤에 리카르다와 시종들이 대기했다. 길베르타 상회는 선두로 벤노, 그 뒤에 오토와 코린나, 그 뒤에 재봉사들이 따라 들어와서 우리들 앞 나란히 무릎을 꿇었다.

　"로제마인 님, 엘비라 님, 이렇게 성에 초대해주셔서 감개무량합니다."

벤노가 대표로 인사한 뒤, "차기 점주를 소개하게 해주십시오." 하고 오토를 돌아보았다. 벤노 뒤에 대기하던 오토가 벤노 옆으로 나와 무릎을 꿇었다. 그 움직임은 프랑의 모습을 방불케 했다. 내가 신전을 비운 동안에 상당히 엄격하게 교육받았다는 걸 알 수 있었다.

"로제마인 님, 엘비라 님. 물의 여신 플류트레네의 청아한 강물의 인도에 의한 만남에 축복을 내려주시길. ……처음 뵙겠습니다. 길베르타 상회의 차기 점주를 맡은 오토라고 합니다. 앞으로 잘 부탁드립니다."

'아아, 그렇지. 로제마인으로서는 오토와 첫 만남이구나.'

"진심으로 축복을 드립니다. 물의 여신 플류트레네의 축복이 길베르타 상회에 내리기를."

나는 반지에 마력을 담아 축복을 주었다. 녹색 빛이 물씬 퍼졌다. 귀족의 축복을 처음 받아보는지, 아니면 내가 정말 축복을 줄 줄은 몰랐는지, 오토가 조금 놀란 표정으로 나를 보았다.

나는 벤노와 코린나에게도 오늘 일정을 설명했다. 먼저 다과회가 시작할 때 브리기테는 작년 의상을 입고 선 채 사람들과 인사하는 내 곁을 지킨다. 그리고 새로운 의상을 만들고 있다는 사실을 알린 후 탈의실로 간다. 거기서 코린나와 재봉사들의 도움으로 새로운 의상으로 갈아입고, 시침질된 새 의상 차림으로 다시 등장한다. 두 의상이 어떻게 다른지 확연히 눈에 뜨일 것이다.

"그럼 저희는 이쪽 방에서 대기하면 됩니까?"

"네. 바로 옷을 갈아입게끔 준비 부탁해요. 벤노와 오토는 브리기테와 교대로 다과회에 들어오세요. 옷을 갈아입는 동안 상품을 팔아도 돼요."

벤노와 오토가 가져온 나무상자 속에 머리장식 외에도 린샴이 든 항아리도 보였으니, 옷을 갈아입는 동안 상품을 팔면 된다.

"길베르타 상회와 플랑탱 상회를 분리했다는 사실도 다과회에서 알리는 편이 좋을지도 모르겠네요."

"잘 부탁드립니다."

다과회에 귀부인들이 모였다. 엘비라의 파벌과 관계가 깊은 여기사도 몇 명 부른 듯했다. 나는 엘비라와 브리기테와 함께 나란히 서서 손님을 맞이했다.

"여러분, 잘 오셨습니다."

나는 모두에게 인사하면서 과자를 권하고 차를 마셨다. 주최자인 내가 마시는 모습을 보이지 않으면 아무도 입에 댈 수 없었다. 엘라의 과자는 인기가 좋아서 은근히 오늘 다과회를 기다린 사람도 많았던 모양이다. 영주의 양녀로서 순조롭게 유행을 만들어낸 듯했다.

"로제마인 님의 요리사는 정말 실력이 뛰어나네요. 전부 처음 먹어보는 과자뿐인걸요."

"어머, 이건 엘비라 님의 다과회에서도 나온 과자네요."

"어머님과 양어머님껜 특별히 레시피를 공개했답니다."

호호호, 후후후, 하고 평화로운 분위기에서 다과회가 시작되었다.

"이건 카트르 카르지요? 전 이것을 정말 좋아해서 자주 사 먹거든요."

"제가 아직 신전에 있을 무렵에 오트마르 상회의 구스타프와 그 손녀인 프리다에게 도움을 받은 적이 있어서 그 답례로 카트르 카르 레시피를 선물했지요. 구스타프의 요리사가 매우 실력이 뛰어나서 새로운 맛을 많이 만들어내고 있답니다. 저도 구스타프의 카트르 카르를 먹는 걸 기대할 정도예요."

"어머! 그런 일이 있었군요?"

이 테이블, 저 테이블을 돌면서 되도록 고르게 대화를 나눌 수 있도록 모든 사람들에게 말을 걸었다. 전부 돌고 나서는 오늘의 메인을 소개할 차례였다.

"오늘 여러분께 보여드리고 싶은 의상이 있습니다."

나는 브리기테를 불러 옆에 세웠다. 그리고 지금 유행하는 의상이 브리기테에게 어울리지 않아 새로운 옷을 만들고 있다는 사실을 알렸다.

"오늘 새로운 의상의 시침질에 들어가려 합니다. 어떻게 하면 브리기테가 더욱 매력적으로 보일지, 여러분도 함께 생각해주셨으면 좋겠어요."

나는 옆방 탈의실로 브리기테를 데려갔다. 옷은 바로 갈아입을 수 있도록 준비되어 있었다. 준비를 확인하고 나는 고개를 한 번 끄덕였다.

"코린나, 뒤를 잘 부탁할게요. 오틸리에, 브리기테의 의상이 갖춰지면 제게 알리세요. 벤노, 오토, 갑시다."

"알겠습니다."

상품을 담은 나무상자를 든 벤노와 오토를 데리고 나는 탈의실을 나왔다. 그리고 사람들에게 길베르타 상회는 본래 옷과 장신구를 취급하는 상점이라는 점, 교재와 책은 플랑탱 상회로 독립해서 취급하게 되었다는 사실을 밝혔다. 흥미로워하는 시선들이 이쪽으로 집중되었다.

"플랑탱이라는 이름은 제가 붙여주었습니다. 앞으로도 교재와 책을 부탁한다는 뜻으로요."

그렇게 화제를 돌리자, 공부에 관한 주제가 나오기 시작했다. 어린 아이들이 로제마인 표 교재로 글자와 계산을 쉽게 익히고, 형제끼리는 서로 경쟁심을 불태우며 공부한다고 했다.

"그 카루타로 얼마나 빨리 글자를 외우는지, 저희 교사가 대단히 놀라워하더라니까요."

"어머, 다들 그러셨군요? 역시 로제마인 님 덕분인가요?"

"겨울 어린이 방에서 함께 즐겁게 경쟁하다 보니 다음엔 반드시 이기겠다는 의욕이 생긴 것이겠지요. 이번에도 새로운 그림책을 만들고 있으니 괜찮으시다면 성결식 쯤이나 다음 겨울 사교회에서 구입해주시면 감사하겠어요."

나는 한껏 웃어 보이면서 플랑탱 상회와 길베르타 상회를 선전하며 각 테이블을 돌았다.

"그러고 보니, 최근에 코르넬리우스가 얼마나 열심히 공부하는지 몰라요. 상급 귀족으로서 기본 점수만 따면 된다던 애가 병법서에 푹 빠져 있고, 내용까지 정리한답니다. 칼스테드 님과 게빈넨도 하고 귀족원에서 배운 내용을 에크하르트에게 묻기도 해요. 어떻게 갑자기 이렇게 열심히 공부하는 걸까요? 교재 덕분일까요?"

엘비라가 나를 힐끗 보면서 그렇게 말했다.

"좋은 경쟁상대가 있으면 지기 싫어서 열심히 하게 되죠. 어린이 방의 상황을 보면 특히나 남성분은 그런 경향이 강한 듯하고요."

나는 싱긋 웃으면서 일반론을 말해두었다. 나의 모든 호위 기사가

'안게리카의 성적 올리기 부대'로 똘똘 뭉쳐서 보충수업 대책을 강구한다는 말은 차마 할 수 없었다. 다무엘은 신전에서 나를 위해 일해야 하기 때문에 안게리카가 돌아오는 땅의 날을 대비해 준비할 시간이 없어서 대신 성에 있는 코르넬리우스에게 과제를 가득 내줬다고도 말할 수 없었다. 그 의욕이 안게리카가 여름까지 합격한다면 미공개 레시피를 하나 주겠다고 약속했기 때문이라고는 또 어찌 말하겠는가. 나는 웃으면서 대충 얼버무렸다.

"어머, 이건 로제마인 님과 똑같은 머리장식이네요."

"네, 전 항상 길베르타 상회에 머리장식을 주문한답니다. 이 꽃 장식은 머리장식뿐만 아니라 의상에도 쓰여요. 마음에 드시면 주문하시겠어요?"

나는 싱긋 웃으며 벤노와 오토를 그 자리에 남기고, 얼른 탈의실로 이동했다.

"코린나, 남는 머리장식 있나요?"

브리기테의 옷은 시침질이 거의 끝나 있었다. 나는 옷의 등 부분을 고치는 코린나에게 말을 걸었다.

"물론 여분은 있는데 어디에 쓰실 건가요?"

"꽃 부분만 떼어내서 브리기테의 의상에 장식으로 몇 개 달았으면 해요. ……어디 보자, 이 주름 많은 허리 부분에, 이런 느낌으로……."

나는 머리장식 두 개를 손에 들고 브리기테의 의상에 가져다 대보았다. 코린나는 몇 번 눈을 깜박이더니 "바로 착수하겠습니다."라며 고개를 끄덕였다.

"코린나, 시침질은 천천히 해도 괜찮다고 해놓고 이렇게 재촉하게 되어서 미안해요."

어머님 연락을 받고 놀랐죠? 하고 말을 걸자, 코린나는 조용히 웃으며 고개를 저었다.

"이렇게 될 거라고 오빠가 미리 말해주어서 마음의 준비는 해뒀습니다. 저보다도 프랑에게 받던 교육을 오늘까지 마쳐야 했던 오토가 힘들었겠지요."

벤노는 내가 새로운 의상을 만든다는 사실을 엘비라에게 넌지시 흘렸을 때부터 이렇게 될 줄은 진작에 각오했던 모양이다. 벤노의 판단력은 정말 감탄할 수밖에 없다.

"로제마인 님, 이것을 받으세요. 오빠가 맡긴 편지입니다."

나는 코린나에게 건네받은 벤노의 편지를 훑어보았다. 귀족에 맞는 완곡한 표현을 썼지만, 요약하자면 '새로운 물건을 도입할 때 물밑 작업은 필수다, 이 바보야.'라고 쓰여 있었다. 상인 수습생 시절에도 들었던 점인데 다시 지적받아 버렸다.

'우윽, 미안해요. 덕분에 살았어요.'

내가 편지를 읽는 동안, 코린나는 머리장식에 달린 꽃을 떼어내서 의상에 바느질로 다는 작업을 마친 모양이었다. 이리저리 확인하고 고개를 한 번 끄덕이더니 코린나가 나를 불렀다.

"로제마인 님, 어떠십니까?"

"정말 훌륭해요. 코린나, 여러분, 감사하게 생각합니다. 수고했어요. 오틸리에, 차 준비는 다 되었나요?"

코린나와 재봉사들에겐 잠시 쉬라고 전하고, 나는 브리기테와 함께 다과회가 열리는 방으로 돌아갔다.

"여러분, 오래 기다리셨습니다. 브리기테의 새로운 의상입니다. 조금 전과 상당히 인상이 달라 보이지 않으시나요?"

"어머, 어머, 세상에나. 로제마인 님 말씀대로 몰라보겠어요. 조금 전에 입은 의상보다 훨씬 여성스러워 보이네요."

엘비라의 놀란 목소리를 시작으로 모두가 제각기 브리기테의 달라진 모습을 칭찬하기 시작했다. 어딘지 모르게 펑퍼짐해 보였던 유행 의상과 달리, 새로운 의상은 허리까지 내려오는 라인이 아름다워서 브리기테를 매우 여성스럽게 보이게 했다. 다 훈련으로 다져진 몸과 큰 가슴이 그리는 아름다운 곡선 덕분이지만.

"브리기테는 키가 크고 몸이 딱 벌어진 느낌이라 상반신은 말끔하게 떨어져 보이도록 하고, 아래에는 천을 가득 써서 주름을 넣었습니다."

그리고 기사로서 움직이기 쉽게 가벼운 옷감을 쓰고, 소매는 따로 착용하도록 하여 어깨가 움직이기 편하게 변화를 주었다고 말했다. 여기사들은 매우 관심이 가는지 살짝 몸을 내밀며 브리기테를 바라보았다.

"……소매를 더 위에 잡는 편이 좋지 않을까요?"

"겨드랑이 부분도 더 죄는 게 낫겠어요."

팔꿈치가 아니라 팔죽지에서 소매가 떨어지게 하면 좋겠다는 의견, 마석으로 만든 내의가 보이지 않게 겨드랑이 부분을 더 조이는 게 낫겠다는 의견이 나왔다. 그래도 브리기테의 의상은 대체로 호의적으로 받아들여진 모양이었다. 이상하다는 평가는 전혀 없었다. 본 바느질에 들어갈 때 참고하겠다고 대답하면서 우리는 의견을 구하며 다른 테이블을 돌았다.

"브리기테. 너무 잘 어울려요. 나도 내년엔 이런 의상을 주문할까 봐요."

함께 일하는 동료인 듯한 여기사가 진지한 눈빛으로 브리기테의 의상을 보면서 그렇게 말했다. 그녀도 브리기테와 비슷한 체형으로, 어울리지 않는 유행 의상에 넌더리가 났던 모양이다.

"상반신은 장식을 이리저리 붙이지 말고 다 떼지 그래요? 장식 없는 가슴선을 보면 남자들이 마석을 바칠지도 몰라요. 후훗."

"그렇게 놀리지 말아 주십시오."

브리기테가 토라진 듯 입술을 삐죽였다. 아무래도 브리기테에겐 선배에 해당하는 여기사인 듯했다. 브리기테의 이런 모습은 처음 보았다. 내가 지그시 바라보자, 내 시선을 눈치챈 여기사가 표정을 가다듬었다.

"로제마인 님, 매력적인 의상을 제안해주셔서 감사하게 생각합니다. 이젠 브리기테에게 홀딱 반하는 남성도 분명 나타나겠지요."

"벌써 나타났어요. 브리기테에겐 대상 외이긴 하지만요."

내가 브리기테에게 푹 빠진 다무엘을 떠올리며 그렇게 말하자, 그녀는 "어머나, 그랬나요?" 하고 재미있는 듯 빙그레 웃었다.

"로제마인 님, 다음 테이블로 가셔야지요."

브리기테의 재촉에 옆 테이블로 가자, 어느 영애가 브리기테의 의상에 붙은 꽃장식을 보고 들뜬 소리를 질렀다.

"이 꽃은 머리장식뿐만 아니라 이렇게 옷 장식으로 달 수도 있군요. 훌륭해요."

지금까지 의상은 자수로 장식했고, 입체 장식을 할 때는 생화를 달았다고 들은 적이 있다. 생화를 아름답게 유지하려면 그 나름의 마력이 필요해서 하급 귀족은 생화를 많이 달 수가 없고, 상급 귀족도 요즘처럼 마력이 부족한 시기에는 조금 눈치가 보인다고 했다.

"장식만 주문해도 받아주시나요?"

"물론 받고 있답니다. 벤노, 오토, 머리장식에 다는 꽃을 이렇게 의상에 쓰고 싶다고 하시니 상담 부탁드려요."

그렇게 말하자 바로 벤노가 온화하게 미소지으며 주문을 받으러 왔다.

그 옆에 있던 영애는 브리기테의 의상을 부러운 눈으로 바라보며 한숨을 쉬었다.

"아아, 저도 새 의상이 갖고 싶어졌어요. 로제마인 님, 제게도 길베르타 상회를 소개해 주지 않으시겠어요?"

"……소개야 어렵지 않지만, 당신에겐 지금 유행하는 의상이 더 어울릴 거예요. 브리기테가 입은 건 지금 옷이 어울리지 않는 여성을 위해서 디자인한 의상이거든요. 당신은 유행하는 옷이 어울리시니 이 의상이 어울릴지는 잘 모르겠네요."

키가 작고 선이 가는 연약한 아가씨였다. 아메리칸 슬리브 드레스를 입으면 솔직히 빈약해 보이리라. 특히 전혀 봉긋하지 않은 가슴 부분이.

"결점은 숨기되, 장점은 더욱 부각해야 매력적으로 보이는 법이랍니다. 각자의 체형에 맞는 옷을 입으셔야 해요. 새롭다고 무조건 좋지는 않아요. 어울리느냐 아니냐가 중요하지요."

"……그럼 로제마인 님, 제게는 어떤 의상이 어울린다고 생각하세요?"

몸집이 통통한 영애가 자신의 배를 살짝 누르면서 중얼거렸다.

"어떻게 하면 결점이 숨겨질지 재봉사와 상담하면서 제작하는 게 가장 좋을 거예요. 우선은 목이 크게 파인 옷을 입어서 목 주변을 시원하고 산뜻하게 보이게 하고, 상하의의 색깔과 옷감을 바꾸면 좋을 것 같아요. 어두운 색으로 상반신을 날씬해 보이게 하면서 밝은 색으로 하반신에 볼륨감을 주면 대조적으로 배 주변이 가늘어 보이겠지요."

"고맙습니다. 그런 방향으로 전속 재봉사와 상담해볼게요."

그 외에도 몇 명이 상담을 청했지만, 나는 아무리 새로워도 어울리지 않으면 억지로 입지 말라는 점을 강조했다. 짝을 찾는 성결식 자리에서 입을 의상은 유행보다도 자신이 가장 아름다워 보이는 옷이 최고일 테니까.

나는 브리기테를 데리고 탈의실로 돌아와서 사람들에게 들은 몇 가지 주의사항을 코린나에게 전달하고, 본바느질을 하기 전에 반영해 달라고 의뢰했다.

이렇게 신상을 도입하기 위한 소개 모임은 무사히 끝이 났다.

봄의 끝자락이 다가올 무렵, 안게리카의 부모에게서 내일부터 호위 기사로 복귀시키겠다며 감사와 감격이 담긴 편지가 왔다. 안게리카가 귀족원에서 돌아온 모양이다.

"다행이다. 고생한 보람이 있네요."

안게리카가 보충 수업에 합격해서 돌아왔다는 소식을 호위 기사들에게 전하자 다무엘과 코르넬리우스는 주먹을 꼭 쥐며 감동에 몸을 떨었다. 이해력이 딸리는 안게리카를 상대로 온갖 노력을 다해온 두 사람이기에 감격도 사뭇 다르리라. 졸업식을 맞이한 담임선생 같았다.

브리기테에게는 이미 의상을 만들어 주었으니 나는 다무엘과 코르넬리우스에게 보수를 지급하기로 했다. 다무엘에겐 약속대로 소금화 한 닢을 건넸다.

"감사합니다, 로제마인 님. 이제 형님에게 빌린 돈을 갚을 수 있겠습니다."

다무엘이 소금화를 꽉 쥐며 기뻐했다. 나는 식은땀이 주르륵 흐르는 느낌이 들었다.

'그 빌렸다는 돈, 내 의식용 무녀복에 썼던 그거지?'

애써 맞춰놓고는 바로 신전장이 되어버린 탓에 거의 입지 못했던 옷이다. 아까우니까 조만간 다른 의상으로 고쳐 입어야겠다는 생각이 들었다.

'다무엘에겐 따로 다른 보상을 줄까? 그렇게 노력했는데 빚만 갚고 끝나다니 너무 안됐잖아.'

그런 생각은 들었지만 마땅히 떠오르는 건 없었다. 뭔가 생각나면 주기로 하고, 나는 코르넬리우스에게 레시피를 쓴 종이를 건넸다.

"코르넬리우스 오라버니에게는 타니에 열매 크림으로 만드는 '몽블랑' 레시피를 드릴게요."

타니에는 가을에 열리는 밤 같은 나무열매다. 코르넬리우스는 타니에를 좋아하니까 밤 크림 만드는 법을 알려주면 분명 좋아하겠다 싶었다.

"타니에 크림이라고? 그건 크레이프 사이에 얹으면 맛있지 않아?"

"맛있지요. 생크림과 타니에 크림을 같이 얹으면 두 배는 더 맛있어진답니다."

내가 수긍하자, 코르넬리우스는 입꼬리가 씩 올라간 채 당장 요리사에게 전달하겠다며 레시피를 적은 종이를 쥐었다. 코르넬리우스는 어서 먹겠다는 기대감에 눈을 반짝였지만 지금은 봄 막바지다.

"지금 당장은 어려울 거예요. 타니에는 가을이 되어야 들어오잖아요?"

"가을까지 못 기다려. 그럼 어떡하면 돼?"

코르넬리우스의 우렁찬 질문에 나는 할 말을 잃었다. 못 기다리겠다고 해봤자 지금 계절에 타니에를 구할 수는 없다.

"너무하잖아. 이렇게 노력했는데 나만 기다리라니!"

코르넬리우스가 울먹거리는 눈빛으로 나를 바라보았다. 나는 필사적으로 고민했다.

"어, 음, 그렇죠. 계절상 타니에 크림은 어렵겠지만, 레시피를 응용해서 다른 맛으로 크림을 만들 수 없을까요? 코르넬리우스 오라버니가 좋아하는 봄맛이 나는 크림으로……."

"그거다!"

코르넬리우스는 이번에야말로 레시피를 꼭 쥐며 뛸 듯이 기뻐했다. 당장 오늘 밤에 요리장에게 레시피를 건네주고 뭔가를 만들어볼 생각인 듯하다.

"내일은 안게리카에게도 포상으로 마력을 주셔야겠네요."

기뻐하는 다무엘과 코르넬리우스를 보면서 브리기테가 키득거렸다.

"마검이 어떤 식으로 변할지 저도 기대돼요."

안게리카의 마검

아침을 먹고, 나는 매일 하는 체력 훈련 일과를 소화하러 기사 훈련장으로 향했다. 요 며칠 레서버스를 타지 않고 걸어다녔더니 빌프리트는 나를 완전히 내버려두고 가버렸다. 오늘 방에서부터 함께 걸어가는 호위 기사는 다무엘뿐이었다. 브리기테와 코르넬리우스는 먼저 훈련장에 가 있었다. 호위 기사는 한 사람만 붙이고, 나머지는 훈련에 참가하라고 했기 때문이다.

"로제마인 님의 풍부한 마력이 부럽습니다."

터벅터벅 걸으면서 훈련장으로 향하는 도중에 다무엘이 불쑥 그렇게 말했다. 상사병인가 생각하면서 나는 다무엘을 올려다보았다.

"마력의 양이 늘어날지는 훈련에 달렸어요. 페르디난드 님은 내 마력이 매우 압축된 상태라고 하신걸요. 그저 살려고 필사적이었지요."

주변을 빙글 돌아보고 인기척이 없음을 확인한 나는 다무엘에게 몸을 웅크리라고 했다. 무릎을 꿇고 시선을 맞춘 다무엘에게 속삭였다.

"난 신전에 들어오기 전에는 귀족의 자제에게 주어지는 마술구도 없이 살아왔어요. 넘쳐나는 마력을 몸에 가두지 못해 죽을 뻔한 날들의 연속이었어요."

"아……."

"그래서 살기 위해 무의식적으로 압축을 반복했어요. 그래서 지금 이렇게 풍부한 마력이 있는 거죠."

거기까지 말하고 나는 다시 걷기 시작했다. 다무엘도 일어나서 걸었다.

"다무엘은 아직 마력이 커지는 중이지요? 내 마력의 양이 부럽다면 차라리 모든 마술구를 빼고 죽음의 문턱을 드나들면서 압축해보는 건 어떨까요?"

"……생각이 짧아서 대단히 죄송합니다."

평민 시절의 나를 아는 다무엘은 귀족 아이와 달리 평소에 마술구를 가지고 다니지 않았던 나를 떠올렸는지, 한심스러운 표정을 지으며 사과했다.

"헥, 헥…… 겨우 도착했네요."

"휴게실에 갑시다."

훈련장과 방을 왕복한 것만으로도 내게는 충분한 운동량이라 우선은 휴식을 취한다. 숨을 고르고 나면 라디오 체조를 하고 오늘 훈련은 종료…… 아, 아니지, 방에 돌아갈 때까지가 훈련이다.

오늘도 라디오 체조를 하려고 에크하르트를 부르려고 했는데 기사한 사람이 어두운 표정으로 말했다.

"지금은 에크하르트가 호출로 부재중입니다. 대단히 죄송하지만, 돌아올 때까지 기다려주시겠습니까?"

"알겠어요. 감사하게 생각합니다."

나를 돌보아줄 에크하르트가 부재중이므로 나는 훈련이 금지되었다. 이렇게 되니 다무엘은 훈련이 아니라 호위 임무를 해야 했다.

"에크하르트 오라버니가 없는데 돌아다니면 안 되겠지요?"

"네."

기사들이 마술 공격을 연습할 때는 빗나간 공격이 날아오기도 한다. 다무엘의 능력으로는 완벽히 막아내지 못할지도 모른다. 그래서 에크하르트가 없을 때 내가 어슬렁거리면 위험한 것이다.

나는 아직도 어색해하는 다무엘을 보면서 잠깐 생각에 잠겼다. 다무엘이 하급 귀족이라 마력이 적은 자기 자신을 한탄한다는 사실은 안다. 그것 때문에 애초부터 브리기테의 연애 대상에서 제외된 사실도 안다. 하지만 이미 축복은 내려주었으니 내가 더 어떻게 해줄 방법도 없다. 본인이 노력할 수밖에 없다.

"저기, 다무엘. 귀족원에 들어가면 마력 다루는 수업 중에 압축 방법을 배운다고 들었어요. 하지만 신들의 이름을 외우는 방법이 다르듯이 내 방법과 귀족원에서 가르치는 방법이 다를지도 몰라요."

마력을 다룰 때 중요한 점은 머릿속으로 정확한 이미지를 떠올리는 것이다. 내가 떠올리는 압축 이미지를 가르쳐주면 다무엘에게 조금은 도움이 될까.

나는 휴게실을 둘러보다가 나무상자와 가죽 주머니를 발견했다.

"다무엘, 저 나무상자를 열어서 어깨에 단 망토를 넣으세요."

"네? 아, 예."

다무엘은 머릿속 가득 물음표를 띄우면서 망토를 벗고 돌돌 말아 나무상자에 넣었다. 구겨진 망토 자락이 나무상자에서 살짝 삐져나왔다.

"이 나무상자가 다무엘의 몸이고, 망토가 마력이라고 쳐요. 지금 상태는 마력을 전혀 압축하지 못한 상태예요. 마력을 압축해서 용량을 늘리려면 어떻게 하면 좋을까요?"

다무엘은 아무 말 없이 망토를 고이 개어 나무상자에 넣었다. 돌돌 말아서 나무상자에 넣었을 때보다 공간이 많아졌다.

"그렇죠. 나는 이렇게 갠 망토를 차곡차곡 늘려서 몸속에 마력을 채우는 것이 마력을 압축하는 방법이라고 생각해요. 어떤가요?"

"네. 지금까지 이렇게 시각으로 확인한 적이 없어서 바로 이해가 됩니다."

"병법 강의를 게빈넨으로 알기 쉽게 시각화해준 다무엘의 방법을 따라했을 뿐인걸요?"

내 말에 다무엘은 알겠다는 듯 주먹으로 손바닥을 톡 쳤다. 마력을 다룰 때는 이미지가 중요하므로 말로 설명하기보다 보여주는 편이 다무엘이 이해하기 쉽겠다는 생각이 들었던 것이다.

"그럼 이렇게 마력을 개어서 자기 몸속에 압축해보세요."

"해보겠습니다."

다무엘은 눈을 감고, 미간을 찌푸리면서 자기 몸속의 마력을 움직이기 시작했다. 집중에 방해되지 않게 나는 말을 걸지 않고 가만히 기다렸다.

잠시 뒤 다무엘이 눈을 떴다. 회색 눈동자가 감동한 듯 반짝였다.

"해냈습니다, 로제마인 님. 지금까지보다 훨씬 많이 압축되었어요."

"그거 다행이네요. 다무엘의 마력이 얼마나 빨리 늘어날지는 모르겠지만, 신전에서 호위할 땐 마력을 쓸 기회가 별로 없잖아요? 몸속에서 마력을 점점 늘렸다가 늘린 만큼을 압축해가면 마력을 모을 수 있을 거예요."

마력 억제에 익숙해지면 그릇이 같아도 마력의 한계량이 달라진다고 페르디난드가 말했었다.

"그럼 다무엘. 저 가죽 주머니를 집어주겠어요? 그리고 망토를 빌려주세요."

"네? 예."

"참고로 난 마력을 이 정도로 압축하고 있어요."

나는 망토와 가죽 주머니를 건네받고 갠 망토를 가죽 주머니에 넣었다. 그리고 가죽 주머니를 깔고 앉아 공기를 빼고, 납작해진 주머니의 입구를 죄었다. 그냥 개기만 한 상태보다 망토가 훨씬 얇고 작아졌다. 그 모습을 본 다무엘은 입을 쩍 벌렸다.

"참고해도 좋아요."

가죽 주머니에서 압축된 망토를 꺼냈더니 쭈글쭈글 주름져 있었다. 다무엘이 머리를 싸매면서 열심히 주름을 펴는데 문 너머에서 작은 종소리가 울렸다.

"네, 들어오세요."

휴게실 문을 열고 들어온 사람은 오늘부터 복귀한 안게리카였다. 움직이기 편하도록 하나로 묶은 옅은 하늘색 머리를 살랑이며 안게리카가 방에 들어왔다.

"로제마인 님, 복귀했습니다. 오늘부터 호위 임무에 들어가겠습니다. 다시 잘 부탁드립니다."

"안게리카, 잘 돌아왔어요. 강의는 전부 끝난 거죠? 열심히 했군요."

안게리카는 여기저기 인사와 보고를 마치고 겨우 훈련장으로 왔다고 했다. 안게리카 뒤에는 브리기테와 코르넬리우스도 있었다. 다무엘이나 안게리카와 훈련을 교대하려고 온 모양이다.

"에크하르트 오라버니가 올 때까지 전 여기서 못 움직여요. 그래서 그동안 안게리카의 마검에 마력을 넣을까 하는데 어때요? 나중에 하는 게 나을까요?"

"지금 부탁드립니다."

다른 사람들도 마검에 내 마력을 쏟으면 어떤 식으로 변할지 보고 싶다고 했다. 보통은 다른 사람의 마검에 마력을 넣는 일이 없어서 궁금하다고 했다.

"전 마검에 관해서 전혀 몰라요. 가르쳐줄래요? 마검도 보고 싶고……."

"이것이 제 마검입니다."

안게리카가 허리춤에 찬 검자루를 잡고 쓱 뽑았다. 검집은 단검처럼 비교적 짧았지만 검 자체는 뽑아보니 날 길이가 50센티미터 정도는 되었다. 내가 "생각보다 기네요. 놀랐어요." 하며 눈을 끔뻑이자, 안게리카는 기쁜 듯이 눈웃음지으며 눈을 가늘게 떴다.

"검에 마력을 담을수록 길어집니다. 처음에는 부엌칼보다도 짧았습니다."

안게리카가 부지런히 마력을 쏟은 끝에 이만큼 길어졌다고 했다.

"마물과 싸울 때는 긴 검이 유리하기 때문에 빨리 키우고 싶습니다. 그리고 다른 사람의 적성도 늘리고 싶습니다."

"적성이 뭔가요?"

모르는 단어가 튀어나와 내가 고개를 갸웃거리자, 브리기테가 나서서 설명해주었다. 안게리카에게 설명을 맡기면 두 번 수고해야 함을 이곳에 있는 사람들은 알기 때문이다.

"마력의 적성을 가리킵니다. 적성이 맞으면 대신의 가호를 받기 쉬워집니다."

"적성이 없으면 가호를 못 받나요?"

"아뇨, 그렇지는 않습니다. 다만 신들의 눈길을 끄는 무언가가 없으면 가호를 얻기 힘든 것이겠지요."

적성이 있으면 쉽게 가호를 받지만, 적성이 없어도 가호를 받을 방법이 아예 없지는 않은 듯했다. 안게리카는 자신의 마검에 다양한 신들의 가호를 부여하기 위해 다른 사람의 마력을 부어서 그 사람의 적성을 심고 싶은 모양이었다.

"안게리카의 적성은 뭔가요?"

"전 불과 바람의 적성이 있습니다. 바람은 대신의 가호를 얻지는 못했지만요."

"어? 적성이 있어도 가호를 못 받기도 하나요?"

브리기테가 씁쓸하게 "……아주 드물게 그런 경우가 있나 봅니다."라고 말했다. 말하는 투를 듣자 하니, 적성이 있으면 보통은 받을 수 있는 것이리라.

다른 사람에게도 적성을 물어보았다. 브리기테는 불과 흙, 다무엘은 바람에 적성이 있다고 했다. 코르넬리우스는 빛과 물과 불과 바람이라고 말했다. 개수가 많아 놀라니 "영주와 가까운 상급 귀족이니까요."라고 코르넬리우스가 답했다. 상급 귀족은 마력도 풍부하고 적성도 많은 모양이다.

"로제마인 님의 적성은 무엇인가요?"

브리기테가 내게 질문했다. 나는 고개를 도리도리 저었다. 그렇게 태연하게 물어 봤자 나는 모른다.

"몰라요. 자기 적성을 어디에서 어떻게 알게 되죠?"

"세례식에서 마력을 등록할 때 페르디난드 님께서 알려주시는 게 아니었나?"

"그때 등록증이 적성에 맞는 신의 색으로 변했을 겁니다. 무슨 색이었습니까?"

잇따라 날아오는 질문에 나는 "……그게……." 하고 내 세례식을 돌이켜 보았다. 분명 등록증이 일곱 가지 색으로 바뀌었다. 페르디난드가 "역시."라고 말하기도 했다. 하지만 페르디난드에게 마력의 적성이 뭔지 자세한 설명은 듣지 못했다.

그때 정신이 퍼뜩 들었다. 내 배다른 남매로 설정된 코르넬리우스가 네 가지 색인데, 셋째 부인의 딸이라는 설정인 내가 일곱 가지 색이라고 말해버려도 되는 걸까. 공언해도 되는 말인지 판단이 서지 않았다. 어쩌면 페르디난드는 비밀로 해두려고 일부러 내게 말하지 않았는지도 모른다.

"그게, 몇 가지 색깔로 나뉘긴 했는데 그땐 적성과 관계가 있는 줄 몰랐기 때문에 잘 기억이 나지 않아요. 페르디난드 님이 바로 상자에 넣어버리셔서……."

내가 대답하자 다무엘이 신음하고는 입을 열었다.

"무용의 신 앙리프의 축복을 쉽게 내리시니까 불의 속성은 있을 겁니다."

"바람의 여신 슈첼리아의 방패도 쓸 수 있으시니 바람의 속성도 있겠군요."

브리기테도 이어서 그렇게 말했다. 그 외에도 사람들 앞에서 쓴 마술이 있었나? 나는 기억을 더듬었다.

"토론베를 퇴치할 때 땅을 치유한 적이 있는데……."

"그때 로제마인 님은 신전에서 가져온 플류트레네의 지팡이를 쓰셨습니다. 신구 자체가 속성을 포함하고 있어서 술자의 마력 속성은 아무 관계 없습니다. 적성이 없다고 신구를 다루지 못하면 의식을 치르는 신관과 무녀들이 곤란하겠지요?"

"하긴 그러네요."

의식을 치르는 신관에게 물의 속성이 없어서 토론베 때문에 황폐해진 땅을 치유할 수 없거나, 기원식에서 기도할 수 없어서는 곤란할 것이다. 마술구 자체에 속성을 담을 수도 있구나, 하고 고개를 끄덕이는데 브리기테가 살짝 고개를 갸웃거렸다.

"플류트레네의 밤 때 로제마인 님의 노래에 샘의 마력이 크게 반응했으니 물에도 적성이 있지 않을까 싶습니다만……."

"물과 불과 바람이라면 코르넬리우스와 비슷하네요."

안게리카의 말에 다무엘이 웃으면서 고개를 끄덕였다.

"형제니까 그렇겠지요. 아무래도 부모의 적성에 따라 좌우되니까요."

"그런가요. ……그나저나 마력의 적성이 마검에 어떤 영향을 주나요?"

내 의문에 안게리카가 마검의 자루를 부드럽게 어루만지면서 대답해주었다.

"마물도 적성을 가지고 있습니다. 그래서 마검이 가진 적성에 따라 쉽게 쓰러뜨리기도 하고, 고전하기도 합니다. 그래서 최대한 많은 속성을 모으고 싶습니다."

안게리카는 적성이 두 종류밖에 없어서 마물을 쓰러뜨려서 얻은 마석의 마력으로 마검에 흙 적성을 조금 불어넣었지만, 좀처럼 늘어나지 않았다고 했다. 흠흠, 하고 내가 머릿속을 정리하는 동안 호위 기사들이 내 마력으로 어떻게 마검을 성장시킬지 의견을 나누기 시작했다. 직업이 기사인 만큼 다들 마검에 흥미가 있는 듯했다.

"안게리카가 바라는 대로 부족한 적성을 채우면 되지 않을까요?"

"난 일단 검을 늘이는 편이 좋다고 봐. 우선 공격력에 직결되는 검 길이부터 늘이고, 적성은 천천히 늘리면 돼. 마검을 전투에 적합하게 키우는 게 중요하지 않아?"

"다른 사람의 마검이라면 다무엘의 의견이 맞겠지. 하지만 안게리카는 단점을 스스로 보완할 생각이 전혀 없잖아. 그러니 단점을 채워 주는 게 나아. 성적을 올릴 때처럼 말이야. 다른 사람이 도와줘야 할 부분은 약점을 보완하는 부분이야."

세 사람의 의견을 들으면서 나는 마검을 바라보았다.

"안게리카는 어떻게 하고 싶어요?"

"저는 제 단점을 보완하는 데는 서투르니까 단점을 보완했으면 합니다."

"안게리카에게 부족한 부분을 메우겠다는 마음으로 기도하면서 마력을 넣으면 되죠?"

"네!"

안게리카에게 부족한 적성이 심어졌으면 좋겠다는 주변 사람들의 말을 들으면서 나는 마검 자루 끝에 박힌 마석을 살짝 만졌다. 지금까지 안게리카가 담아온 마력의 양을 넘으면 안 된다고 했으니 살살 조금씩 마력을 흘려 넣었다.

'안게리카에게 부족한 건 적성이고 자시고 지성 아냐?'

사고회로가 속도와 싸움에만 치중된 안게리카의 결점을 메우려면 검에 지성을 심는 방법밖에 없다. 검에 지성을 심다니, 그런 판타지 같은 일이 과연 가능할까? 이 세계라면 가능할지도 모른다. 일단 가능하다고 전제하고 생각해보자.

'주변 의견을 듣고 기억해주는 기능이 있고, 잘못된 행동을 하면 꾸짖어서 궤도를 바로잡아주고, 지식이 부족한 안게리카에게 조언해줄 지성이 있는…… 잠깐, 그러면 검이 아니잖아! 신관장님이지!'

"거기 모여서 대체 뭘 하고 있어?"

"꺄악! 에크하르트 오라버니!"

생각에 잠긴 순간에 목소리가 들려서 나는 말 그대로 그 자리에서 펄쩍 뛰어올랐다.

"안게리카의 마검에 마력을 넣으려고……."

"안 돼. 마검을 성장시키는 건 어려워. 마력을 대주려면 페르디난드 님이 계실 때, 감시하에 해라."

말을 다 꺼내기도 전에 에크하르트에게 퇴짜를 맞았다. 나는 이미 마력을 넣어버린 마검을 힐끗 쳐다보았다. 큰일이다. 단단히 혼이 날 사건인지도 모른다.

"에크하르트 오라버니. 이런 말을 하긴 정말 좀 그런데요, 벌써 넣어버렸어요."

내가 자진신고하자 에크하르트는 순간 표정이 굳어지더니 즉시 슈타프를 꺼내 들었다. 동시에 다른 한 손에 노란 마석을 쥐고 "올도난츠!" 하고 톡톡 두드렸다.

하얀 새의 모습으로 변한 올도난츠를 향해 에크하르트 오라버니는 "페르디난드 님." 하고 불렀다. 그리고 내가 다른 사람의 마검에 마력을 흘려보냈다는 사실을 보고하고 슈타프를 휘둘러 날려 보냈다.

일직선으로 날아가는 올도난츠를 보며 나는 슬금슬금 불안해졌다.

"제가 안게리카의 마검에 마력을 넣은 행동이 그렇게 잘못되었나요?"

"중급 귀족인 안게리카와 영주의 양녀가 된 로제마인은 마력의 양도, 질도 달라. 마검이 어떤 식으로 변할지 예측할 수 없다."

"네에!?"

안게리카가 불안해하며 자신의 마검을 집으려고 했다.

"만지지 마, 안게리카! 페르디난드 님이 보실 때까지 그대로 대기다."

안게리카는 에크하르트의 눈초리에 깜짝 놀라서 뻗은 손을 당겨 가슴 앞에서 꼭 쥐었다.

바로 올도난츠가 돌아왔다. "당장 가겠다."라는 실로 간단한 답변이었는데 목소리가 화나 있었다. 올도난츠 너머에서 차가운 페르디난드의 모습이 보이는 듯했다.

'혼날 거야. 엄청 혼날 거야.'

페르디난드가 오겠다는 답장에 안심이 되었는지 에크하르트는 한 번 한숨을 내쉰 뒤, 코르넬리우스를 노려보았다.

"코르넬리우스, 너라도 막았어야지!"

"당사자끼리 합의하면 마력을 주고받아도 된다고 귀족원에서 배웠습니다. 로제마인이 허락했으니 괜찮을 줄 알고……."

코르넬리우스의 말에 호위 기사들이 동시에 고개를 끄덕였다. 모두 코르넬리우스처럼 생각했고, 막아야겠다는 생각은 하지 않았던 모양이다. 하지만 에크하르트는 고개를 저었다.

"로제마인은 아직 귀족원에도 들어가지 않았잖아? 즉, 마력에 관해 전혀 지식이 없어. 의식 때 마력을 담는 방법엔 익숙할지라도 양을 조절하거나 적성을 나눠서 마력을 다루는 기술은 전혀 없단 말이다."

"……아."

"본래 귀족원에 들어가기 전인 아이는 인사 정도라면 모를까 더 큰 마력 교환은 하지 않잖느냐. 로제마인은 신전에서 의식을 치르고, 기사단에 축복을 내리기 때문에 깜빡하기 쉽지만 지식도 기술도 없단 말이다. 너희와 똑같다고 생각하면 안 돼."

호위 기사가 모두 경악하는 표정을 지은 그때, 페르디난드가 기수를 타고 날아왔다. 그리고 훈련장에 착지하고 바람처럼 내려 기수를 사라지게 했다. 페르디난드는 시선은 내게 고정한 채 우리가 있는 곳으로 성큼성큼 걸어왔다. 신관복 차림으로 날아올 만큼 화가 난 듯하다.

"로제마인, 아무 짓도 하지 말라고 분명 말했을 터이다. 그렇지 않은가?"

"죄, 죄송합니닷!"

"우선 문제의 마검을 보여 봐라."

페르디난드가 마검을 집고 천천히 살폈다. 마검에 아주 미량의 마력을 흘려보내고는 내 마력이 얼마나 영향을 미쳤는지 조사하기 시작했다.

"지금까지는 별다른 일이 일어나지 않았군. 타인의 마력이 너무 많이 들어가면 주인이 제어하기 힘들어진다. 가뜩이나 마력이 많은 그대가 이런 세밀한 제어를 해낼 리가 없지. 마검의 주인이 안게리카에서 로제마인으로 바뀌었으면 어쩔 셈이었는가!?"

"아, 그게, 제가 주인이 되어버렸다고 치면 안게리카를 섬기라고 마검에게 말하면 되지 않나요? 주인의 명령이니 들어줄 테니까요."

그렇게 말하며 고개를 갸웃거리자, 안게리카의 표정이 환해졌다.

"역시 로제마인 님이세요. 그러면 저도 강한 마검을 쓸 수 있겠네요."

"……바보 같으니!"

마검을 테이블 위에 놓은 뒤, 나와 안게리카뿐만 아니라 다른 호위 기사 모두를 향해 페르디난드가 장황한 설교를 시작했다. 마검뿐 아니라 마석과 마술구를 자신의 마력으로 물들여 자신만 쓸 수 있도록 하는 의미, 그 장점과 단점은 물론 마력을 주고받을 때의 주의사항에 관해서까지 페르디난드의 호흡과 목 상태가 걱정될 만큼 긴 설교를 들었다.

"로제마인, 그대가 얼마나 위험한 짓을 하려고 했는지 알겠는가?"

"네."

"안게리카, 그대는?"

"대강 안 것도 같습니다."

'전혀 모르겠다는 얼굴이야!'

지금까지 함께 공부한 '안게리카의 성적 올리기 부대'는 알 수 있었다. 전혀 이해하지 못한 얼굴이다. 페르디난드의 관자놀이가 움찔거린 것과 거의 동시에 호통이 떨어졌다.

"대체 뭘 듣고 있었는가, 바보 같으니!"

화를 내는 페르디난드의 목소리가 어째서인지 이중으로 들렸다.

"……응?"

호통친 페르디난드마저도 눈을 끔뻑거리는 가운데, 테이블 위에 놓인 안게리카의 마검이 페르디난드와 똑같은 말투로 "나의 주인, 그대는 아무것도 모르고 있다."라며 설교를 시작했다. 정확하게는 칼자루 끝에 박힌 마석에서 목소리가 울려퍼졌다.

페르디난드가 말을 하는 마석 부분을 불쾌하게 내려다보고, 나를 보았다.

"……로제마인, 그대의 짓인가?"

"억울해요! 아무리 그래도 그렇지 이런 짓은 하지 않았어요!"

"그런가, 미안하군. 마검이 잔소리를 늘어놓다니, 이런 기묘한 현상에는 그대가 관여했다는 생각밖에 들지 않아서다."

페르디난드가 관자놀이를 누르자, 그와 동시에 마검이 번쩍였다.

"정답이다. 나의 주인의 주인인 로제마인 님이 불어넣은 마력과 소망에 의해 내가 태어났다."

"으억!?"

주변 시선이 일제히 내게 쏠렸다. 나는 눈을 끔뻑이며 마석을 가만히 바라보았다. 마석은 페르디난드의 목소리로 계속 종알거렸다.

"주변 의견을 듣고 기억해주는 기능이 있고, 잘못된 행동을 하면 꾸짖어서 궤도를 바로잡아주고, 지식이 부족한 나의 주인에게 조언해줄 지성이 있는 검이 필요하다고 했지? 그런 사람은 다름아닌 신관장이라고 강하게 생각하지 않았는가."

"그러고 보니 생각했었어요. 마력을 조금씩 흘려넣으면서 안게리카에게 부족한 점은 지성이라고……. 하지만 설마 이런 일이 일어날 줄은 몰랐어요."

내가 필사적으로 변명하자, 페르디난드가 나를 날카롭게 노려보았다.

"역시 원인은 그대였군. 억울하다더니 뭐가 억울하단 거지?"

"로제마인 님의 희망에 더해 그대가 흘려보낸 마력 덕분에 결국 내가 탄생하기에 이르렀다."

페르디난드가 자신의 마력을 마검에 흘려보냄으로써 말투와 인격이 결정된 모양이다. 페르디난드가 마력을 보내지 않았다면 탄생하지 않았을 것이다.

"결국 결정타는 페르디난드 님이었잖아요!"

"명백히 그대 잘못이다, 이 건은."

"으윽……."

분명 검에 지성이 있으면 좋겠다고 생각한 사람은 나다. 아무것도 모른 채 마력을 흘려보내 버린 사람도 나다. 일을 저질러 버린 이상 책임을 져야만 한다.

"안게리카, 미안해요. 이런 이상한 방향으로 진화해버릴 줄 몰랐어요……. 잔소리쟁이 마검이 싫다면 책임지고 내가 맡을게요."

"아닙니다, 로제마인 님. 저 대신 여러 일들을 기억해주고 가르쳐줄 검은 이 검뿐입니다. 전 이 마검을 소중히 다루고 싶습니다."

마검이 '나의 주인'이라고 말해준 것이 너무 기뻤다면서 안게리카는 테이블 위에 놓인 마검을 잡고 마석 부분을 살짝 쓰다듬었다.

"그래, 나의 주인에게 부족한 지식은 내가 보충하겠다."

마석의 말에 안게리카는 기쁜 듯이 "지식은 맡길게요."라고 말했다. 마음이 맞는 것 같지만 너무 불안했다.

"……안게리카, 정말 그래도 괜찮겠어요? 엄청 시끄러울 거예요."

잔소리만 조잘대는 페르디난드가 시종일관 옆에 붙어 있는 셈이다. 분명 정신이 산만해지리라. 내가 그렇게 말하자 페르디난드가

"호오." 하고 저음을 흘렸다.

'이런. 실수했다.'

페르디난드는 내 볼을 쭉 잡아 찢으면서 안게리카를 내려다보았다.

"안게리카가 그 마검이 괜찮다면 써도 상관 않겠다. 다만, 앞으로 로제마인이 그 검에 마력을 흘려넣는 일은 금지한다. 이보다 더 이상하게 변화하면 곤란하니까."

페르디난드의 말에 아쉬워하는 안게리카를 제외하고 모두가 고개를 크게 끄덕이며 동의했다.

인쇄물을 늘리자

안게리카의 설교하는 검이 완성된 지 며칠이 지났다. 그것은 제법 재미난 물건이었다. 마검은 페르디난드의 마력으로 인격과 말투를 흡수했지만 아직 그 어떤 지식도 없었다. 지금부터 주인인 안게리카에게 배우거나, 주변 얘기를 들으면서 지식을 차츰 축적해야 했다. 즉, 현재로서는 아무것도 모르는 상대에게 설교를 들어야 하는 셈이다.

"그냥 잔소리쟁이잖아요."

그것도 엄청 성가신 잔소리쟁이, 라고 마음속으로 중얼거리자 마검이 번쩍이며 "우선은 나의 주인이 지식을 쌓는 것이 중요하지."라고 무게감 있게 말했다. 목소리만 들으면 완전히 페르디난드다.

"어쨌든 마검이 지식을 얻으려면 안게리카가 공부해야겠네요."

"저와 달리 슈팅루크는 잊지 않으니까 가르치는 보람이 있습니다."

"슈팅루크?"

안게리카가 "이 마검의 이름입니다."라고 싱긋 웃으면서 마검을 천천히 쓰다듬었다. 지성을 가진 마검에는 이름이 필요하다고 느낀 모양이다. 페르디난드의 어조로 말하는 마검을 복잡한 표정으로 내려다보던 다무엘이 팔짱을 끼고 안게리카에게로 시선을 옮겼다.

"그럼 슈팅루크의 지식을 쌓기 위해서라도 안게리카는 4학년 수업을 예습하는 게 어떨까?"

안게리카가 이해할 때까지 몇 번이고 설명을 되풀이할 필요가 없어진 만큼 부담이 훨씬 덜할 거라며 다무엘이 중얼거렸다. 코르넬리우스도 찬성하며 고개를 끄덕였다.

"맞아, 형님에게 받은 자료 중에 4학년 자료도 있어."

"또 보강의 폭풍우에 타격을 받지 않으려면 예습이 중요하겠지요."

브리기테도 같은 생각인 듯했다. 모두 그렇게 말하자 안게리카는 애매한 표정으로 고개를 끄덕거리는가 싶더니 갑자기 파랑 눈동자를 반짝였다. 그리고 다무엘을 향해 마검을 쓱 내밀었다.

"다무엘, 잘 부탁합니다. 슈팅루크, 열심히 하세요."

"나의 주인이여! 주인이 먼저 공부하지 않으면 어쩔 셈인가!? 나는 마력이 흐를 때에만 주변에서 하는 말을 습득할 수 있다. 그러니 스스로 공부하고 내용을 정리해서 내게 가르쳐줄 수밖에 없지. 그러지 않으면 주인의 마력이 남아나질 않을 것이다."

종일 마검에 마력을 흘려보낼 만한 마력은 없는지, 안게리카는 마검을 쥔 채 충격을 받은 듯 눈을 크게 떴다.

"그렇단 말은 전 공부에서 벗어나지 못하는 겁니까?"

"당연하지, 바보 같으니!"

귀에 익은 노성이 정말 페르디난드 판박이라 나는 감탄하고 말았다. 굉장한 마검이다. 계속 이렇게 안게리카에게 공부를 시켰으면 했다.

"안게리카가 슈팅루크와 함께 공부할 수 있도록 내용을 정리해둬야겠네."

"고맙습니다, 다무엘."

안게리카의 교육계획을 세우기 시작하는 다무엘과 코르넬리우스를 곁눈질로 보면서 나는 잔뜩 쌓인 자료를 손에 집었다.

'참고서든 자료든 처음 보는 문장은 무조건 읽는다. 그것이 내가 살아가는 길.'

새 학년으로 올라가서 새 교과서를 손에 넣었을 때 느꼈던 행복을 떠올리면서 나는 에크하르트가 제공해준 4학년 자료를 읽었다. 에크하르트는 귀족원 재학 중에 페르디난드에게 조언을 구했던 모양인지 에크하르트의 자료 군데군데에는 페르디난드의 주석이 달려 있었다. 자료를 보면서 나는 미간에 주름을 잡으며 생각에 빠졌다.

"저기, 브리기테. 에크하르트 오라버니나 페르디난드 님이 가지고 있는 귀족원 자료를 참고로 학생용 참고서를 만들면 팔릴까요?"

공부를 잘하는 친구의 노트는 우라노 시절에도 가치가 있었다. 이곳처럼 교과서 없이 교수의 강의를 각자 메모하는 수업이라면 이 참고서는 상당한 가치가 있지 않을까.

"분명 팔리긴 하겠지요. 다만……."

브리기테는 그렇게 말하면서 자수정빛 눈동자에 쓴웃음을 띠고 다무엘을 힐끗 쳐다보았다. 브리기테의 시선을 따라 고개를 돌리니, 다무엘이 난감한 듯 처진 눈썹을 하고 곤란한 표정을 짓고 있었다.

"다무엘, 무슨 문제가 있나요?"

"강의 내용을 정리한 목패를 팔거나 내용을 대신 요약해주는 일은 금전적으로 자유롭지 않은 하급 귀족에게 괜찮은 용돈 벌이입니다. 만약 로제마인 님께서 페르디난드 님과 에크하르트 님의 자료를 토대로 정리한 참고서를 파신다면 금전적으로 곤란해지는 학생도 생길 겁니다."

가난한 학생의 귀중한 수입원을 빼앗을 순 없었다. 참고서를 팔려면 다른 수단으로 학생들이 돈을 벌 수 있게 해줘야 할 듯하다.

"에렌페스트의 학력 향상에 도움이 될 획기적인 계획이라고 생각했는데 조금 더 고민해봐야겠군요."

"송구스럽습니다."

그런 대화를 나누는 도중 브리기테에게 올도난츠가 날아왔다. 파닥파닥 날갯짓하며 날아온 하얀 새는 브리기테의 손목에 내려앉아 페르디난드의 목소리로 말하기 시작했다. 플랑탱 상회에서 내게 면담 의뢰를 보냈다고 했다. 여름이 오기 전에 상담하고 싶은 사항이 있다는 모양이었다.

휴일인 땅의 날 전후로 신전에 돌아가면 좋겠다 싶었다. 나는 브리기테에게 답신용 올도난츠를 생성하게 하고 말을 걸었다.

"로제마인입니다. 내일모레 열매의 날에 마력 공급이 끝난 후 신전으로 돌아가 물의 날 마력 공급 전까지 머무르겠습니다. 플랑탱 상회의 면담은 물의 날 오전 중으로 잡아달라고 길에게 전해주세요."

"땅의 날에는 이곳에서 할 업무를 마무리짓도록. 세 점 종이 울리면 내 방으로 오거라."

페르디난드가 보낸 답장이 이번 주 휴일은 사라졌다는 사실에 못을 박았다. 요새 성에서 느긋하게 책을 읽으며 주말을 보내곤 하던 내게는 조금 힘겨운 주말이 될 것 같다.

저녁 자리에서 나는 보니파티우스와 빌프리트에게 주말 일정을 보고했다.

"공방과 고아원 상태를 확인하러 열매의 날 마법 공급이 끝나고부터 물의 날 마법 공급 전까지 성을 비우게 됐어요."

"흠. 너무 무리하지 말거라."

보니파티우스는 짧은 대답으로 수락했다. 보니파티우스는 용모가 칼스테드와 닮았고, 나이치고는 상당히 덩치가 크고 우락부락했다. 칼스테드보다 말투가 무뚝뚝했으며 눈빛이 날카로워서 인상이 험상 궂었다. 하지만 코르넬리우스의 말을 들어 보면 내게는 부드러운 편이라고 했다. 보니파티우스가 다른 사람의 몸을 걱정한 적은 거의 없다는 모양이다. 적어도 오라버니들이 아프면 "비실대기는!" 하고 호통치는 일이 일상다반사라고 했다.

하지만 '아버님이 큰소리로 호통치면 로제마인은 죽는다'라며 칼스테드가 단단히 경고한데다가 성에서 몇 번이나 쓰러진 탓에 허약하다는 소문이 성내에 파다해서 보니파티우스도 되도록 나는 건드리지 않으려고 한다고 코르넬리우스가 말했다. 눈덩이 하나에 의식을 잃는 아이에게는 다가가기 겁이 나는 모양이다. 어쩐지 거리를 두는 것 같더라니.

"로제마인, 마력을 공급하고 나서 기수로 신전까지 이동한단 말인가? 참 이상한 부분에서 튼튼하군. 뛰어다니기만 해도 죽을 뻔하면서 마력은 아무렇지도 않게 공급하다니."

빌프리트가 미간을 잔뜩 찌푸리며 그렇게 중얼거렸다. 마석의 마력을 초석에 옮겨 붓기만 해도 녹초가 되는 빌프리트가 보기엔 마력을 공급한 후에 신전으로 이동하는 내가 믿기 힘든 듯했다.

"체력과 마력은 별개니까요."

마력이 몸속에서 움직이는 건 익숙하다. 그리고 평소 꾸준히 마력을 쓰는 덕분에 요새는 몸에 마력이 지나치게 고이는 일도 없다. 몸 속 마력이 한계까지 다다랐던 평민 시절보다 지금이 훨씬 살기 편했다.

　그리고 열매의 날. 예정대로 마력 공급을 끝내고 신전에 돌아가니 일곱 점 종이 울리기 직전의 늦은 시간이었다.

　"어서 오십시오, 로제마인 님."

　시종들이 총출동해서 일렬로 서서 맞이해주었다. 오랜만이라 굉장히 반가운 느낌이 들었다.

　"돌아왔습니다. 여러분, 별일 없었나요?"

　방에 돌아오자마자 준비된 욕조에 들어갔다. 그 후에는 프랑이 달여준 차를 마시면서 취침 전 보고를 들었다. 먼저 신전장실을 관리한 프랑과 잠의 보고를 들었다. 프랑과 잠과 모니카가 신전장실 대신 신관장실에 가서 업무를 한 것 외에는 평소와 딱히 다르지 않았다.

　"방안에는 변화가 없지만, 신전 내에는 조금씩 변화가 생기고 있습니다."

　"최근에 신관장님께서 캠펠 님과 프리다 님을 중용하신다는 사실을 알고, 몇몇 청색 신관이 업무에 흥미를 보이게 됐습니다."

　원래 중립 입장이었던 청색 신관들이 캠펠과 프리다의 모습을 보고 하나둘 페르디난드에게 다가왔다고 했다. 예전부터 중립이었으니 딱히 악영향은 없으리라는 페르디난드의 판단으로 그들에게도 교육이 시작되었다. 지금까지 딱히 일다운 일을 하지 않았던 청색 신관들은 초기의 캠펠과 프리다처럼 아연실색했지만, 캠펠과 프리다는 자신들이 지나온 길을 떠올리며 흐뭇한 시선으로 그들을 바라본다고 했다.

　"신관장님께서도 생기가 넘치십니다. 그리고 로제마인 님께서 격

정하셨던 약도 복용횟수가 크게 줄었습니다."

"조금씩 일거리를 떠맡길 상대가 생겨서일까요. 여유가 생기신 것 같습니다."

페르디난드가 약에 의존하지 않고 일을 처리하는데다 후임도 순조롭게 육성되고 있는 모양이다. 열정적인 교육을 받아야 하는 청색 신관은 괴롭겠지만, 진심으로 다행이었다.

"길, 프리츠. 공방은 어떤가요?"

프랑과 잠의 보고를 들은 후에 길과 프리츠에게 물었다. 내게는 공방에서 이뤄지는 인쇄 진행 상황이 어떤지가 제일 큰 관심사였다. 길의 손에 들린 새 그림책을 지그시 바라보면서 근황을 묻자, 길이 내 시선을 눈치채고 웃으면서 책을 내밀었다.

"겨울 권속을 다룬 그림책이 완성되었습니다."

그림책을 받아든 나는 천천히 표지를 어루만졌다. 겨울 색인 붉은 꽃잎이 흩날리는 표지는 보기만 해도 화사했다. 볼을 비비니 잉크 냄새가 코를 찔렀다. 너무나 좋은 냄새에 황홀해졌다.

나는 내 방에 놓아둔 모든 그림책을 테이블에 나열해보았다. 최고신과 오대신 그림책, 그리고 각각의 계절에 속하는 권속 그림책이 가지런히 놓였다. 어린이용 성경 그림책이 완성된 모습을 보니 나도 모르게 감탄의 한숨이 새어 나왔다.

"하아, 세트로 갖추어진 책이란 어쩜 이렇게나 아름다운지. 훌륭해요. 나의 구텐베르크들에게 감사를 올리고 신에게 기도를 드립시다. 지혜의 여신 메스티오노라와 예술의 여신 퀸스질에게 기도를!"

양팔을 번쩍 들어올리며 기도를 드리자, 길이 검정에 가까운 보라색 눈동자를 자랑스럽게 빛내며 "로제마인 님께서 기뻐해 주시니 저희도 기쁩니다."라며 고개를 크게 끄덕였다.

"정말 잘해줬어요, 길. 난 유능한 시종들이 있어서 행복해요. 자, 다음은 뭘 인쇄할까요? 이렇게 계속 책을 늘려야죠. 우후훗."

프랑이 질린다는 듯이 한숨을 내쉬면서 들떠하는 내 어깨를 가볍게 눌렀다.

"로제마인 님, 너무 흥분하셨습니다. 진정해주십시오. 잠과 프리츠가 놀랍니다."

책을 향한 사랑을 아주 약간 표출했을 뿐인데 잠과 프리츠가 굳은 표정으로 살짝 어이없어했다.

"이 모습이 책을 앞에 둔 로제마인 님의 일반적인 반응입니다. 두 사람 모두 익숙해지십시오."

그렇게 말하는 프랑 앞에서 나는 그림책 무더기를 안고 조심스럽게 선반에 진열했다. 내 방에 진열된 책을 조금 떨어진 거리에서 바라만 봐도 만족스러운 한숨이 새어 나왔다.

'하아, 멋져.'

도서실뿐만 아니라 내 방에도 책이 늘어가니 참으로 만족스러웠다. 점점 책이 많아지는 이 행복을 어떻게 표현해야 좋을까.

"세상 모든 사람과 이 행복을 나누고 싶어요."

"……성결식이 끝난 후에 팔면 사람들과 행복을 나누는 셈이지 않겠습니까?"

길이 참 좋은 말을 했다. 나는 눈을 반짝이며 길을 올려다보았다.

"그래요. 모두와 함께 이 행복을 나눠야죠. 모처럼이니 조금 더 책 종류를 늘려두고 싶어요. 길, 성결식까지 기사단 이야기집이 완성될까요?"

내 질문에 길은 고개를 갸웃거리면서 손가락으로 뭔가를 세더니 안타까운 듯이 고개를 저었다.

"단편 세 부는 끝났지만, 전부 인쇄하기엔 시간이 부족할 겁니다."

"조판과 교정 모두 시간이 아주 많이 걸리는데 성결식까지 남은 두 편이 완성될지 확신하기 어렵습니다."

길이 말하자 프리츠도 의견을 덧붙이면서 중도까지 완성된 단편을 꺼냈다.

"로제마인 님, 기사단 이야기는 어떻게 철할까요? 전부 완성한 후에 엮을지, 단편을 하나하나 따로 엮을지 지시를 내려주십시오."

프리츠가 건넨 기사단 이야기 단편 세 부를 훑어보면서 나는 어떤 식으로 판매할지 고민했다. 어차피 표지는 각자 구매자의 취향에 맞게 바꿀 수 있게 할 테니 단편마다 따로 엮어도 문제없으리라. 그리고 전부 사지는 못해도 단편 하나는 살 수 있는 사람이 있을지도 모른다.

"단편마다 따로 철해주세요. 완성된 분량만이라도 팔아야겠어요."

"알겠습니다."

"로제마인 님, 그림책 제작이 끝나서 등사판 인쇄가 비었습니다. 그쪽에서 인쇄할 만한 게 있을까요?"

계속 찍어내겠다는 길의 믿음직스러운 말에 나는 책상 서랍에서 '만들고 싶은 책 목록'을 꺼냈다.

"글자가 빽빽한 책은 금속활자를 써서 양각 인쇄로 찍어야 글자가 가지런하고 깔끔하겠죠. 그러니 등사판 인쇄로는 일러스트가 많거나, 도면이 가득 들어간 인쇄물을 찍는 게 좋겠네요. 뭐가 좋을까?"

성결식 후에 판매한다면 겨울에 어린이 방에서 팔았던 책과는 달리 성인에게 맞는 책이 좋겠다. 여유가 생기면 인쇄하려고 했던 악보나 레시피를 인쇄해 봐도 좋을 성싶다.

"악보나 레시피집이 등사판 인쇄에 맞겠네요. 내일 신관장님과 상담한 후에 정하겠어요."

내가 신전에 머무는 시간은 그리 길지 않다. 예정을 전부 소화하려면 제법 바빠질 듯싶다. 세 점 종이 울리면 페르디난드의 방에서 작업을 도와야 하니, 그때 악보나 레시피집을 만들어도 되는지 물어보자. 서자판에 예정을 메모하고 프랑에게도 보고한 후에 나는 느릿느릿하게 침대 위로 올라갔다.

땅의 날은 성에 있었다면 휴일이라 종일 도서실에 틀어박힐 수 있는 환상적인 날이었겠지만, 신전에 있으니 일상이 확 바뀌어버린다. 세 점 종이 울림과 동시에 나는 페르디난드의 방으로 향했다.

"실례합니다, 신관장님."

"아아, 왔는가. 그럼 이 방에서 새로이 일하게 된 청색 신관들을 소개하지."

서류를 보던 페르디난드가 고개를 들고 그렇게 말했다. 그러자 처음 보는 청색 신관들이 일하던 손을 멈추고 무릎을 꿇었다. 그들이 새로 교육받는 청색 신관들인 듯했다. 나와 마찬가지로 배분받은 목패를 쌓아두고 계산기와 씨름 중이었다.

대강 청색 신관의 소개가 끝나고, 페르디난드에게 성에서 지내는 생활에 관해 몇몇 질문을 받은 후에야 겨우 본론에 들어갔다. 나는 집무 책상 너머의 페르디난드를 향해 몸을 내밀며 앞으로 만들고 싶은 책에 관해 의논했다.

"신들에 관한 그림책이 완성되었으니 이번에는 등사판 인쇄로 악보나 레시피집을 인쇄할까 해요. 신관장님이 연주회에서 연주하셨던 악보를 인쇄해서 팔아도 괜찮을까요?"

내 콧노래를 바탕으로 만든 노래지만 페슈필 연주곡으로 편곡하고 악보를 그린 사람은 페르디난드와 로지나였다. 내가 허가를 구하자, 페르디난드는 어깨를 으쓱거렸다.

"그건 내가 지은 곡이 아니니, 이상한 그림만 첨부하지 않는다면 그대가 하고 싶은 대로 해도 좋다."

"네? 하지만 작곡가 란에 신관장님의 이름을 넣으려고 했는데요. 악보를 못 그리는 저 대신에 페슈필로 연주할 수 있게 다듬은 사람은 신관장님이잖아요?"

"내가 한 건 편곡이다. 작곡을 하지는 않았으니 작곡가에 이름을 올릴 순 없지."

페르디난드는 그렇게 말하며 작곡가가 되기를 거부했다. 그렇다고 작곡가에 내 이름을 넣기도 선뜻 마음이 내키지 않았다. 우라노 시절에 들어서 알 뿐, 내가 작곡한 곡은 아니니까 말이다.

"연주도 못 하는데 작곡가에 제 이름을 올리기도 좀 그런데요."

"작곡과 연주는 별개다. 표기는 확실히 해두도록."

눈에 띄는 역할은 페르디난드에게 다 떠넘기려고 했는데 저지당했다. 하는 수 없다. 편곡자란에 페르디난드와 로지나의 이름을 커다랗게 넣고, 작곡가 말고 '원안 로제마인'이라고 내 이름을 조그맣게 넣자.

"그리고 이제 '로제마인 추천 레시피집'도 만들고 싶은데 어떤 점을 주의해야 할까요?"

"레시피집을 만드는 건 좋다만, 다음 겨울에 팔도록 해라. 귀족 전체가 모인 자리에서 파는 편이 좋을 테니. 성결식에서도 새로운 요리를 선보여서 관심을 끌어놓고, 자연스럽게 레시피집을 판다는 정보와 금액을 소문처럼 흘려두도록. 다른 책과 달리 레시피집은 값이 비싸니까."

레시피집은 아직 가격도 확실히 정하지 않았다. 질베스타가 지불한 금액과 레시피집 사이의 균형을 고려할지, 한정 판매로 희소성을 높여 금액을 끌어올릴지 벤노와도 상담해보는 게 좋겠다.

"그럼 악보와 레시피집도 인쇄 준비를 하겠습니다. 악보는 로지나에게 그리게 할 생각인데 괜찮으시죠?"

"음. 로지나라면 문제없겠지."

로지나는 글씨도 예쁘고 악보에도 조예가 깊다. 함께 편곡할 때 로지나가 그린 악보를 본 적이 있는 페르디난드는 금방 허가해주었다.

"할 얘기가 끝났으면 일을 시작해라. 계산 업무가 밀려 있다."

나는 오랜만에 목패를 잔뜩 안아 들고 석판을 끄적이며 척척 계산했다. 신입 청색 신관이 눈을 크게 뜨고, "엄청 빨라." 하고 중얼거렸다. 아무래도 신입들은 아직 페르디난드가 만족하는 속도로 계산하지는 못하는 듯하다.

"그대들은 멍하니 있지 말도록. 가뜩이나 느리니 손을 멈추지 말고어서 계산해라."

페르디난드가 서류에서 시선을 들지도 않은 채 질책을 날리자 청색 신관들이 깜짝 놀라 너도나도 계산기를 움직였다. 어색한 손놀림을 보니 쓸만한 인재가 되려면 시간이 걸릴 듯했다.

네 점 종이 울리면 점심시간이었다. 나는 계산을 끝내고 방으로 돌아와, 페슈필을 켜는 로지나에게 잰걸음으로 다가갔다.

"로지나, 신관장님이 허가하셨어요. 악보를 작성해주세요."

로지나는 페슈필을 켜던 손을 멈추고 몇 번 눈을 깜빡이더니 살며시 고개를 갸웃거렸다. 여전히 넋을 잃을 만큼 우아한 동작이다.

"어떤 악보 말씀이신가요?"

"페슈필 연주회에서 신관장님이 켰던 곡 전부요. 악보를 상품으로서 팔려고 하니까 정성들여 그려주세요. 곡명과 편곡자 이름을 적는 글씨는 장식을 곁들여 아름답게 부탁해요."

"알겠습니다. 전속 악사로서 부끄럽지 않게 정성 들여서 그리겠습니다."

음악에 관련된 것이면 뭐든지 좋아하는 로지나는 흔쾌히 악보 작성을 맡아주었다. 편곡자로서 페르디난드의 이름을 넣고 내 이름은 원안 제공자로서 조그맣게 넣어달라고 지시하자, 로지나가 생각에 잠기듯 턱을 괴고 시선을 이리저리 움직였다.

"신관장님이 편곡한 악보와 별개로 제가 편곡한 악보도 만들어도 되겠습니까?"

나는 쌍수를 들고 로지나의 제안을 환영했다.

"물론이에요. 책 종류가 늘어난다면 대환영이죠. 악보가 완성되면 프리츠나 길에게 넘기세요. 인쇄하라고 말해둘게요."

"로제마인 님, 기쁘신 심정은 이해합니다만 인쇄 얘기를 하기 이전에 먼저 식사를 마쳐주십시오."

인쇄물이 늘어서 기뻐 들뜬 내게 프랑이 주의를 주었다. 왠지 우라노 시절의 엄마가 연상되는 말투다. 책에 푹 빠져서 밥도 잊은 내게 엄마는 종종 이런 식으로 기막히다는 목소리를 내곤 했다.

내가 "지금 갈게요." 하고 어깨를 으쓱이며 자리에 앉자, 니콜라가 요리를 가져와 주었다.

"로제마인 님, 오늘은 푸고도 있어서 평소보다 요리에 공이 들어갔어요. 엘라에게 질세라 레스토랑에서 전수받은 새로운 레시피로 요리했다고 해요. 저도 로제마인 님이 나누어주실 요리를 맛보기가 기다려져요."

기뻐하며 요리를 옮기는 니콜라를 올려다보고 있자니 부탁거리가 떠올랐다.

"니콜라, 이번에 로제마인 추천 레시피집을 만들게 되었어요."

"와아, 레시피집이요? 사람들에게 맛있는 요리를 널리 알린다니 기대되네요."

니콜라는 손뼉을 치며 기뻐했다. 나는 푸고와 엘라에게 다리를 놓아달라고 니콜라에게 부탁했다. 사실은 내가 직접 요리사와 대화하면 간단하겠지만, 영주의 양녀라는 입장이 있으니 주방에 발을 들이기도 쉽지 않았다.

"푸고와 엘라와도 상담하며 진행해주었으면 좋겠어요. 우선은 알고 있는 레시피를 글로 옮겨 적어주세요. 그리고 비교적 친숙해서 만들기 쉬운 요리와 밑준비가 복잡해서 레시피를 봐도 이해하기 어려운 요리를 분류해주겠어요? 어떤 레시피를 실을지 정하고 나면……."

"로제마인 님. 조금 전에도 말씀드렸다시피 인쇄 이야기는 식후에 해주시길 부탁드립니다."

컵에 물을 따르려고 물병을 안은 채 프랑이 싸늘하게 미소지었다. 큰일 나겠다.

"미안해요. 먼저 먹을게요."

나는 얼른 사과하고 포크와 칼을 집었다. 니콜라도 프랑의 분노를 눈치채고 "다음 요리를 준비해오겠습니다."라고 말하며 얼른 주방으로 물러났다.

계절 샐러드를 한가득 입에 넣으려는 그때 문득 생각이 떠올랐다.

"모니카, 미안한데 공방에 가서 책을 엮을 바늘과 실을 빌려와 주세요."

"로제마인 님, 인쇄 얘기는……."

"이, 인쇄 얘기가 아니에요. 제본 얘기, 아니지, 오후 일정 준비 얘기거든요?"

나는 프랑에게 서둘러 둘러댔다. 프랑은 꼭 페르디난드처럼 관자놀이를 눌렀다. 페르디난드였다면 '못 말리겠군'이라고 말하지 않았을까. 역시나 그 주인에 그 시종이다. 내가 성에 가 있는 동안 줄곧 페르디난드의 업무를 도왔던 탓에 프랑은 전보다도 페르디난드와 비슷해졌는지도 모른다.

모니카가 방을 나서고, 나는 이번에야말로 조용히 식사를 했다. 점심을 먹으면 제본 작업을 할 것이다. 겨울부터 꾸준히 써왔던 엄마의 이야기집을 엮으려고 한다. 참고로 표지는 내가 그린 가족 그림이다. 데포르메된 그림이라 이쪽 세계에선 반응이 좋지 않겠지만 사진이 없으니 어쩔 수 없다.

'이 세상에 하나뿐인 직접 만든 그림책이 완성되면 루츠에게 줘서 가족에게 보내야지.'

플랑탱 상회와 의논하기

오늘은 플랑탱 상회와 회의가 잡혀 있다. 세 점 종이 울림과 동시에 나는 완성된 엄마의 이야기책과 가족에게 보낼 편지를 안고 신전 장실을 나왔다.

'으흐흐흥, 으흐흐흥, 루츠를 만난다~.'

"오래 기다리셨습니다."

내가 고아원 원장실에 도착했을 땐 이미 벤노와 마르크와 루츠 그리고 오토까지 니콜라가 따라준 차를 마시면서 1층에서 기다리고 있었다. 형식적인 긴 인사를 끝맺고 2층으로 올라와서 우리는 곧장 비밀의 방에 들어갔다.

"와~! 루츠, 루츠, 루츠, 보고 싶었어~. 우리 가족은 다들 어떻게 지내? 건강해?"

기세 좋게 폴짝 뛰어들어 안기자, 루츠는 이미 예상했단 듯이 "아, 그래 그래." 하고 대충 대답하면서 받아주었다. 내 머리를 가볍게 토닥이며 루츠는 씩 웃었다.

"영주님 대신 네가 성에 남아야 해서 여름까지 성에서 못 나온다고 말했더니 귄터 아저씨며 다른 가족들이 엄청 걱정했어. 네가 성에서 무슨 짓을 저지를지 모른다면서……."

"다들 너무해! 난 근면 성실하게 지냈다고!"

신뢰도가 이렇게 낮다니 실망이다. 요즘 귀족들 사이에서는 성녀 전설에 점점 힘이 실리는데 어쩌면 날 가장 신뢰하지 않는 사람들은 우리 가족인지도 모르겠다.

"투리한테 주려고 열심히 책도 만들었는데⋯⋯."

"책?"

"이번 여름에 열 살이 되잖아? 열 살 기념 선물로 주려고. 투리한 테 전해줄래?"

이 세상에서는 일곱 살에 세례를 받고 수습생 계약을 한다. 3년 계 약이 끝나는 열 살이 되면 다른 공방과 계약을 하든, 계약을 갱신하 든, 혹은 재능이 발견되어 다프라 계약을 맺든, 말하자면 인생의 전 환점인 해가 된다. 치마도 무릎에서 종아리 길이로 바뀌고 어린아이 취급에서 벗어나게 된다. 우라노 시절로 치면 초등학교를 졸업해서 중학생이나 고등학생이 되는 것과 비슷하다. 여전히 미성년자지만 아 주 어린애에서는 벗어나게 되는 셈이다.

나는 열 살 선물로 투리에게 줄 엄마의 이야기 모음집을 만들었다.

"아, 그렇지. 전에 투리가 열 살이 되면 코린나 씨네 공방으로 옮 기고 싶다고 했는데 어떻게 됐어요? 코린나 씨네 공방에 들어갈 수 있나요?"

내가 루츠를 꼭 껴안은 채 플랑탱 상회 관계자들을 둘러보자, 벤노 가 천천히 오토에게로 시선을 옮기면서 입을 열었다.

"그게 오늘 의논할 주제다. 네 의견이 필요해."

"네?"

벤노와 마르크가 재촉해서 나는 루츠에게서 떨어져 자리에 앉았 다. 벤노와 오토가 정면에 앉고 마르크와 루츠는 그 뒤에 섰다.

"편하게 해도 되니까 네가 말해. 길베르타 상회는 이제 네 상점 이야."

벤노가 팔꿈치로 오토를 툭 쳤다. 나를 쳐다보더니 오토의 시선이 살짝 흔들렸다.

"아, 마인이라고 부르면 안 되겠지? 로제마인 님이라고 하면 되나? 으아, 느낌이 이상해."

오토는 혼잣말처럼 중얼거린 뒤, 한 번 숨을 들이마시고 입을 열었다.

"봄이 끝날 때쯤에 투리의 다루아 계약이 끝나는 건 알지? 투리는 여름까지 다음 직장을 정해야 해. 그래서 내가 벤노에게 로제마인 님과 면담을 잡아달라고 부탁했어."

급하다던 안건은 투리 일이었나 보다. 하지만 왜 투리 일에 내 의견이 필요한지 이해가 되지 않았다.

"일단 투리는 길베르타 상회와 계약하는 방향으로 얘기하는 중이야. 길베르타 상회에 투리는 중요한 존재거든. 투리와 마인의 진짜 관계를 아는 사람은 적지만, 어쨌든 투리는 영주의 양녀인 로제마인 님과 연결고리가 있는데다 머리장식 제작 면에서도 귀중한 장인이니까."

투리는 지금껏 새로운 꽃장식이며 레이스를 개발하기 위해 노력했다. 그리고 지금 나는 투리와 엄마가 만든 머리장식만 구입한다. 길베르타 상회는 영주의 양녀라는 큰손을 잡아두기 위해 투리와 다프라 계약을 맺고 싶은 것이다.

"지금까지 코린나는 자기 관심 분야 외의 일거리는 몽땅 벤노에게 던져뒀어. 하지만 벤노가 플랑탱 상회로 독립해 버린데다, 벤노며 마르크며 루츠며…… 로제마인 님과 관계가 깊은 사람은 모두 플랑탱 상회 소속이 되었잖아?"

"그래서 투리가 필요하다는 거죠?"

"응, 맞아."

코린나는 길베르타 상회와 나를 이어줄 역할로서 투리를 원한다고 했다. "흐음." 하고 고개를 끄덕이며 오토의 말을 듣자니 이어서 벤노가 말했다.

"머리장식이 다가 아니야. 넌 기사에게 입힐 새로운 의상까지 고안했다면서? 그 일을 계기로 코린나는 어떻게든 너와 맺은 연결고리를 유지해야겠다고 마음먹은 모양이야."

"흐음, 그렇군요……."

"전혀 관심이 없어 보이네."

루츠의 말에 나는 고개를 크게 끄덕였다. 굉장히 당연한 얘기로 들렸기 때문이다.

"상점만 잘 되자고 투리를 이용해서 울리기라도 하면 절대 용서하지 않겠지만, 투리가 코린나 씨의 공방에 들어가고 싶어하고 코린나씨도 투리에게 가치를 느꼈다는데 무슨 문제가 있죠? 저와 대체 뭘의논하고 싶은 건가요?"

다프라 계약을 하고 싶다면 하면 그만이다. 왜 상담이 필요한지 요점이 전혀 보이지 않아 관심이 생기질 않았다. 그러자 오토가 나를향해 곤란한 듯이 웃었다.

"물론 투리도 코린나의 공방에 들어가고 싶어하니까 그 방향으로진행할 예정이었어. 그런데 문제는 다루아 계약이냐, 다프라 계약이냐 이거야."

예전에 루츠가 트러블을 일으켰을 때 조금은 익혔지만 나는 아직다프라와 다루아의 차이를 제대로 모른다. 나는 벤노를 쳐다보며 물었다.

"다루아와 다프라는 대우가 다르다면서요?"

"그래, 맞아. 기본적으로 다루아보다 다프라가 대우가 좋지만 대신 자유가 속박되지."

다루아는 3년에 한 번 계약하며, 여러 상점에서 경험을 쌓을 수 있다. 다양한 방식을 익히고 인맥을 쌓을 수도 있다. 단 미래가 보장되지 않는다. 실력이 없으면 계약 갱신을 거절당하고 다음 직장도 소개받지 못할 수도 있다. 만약 다음 직장을 찾지 못하면 느닷없이 생계가 곤란해지는 셈이다.

반면 다프라는 상점에서 생활 전반을 보장해주고 평생 다른 직장을 찾을 필요도 없을뿐더러 다루아보다 우대받는다. 단, 평생 그 상점에 발이 묶인다. 자크나 요한이 말했듯 독립할 수도 없고, 다른 상점으로 이동할 수도 없다.

루츠와 마르크는 플랑탱 상회가 길베르타 상회에서 독립하면서 함께 이동하여 현재 플랑탱 상회의 다프라가 되었다. 그렇지만 이제 완전히 다른 상점이 되었으니 길베르타 상회로는 다시는 돌아갈 수 없다고 한다.

"투리가 길베르타 상회와 다프라 계약을 맺는 데에 가장 큰 걸림돌은 너야."

"네!? 제가 어떻게 투리의 발목을 잡는다는 거죠!?"

투리를 방해할 줄은 전혀 몰랐던 나는 양 볼을 누르며 "히이익." 하고 숨을 멈추었다. 투리는 항상 날 도와주기만 했는데 내가 투리의 발목을 잡는 줄은 전혀 몰랐다. 대충 들을 때가 아니었다. 핏기가 가시는 느낌을 받으며 몸을 쭉 빼고 적극적으로 귀기울이자, 루츠가 웃

으면서 손을 저었다.

"아~, 아니. 발목을 잡는다는 게 아니야. 투리는 네가 다른 영지로 이동하면 함께 따라가고 싶대."

루츠는 손을 휘휘 저으면서 그렇게 말했다. 하지만 무슨 뜻인지 이해가 되지 않았다. 내가 "무슨 말이야?"라고 묻자, 루츠는 벤노를 힐끗 쳐다본 후 살짝 고개를 끄덕이고 입을 열었다.

"나나 주인님도 그렇지만, 플랑탱 상회는 네가 다른 영지로 이동할 때 따라갈 각오가 되어 있어. 플랑탱 상회가 인쇄업을 하고 책을 판매하려면 책에 애착이 가장 강한 네 곁에 있는 게 제일 좋으니까."

플랑탱 상회는 식물지 협회와 인쇄 협회를 확장하기 위해서라도 가장 열렬한 인쇄 후원자인 나와 행동을 함께해줄 계획이라고 했다. 이리도 든든할 수가.

"그렇게 얘기했더니 투리가 자기도 같이 데려가라는 거야."

루츠나 투리나, 지금까지는 투리가 길베르타 상회의 코린나 공방으로 들어가면 될 줄만 알았다. 그 상태였다면 길베르타 상회의 직원으로서 루츠와 벤노와 함께 움직이면 투리도 내가 있는 곳으로 이동할 수 있었을 터였다.

하지만 이제 인쇄업에 주력하는 플랑탱 상회와 옷과 장신구에 주력하는 길베르타 상회가 분리되었다. 그래서 길베르타 상회의 다프라가 되면 투리는 길베르타 상회에서 빠져나올 수 없게 된다. 나를 쫓아서 이동하기로 결심한 플랑탱 상회와 달리 에렌페스트에서 영업하는 길베르타 상회는 영지 밖으로 나갈 수 없기 때문이다.

"음~? 그럼 투리가 다루아 계약을 원한다는 말인가요? 그치만 전 지금 에렌페스트에 있잖아요? 영주가 절 절대 놓지 않을 거라고 신관장님도 말씀하셨어요. 차기 영주와 혼인하게 될 가능성이 크대요."

어디까지나 페르디난드가 그런 말을 잠시 흘렸을 뿐이긴 하지만, 성녀전설이 가속되고 인쇄업이 성행할수록 더욱 내가 다른 영지로 움직일 가능성은 희박해진다.

"영주님의 그 의견은 어디까지나 현재의 희망사항이잖아? 에렌페스트보다 강대한 영지는 얼마든지 많아. 정치적인 힘이 움직여서 억지로 혼담을 맺을 가능성이 아예 없진 않다."

벤노의 말에 나는 "그건 그렇지만." 하고 조그맣게 중얼거렸다. 가만히 생각해보니 에렌페스트 내의 지리는 배웠지만 아직 나는 에렌페스트 바깥에 관한 지식이 거의 없었다. 온 나라의 귀족이 모이는 귀족원에서 나라 순위가 중간이라고 측근들에게 들었을 뿐이다. 벤노의 걱정이 사실이 될지도 모른다.

"네가 계속 에렌페스트에 남는다면 그야 좋지. 하지만……."

그렇게 말하다가 벤노는 적갈색 눈을 번뜩이며 나를 날카롭게 노려보았다.

"내가 걱정하는 건 정치적인 힘이 아니라 네 폭주다. 도서실을 발견하고 책을 읽겠다는 충동에 갑자기 신전 무녀가 됐잖아? 이번엔 다른 영지에서 어마어마한 책을 발견하고 갑자기 시집가겠다고 하지 않을까 불안해서 못 살겠단 말이야."

"으으윽……."

나쁜 전례를 끄집어내니 반론할 수도 없었다. 오래 알고 지낸 탓인지 벤노는 내 행동을 아주 잘 파악했다. '그런 짓은 안 해요!'라고 단언은 못 하겠다.

"네가 폭주해버리면 어디로 갈지 난 전혀 예상도 못 하겠어."

'아~, 그건 나도 예상 못 해.'

자택 근무를 하면서 상품을 개발하기로 해놓고 세례식 때 도서실을 발견해서 폭주하고 청색 견습무녀가 되었다. 예상치 못한 전개로 영주의 양녀와 신전장 자리를 맡은 현재까지를 되새겨보면 벤노의 걱정은 노파심이라 할 순 없었다. 에헷 하고 웃어넘기자, 나를 노려보는 벤노의 눈빛에 더욱 힘이 들어갔다.

"웃을 일이 아니야, 이 멍청아."

나는 벤노에게서 시선을 돌리고 오토에게 말을 걸며 화제를 돌렸다.

"음, 요약하자면 길베르타 상회는 다프라 계약으로 투리를 묶어두고 싶고, 투리는 나와 함께 행동할 수 있게 자유로운 몸이고 싶다는 거네요?"

"뭐 좋은 생각 있어?"

"……음, 다프라 계약을 맺고, 유사시에는 '체인점'을 내주면 어떨까요?"

"체인점? 그건 뭐냐?"

"길베르타 상회 2호점을 다른 마을에 세워서 다프라에게 맡기는 거예요."

"독립하지 않고?"

"네. 독립이 아니라 또 다른 길베르타 상회를 세우는 셈이니까 당연히 길베르타 상회 직원들도 드나들 수 있고, 같은 상점이니 정보도 교환할 수 있겠죠. 그러면 투리는 다프라로서 다른 마을에 세운 길베르타 상회로 이동할 수 있어요."

설명해 봤지만 벤노도, 마르크도, 오토도 이해가 잘 가지 않는 듯 고개를 갸웃거렸다. 이곳에서는 체인점이 존재하지도 않을뿐더러 마을 주민이 다른 곳으로 이사하는 일 자체가 적다. 한 가게를 성장시키고, 결혼으로 다른 상점 주인과 인척 관계를 맺기는 하지만 걸어서 이동할 수 있는 한 마을 안에 같은 상점을 여러 군데 세울 이유는 없다. 그런 환경이니 체인점 개념을 이해하지 못할 수밖에 없었다.

"실은 그렇게 번잡하게 고민할 것 없이 다루아로 계약해도 되지 않나 싶긴 해요."

일단 체인점이라는 타협안을 내놓긴 했지만 솔직히 투리가 원하는 대로 하면 된다고 생각했다. 재봉사로서 투리에게 코린나가 롤모델이라고 했기 때문에 코린나 공방에 들어가겠다는 투리를 응원하기는 하지만, 딱히 투리가 길베르타 상회에 묶일 필요는 없었다.

"투리를 다프라로 확보하고 싶은 건 길베르타 상회의 사정이잖아요? 투리가 절 따라와 준다면 전 투리를 위해 공방쯤은 바로 세워줄 수 있어요. 저로서는 이동이 편하게 투리가 다루아로 계약하는 게 나아요."

타 영지 사람과 결혼이라도 하지 않는 한 내가 에렌페스트에서 움직일 일은 없다. 만약 이주하게 된다 해도 지금까지 모아둔 돈과 마인의 유산으로서 가족을 위해 빼둔 돈을 쓰면 투리를 위해 다른 영지의 시민권을 사고 공방과 집을 마련해줄 수도 있다. 에렌페스트에 평생 산다 해도 투리가 실력에 맞는 나이가 되면 영주의 양녀로서 후원해 투리의 공방을 세워주는 것도 어렵지 않다. 다프라가 되지 않아도 후원이 가능한 셈이다.

"……하긴 지금 네겐 투리를 독립하게 해줄 돈과 권력이 있긴 하지."

평생 행상인으로 살아오면서 모은 돈을 시민권을 얻고 코린나와 결혼하는 데 다 쏟아버린 오토의 말이었다. 말투에서 씁쓸함이 묻어났다.

"뭐 에렌페스트에서 계속 산다는 가정 하에 대우나 주변 환경을 고려하면 코린나 씨의 공방에서 다프라로 계약하는 편이 투리를 위해 좋기는 하겠지요."

내 말에 오토가 재차 고개를 끄덕였다.

"일단 체인점이란 방법이 있다고 코린나에게 전달하고 곰곰이 생각해볼게."

"그럼 난 투리에게 전해줘야지. 여차하면 네가 공방을 준비해준다는 사실도."

내가 루츠에게 고개를 끄덕이자 이야기가 대강 일단락되었다. 그러자 벤노가 생각을 전환하려는 듯 가볍게 고개를 젓다가 몸을 쑥 내밀었다.

"그럼 투리 얘기는 이쯤 하고. ……이번엔 플랑탱 상회에서 부탁하마. 일크너에 루츠를 파견할 준비가 됐어. 기베 일크너와 연락해줘."

"네? 이제 루츠 없이도 귀족을 응대할 수 있어요?"

전에는 분명 귀족과 거래가 늘었는데 응대할 사람이 없어 루츠를 외부에 파견할 여유가 없다고 했었다. 벤노는 머리를 벅벅 긁으며 "아~." 하고 애매한 소리를 냈다. 벤노 뒤에서 계속 대기하던 마르크가 짙은 녹색 눈동자를 살짝 가늘게 떴다.

"플랑탱 상회가 독립할 때 각 상점에서 다루아를 보내 플랑탱에 투입했는데, 다들 원래 상점에서 잘나가던 인재들이라 제법 무난하게 귀족을 응대하더군요. 덕분에 상점엔 조금 여유가 생겼습니다.”

다루아들은 하나같이 벤노의 수익을 빼앗아 자신이 본래 속한 상점에 이익을 가져다줄 속셈인데, 마르크가 보아도 인재들이라고 한다.

“솔직히 플랑탱 상회엔 아직 상품이 많지 않아. 귀족들이 관심을 둬주는 이 기회에 신상품을 조금이라도 더 많이 만들어야 해. 그리고 너에게 정보를 얻어서 신상품을 만드는 역할은 플랑탱의 다프라 수습생인 루츠이길 바란다.”

“새로운 종이 연구에는 지금까지 종이를 만들어온 내가 적임자지.”

루츠는 “네가 생각해낸 물건은 내가 만들기로 약속했지?”라고 말하며 의기양양하게 가슴을 폈다.

“하긴 인쇄기와 그림책 제작도 일단락되었으니 신상품 개발을 시작할 타이밍으론 나쁘지 않네요. 기베 일크너와는 성결식 무렵에 얘기 나눌 수 있어요.”

“……생각보다 빠르군. 겨울 사교 시즌까지 기다려야 하는 줄 알았더니.”

“제가 디자인한 의상을 브리기테가 입고 성결식에서 공개하겠다고 보고했더니 기베 일크너도 에렌페스트를 방문하겠대요. 그때 얘기하면 플랑탱 상회를 일크너에 파견해서 새로운 종이를 연구할 수도 있을 거예요.”

일크너는 나와 연줄을 맺고 싶어 하는 듯했고 특산품을 원한다고 했으며 새로운 종이 개발에도 관심을 보였다. 게다가 어차피 신분상 내가 명령하면 거부하지 않을 것이고, 거부할 수도 없다. 자칫 권력을 휘둘러 억지로 밀어붙이는 모양새가 되지 않게 조심해야 할 정도다.

"그렇군. 먼 지방 귀족과는 겨울이 되어야만 얘기할 기회가 생길 줄 알았는데, 여름이라면 얼른 준비를 시작해야겠어."

"그런데 일크너는 멀어서 연구 때문에 이동하면 당분간은 에렌페스트에 못 돌아올 거예요. 정말 플랑탱 상회에서 마르크 씨와 루츠를 내보내도 괜찮아요?"

아무리 각 상점에서 투입된 다루아가 우수하다 해도 벤노 혼자 통솔하려면 힘들지 않을까. 내 걱정을 듣던 벤노는 쓴웃음과 함께 머리를 가로저었다.

"마르크는 상점을 통솔해야 하니 남을 거다. 대신 다루아 중에서 귀족과 대면할 줄 아는 녀석을 루츠에게 붙여 보내기로 했어."

'그런 사람이 있었나?'

마르크 대신 일크너에 갈 만한 인물이 떠오르지 않았다. 나는 생각하느라 미간을 찌푸렸다.

"누구예요? 그 사람도 제 기수에 태워서 일크너로 가야 하는데, 괜찮을 만한 사람이에요?"

"문제없어. 어떻게 보면 널 아는 사람이야. 또 너와 한번은 얼굴을 마주보고 얘기한 적도 있다고 하더군."

벤노와 마르크와 루츠가 동시에 골치 아픈 표정을 지었다. 만난 적이 있는 인물이라는 말이 나를 더 헷갈리게 했다. 자랑은 아니지만 평민 시절의 나는 지인이 극소수였다. 플랑탱 상회와 관계가 있고 귀족을 응대할 줄 아는 지인은 없었다.

"전혀 모르겠어요. 누구죠?"

"다미안…… 프리다의 오빠다."

이익에 약삭빠른 오트마르 상회는 다미안을 플랑탱 상회에 다루아로 투입했다. 무엇보다 프리다가 "장인이라면 로제마인 님이 관계된 새 사업에 적극적으로 끼어들어야죠!"라며 오빠를 부추겼다고 한다.

"아, 그러고 보니 프리다의 세례식에서 딱 한 번, 길드장 댁에서 신세를 졌을 때에 프리다의 가족과 만난 적이 있어요. 프리다의 오라버니는 두 사람이었는데 얼굴은 거의 기억나지 않네요. 하나같이 자기주장이 강하고, 남의 얘기를 안 듣는 가족이었던 건 기억나요."

"그래. 정확하다. 잇속이 밝고 고집세지."

벤노의 표정으로 보아하니 다미안은 플랑탱 상회에 다루아로 들어와서도 자기 이익을 챙기려고 은밀히 움직이는 모양이었다. 할아버지인 길드장과는 프리다가 가장 닮았다지만, 프리다의 오빠인 다미안 역시 상당히 제멋대로였던 기억이 난다.

"루츠, 괜찮겠어? 다미안한테 찍소리 못하는 거 아냐?"

어쩐지 함께 일크너로 가게 될 루츠가 걱정되기 시작했다. 과연 루츠 혼자서 견뎌낼 만할까. 루츠도 불안하긴 한지 기가 죽어 "하하하." 하고 무미건조한 웃음을 띄우며 불안하게 벤노를 쳐다보았다.

"네 말대로 루츠가 걱정되긴 하지만, 그렇다고 다미안을 뺄 순 없어."

"어째서죠?"

"다미안은 귀족 응대가 능숙해. 이익을 내다보고 참을 줄도 알지. 무엇보다도 단순 판매가 아니라 신상품 개발에 중점을 두어서 다미안을 넣었다. 어차피 동향을 살펴야 하는 큰 상점이며 그 할아범이 억지를 부려서 거절할 수도 없어. 할아범에겐 최근에 이래저래 도움을 받고 있으니까."

성가신 듯 한숨을 내쉬고 벤노가 머리를 세차게 긁었다.

"일크너에 식물지 협회를 세우기 위해서 나도 책임자로서 계약을 맺으러 초반에는 함께 갈 생각이다. 루츠와 다미안을 일크너에 두고, 네가 에렌페스트로 돌아올 때 함께 돌아올까 해. 그러면서 여러 방면으로 물밑 작업을 해놓아서 견제해둘 수밖에."

"루츠를 위해서라도 완벽하게 마크해주세요."

그 뒤에는 일크너에서 식물지를 만들면 발생할 이익에 관해 의논했다. 이익 관계를 미리 정해두지 않으면 기베와도 협상할 수가 없다. 이익 분배와 일크너 체류 중의 생활 환경에 관해, 각자 원하는 조건과 희망사항을 들으며 기록했다.

"음, 그럼 다미안과 루츠가 일크너에 가는 거죠?"

내가 서자판을 보면서 벤노와 의논하며 정해진 사항을 확인하자, 루츠가 슬쩍 손을 들었다.

"있잖아, 로제마인 공방에서 길과 작업에 익숙한 회색 신관 몇몇을 일크너에 보내줬으면 좋겠어. 아무리 생각해도 나 혼자 종이를 만들기엔 한계가 있고, 다미안과 둘만 있으면 숨이 턱턱 막혀. 도구는 내가 준비할게."

"내가 식물지를 연구하고 싶어서 루츠가 일크너에 가게 된 거잖아. 물론 우리 공방에서도 사람을 보낼게. 길과 루츠가 사람을 골라줘."

루츠는 "고마워."라며 진심으로 안도의 한숨을 내쉬었다.

"저기, 루츠. 새로운 종이를 연구하고 싶다고 말을 꺼낸 사람은 원래 나였어. 원래 내가 직접 연구해야 하는 일을 루츠와 길이 대신해 주는 거잖아. 너희가 곤란해지지 않게 해줄 테니까 원하는 게 있으면 꼭 말해줘."

"응. 그래도 너무 신경 쓰지 않아도 돼. 난 일크너에 가길 기대하고 있거든."

헤헷, 하고 웃는 루츠의 어깨를 보니 긴장이 풀어진 듯해서 나도 안심했다.

"일크너에 가게 된 기회를 놓칠 수 없지. 새로운 목재나 에딜, 슬라모 벌레를 대체할 만한 재료가 발견되면 좋겠다."

"그러네. 새로운 종이를 개발해서 상품이 늘면 좋겠어."

루츠가 상인다운 미소를 보이자, 벤노도 "신상품은 필수지."라며 고개를 끄덕였다.

"신상품은 공급할 수 있어요. 책 종류를 점점 늘릴 테니까요. 앞으로 악보도 찍을 예정이고, 겨울까지는 로제마인 추천 레시피집도 만들 거예요."

후후훗, 하고 의기양양해하다가 나는 벤노와 레시피집 가격을 상의하려고 했던 것을 떠올렸다.

"아, 그렇지. 레시피집 가격을 어떻게 할까 고민 중이에요. 양아버님이나 아버님에게 판 가격을 고려할지, 한정 판매로 해서 양아버님께 팔았을 때보다 가격을 더 높이 책정할지……."

"그야 당연히 한정판매로 가야지."

벤노가 당연한 질문은 하지 말라는 듯 미간을 찌푸렸다. 마르크도 벤노의 뒤에서 싱긋 웃으면서 고개를 끄덕였다.

"푸고한테 들었는데, 네가 만든 레시피는 손도 많이 가고 번거로워서 웬만큼 실력이 없으면 재현하기 힘들다며? 심지어 세상 어디에도 없는 레시피잖아. 당연히 비싸야지. 싼값으로 널리 팔 만한 물건은 아니야."

희소성을 팍팍 높여서 최대한 비싸게 팔라며 벤노가 눈을 번득였다. 그리고 비싸게 산 레시피를 내가 싸게 팔면 영주도 불만이 생길 거라고 했다. 내 머릿속에서 나온 지식은 가격을 높게 쳐두는 편이 좋겠다. 장사에 관해서는 스승의 의견을 따르도록 하자.

"그나저나 레시피집이라. ……일제도 모르는 레시피를 몇 개 넣으면 그 영감은 분명 살 거야. 야무지게 벌어둬."

"벤노 씨, 지금 엄청 표정이 사악해요."

영주 부부의 귀환

플랑탱 상회와 상담을 마치고 성에 돌아온 후로 며칠이 지났다. 빌프리트의 방에서 오후 수업을 받는 도중 문밖을 지키던 호위 기사가 안게리카를 호출해 불러냈다. 안게리카는 바로 다시 돌아와 리카르다와 오즈발트에게 무언가를 보고했다.

"빌프리트 도련님, 로제마인 공주님. 아우브 에렌페스트께서 돌아오신다고 합니다. 마중을 나가셔야겠습니다."

리카르다가 말하는 목소리가 똑똑히 들렸다. 하지만 나는 "예에……." 하고 건성으로 대답하고 계속 책을 읽었다.

"아버님과 어머님께서 돌아오신다고!?"

빌프리트의 들뜬 목소리가 들린 직후, 리카르다가 섬뜩한 미소를 지으며 내가 읽던 역사책을 빼앗았다.

"공부는 마중 나가신 뒤에 하세요. 갑시다, 공주님."

나와 빌프리트는 리카르다에게 등떠밀려 전이 마법진이 있는 방으로 향했다. 문 앞에서 보초를 서던 기사가 문을 열어주어서 우리는 방으로 들어갔다.

우리가 도착하자 잠시 후 전이 마법진이 갑자기 빛났다. 복잡한 마법진이 공중에 떠오른다 싶던 찰나 칼스테드와 질베스타와 플로렌치아가 마법진 위에 나타났다. 빌프리트가 얼른 "어서 오십시오, 아버님, 어머님." 하고 달려갔다.

"잘 지냈나요, 빌프리트, 로제마인. 두 사람 다 맡은 일은 착실히 완수했겠지요?"

"물론입니다, 어머님. 매일 빠짐없이 마력을 공급했습니다. 그렇지, 로제마인?"

"어서 오세요, 양아버님, 양어머님. 매일 익숙지 않은 마력을 공급하느라 빌프리트 오라버니가 매우 노력했습니다."

"그렇군요. 두 사람 다 참 잘했어요. 이 어미는 정말 자랑스럽습니다."

부드러운 미소를 지으며 플로렌치아가 걸어 나왔다. 이 뒤로 문관들이 차례차례 귀환해야 하므로 전이 마법진이 쳐진 방에서 얼른 나가야 했다. 어머니에게 이것저것 보고하고 싶어하는 빌프리트에게 자리를 양보하고, 나는 어깨를 가볍게 돌리며 몸을 푸는 칼스테드에게로 갔다.

영주 부부의 호위 기사로서 함께 다녀온 칼스테드에게 "다녀오셨어요, 아버님." 하고 말을 거니, 칼스테드는 눈을 크게 뜨고 "건강해 보여서 다행이구나, 로제마인." 하고 부드럽게 웃으며 나를 내려다보았다.

"별다른 일 없느냐?"

칼스테드와 대화하는데, 질베스타가 갑자기 내 볼을 콕 찔렀다. 매우 피곤한지 안색도 나쁘고 눈에 초점이 없었다.

"왜, 왜 그러세요, 양아버님?"

나는 고개를 갸웃거렸다. 질베스타의 표정은 변함이 없었다. 여전히 죽은 생선 같은 눈으로 끈질기게 내 볼을 쿡쿡 찔렀다.

"으, 으힉?"

"……너 때문이다."

볼을 찌르던 손은 멈췄지만 대체 무슨 말을 하려는 건지는 전혀 모르겠다. 눈을 끔뻑이며 질베스타를 올려다보자, 질베스타는 집게손가락으로 내 이마를 탁 튕겼다.

"아야!"

"신전에 관련해서 할 말이 있다. 다섯 점 종이 울리면 집무실로 와라."

"……알겠습니다."

욱신거리는 이마를 문지르면서 영주 부부와 헤어지고, 나와 빌프리트는 남은 수업을 하러 돌아갔다. 다섯 점 종이 울릴 때까지 수업 시간이었다.

읽다 만 책을 읽는 사이 다섯 점 종이 울렸다.

"로제마인, 아버님과 면담이 있다지? 나는 어머님과 동생들과 차를 마시기로 했다."

빌프리트는 오랜만에 부모가 돌아와서 정말 좋은지, 종이 울리자마자 수업 도구를 착착 정리하고 통통 튀는 발걸음으로 동생들이 생활하는 본관 방을 향해 달려갔다.

나는 약속대로 질베스타를 만나러 본관에 있는 질베스타의 집무실로 레서버스를 타고 갔다. 요즘에는 레서버스를 자주 봐서인지 놀라는 사람도 적다.

"아우브 에렌페스트, 로제마인 님이 오셨습니다."

"들여보내라."

내가 방에 들어가자, 문관이 집무실로 가져온 서류를 정리하고 시종이 차를 준비하는 모습이 보였다. 질베스타는 내게 앉기를 권하고는 호위 기사인 칼스테드만 남기고 전부 방에서 물러나게 했다.

"나중에 부를 때까지 잠시 방을 비워라. 여기는 칼스테드만 남으면 된다."

"알겠습니다."

문관들은 일하던 손을 멈춘 채, 시종들은 차를 준비하다 놓아둔 채 파도가 빠지듯 퇴실했다.

모두 방을 나가고 발소리도 들리지 않게 되자, 질베스타가 천천히 한숨을 내쉬었다. 그와 동시에 문관이 있을 땐 위엄을 내뿜던 영주다운 모습은 완전히 사라지고 질베스타는 테이블에 이마를 턱 올렸다.

"로제마인, 그대 때문이다."

가족에게만 보이는 모습이겠지만, 무슨 소린지 알아들을 수 없어서 어떻게 대답할지, 반응할지 곤혹스러웠다. 뭐가 나 때문이라는 걸까. 전혀 모르겠다. 도와달라는 시선으로 칼스테드를 바라보자 칼스테드는 "이래저래 힘들었단다." 하고 질베스타를 옹호하듯이 고개를 끄덕였다.

"저기, 양아버님. 신전에 관한 얘기란 게 뭔가요?"

내가 질문하자, 질베스타는 얼굴만 이쪽으로 돌려 원망스러운 표정을 지으며 짙은 녹색 눈동자로 지그시 나를 바라보았다.

"외숙부가 돌아가신 사실을 그대가 누님에게 알렸지 않은가?"

"무슨 말씀을 하시는지 전혀 모르겠어요."

"짐작 가는 게 없다고?"

'전혀요.'

하지만 나를 날카롭게 노려보는 질베스타는 뭔가 확신이 있는 듯했다. 나는 질베스타의 말 속에서 내가 아는 내용부터 짚기로 했다.

"음, 양아버님의 외숙부라면 알아요. 전 신전장 맞죠? 그런데 누님은 어떤 분인지 모르겠어요. 양어머님의 오라버님에게, 그러니까 서쪽의 프뢰벨타크의 영주에게 시집간 누님이 계시다는 얘기는 들어본 적 있는데 그분이세요?"

"아니. 프뢰벨타크로 시집간 사람은 둘째 누님이고, 지금 말하는 사람은 첫째 누님이다."

질베스타는 손을 휘휘 저으면서 "에렌페스트의 남쪽, 아렌스바흐에 시집간 누님 말이다."라고 설명을 덧붙였다.

"……그런 분은 몰라요. 양아버님께 형제가 몇 명 계신지도 모르는걸요."

내 반응이 너무 답답해서일까, 질베스타가 몸을 벌떡 일으키고 짜증스럽게 손끝으로 테이블 위를 톡톡 두드리기 시작했다.

"누님 말로는 새로 부임한 신전장이 알려줬다고 하셨다. 겨울에 외숙부가 사망한 사실을 누군가에게 알렸던 건 기억나겠지?"

"주변에서 물으면 신전장이 사망했다고 알리긴 했으니, 그 몇몇 문의 중 하나였겠네요. 그중 그분이 주신 문의가 어떤 건지…… 아, 혹시 그 마술구 편지예요!? 봉납식 때 편지에 답장을 썼더니 그 답장이 새가 되어 날아가 버려서 깜짝 놀랐던 적이 있어요."

마술구 편지가 있었던 기억이 떠올라 말하자, "그거야!"라며 질베스타가 손가락으로 나를 척 가리켰다. 질베스타는 겨우 얘기가 통해서 속 시원하다는 듯이 환하게 웃다가 갑자기 어깨를 툭 떨구었다.

"……그래, 그대는 누님을 몰랐군. 외숙부는 누님을 몹시도 아끼셔서 누님이 시집가신 후에도 줄곧 교류가 있었다고 한다. 그런데 어떻게 1년이나 사망을 알리지 않을 수 있냐며 영주 회의 기간 내내 누님이 나를 힐난하셨다."

질베스타의 얼굴 살이 쏙 빠져서 피곤해 보이는 이유가 그 누님에게 온갖 싫은소리를 내내 들어서인 모양이다. 그때 어떤 생각이 내 뇌리를 스쳤다.

"아, 혹시 양아버님이 태어나기 전에 차기 영주 후보였다던 나이 차가 많이 나는 누님이에요? 영주가 된 양아버님을 미워하는 바람에 그 누님이 에렌페스트에 있으면 분명 분쟁이 일어나리라고 걱정해서 선대 영주가 타 영지로 시집보내 버리셨죠?"

"그래. 은근히 잘 아는데?"

'전 신전장의 숨겨둔 애인이 아니었구나. 소문내지 않길 잘했다.'

남몰래 사랑을 주고받는 순애보 편지가 아니라 외숙부에게 넋두리를 늘어놓는 조카의 편지였던 모양이다.

"전 신전장이 소중히 보관해둔 편지 속에 그분이 보낸 편지가 있었어요. 다른 영지로 시집을 가서도 교류가 있었다니 정말 사이가 좋았군요."

"누님은 어머님과 쏙 빼닮아서 외숙부가 누님을 특별히 아끼셨지."

그런 전 신전장의 사망 소식을 어떻게 가족인 영주가 아니라 신전에서 연락할 수가 있느냐며 누나에게 줄창 싫은 소리를 들었다고 했다. 질베스타는 영주의 몸인데다 이번엔 범죄까지 얽혀서 사정이 복잡했겠지만, 부고를 게을리 한 것이다. 전 신전장과 친밀했던 가족에게 싫은 소리 몇 마디쯤은 감수하고 들을 수밖에 없을 터이다.

"그래서 누님께서 여름 끝무렵쯤 외숙부를 위해 성묘하러 오겠다고 하신다. 외숙부의 사망을 알려준 너에게도 감사 인사를 전하고 싶다더군."

"알겠습니다. 굳이 고맙다는 말을 하러 와주시다니 의리가 있는 분이시네요."

내가 그렇게 말하자, "전혀 뭘 모르는군." 하고 질베스타가 고개를 가로저었다.

"너 때문에 외숙부가 잡혔다는 사실을 누님이 알게 되는 날엔 가슴을 후벼 파는 험한 소리를 듣게 될 거다. 외숙부가 잡힌 사정은 최대한 함구할 생각이지만 아직 에렌페스트에 누님의 정보망이 남아 있어. 귀족들 입에서 얘기가 나오는 날엔 포기하고 그냥 참아."

"에엑!?"

"그나마 방문 기간이 짧아 다행이지. 누님은 정말 끈질긴 사람이다. 지난 일 한 가지를 언제까지고 다시 꺼내면서 문제삼거든."

의리가 있는 사람이 아니라 원망이 많고 성가신 사람이었던 모양이다. 그런 귀찮은 문제가 내게 닥쳤다는 것을 안 순간 온몸의 핏기가 싹 가시는 느낌이 들었다. 내 얼굴은 창백해졌고, 반대로 질베스타의 얼굴은 괴로움을 함께 공유할 길동무를 발견한 사람처럼 환하게 사악한 미소를 지었다.

"누님이 시집간 아렌스바흐는 에렌페스트보다 힘이 강한 영지다. 미움을 사면 영지 간에 여러 가지로 귀찮아져. 부디 조심해라."

'으윽, 왠지 일이 귀찮아져 버린 것 같아요.'

내가 어깨를 축 떨구면서 "얘기가 끝났다면 이만 실례하겠습니다." 하고 일어나려고 하자, 다시 앉으라며 질베스타가 손을 흔들었다.

"아직 얘기는 안 끝났다. 올해 성결식을 계기로 페르디난드를 성으로 환속 조치하려 하는데, 그 건에 관해서 신전장인 네 의견은 어떠냐?"

"……신관장님을 빼앗아가다니, 신전을 망하게 할 심산이세요?"

내가 솔직한 의견을 말하자 칼스테드는 웃음을 터트렸고, 질베스타는 머리를 싸맸다.

"그게 아니다. 네가 1년간 신전장을 지내면서 직할지의 수확이 증가한 사실은 알고 있지? 영지 전체에 마력이 부족한 지금, 영지의 혈족이 영지를 위해 노력하는 모습을 보이면 영민에게도 귀족에게도 의의가 클 것이다."

번지르르한 명분으로밖에 들리지 않았지만 "그렇긴 하겠네요."라며 나는 고개를 끄덕였다.

"그리고 어머님이 유폐되고 1년째다. 이젠 페르디난드를 성으로 불러들여도 트집을 잡을 자는 없어. 일단 환속해놓고, 너와 마찬가지로 영주 명령으로 신관장직에 앉혀서 신전에 돌려보낼 생각이다."

명분은 완벽했고, 페르디난드를 신관장으로 다시 돌려보내겠다니 불만을 제기하기도 어려웠다. 하지만 나는 페르디난드를 성으로 불러들이려고 하는 질베스타를 가볍게 째려보았다.

"페르디난드 님을 성에서도 혹사하려고 이러는 건 아니겠죠? 지금 신관장 자리가 비면 상당히 곤란해요. 아직 후임도 충분히 교육되지 않았는데."

영주의 모친이 붙잡힌 직후부터 지금까지 페르디난드를 환속시키겠다는 얘기는 아직껏 나온 적이 없었다. 페르디난드가 신전 업무만 매달리며 성에 얼굴을 내밀지 않게 되자 서둘러 환속시키려는 의도로 보였다. 그저 페르디난드에게 성의 업무를 시키려는 것뿐이지 않으냐는 의심을 내가 꺼내자, 질베스타가 순간 말문이 닫혔다.

"……영주 일족으로서 움직일 만한 성인이 적으니 그 구멍을 메우고 싶어서이기도 하다."

"양아버님."

"그러나 그보다 나는 페르디난드를 이 상태로 그냥 둘 수가 없어."

질베스타는 시선을 떨어트리고 "페르디난드가 신전에 있는 이유를 알고 있느냐?"라고 조그맣게 물었다. 페르디난드, 엘비라, 칼스테드, 전 신전장 등 각자가 한 이야기 속에 조각난 채 숨어 있던 정보는 들었다. 하지만 자세한 사정을 얘기해주는 사람은 없었다.

"이런저런 정보를 이어붙이자면 양아버님의 어머님이 괴롭히는 바람에 신전으로 도망친 것 같긴 한데, 자세히는 몰라요."

"대강 그렇다."

질베스타가 괴로운 얼굴로 고개를 끄덕였고, 칼스테드가 설명을 덧붙였다.

"그분은 옛날부터 페르디난드에게 엄하셨다. 하지만 선대 영주가 눈을 감기 얼마 전부터 그 악의 때문에 페르디난드의 목숨이 위험해질 만큼 심해졌지. 페르디난드가 선대가 죽길 바라고 있으며, 죽으면 영주의 자리를 노리려 한다는 주장을 해대셨다."

피해망상도 정도껏이어야지. 어릴 적부터 평생 '영주를 보좌해라' '쓸모없는 인간은 필요 없다'라는 말을 들으며 자랐고, 약한 모습을 보이면 죽는다는 생각에 약에 찌들어 생활해온 페르디난드가 영주 같은 성가신 자리를 원할 리가 없다.

"페르디난드는 처가 아닌 애첩의 자식이다. 심지어 어머님이 양자로 들이길 거부한 탓에 영주가 될 자격도 없지. 정확히 말하자면 영주 일가가 전부 사망하는 사태에 이르지 않는 한 영주 자리가 페르디난드에게 갈 리 없다. 그 정도 사정을 어머님이 모를 리가 없는데도 페르디난드에게 가하는 박해는 점점 심해져만 갔어. 아버님이 돌아가시고, 내가 영주가 되어서도 어머님은 변하지 않으셨다. 나는 두 사람을 떨어뜨리고자 페르디난드에게 신전으로 도망치라고 명령했다."

갓 영주가 되어 주위가 어수선한 가운데, 질베스타는 소동을 사전에 막고 싶었다고 한다. 질베스타는 자신이 영주가 되어 정세가 안정되면 모친의 말도 안 되는 의심과 노여움도 사그라들 줄 알았다. 하지만 모친은 질베스타가 페르디난드를 성에 불러들이려고 하면 맹렬하게 반대했다고 한다.

"원래는 페르디난드를 이렇게 오랫동안 신전에 둘 생각은 없었다."

"……양아버님이 후회하시는 마음은 이해해요. 하지만 지금 페르디난드 님은 신전에서 활기 넘치게 후임을 교육하고 있고, 먹는 약도 줄었어요. 건강도 조금씩 좋아지는데 지금 환경을 바꾸지 말아줬으면 좋겠어요."

환속했다는 이유로 성에서 혹사당하게 된다면 말짱 헛일이다. 내가 페르디난드를 보내기를 머뭇거리자, 칼스테드가 큭큭거리며 웃음을 흘렸다.

"그렇게 말하니 누가 보호자인지 모르겠군."

"하긴. 로제마인이 꼭 페르디난드의 보호자 같구나."

질베스타도 입가를 누르고 웃으면서 나를 힐끔 보았다.

"로제마인, 페르디난드를 신전에서의 네 후견인으로 삼으려면 페르디난드를 환속시켜야 귀족 사회에선 더 잘 통할 거다. 그리고 페르디난드가 영주의 이복동생으로서 신관장직에 앉으면 너와 마찬가지로 측근을 호위 기사나 시종으로 삼아 신전에 드나들게 할 수 있다. 그럼 신전 업무도 다소는 편해지지 않을까?"

페르디난드의 측근이라면 에크하르트와 유스톡스다. 나와 다르게 페르디난드는 자기 발로 신전에 들어갔기 때문에 호위기사를 둘 수 없다고 에크하르트가 탄식한 적이 있다.

"일단 환속 얘기는 해볼게요. 하지만 페르디난드 님의 의사를 최우선으로 고려해주세요."

"……알겠다."

이야기를 마무리짓고 나는 집무실을 나섰다. 영주 회의를 마치고 영주 부부 일행이 돌아왔기에

문관들은 바삐 돌아다니고, 성안은 활기를 띠었다. 영주 부부가 돌아왔으니 내 임무와는 바이바이다. 마력을 공급하는 임무가 끝났으니 이제 신전으로 돌아간다. 돌아가면 바로 봄 성인식이 있고, 여름 세례식이 열릴 것이다.

다음날, 신전에 돌아오고 나서 페르디난드와 면담했다. 물론 다른 신관들에게 혼란을 주지 않도록 비밀의 방에 들어가서 얘기를 했다.

페르디난드는 제법 여유가 생겼는지 비밀의 방에 놓인 커다란 책상 위에는 색깔이 요상한 액체가 든 병이며 연구 성과를 갈겨쓴 메모들이 어지럽게 널려 있었다. 페르디난드의 취미인 마술구 연구가 진전을 보이는 듯했다.

평소처럼 나는 서류를 치우고 긴 소파에 앉았고, 페르디난드는 의자를 끌어와서 앉았다. 시선이 마주치자 페르디난드가 재촉했다.

"질베스타가 한 얘기라니 뭐지?"

"신관장님을 다시 성으로 들이고 싶대요."

내가 영주와 나눈 대화를 대강 간추려 말하자, 페르디난드는 "아직도 마음에 두고 있었나. 성가시군." 하고 한숨을 내쉬었다.

"양아버님 말씀대로 장점은 많을 거예요."

"질베스타가 일부러 말하지 않은 결점도 있겠지만 말이다."

비꼬듯이 웃고 페르디난드는 살짝 미간을 찌푸리며 관자놀이를 톡톡 두드렸다. 성으로 돌아가게 되면 보통은 펄쩍 뛰며 신전에서 뛰쳐나가고 싶어하는 반응을 보이는데, 페르디난드는 성가시다고 했다. 페르디난드의 반응이 그다지 성으로 돌아가고 싶어하지 않는 것만 같아 나는 주먹을 꽉 쥐었다.

"……어쩌시겠어요? 환속하기 싫다면 제가 양아버님께 잘 말씀드릴게요."

"아니, 그럴 필요는 없다. 신관장의 지위를 유지한다는 확답을 얻는다면 그대에게도 손해는 없을 거다. 그리고 대단한 이유도 없이 영주의 결정에 이의를 제기하는 행동은 하지 않는 편이 좋다. 또 질베스타의 말대로 쓸 만한 일손은 많을수록 좋을지도 모르지. ……무엇보다 내 측근이라는 이유로 에크하르트와 유스톡스는 시시콜콜 악의에 노출되어야 했다. 그들의 명예를 위해서도 환속이 유익하겠지."

담담한 말을 들으며 나는 점점 미간이 찌푸려지는 것을 막을 수가 없었다. 나는 입을 꾹 다물고 페르디난드를 노려보았다. 페르디난드가 언급한 이유는 전부 남의 사정뿐이었다. 지금은 나의 이해득실이나 에크하르트와 유스톡스의 입장이 어떻게 되든 상관없었다.

"주변 사정이 아니라 신관장님 자신이 어떻게 생각하는지를 묻는 거예요."

내 말에 페르디난드는 허를 찔린 듯 눈을 크게 떴다. 몇 번 눈을 깜빡거리더니 천천히 고개를 저었다.

"환속하든 하지 않든, 어차피 업무를 도우러 성에 달려가야 하는 상황은 변함없지 않은가? 그렇다면 이점이 많은 쪽을 선택해야겠지."

나는 '해야 한다'가 아니라 '하고 싶다'라는 의견이 듣고 싶었다. 하지만 페르디난드의 입에서는 내가 듣고 싶은 말은 나오지 않았다. '이점이 많은 쪽을 선택한다'라는 것이 페르디난드의 의견이라면 그 의견을 존중하자.

"환속은 성결식에서 귀족들이 모일 때 발표하고 싶대요. 환속 후에 영주 명령으로 신관장 자리에 앉혀 신전으로 보내고, 정식으로 제 후견인을 맡기겠다고 말씀하셨어요."

고개를 끄덕이며 얘기를 듣던 페르디난드가 후견인이라는 단어에 나를 흘끔 쳐다보더니 눈썹을 씰룩이고, 빈정대듯이 입꼬리를 올렸다.

"……그대의 후견인이라. 괜히 환속한다고 했군."

"무슨 의미예요? 제 후견인이라는 자리가 양아버님이 제시한 장점을 몽땅 날려버릴 정도로 결점이라는 말인가요?"

내가 날카롭게 쏘아보자, 페르디난드는 재미있다는 듯이 금색 눈을 가늘게 뜨고 코웃음을 쳤다.

"그런 의미다. 그대는 늘 예상치 못한 문제를 가져오지 않는가. 질베스타의 보좌와 그대의 후견인, 어느 쪽이 편할지 판단하기 어렵군."

분하지만 부정할 수가 없다.

'그나저나 난 신관장님에게 양아버님만큼 애물단지였어? 처음 알았네. 갑자기 남의 볼을 찔러서 '으힉' 소리를 내게 하는 사람과 같은 수준이라니, 좀 충격이야.'

신관장의 환속과 의상 공개

　신전에 돌아온 후부터는 성에서 판매할 날을 목표로 인쇄물을 만들고, 시간과 장소를 조정하고, 브리기테가 입을 의상의 완성도를 확인하고, 핫세의 상황을 보러 다니며 분주한 나날을 보냈다.

　성결식을 목전에 두고 신전에서는 페르디난드의 환속 의식을 내밀하게 진행했다. 성결식이 끝난 후에 다시 신관장으로 돌아오기로 했다는 얘기를 들었다. 며칠 동안이긴 하지만 신관장실은 아무도 들어가지 못하는 주인 없는 방이다. 환속한 이상 페르디난드는 신전에 있을 수 없기 때문에 일단 귀족 마을로 돌아가야 했다.

　"캄펠, 프리닥. 그대들이 차질 없이 성결식을 진행하도록."

　"알겠습니다."

　"로제마인, 내가 자리를 비워도 신전장으로서 의식을 진행하도록. ……작년과 똑같으니 딱히 문제는 없겠지만 방심은 금물이다. 알겠는가?"

　굉장히 불안한 듯이 갖가지 주의 사항을 짚어주고, 페르디난드는 귀족 마을로 출발했다. 올해 성결식은 페르디난드를 빼고 진행해야 했다. 대리를 맡은 캄펠과 프리닥은 벌써 긴장한 낌새였다.

　"신들의 이야기는 성경을 그대로 읽어도 됩니다. 그렇게 긴장하지 않아도 돼요."

　"아닙니다, 신전장님. 의식 중에 성경을 낭독하는 데는 걱정 없습니다. 다만 에그몬트 님을 비롯한 청색 신관들이 저희 지시대로 움직여주지 않을까 봐 그게 걱정입니다."

전 신전장의 졸개였던 에그몬트 무리는 신전에 있는 청색 신관 중에서도 신분이 높았다. 적어도 캠펠과 프리닥보다는 위였다. 권력을 등에 업으면 캠펠과 프리닥 둘이서는 대응하기 어려워진다.

"그럴 땐 내게 알리세요. 신전장으로서 대응하겠습니다."

"아직 어리신 신전장님께 부탁하긴 마음이 괴롭지만, 그때는 잘 부탁드립니다."

나는 두 사람에게 싱긋 웃으며 총대를 멨다. 권력을 등에 업고 말을 듣지 않는 청색 신관은 권력으로 되갚아주면 그만이다. 그래도 듣지 않을 때는 마력으로 위압하면 끝이다. 썩 어려운 문제도 아니다.

"오늘 있을 성결식을 평민촌에서는 별 축제라고 부른다면서요? 푸고에게 들었어요."

의식용 의상을 입혀주며 니콜라가 말했다. 나는 고개를 끄덕였다.

"예. 신전에서 의식이 끝나면 온 마을 사람들이 타우 열매를 서로에게 던져요. 지금쯤이면 고아들도 슬슬 타우 열매를 주우러 출발했겠네요? 올해는 귄터가 동행해준다면서요?"

오늘 루츠는 고아들을 따라가지 못한다고 했다. 새로 세운 플랑탱 상회가 지역에서 인정받으려면 별 축제 때에 힘을 쏟아야 하기 때문이다. 수많은 다루아들이며 그들이 원래 속한 상점의 직원들과 교류하라는 벤노의 지시가 떨어졌다고 했다. 상인 세계도 참 힘들겠다.

"푸고는 애인과 헤어지는 바람에 올해도 별 축제에 주역으로 참가하지 못한다고 엘라가 알려줬어요. 하지만 별 축제가 끝나면 귀족 마을로 이동할 예정인데다 성의 주방에서 도우미로 일해야 해서 엄청 바쁘니까 별 축제에 참여하지 못해도 전혀 분하지 않대요."

굉장히 분한 얼굴로 그렇게 말하더라며 니콜라가 웃으면서 알려 주었다. 점심식사 준비를 마친 후 바로 귀족 마을로 출발해야 하므로 두 전속 요리사도 오늘은 매우 바쁠 것이다.

"저녁 준비를 부탁할게요, 니콜라."

"맡겨주세요. 저도 실력이 늘었답니다."

오전 중에는 신전에서 의식을 치르고, 오후에는 성으로 이동해서 또 의식을 치러야 한다. 올해는 의식뿐만 아니라 브리기테의 의상을 디자인하고 그 의상을 소개하느라 상당히 바빴다.

"지금쯤 브리기테도 고생하겠군요."

전속과 함께 레서버스를 타고 성으로 이동하는 도중에 다무엘이 그렇게 말했다. 브리기테가 없어서 조수석에는 다무엘이 앉았다. 오늘 휴무인 브리기테는 아침부터 전신에 광을 내고 의상을 공개할 준비를 하고 있었다. 원래는 기사 기숙사에서 옷을 갈아입어야 하지만, 내가 직접 준비한 의상을 입고 등장해야 하니 본관에 있는 방 하나를 쓰기로 했다.

"신전에서 의식을 치러야 하는 로제마인 님 대신 엘비라 님이 붙어 계실 테니 브리기테가 매우 긴장하지 않을까요? 입장을 바꿔 생각해 보면 기사단장님이 제게 붙어계시는 셈입니다."

조수석에 앉아서 마치 자기 일처럼 걱정하며 다무엘이 위 주변을 꾹 눌렀다. 다무엘도 성결식에 참가해야 하므로 성에 도착하자마자 기사 기숙사로 갔다. 성에 도착한 후에는 미성년자인 코르넬리우스와 안게리카가 내 호위를 맡았다.

"먼저 로제마인 님부터 준비하셔야지요."

"작년과 달리 성에서 유행하는 머리 스타일을 로지나가 모니카와 니콜라에게 가르쳐줘서 그대로 해왔으니 준비는 별로 많이 필요없을 것 같아요. 리카르다가 보기엔 어떤가요?"

리카르다는 엄격한 눈동자로 신전장 차림인 나를 위에서 아래로, 오른쪽에서 왼쪽으로, 앞에서 뒤로 모든 각도를 돌아본 후 허리 부근의 주름을 조금 고치더니 고개를 끄덕였다.

"공주님 준비는 이 정도면 괜찮겠지요. 그럼 브리기테가 준비 중인 방으로 안내해드리겠습니다. 준비는 이미 끝났답니다."

리카르다를 따라 방에 도착했을 때는 코린나를 비롯해 몇몇 재봉사가 브리기테 주위를 이리저리 살피고, 엘비라는 그 모습을 가만히 지켜보고 있었다.

"어머님, 제 부탁을 들어주셔서 감사하게 생각합니다. 오늘 브리기테를 잘 부탁드립니다."

"그럼요. 새로운 의상 소개는 내게 맡기고 로제마인은 신전장 임무를 무사히 마치도록 하세요."

성결식에서 나는 신전장으로서 해야 할 임무가 있지만, 미성년자라서 의식이 끝나면 곧바로 철수해야 했다. 그래서 오늘은 의식이 끝나면 엘비라가 브리기테에게 붙어서 의상을 소개해주기로 했다. 시침질한 상태로 공개했을 때도 호평을 받은지라 엘비라는 선뜻 맡아주었다. 덧붙이자면 올해도 결혼 상대를 찾을 마음이 없는 에크하르트와 램프레히트 때문에 할 일이 없어서 불만이었다고 했다. 또 덧붙이자면 두 오라버니는 "어머님의 관심을 끌어줘서 고맙다."라며 내게 고마워했다.

"정말 잘 어울려요, 브리기테."

"황송합니다, 로제마인 님."

몸에 착 달라붙어 가슴부터 허리까지 이어지는 몸선을 아름답게 보여주는 아메리칸 슬리브 드레스였다. 엷은 에메랄드그린 드레스가 브리기테의 어두운 붉은 머리를 한층 더 돋보이게 해주었다. 풍성하게 주름을 가득 잡은 허리 주변은 머리카락 색과도 닮은 붉은 꽃장식으로 꾸몄다. 그리고 머리에는 새하얀 꽃과 함께 의상과 색깔이 똑같은 이파리가 하늘거리는 장식을 꽂았다. 한눈에도 내가 후원했음을 알 수 있도록 내 머리에 꽂은 비녀 장식과 세트였다.

"의상만으로도 충분히 주목받겠지만 고안한 사람이 로제마인인 이상, 출세욕이 강한 남성도 접근하겠지요."

엘비라가 조심하라는 뜻으로 충고하자, 브리기테는 체념 섞인 미소를 엷게 지으면서 고개를 저었다.

"저는 한 번 파혼한 여자입니다. 다음 혼담은 기대하지도 않았습니다. 그러니 로제마인 님께서 고안해주신 드레스를 입고 일크너를 위해 좋은 남성을 찾게 된다면 더 이상 바랄 것도 없습니다."

'난 일크너보다도 브리기테를 위해 좋은 남성이 나타났으면 하는데.'

귀족 간의 파혼이 어떤 영향을 끼치는지 아직 잘 모르는 나는 브리기테에게 해줄 말이 없었다.

"일크너를 위해 좋은 남성이라. 아직은 어렵겠지요. 로제마인과의 관계만 사람들에게 알려지고, 일크너 자체에는 매력이 없다면……."

엘비라가 잠깐 생각하면서 그렇게 말했다. 일크너에서 새로운 제지업을 시작하게 된다면 브리기테의 결혼에도 유리하게 작용할 듯하다.

'브리기테를 위해서라도 기베와 협상을 잘 이끌어야겠어.'

"그럼 슬슬 대강당으로 가십시다. 로제마인은 일단 방으로 돌아가세요."

준비를 끝낸 브리기테와 함께 엘비라가 방을 나갔다. "단상에서 보고 있을게요." 하고 브리기테에게 말을 걸자, 브리기테가 살짝 부끄럽게 웃었다.

문이 굳게 닫히고, 나는 뒷정리하는 코린나에게도 말을 걸었다.

"지금까지 수고하셨어요, 코린나. 여러분의 노력 덕분에 브리기테가 정말 아름다워졌어요. 오늘 밤에는 분명 새로운 의상이 주목을 끌어모을 거예요. 그러면 동시에 길베르타 상회의 명성도 올라가겠지요."

"특별히 돌봐주셔서 대단히 감사드립니다."

코린나가 무릎을 꿇었고, 그 모습을 따라 재봉사들도 무릎을 꿇었다.

"그럼 저도 일정이 있어 이만 실례하겠어요. 오틸리에, 뒤를 부탁할게요."

"알겠습니다, 로제마인 님."

리카르다에게 재촉받으며 서둘렀던 작년과 달리, 올해는 본관에서부터 기수를 타고 제때에 대강당에 도착했다. 재빨리 기수를 정리하고 의상이 흐트러지지 않았는지 리카르다의 확인을 거친 후 대강당에 입장했다.

"신전장께서 도착하셨습니다."

체육관처럼 천장이 높고 넓은 대강당 정중앙에 금색 테두리를 두른 검은 카펫이 깔려 있었다. 나는 작년처럼 주목을 한 몸에 받으면서 똑바로 단상을 향해 나아갔다. 느린 걸음은 그때와 마찬가지였다.

"이쪽이다, 로제마인."

단상에는 질베스타와 플로렌치아와 칼스테드가 있었다. 영주 부부의 뒤에는 몇몇 기사도 호위로서 서 있었다. 내가 작년처럼 질베스타의 옆에 놓인 의자에 앉자, 코르넬리우스와 안게리카가 내 등 뒤에 나란히 섰다.

"대단히 과감한 의상을 만들었더구나. 작년의 그 여기사와 같은 인물로 보이지 않아."

질베스타가 강당의 한구석에서 사람들에게 둘러싸인 브리기테를 내려다보면서 감탄하는 목소리를 냈다. 브리기테는 남성뿐만 아니라 새로운 의상이 궁금한 여성에게도 둘러싸여 있었다.

"우후훗, 제 호위 기사가 참 아름답지요?"

"그래. 저 정도면 구애하는 남자도 있겠군."

작년에는 혹평을 늘어놓던 질베스타가 선뜻 인정했다. 브리기테의 풍만한 곡선에 시선이 고정된 듯하지만, 지적은 하지 말자. 괜히 쓸데없는 말을 꺼내서 플로렌치아가 생각하는 질베스타의 점수를 더 깎으면 안 될 것 같다.

"그런데 저래서는 브리기테의 뒤에 그대가 있다고 온몸으로 선전하는 꼴이야. 출세욕에 사로잡힌 남자가 우글거릴 테니 조심하라고 말해 둬라."

"이미 어머님께서 주의를 주셨어요. 하지만 모인 남자들 중에서 일크너를 위해 좋은 혼담이 있기만 하면 좋겠대요. 한 번 파혼한 탓에 좋은 인연을 포기한 것 같기도 해요. 이번 기회에 좋은 상대를 찾으면 좋겠는데……."

내가 살짝 입술을 삐죽거리자, 질베스타의 눈썹이 움찔거렸다.

"흠. 다소 혼담은 들어오겠지만 좋은 연을 맺을 수 있을지 어떨지는 기베 일크너의 손에 달렸지. 다시 꽝을 고르지 않았으면 좋으려만."

"거기까지는 저도 책임을 져줄 순 없네요. 기베 일크너와 브리기테가 좋은 선택을 하길 빌어야죠."

나는 일크너라는 땅에서 어떤 인물을 원하는지조차 모른다. 그러니 브리기테에게 어떤 상대가 좋은지 내가 알 턱이 없다.

"전 브리기테가 미인이고 사랑스럽다는 사실을 사람들이 알게 되면 그걸로 만족해요. 그리고 여자들이 유행을 좇지 않아도 되고, 스스로 어울리는 옷을 입는 환경이 당연해졌으면 좋겠어요."

"유행을 뛰어넘어 앞날까지 생각했단 말이냐……."

질베스타는 놀란 듯 눈을 크게 떴다. 그런 거창한 생각을 한 건 아니었다. 그저 모두가 어울리는 옷을 자유롭게 입었으면 좋겠다고 생각했을 뿐이다.

담소를 나누는 소리로 복작이던 강당에서 갑자기 여러 영애의 새된 비명이 일었다. 무슨 일인가 싶어 시선을 돌려보니, 강당으로 입장하는 페르디난드가 보였다. 페르디난드의 모습을 시야에 담으려고 영애들이 우르르 모였지만 결코 페르디난드의 앞을 가로막지는 않았다. 마치 사전에 말을 맞춘 듯 강당 중앙에 깔린 금색 테가 들어간 검은 카펫에는 일절 발을 디디지 않았다.

"왔구나, 페르디난드."

페르디난드는 누구의 방해도 받지 않고 단상에 올라와서 내 옆자리에 앉았다. 나를 사이에 두고 질베스타와는 반대편이었다. 그 뒤에는 기쁜 마음을 숨기지 못하는 에크하르트가 나란히 섰다. 페르디난드를 호위하게 된 것이 색시를 찾는 일보다 기쁜 모양이었다.

"기쁜가 봐요, 에크하르트 오라버니."

"음. 또다시 이렇게 페르디난드 님을 모시는 날이 올 줄 생각지도 못했으니까. 유스톡스도 좋아했다."

"그렇다. 앞으로는 신전에 자주 얼굴을 내밀겠다고 하더군. 그런데 유스톡스의 흥미에 찬 시선이 내가 아닌 다른 곳을 향하는 느낌이 들었다, 로제마인."

페르디난드가 의미심장한 시선으로 나를 보았다.

"……설마 유스톡스가 절 노리는 거예요?"

"그렇다고 대답하면 자칫 유스톡스가 어린이를 밝힌다는 오해를 살까 두렵군. 하지만 네가 녀석의 정보 수집에 흥미로운 대상이란 점은 틀림없다."

오해를 살까 두렵다고 하면서도 페르디난드는 긍정했다. 유스톡스의 눈으로 보면 내 주변이 흥미로운 것들로 가득하다고 한다.

"실언하지 않게 조심하거라."

"네. 그나저나 환속하시면 결혼도 할 수 있게 된 거죠? 페르디난드 님은 상대를 찾지 않으셔도 돼요?"

단상에 앉아 있지 말고 한 사람이라도 영애에게 말을 거는 편이 좋지 않을까. 내가 그렇게 질문하자, 페르디난드가 대강당을 힐끔 쳐다보았다.

"헛된 짓이다. 이곳에는 내 마력에 맞는 여성이 없다."

딱 잘라 단정하는 페르디난드의 말에 나는 눈이 휘둥그레졌다. 마력의 양이 다르면 결혼 상대가 될 수 없다는 사실은 브리기테와 다무엘의 관계를 보아 알았다. 하지만 이 대강당에 모인 모든 결혼 적령기의 영애가 대상이 아니란 말인가.

"어…… 한 사람도 없다고요?"

"에렌페스트의 미혼 여성으로 범위를 정한다면, 그렇지."

"어라? 그래도 사귀었던 여자분은 계실 거 아녜요? 오래 가진 않았다고 어머님에게 들었는데……."

엘비라가 페르디난드에 관해서 잘못된 정보를 가지고 있을 리가 없다. 그 정보는 대개 페르디난드의 곁을 모시는 에크하르트에게서 나오니까. 내가 에크하르트를 힐끗 쳐다보자, 페르디난드가 정보의 출처를 알아챘는지 살짝 얼굴을 찌푸리며 불쾌해했다.

"그대들은 대체 무슨 말을 퍼트리는 것인가? 기가 차군. ……귀족원에 있을 때 얘기다. 함께 공부하던 영주 후보생 중에는 마력이 비등한 여성도 있었지."

에렌페스트 내에도 기혼 여성 중에선 걸맞은 마력을 가진 사람이 없지는 않다며 페르디난드가 말했다. 제로는 아니라는 사실에 안도하는 동시에 의문이 떠올라 고개를 갸웃거렸다.

'마력을 생각해보면 설마 그 기혼 여성은 양어머님이 아닌가요?'

아무래도 에렌페스트의 상급 귀족 중에선 페르디난드가 가진 마력에 맞는 상대가 없는 듯하다.

"결혼 상대가 영주 일족밖에 없는 것도 참 골칫거리네요."

내가 완전히 남의 일처럼 말하자, 칼스테드가 미간을 잔뜩 찌푸렸다.

"그럼 페르디난드가 로제마인을 아내로 맞으면 되지 않느냐? 로제마인이 성장하면 마력도 균형이 맞겠지?"

생각지도 못한 곳에서 터무니없는 폭탄 발언이 튀어나오자, 페르디난드와 나는 동시에 눈을 부릅떴다.

"이 문제아를 평생 뒷바라지하라고? 나를 괴롭히려는 심산인가, 칼스테드?"

"페르디난드 님 말씀이 맞아요. 이런 잔소리를 평생 들으라니 절 괴롭히려는 말씀으로밖에 안 들리는걸요. 양아버님이라면 페르디난드 님의 유능함을 잘 안다고 해서 결혼하고 싶으시겠어요?"

"호오, 죽이 척척 맞는군."

질베스타가 꺼림칙하게 히죽히죽 웃자 내 얼굴은 더더욱 굳어졌다. 저 얼굴은 질베스타가 장난삼아 성가신 일거리를 일으킬 때 짓는 표정이다.

"양아버님……."

이상한 생각은 그만하라고 말하려는데 페르디난드가 막았다. 일부러 놀리려고 저러는 거라고 페르디난드는 말했다. 나도 수긍했다. 질베스타가 재미있어할 반응을 보이지 말아야 했다. 내가 납득하고 고개를 끄덕이자, 페르디난드는 내 어깨에 손을 얹고 진지한 눈빛으로 나를 바라보았다.

"로제마인, 귀족원을 다니는 기간이 마력이 걸맞은 상대를 가장 많이 만나볼 수 있는 시기다. 그동안 그대에게 최선인 상대를 찾도록. 혹여 에렌페스트를 벗어나도 상관없다. 내가 허가하지. 본성을 숨기고 진지하게 상대를 찾는 거다. 알겠는가?"

"에렌페스트보다 큰 도서관을 가진 분이 있는지는 노력해서 찾아보겠어요. 하지만 페르디난드 님도 노력해주셔요. 나이를 보아도 그렇고 페르디난드 님이 더 급하다고요."

둘이서 이야기를 척척 진행하자 질베스타가 당황하여 끼어들었다.

"잠깐만, 너희 둘. 영지의 중대사를 멋대로 정하지 마라. 페르디난드는 그런 허가를 할 권한이 없다고."

"무슨 말인가, 질베스타. 나는 로제마인의 후견인이 될 사람이다."

"어머, 양아버님. 후견인은 부모나 마찬가지잖아요?"

둘이서 동시에 싱긋 웃자 질베스타가 절규했다. 이제 쓸데없는 생각을 하지 않으리라. 질베스타에게 반격하는 데에 성공하고 만족하면서 올해도 열심히 다무엘을 찾아봤지만, 역시나 보이지 않았다. 올해야말로 귀여운 여자 친구를 발견했을까? 아니면 넋을 잃고 브리기테만 바라보고 있을까.

일곱 점 종이 울림과 동시에 질베스타가 몸을 슥 일으키고 망토를 휘날리며 한 걸음 앞으로 나아갔다.

"지금부터 성결식을 시작한다. 신랑신부는 입장하라!"

신랑신부가 나란히 늘어서고 질베스타가 낭독을 시작했다. 그 뒤에는 한 쌍씩 계약서에 서명했다. 모든 계약이 끝나고 나서 내가 신랑신부에게 축복을 내려주었다.

"높고 정정한 천공을 관장하는 최고신인 어둠과 빛의 부부신이여, 나의 기도를 듣고 새로운 부부의 탄생에 당신의 축복을 주소서. 당신께 그들의 마음과 기도와 감사를 바치오니, 거룩한 가호를 내려 주소서."

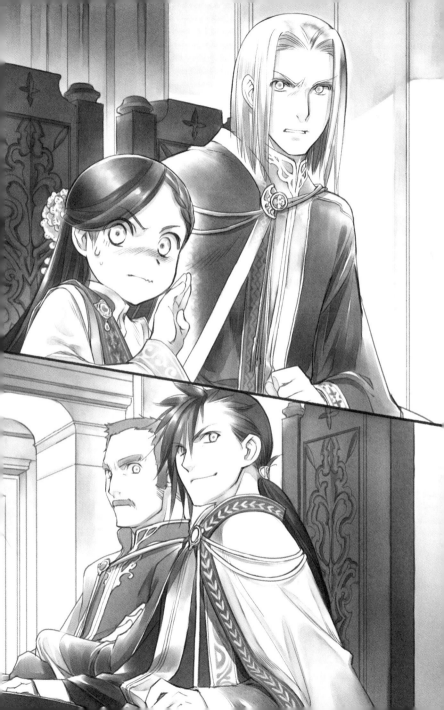

반지에 마력을 담으면서 최고신인 부부신의 축복을 빌자, 반지에서 금색과 검은색의 빛이 소용돌이치며 천장까지 치솟았다. 금빛과 검은빛은 서로 얽히고 겹쳐지다 폭죽처럼 터졌다. 그러다 축복이 고운 빛가루가 되어 사방에 흩날리며 신랑신부에게 쏟아지자 환성이 일었다.

'휴, 일은 끝.'

이 뒤에는 페르디난드의 환속 발표가 있을 예정이었지만, 나는 축복을 내리자마자 얼른 퇴장했다. 앞으로 일어날 일은 내일 오후에 예정된 엘비라의 다과회에서 들어야 했다.

"어머님, 브리기테의 의상은 평이 좋았나요?"

나는 차와 과자를 먼저 한입 먹는 모습을 보인 후 엘비라에게도 권하면서 어젯밤 상황을 물었다. 엘비라는 천천히 차를 한 모금 마시고 황홀에 젖은 표정으로 숨을 내쉬었다.

"어젯밤 브리기테는…… 정말이지, 환상적이었답니다."

꿈꾸는 소녀처럼 반짝이는 눈빛으로 엘비라는 이야기를 꺼냈다. 새로운 의상에 대한 평가가 아니라 브리기테를 둘러싼 사랑 이야기였다. 작년까지는 어울리지 않는 옷을 걸쳤던 브리기테가 올해 새로운 의상을 입고는 주목을 한눈에 받을 만큼 아름다워졌다. 게다가 의상을 디자인한 사람은 영주의 양녀였으니, 강대한 후원자를 얻은 브리기테의 매력에 사로잡혀 무수한 남성들이 접근했다. 그중 웃으며 접근한 한 사람이 있었다. 바로 전 약혼자였다.

그는 "원한다면 다시 약혼해주지, 그게 네 평판에 가장 흠이 덜 가는 방법일 거야"라고 뻔뻔스럽게 공언하며 브리기테에게 손을 내밀었다. 하지만 다무엘과 몇몇 동료 기사들이 두 사람 사이를 비집고 들어갔다. 특히나 다무엘이 전 약혼자에게서 브리기테의 명예를 지키려고 고군분투했다고 한다.

"다무엘이 브리기테의 앞에 무릎을 꿇고, 당신에게 걸맞은 마력을 손에 넣고 구혼할 테니 1년만 기다려달라……라고 말한 거예요. 꼭 기사단 이야기를 눈앞에서 연기하는 것 같았답니다. 옆에서 지켜보는 나까지 가슴이 두근거리지 뭐예요. 정말 그런 구혼을 받아보고 싶어요."

'그게 뭐야!? 나도 보고 싶었는데!'

회식과 판매회

성결식 이틀 후, 오늘 오후에는 책 판매회가 열린다. 의식을 진행하는 도중에도 판매회 일정을 소개했는지 작년보다 귀족 마을에 머무르는 귀족이 많았다. 그래서 이 이틀간에 걸쳐 다무엘의 구애 얘기가 성안에 파다하게 퍼졌고, 다무엘은 온갖 사람들에게 놀림을 받았다.

눈앞에서 소설 같은 구애를 본 여성들은 대부분 좋게 평했다. 남성들은 하급 귀족인 다무엘이 중급 귀족인 브리기테에게 걸맞은 마력을 얻을 수 있을 리가 없다며 그 무모한 구애를 비웃었다. 하지만 전 약혼자에게서 브리기테의 명예를 지킨 점만큼은 높게 평가했다. 남자들이 "1년 뒤가 기대되네."라면서 히죽히죽 웃으며 다무엘의 어깨를 툭툭 치는 모습이 종종 보였다.

구애를 받은 브리기테는 "1년 뒤의 결과가 어떻든 제 명예를 지켜주신 것만으로도 깊이 감사합니다."라고 말했다. 그 자리에서 자신을 지키기 위해 뱉은 말일 뿐 이뤄질 리는 없다고 생각하는 표정이었다.

"1년 뒤……. 다무엘, 제때 성공할 수 있겠어요?"

마력이 늘어나는 속도는 사람마다 다르다. 다무엘에게 압축 방법을 가르치긴 했지만 얼마나 도움이 될지, 다무엘과 브리기테의 마력이 얼마나 차이 나는지 나는 전혀 몰랐다.

"……모르겠습니다. 하지만 유예 기간을 얻은 것만으로도 다행입니다."

스스로 기한을 정하고 각오를 다진 다무엘의 얼굴은 비실비실한 평소의 표정과 다르게 늠름해 보였다.

　판매회가 열리는 오늘은 기베 일크너와 함께하는 오찬이 예정되어 있다. 브리기테에게 의상을 만들어주기로 했을 때 감사 인사를 드리고 싶으니 약속을 잡아달라는 부탁을 들었기 때문이었다. 타이밍이 딱 좋았다. 마침 플랑탱 상회를 소개하고, 일크너 방문에 관한 얘기도 하고 싶던 나는 판매일과 같은 날에 면담을 잡았다.

　"페르디난드 님, 기베 일크너. 오래 기다리셨지요."

　내가 회식을 하러 방에 입장하자 기베 일크너와 페르디난드가 기다리고 있었다. 정식으로 나의 후견인이 된 페르디난드는 내가 귀족의 꼬임에 넘어가거나 이상한 말썽을 일으키지 않게끔 인쇄업에 관련된 회의에는 반드시 동석하기로 했다.

　나의 첫 번째 보호자인 양부 질베스타는 영주라서 내가 관여한 모든 모임에 참여할 수는 없다. 두 번째 보호자인 친부 칼스테드는 기사단장으로서 영주를 호위해야 하므로 역시 나를 계속 따라다닐 수 없다. 그래서 페르디난드가 뽑힌 셈이다. 페르디난드는 이미 환속하지 말 걸 그랬다며 후회하고 있었다.

　'참 안되셨네요.'

　귀족끼리 나누는 장황한 인사를 끝내자 요리가 나오기 시작했다. 내가 음식을 한입 먹는 모습을 보이자, 페르디난드와 기베 일크너도 나이프와 포크를 집었다. 음식을 한입 먹고 기베 일크너는 기쁜 듯 입꼬리가 올라갔다.

　"겨울 사교계에서 로제마인 님께서 고안하셨다는 요리를 먹었는데 정말 맛있어서 놀랐습니다. 브리기테가 가끔 요리를 자랑하기에 오늘 식사를 기대하고 있었죠."

직장에서 먹는 요리가 맛있다고 가족에게 자랑한 셈인 브리기테는 비밀을 들킨 듯 부끄러워하며 볼을 빨갛게 물들이면서 가볍게 오빠를 노려보았다. 그 시선을 받고 기베 일크너는 기쁘게 눈웃음을 지으며 본론을 꺼냈다.

"성결식에서 제 여동생에게 새로운 의상을 선물해주셔서 얼마나 감사한지 모르겠습니다. 로제마인 님의 호의로 여동생의 명예는 회복되었고, 구혼자도 나타난 모양입니다."

기베 일크너는 다무엘을 힐끗 쳐다보면서 그렇게 말했다. 그 모습을 떠올렸는지 희미하게 미소를 띠면서였다. 아무래도 기베 일크너는 그 장면을 똑똑히 본 듯하다. 나는 고개를 돌려 호위로서 내 등 뒤에서 있는 다무엘을 한 번 올려다보고 기베 일크너에게 물었다.

"안타깝게도 전 축복을 끝내고 바로 퇴장하느라 구혼하는 현장을 보지 못했습니다. 어떤 상황이었나요?"

오빠의 눈으로 본 브리기테의 상황은 사랑 이야기라기보다는 권선징악의 메시지를 담은 이야기로 들렸다. 엘비라의 시점과 완전히 달라서 재미있었다. 그런 이야기를 들으며 식사를 마쳤다.

"답례가 될지 모르겠으나, 꼭 일크너를 방문해주십시오. 로제마인 님을 위해 갖가지 목재를 준비해두겠습니다."

식후에 차를 마시면서 기베 일크너가 제안했다. 당장 달려들려고 한 그 순간, "잠깐." 하고 페르디난드가 가볍게 손을 올려 제지했다.

"로제마인, 기베 일크너는 영주의 양녀가 브리기테를 후원한다는 사실을 전 약혼자에게 과시함으로써 귀찮은 일을 없애고 싶은 것이다. 그 점을 명심하고 답하거라. 말썽이 생기면 그대도 휘말리게 된다."

페르디난드는 기베 일크너를 지그시 응시했다. 나로서는 의상까지 고안해준 이상 브리기테를 전면적으로 후원할 생각이었다. 브리기테를 통해 기베 일크너를 후원하는 것도 싫지 않았다.

"전 브리기테에게 상처를 주는 그런 남성을 좋게 볼 수 없으니, 그 남성분과 연이 끊어져도 상관없어요. 일크너에서 식물지를 연구할 수 있게 되면 저도 이익을 볼 테고, 그렇게 해서 일크너에도 도움이 된다면 나쁘지 않은 일이겠지요."

기베 일크너는 나의 후원을 원한다. 나는 일크너의 목재와 연구할 장소를 원한다. 서로에게 득이 될 것이 있으니 당당하게 플랑탱 상회를 파견할 수 있다.

"식물지 연구, 말입니까?"

"네, 인쇄하려면 종이가 필요하지요. 에렌페스트에서 인쇄업을 확장하기 전에 식물지 공방을 세워둬야만 합니다."

"……그 임무를 일크너에 맡겨주시는 겁니까?"

기베 일크너가 믿을 수 없다는 듯이 눈을 깜빡거렸다. 영주의 양녀가 주도하는 새로운 사업에 첫발부터 참여하게 된 것이다. 그러면 일크너는 다른 귀족에게 나의 후원을 똑똑히 보여줄 수 있으리라. 동시에 나는 거리낌 없이 식물지를 연구할 수 있다.

"일크너에서 새로운 식물지를 연구하는 동시에 식물지 만드는 방법을 흔쾌히 가르쳐주겠어요. 그럼 일크너처럼 임업이 주 산업인 다른 경쟁자보다 한발 앞설 수 있겠죠."

"황송합니다."

나의 후원을 확신했는지 기베 일크너의 표정이 부드러워졌다. 나도 싱긋 웃었다. 하지만 남보다 한발 앞서기 위해서는 그 나름의 노력이 필요하다.

"식물지 연구를 위해 기베 일크너에 제 공방 장인들과 식물지를 취급하는 플랑탱 상회의 상인들을 당분간 보내겠어요. 수확제나 기원식 때 신관이 묵는 별장이 있지요? 그곳에 사람들을 묵게 하면 당장 일을 시작할 수 있을 겁니다."

"당장, 말입니까?"

놀라는 기베 일크너를 향해 나는 만면에 웃음을 띠며 고개를 크게 끄덕였다.

"일전에 지리 수업에서 배운 바로는, 일크너는 에렌페스트보다 남쪽이라 이 주변과 달리 겨울에도 강이 얼지 않는다지요? 그렇다면 겨울 수작업으로 제지업을 할 수 있을지도 몰라요."

"……그러면 몹시 도움이 될 겁니다."

"식물지를 만들고 나서 이익을 정확히 어떻게 분배할지는 플랑탱 상회가 설명하게 하지요. 운반비가 나가니 아마 제 공방에서 만들 때와 수익률이 똑같지는 않을 테니까요. 오틸리에, 판매회를 여는 방에 플랑탱 상회가 와 있을 거예요. 벤노를 불러주세요."

다른 방에서 판매 준비를 하고 있을 플랑탱 상회의 벤노를 불러 달라고 부탁하고 나니 잠시 뒤 벤노와 또 다른 한 사람, 낯선 청년이 함께 방에 들어왔다.

"불의 신 라이덴샤프트의 권위가 빛나는 좋은 날, 신들의 인도에 의한 만남에 축복을 내려주시길."

"플랑탱 상회에 불의 신 라이덴샤프트의 축복이 있기를."

기베 일크너가 두 사람에게 축복을 내렸다. 인사가 끝나고, 나는 벤노를 호출한 이유를 설명했다. 기베 일크너와 면담할 예정이며 벤노를 호출할 수도 있다고 사전에 연락해둔 덕에 벤노는 표정에 초조한 기색이 없었다.

'나도 조금은 성장했지롱, 우후훗.'

"벤노, 새로운 종이 연구에 관해서 기베 일크너에게 설명해줬으면 해요. 플랑탱 상회는 언제부터 일크너에 갈 수 있지요?"

"로제마인 님의 부르심이 있다면 언제든지 갈 수 있습니다. 종이 제작에 필요한 도구와 인원, 전부 준비가 완료되었습니다."

여전히 일 처리가 빠르고 우수하다며 플랑탱 상회를 칭찬하면서 기베 일크너를 쳐다보았다. 기베 일크너도 고개를 들어 나를 보았다.

"로제마인 님, 저희가 별장만 개방하면 된다면 언제든지 오셔도 됩니다. 그런데 얼마나 체류하실 예정입니까? 수확제 때는 신관이 올 테니 그들이 묵을 별장이 필요하고, 겨울 준비가 필요한지 여부로 준비해야 할 규모가 달라집니다……."

"체류 기간은 일크너의 수확제 때까지입니다. 수확제에는 신관 대신 내가 방문하여 예식을 치르도록 하지요. 그 김에 연구 결과를 보고받고, 플랑탱 상회와 공방 관계자들을 데리고 돌아가겠습니다."

그렇게 하면 아무 문제 없을 터였다. 기본적으로 직할지만 도는 내가 일크너를 방문하면 내가 일크너를 눈여겨본다는 사실은 사람들도 알게 될 것이다.

"페르디난드 님, 수확제 때는 저를 일크너로 보내주세요."

"고려하지."

페르디난드는 내 발언을 막지 않고 느긋하게 고개를 끄덕였다.

"제 공방에서 준비를 마치는 대로 출발할 겁니다. 자세한 일정은 브리기테를 통해 올도난츠로 연락하지요."

"알겠습니다. 기다리고 있겠습니다."

기베 일크너가 수락하고 나니 벤노가 발언권을 구했다.

"페르디난드 님, 로제마인 님, 기베 일크너. 플랑탱 상회에서 일크너에 보낼 상인을 소개해드려도 괜찮으시겠습니까?"

"그럼요."

"이쪽은 다미안이라 합니다. 에렌페스트의 상업 길드에서 길드장을 맡은 구스타프의 손자입니다. 로제마인 님과는 몇 년 전에 한 번 만난 적이 있다고 들었습니다."

벤노의 뒤에 서 있던 다미안이 양손을 교차하고 그 자리에 무릎을 꿇었다. 머리는 옅은 밤색이고 눈동자는 호박색이었다. 키는 벤노와 비슷했다. 용모를 보니 성인이 된 지 몇 년 지나지 않은 듯한데, 이 자리에서도 매우 침착한 모습을 보니 귀족과 협상하는 데에 익숙한 전문가로 느껴졌다.

이렇게 소개받았으니 이 사람이 프리다의 오빠가 틀림없겠지만, 어째서인지 나는 십대 초반쯤 된 앳된 소년밖에 기억나지 않았다. 그때는 이렇게 키가 크지도 않았고 어른도 아니었다.

"구스타프와 프리다에게 신세를 졌을 때 딱 한 번 만났지요. 그런데 상당히 인상이 달라졌네요."

"1년 사이에 키가 빠르게 자라서 오랜만에 만난 분들은 다들 못 알아보십니다."

소개가 끝난 후 나는 서자판을 꺼내고 일크너 체류에 관한 요구 사항을 전달했다.

"저희가 식물지 만드는 법을 가르쳐주는 대신에 방문단의 식사 준비는 일크너에 맡기겠어요. 그래도 매일 회색 신관 중 한 명은 식사 준비 도우미로 보내지요. 일크너에서 만든 식물지의 판매와 이익 배분에 관련해서는 일크너에서 벤노와 논의해 주시겠어요?"

나머지는 대부분 플랑탱 상회와 일크너가 상의하면 될 내용이다. 나는 어느 한쪽에 불이익이 생기지 않도록 조율하고, 상인들이 불만을 품었을 때는 넌지시 전달해주면 된다.

"로제마인, 곧 다섯 점 종이 울린다. 책을 판매하러 가야 하지 않는가."

무엇을 보고 시간을 판단했는지 몰라도 페르디난드가 주의를 던졌다.

벤노와 다미안을 방에서 내보내고 기베 일크너와 인사를 나누었다. 기나긴 인사를 요약하면 '화제의 중심이 되어버린 여동생을 잘 부탁한다'라는 말이었다.

기베 일크너와 인사를 마치고 판매회가 열리는 방으로 갔다. 방에는 상인이 몇 명 있었다. 지시를 내리는 벤노와 마르크 외에는 전부 모르는 사람이었다. 다른 상점에서 보낸 다루아일 것이다. 철저히 교육받은 동작과 언행이 나무랄 데 없었다.

'루츠도 이런 면에서는 교육이 더 필요할지도 모르겠네.'

판매 준비가 거의 끝났는지 판매대 위에 책이 죽 진열되어 있었다. 최고신과 오대신 그림책, 계절별 권속 그림책, 기사단 이야기를 그린 단편 다섯 편, 악보 여섯 편까지 있었다. 핫세 공방과 함께 고아원 사람들이 노력해준 성과였다. 그리고 겨울 수작업으로 만든 카루타와 트럼프, 오델로도 많이 준비되어 있었다.

"로제마인 님."

벤노가 나를 알아보고 무릎을 꿇었다. 그 모습을 따라 상인들이 일제히 무릎을 꿇었다.

"인사는 조금 전에도 받았으니 생략하죠. 그보다 준비는 다 되었나요? 슬슬 손님들이 올 때인데⋯⋯."

"준비는 거의 끝났습니다. 로제마인 님께서 보시기에 부족한 점은 없습니까?"

벤노의 말과 함께 상인들이 일제히 일어나 나머지 준비를 하며 움직였다. 상인들은 물흐르는 듯한 동작으로 눈앞에서 착착 준비를 갖추어나갔다.

"벤노, 제가 말했던 그 물건은 준비됐어요?"

벤노를 힐끗 쳐다보며 확인차 묻자, 벤노는 씨익 웃으며 "물론입니다." 하고 대답했다.

판매는 다섯 점 종이 울리면 시작한다고 안내했지만, 시간이 되기 전부터 인사를 하러 귀족들이 방문하기 시작했다. 나는 인사를 받아주느라 바빠졌다.

"로제마인 님, 부탁을 들어주셔서 감사를 드려요. 계절별 책을 전부 갖고 싶었거든요."

겨울 사교회 때 어린이 방에서 사전에 알렸던 터라 예습을 해두고 싶은 학생과 그 부모는 모두들 권속 그림책을 사러 왔다. 나는 의자에 앉아 인사를 받으면서 상품을 추천했다.

"제 호위 기사가 말하기로는 이 그림책을 충분히 읽고 외워두면 3학년 수업이 매우 수월해진다더군요. 열심히 공부하시길 바랄게요."

권속 그림책을 품에 안은 소녀가 페슈필을 켜는 남성의 실루엣이 그려진 표지를 가리키며 "이건 뭐예요?"라고 물었다.

"페슈필 악보예요. 표지에 여성이 그려진 악보는 제 악사가 편곡한 어린이용 연습곡이고, 남성이 그려진 악보는 페르디난드 님이 연주회에서 연주하셨던 곡이랍니다. 연주회에 오셨던 분들이 보면 추억이 샘솟을 거예요."

로지나가 쓴 악보는 내가 연주하며 흥얼거리던 교가를 편곡한 곡이었다. 영주 회의가 끝나고 신전에 돌아오니 벌써 악보가 인쇄되어 있었다.

"어머, 로제마인 님이 작곡하신 곡인가요?"

"작곡이랄 것까진 아니에요. 별 생각 없이, 음, 흥얼거린 곡을 악사와 페르디난드 님이 들으셨을 뿐이에요."

소녀는 "그래도 대단하세요."라고 말하면서 어린이용 연습곡 중에서도 어려운 악보를 집어서 구입했다.

"아이가 꼭 트럼프가 갖고 싶다고 졸라서 말이에요. 다과회에서도 굉장히 호평이었으니 하나 사려고 해요."

중급 혹은 하급 귀족으로 보이는 부인은 아들이 졸라서 찾아왔다고 했다. 겨울에는 글자 공부를 시키려고 카루타를 샀는데, 트럼프도 너무 갖고 싶어했다는 모양이었다.

"계산 연습도 되는데다 순위가 매겨지고 포상이 따르니까 아이들이 모두 열심인가 봐요. 트럼프를 샀으니 다음 겨울에는 이길 수 있겠니?"

"열심히 연습해서 꼭 과자를 받을 거예요."

트럼프를 받아들고 기쁘게 웃는 소년 다음으로는 꽤 나이가 지긋

한 귀족이 다가와서 "호오, 이것이 인쇄로군요?" 하고 흥미진진하게 표지들을 들여다보았다.

"네. 앞으로 에렌페스트에 중요한 산업이 될 인쇄물입니다. 직접 손에 들고 살펴보세요."

이번 판매는 겨울 어린이 방 때와 달리 자식이 있는 귀족에게 우선권이 있지는 않았다. 그래서 인쇄업에 관심이 있는 귀족이나 나와 교류를 트고 싶어 하는 귀족도 모였다. 인쇄가 어떤 것인지 궁금하다며 페이지를 파락파락 넘기던 귀족은 글자가 빽빽한 기사단 이야기책을 사 갔다.

"어머나, 페르디난드 님께서 연주회 때 켜신 악보라고요? 꼭 사게 해주셔요. ……로제마인 님, 연주회에서 판매하셨던 초상화는 없나요?"

다음 손님인 영애는 뒷말은 작은 목소리로 조심스럽게 물었다. 나는 영애에게 "없습니다."라고 대답하고는 벤노에게 "그 물건을 주세요." 지시하고 싱긋 웃었다.

"이 기사단 이야기는 허구이며 등장하는 단체, 인물은 전부 가상의 존재입니다. 닮아 보여도 다른 사람이에요."

마르크가 얇은 판으로 만든 파일을 꺼내어 내게 건네주었다. 나는 그 파일을 살짝 영애의 앞에서 펼쳤다.

얇은 판과 판 사이에는 기사단 이야기에 들어간 삽화가 철해져 있었다. 책을 전시해두긴 했지만 표지만 봐서는 안에 들어간 일러스트를 볼 수 없으므로 기사단 이야기 특선 일러스트집을 따로 만든 것이다. 일러스트 아래에 해당하는 이야기의 제목을 써둬서 마음에 드는 일러스트를 보면서 어떤 책을 살지 고를 수 있는 훌륭한 물건이었다.

간판처럼 떡하니 붙이거나, 이야기집 뒤에 각각 해당하는 일러스트를 세워둘까도 했다. 하지만 페르디난드에게 금지당할 위험이 있어서 되도록 몰래 볼 수 있게 만들어봤다.

"로제마인 님, 이 삽화집을 살 수 있을까요?"

"이건 파는 물건이 아니에요."

영애는 눈을 반짝이면서 눈앞에 내밀어진 일러스트를 꼼꼼하게 음미하고, 기사단 이야기책을 한 권 사 갔다. 파일은 바로 마르크에게 돌려주었다. 영애가 즉시 소문을 퍼뜨렸는지 기사단 이야기책을 사러 오는 여성 고객이 단번에 늘었다. 모두가 파일을 보고 싶어 했다.

'우후후훗. 느낌이 좋아, 아주 좋아!'

책이 엄청나게 팔렸다. 가장 많이 팔린 것은 페르디난드가 편곡한 악보였다. 페슈필 연주회에서 연주했던 곡들은 다시는 연주할 예정이 없는데다, 심지어 전혀 알려지지 않은 오리지널 곡이라서 악보를 원하는 귀부인과 영애가 생각보다 많았다. 페슈필을 연습하면서 연주회 때의 모습을 상상하고 싶은 사람부터 자신의 악사에게 연주하도록 해서 감상하고 싶은 사람, 여성에게 구애할 때 쓰려는 남성까지 고객층이 다양해서 흥미로웠다.

그리고 예상대로 기사단 이야기책은 남성보다 여성에게 많이 팔렸다. 가장 인기 많은 책은 마물을 쓰러뜨린 후 마석을 공주에게 바치는 기사 이야기였다. 달콤한 미소를 지으며 구애하는 기사 일러스트가 여성의 마음을 사로잡은 듯하다. 페르디난드가 모델이겠지만 빌마의 필터를 거치니 완전히 다른 사람이었다. 페르디난드는 저렇게 달콤하고 상냥하게 웃지 않는다. 훨씬 섬뜩한, 무섭고도 아름다운 미소다.

"그나저나 그림을 못 팔다니 안타깝네요."

기사단 이야기책과 악보를 전부 사들인 엘비라는 판매회가 끝나고 나서도 안타까워하며 한숨을 쉬었다.

"가장 잘 팔리는 물품이라 정말 아쉽지만, 페르디난드 님께서 금지하신걸요."

"이렇게나 다들 원하는데 어떻게 안 될까요?"

그렇게 말하며 엘비라가 나를 바라보았지만 안 되는 건 어쩔 수 없었다. 나는 부드럽게 고개를 저었다. 그러다 퍼뜩 무언가가 떠올라 고개를 들었다.

"저는 절대로 못 한답니다, 어머님. ……저는요."

마지막 말을 강조하자, 엘비라도 귀가 번쩍 뜨인 듯 눈을 반짝이며 볼을 감쌌다.

"어머나, 그렇군요. 그렇지요. 로제마인이 못하는 거지요?"

"네. 곤란하게도 전 금지당했지요."

뜻이 통한 듯했다. 내가 싱긋 웃자, 엘비라도 싱긋 웃었다.

"로제마인, 아우브 에렌페스트는 인쇄업을 확산할 계획이시지요?"

"네, 어머님. 20년 정도에 걸쳐 인쇄업을 영지 전체에 널리 퍼트려서 에렌페스트의 새로운 산업으로 성장하게 하려는 생각이십니다."

"이 어미가 오라버니인 기베 하르덴첼에게 귀여운 딸의 사업을 도와달라고 부탁해보지요. 겨울에 상의하고 싶은데 괜찮지요?"

"물론입니다."

영지 전반으로 인쇄업을 확산하겠다는 생각은 영주의 의지였다.

인쇄소가 늘어나도 전혀 문제가 없었다. 가령 새로 세운 인쇄 공방에서 페르디난드의 일러스트를 인쇄하게 되어도 나와는 관계가 없는 셈이다. "얼른 화가를 찾아서 교육해야겠어요."라면서 엘비라는 눈을 반짝이며 앞으로의 계획을 세우기 시작했다. 엘비라와 눈짓을 주고받고 나는 공범자의 미소를 지었다.

일크너에 가다

판매회가 성황리에 끝났다. 여러 가지 계획을 꾸미기 시작한 엘비라를 마음속으로 응원하면서 나는 신전으로 돌아왔다. 신전에 와서는 일크너로 이동할 부대를 편성해야 했다. 고아원 원장실에 있는 비밀의 방에 루츠와 길을 불러 일크너로 갈 회색 신관을 선정하고 생활용품 등을 준비하도록 부탁했다.

"길, 아무쪼록 옷은 철저히 준비하세요. 내가 데리러 갈 수확제 무렵에는 날씨가 꽤 추워질 테니 여름옷과 겨울옷 다 필요할 거예요."

"네."

"루츠, 회색 신관들이 일크너에서 외출할 때 입을 옷 몇 벌을 길베르타 상회에서 준비해줬으면 해. 비싼 옷일 필요는 없어. 공방에서 작업할 때 말고 평소에 입을 옷이 필요하거든. 아마 거기서는 신전에서처럼 질질 끌리는 옷은 입을 수 없을 테니까."

"알았어. 사람을 뽑고 나면 옷을 골라볼게."

두 사람이 각자의 서자판에 기록하는 모습을 보다가 나는 또 필요한 물건이 생각났다.

"식기는 반드시 챙겨서 가줘. 사람이 갑자기 많이 늘어나면 식기가 부족할 테고, 회색 신관들은 나이프나 포크 없이 밥을 먹어본 적이 없을 테니까 그럼 곤란할 거야."

평민촌에서는 손으로 음식을 집어먹거나 다같이 식기를 공유한다는 걸 루츠는 안다. 하지만 회색 신관들은 귀족의 시종에 걸맞은 교육을 받느라 꽤 좋은 환경에서 자랐으니 루츠와는 다를 것이다. 핫세 고아원에서 살던 고아들이 신전 생활에 당황스러워했듯이 회색 신관들이 일크너에 가면 분명 문화 차이에 충격받으리라.

"식기는 주인님이나 다미안에게도 준비하라고 말해둬야겠네. 그런데 수확제까지 일크너에 체류한다고 들었는데, 수확제는 언제야?"

"……아마 가을에 있을 소재 채집이 끝난 뒤일 거야. 달의 색깔이 보라색으로 물드는 슈첼리아의 밤에 가을 소재를 채집할 테니까 그 뒤겠지."

작년에는 채집에 실패하고 내가 훌쩍거리며 푸념을 늘어놓을 때 루츠가 달래주었다. 그때를 떠올렸는지, 루츠가 "아~……."하며 나를 내려다보았다.

"올해는 실패하지 마."

"윽……. 올해는 신관장님이 곁에 있어주실 테니까 괜찮아."

올해는 슈첼리아의 밤 전후로 며칠간 기사단장인 칼스테드를 질베스타에게서 빌려올 예정이라고 페르디난드가 말했다. 그리고 작년 상황을 아는 페르디난드와 에크하르트가 포진을 짤 테니 괜찮을 것이다.

'그 전에 여름 소재부터 채집해야겠지만.'

"그리고 플랑탱 상회 보고를 할게. 앞으로는 다미안이 공방에 출입하게 됐어. 아무래도 종이를 만드는 방법을 모르면 기베 일크너와 협상할 수 없을 테니까."

"벤노 씨가 허가했다면 상관은 없어. 하지만 장인들처럼 공방에만 드나들 수 있는 거야. 헤매다 귀족 구역으로 들어가지 말라고 다미안에겐 꼭 말해둬."

내가 주의를 주자 루츠는 "다미안이 너도 아니고, 귀족 구역에 드나들려 하는 녀석이 흔하겠어?" 하고 핀잔 주는 눈으로 나를 노려보았다. 다미안은 길드장의 손자이자 귀족을 상대로도 능숙하게 응대하는 인재다. 플랑탱 상회로서는 이익 유출을 조심해야 할 상대겠지만, 귀족을 상대로 해야 할 짓과 하지 말아야 할 짓은 분간할 줄 아는 사람인 듯하다.

"아, 맞다. 일크너에 파견 가기 전에 길드장이 너한테 인사하고 싶다는데 시간 낼 수 있겠어?"

"출발하는 날 배웅하러 오면 모르겠지만 따로 시간을 내기는 어려울 거야. 일크너에 가기 전에 해둬야 할 일이 산더미거든. ……그리고 가뜩이나 시간 없는데 억지스러운 요구를 할 것 같아. 그건 싫어."

이제 권력은 길드장보다 내가 위라는 사실은 알지만, 길드장은 언행이 강압적이었던 기억이 생생해서 아직 거북한 느낌을 지우기 어려웠다. 그러자 당장 루츠의 핀잔이 날아왔다.

"그건 아니지. 길드장보다 너희 귀족들이 억지스러운 요구는 더 많이 하잖아."

'윽, 일거리를 늘려서 미안해요. 매번 일정을 앞당겨서 미안해요.'

"뭐, 아무튼 알겠어. 길드장에겐 배웅하는 날에는 와도 된다고 전해둘게."

루츠와 길이 일크너로 출발할 회색 신관 네 명을 선발했고, 일크너에 가져갈 제작 도구도 공방으로 실어날라 놓았다. 다미안이 공방에 드나들기 시작했다고는 하지만 공방에 좀처럼 가지 못하는 나와는 얼굴을 마주칠 일이 없었다.

신전장실에서는 브리기테가 가족과 연락을 주고받아서인지 조금 기쁜 기색을 띤 채 일크너로 올도난츠를 날려 보냈다. 일정을 조절한 끝에 일크너로 가는 날이 정해졌다.

출발 당일 아침. 신전 뒷마당, 평민촌에서 보면 신전의 앞마당인 하얀 돌바닥에 산더미처럼 짐이 쌓였다. 공방에서 가깝고 기수를 꺼낼 수 있는 넓은 장소가 그곳이어서였다.

"안녕하십니까, 로제마인 님."

"안녕하세요, 여러분. 다들 모였나요?"

쭉 돌아보니, 짐을 실어주려고 나온 회색 신관들과 플랑탱 상회 사람들 틈에 섞여 프리다와 길드장도 와 있었다.

"기수를 꺼낼 테니 조금 물러나 주세요."

나는 짐의 양을 보면서 대형 버스 크기로 기수를 꺼냈다. 벤노의 지시에 따라 즉시 짐이 하나둘씩 옮겨지기 시작했다. 그 모습을 프리다가 아연실색하며 바라보았다.

"……로제마인 님, 이게 대체 뭐죠?"

"제 기수입니다. 이걸 타고 일크너로 갈 거예요. 귀엽지요?"

프리다는 나와 레서버스를 여러 번 번갈아 보더니 고개를 갸웃거렸다.

"기수……? 제가 아는 기수와는 상당히 다른데요."

누군가가 레서버스를 보며 의아한 표정을 짓는 데에는 익숙했다. 오히려 기수에 대해 잘 아는 듯한 프리다의 말투에 깜짝 놀랐다. 귀족 마을이 아니면 기수를 흔히 볼 수는 없기 때문이었다.

사람들이 준비하는 가운데, 나는 프리다에게 이탈리안 레스토랑의 최근 운영 상황에 관한 보고를 듣고 플랑탱 상회의 동향도 제삼자의 관점으로 들었다. 프리다는 판매회 때의 상황도 다미안에게 들었다고 했다.

"다미안을 플랑탱 상회에 추천한 사람이 프리다였다면서요?"

"네, 그래요. 로제마인 님이 부흥시키신 이 사업은 영주님의 주선으로 시작된걸요. 성공률이 높을 테니 당연히 참전해야죠? 제 오라버니를 마음껏 기용해주세요. 알겠죠? 분명 도움이 될 거예요."

프리다는 여전히 강압적이고 억척스러운 장사치의 면모를 보였다. 내가 조금 질색하는 기미를 보이자 다미안이 나와 프리다 사이에 슬그머니 끼어들었다.

"프리다, 로제마인 님이 허락하셨다고 너무 무례하게 대하면 안 돼. 이제 세례받기 전과 상황이 달라."

"죄송합니다. 조심할게요."

다미안은 내가 질색하는 것을 눈치챘는지도 모른다. 영주의 양녀를 대하기에 적절한 태도가 아니라고 주의를 주면서 다미안이 자연스럽게 프리다와 나를 떼어놓았다.

"짐을 다 실었으면 타고 가. 전에 타본 적 있는 녀석은 처음 타는 녀석에게 안전띠 매는 방법을 가르쳐줘라."

플랑탱 상회에서는 벤노, 루츠, 다미안, 이렇게 셋. 나의 시종과 전속으로는 프랑, 길, 모니카, 푸고, 이렇게 넷. 호위 기사로는 다무엘과 브리기테. 끝으로 고아원에서 회색 신관 넷. 이상이 이번에 이동하는 멤버였다.

조수석에는 오랜만에 고향에 돌아가서 기뻐하는 브리기테가 탔다. 기수를 타고 길잡이를 맡은 사람은 어쩐지 긴장한 기색이 역력한 다무엘이었다. 브리기테의 가족에게 조금이라도 잘 보이고 싶은 모양이라고 생각하니 흐뭇했다. 그렇지만 잔뜩 힘이 들어간 탓에 이상한 실수를 저지르지 않게 조금 힘을 뺐으면 좋겠다.

"그럼 다녀오겠습니다."

레서버스가 출발하는 모습을 프리다와 길드장이 입을 딱 벌리고 배웅하는 가운데, 나는 가볍게 손을 흔들며 출발했다.

도중에 한번 내려서 점심을 먹으며 쉬고, 레서버스는 날았다. 일크너는 브리기테에게 듣고 지리 수업에서 배운 대로 숲과 산이 많은 땅이었다. 산에서 강이 흘러나와 호수로 이어졌고, 그 강을 따라 집이 몇 채씩 띄엄띄엄 서 있었다.

상공에서 보이는 가장 큰 집락 속에 하얗고 넓은 저택이 보였다. 일크너의 여름 저택이었다. 우리가 도착하기를 기다리는지 몇몇 주민이 하늘을 올려다보며 손을 흔들었다.

"브리기테를 부르는 건가요?"

"……다들 가족 같은 사람들이라."

브리기테는 그렇게 말하면서 반가운 듯 미소 지으며 일크너를 내려다보았다. 일크너는 에렌페스트와 달리 귀족 저택과 평민이 사는 마을이 벽으로 나뉘어 있지 않았다. 손을 크게 흔들면서 브리기테에게 인사하는 사람들의 모습을 보니 평민과 귀족의 관계가 매우 가깝게 느껴졌다.

"다들 당황하셨을지도 모르겠습니다. 그, 일크너와 에렌페스트는 많이 달라서……. 평민이 스스럼없이 다가와서 무례하게 느껴지실 수도 있겠지만, 다들 나쁜 뜻은 없습니다."

핫세에서 일어난 일을 아는 브리기테는 혹시나 주민들이 역정을 살까 싶어 불안해하며 설명했다. 나는 걱정하지 않아도 된다며 고개를 가로저었다.

"신관장님이 계셨다면 인상을 찡그렸을지도 모르지만 저는 신전 출신이라 고아원에 자주 드나들었던데다 평민촌으로 몰래 빠져나가 상인과 장인을 만나고 다니기도 했는걸요. 사람들이 스스럼없이 다가와도 전혀 신경쓰지 않습니다. 다들 브리기테를 그리워하고 좋아하는 표정으로 보이네요."

작은 목소리로 "핫세 수확제 때도 평민과 함께 식사했잖아요?"라고 중얼거리자, 브리기테는 몇 번 눈을 깜빡였다. 그리고 기쁜 듯이 환하게 웃었다. 평소에는 엄격한 표정으로 감정이나 말을 잘 드러내지 않는 브리기테로서는 이렇게 솔직한 감정을 그대로 드러내며 웃는 일이 드물었다. 솔직히 다무엘에게 자랑하고 싶을 만큼 사랑스러웠다.

레서버스가 착지하자, 열 명 남짓한 주민이 주변을 에워쌌다. 브리기테가 설명하길 숲이나 밭에서 일하면서 일크너의 여름 저택에서 허드렛일도 하는 주민들이라고 했다.

"잘 돌아오셨습니다, 브리기테 님."

"와주셔서 반갑기 그지없습니다, 로제마인 님."

브리기테를 둘러싼 그들의 눈빛은 따뜻했고, 존경심과 애정이 넘쳤다. 브리기테도 근무 중에는 잘 보이지 않는 천진난만한 미소를 지으며 마중 나온 사람들에게 대답했다.

"다녀왔습니다. 여러분, 이분은 영주님의 양녀이시며 저의 주인이

신 로제마인 님이십니다. 실수가 없도록 조심해주세요."

브리기테의 말에 어느 할아버지가 "아가씨의 주인이신 공주님이시군요. 이거 단단히 조심해야겠소이다." 하고 말했다. 그 말을 시작으로 주민들이 제각기 입을 열었다.

"아이고, 그 왈가닥 아가씨가 굉장히 얌전해지셨군요."

"사랑하는 사람이라도 생겼나 보구려."

"예절보다 손에 칼을 들고 산과 들을 뛰어다니는 걸 좋아하시던 아가씨가 이리도 훌륭하게……."

사람들은 하나같이 브리기테의 어린 시절 얘기를 줄줄 읊었다. 브리기테가 허둥지둥 사람들을 제지했다.

"이제 그만! 다들 수다는 그만하고 손님을 안내해주세요. 전 로제마인 님을 오라버니에게 모시겠습니다."

"예, 예. 그럼 가십시다."

사람들은 호탕하게 웃으면서 우리 일행을 별장으로 안내하며 문을 열어주었다. 에렌페스트에서 겪어보았던 귀족과 평민 사이의 거리감밖에 모르는 다른 이들은 얼굴이 새파래져서 어떻게 대응해야 좋을지 모르겠다는 듯 곤란한 표정을 짓고 있었다.

"저, 로제마인 님."

프랑은 쓴소리를 올리려는 표정이었다. 나는 가볍게 손을 저었다.

"프랑, 이곳은 에렌페스트와 다릅니다. 위험이 없는 한 구구절절 싫은소리를 할 필요는 없어요. 이 모습 그대로 받아들이세요."

"그러나……."

"너무 심하다 싶을 땐 주민에게 직접 말하지 말고 먼저 기베 일크너나 브리기테에게 충고하세요. 주민과 관계가 틀어지면 당분간 이곳에 남게 될 플랑탱 상회와 회색 신관들이 불편하게 지내야 할 겁니다."

내가 주민들의 태도를 받아들이자 벤노가 문젯거리는 일어나지 않겠다고 판단했는지 지시를 내렸다. 그러자 플랑탱 상회 사람들과 회색 신관들이 레서버스에서 짐을 나르기 시작했다. 별장을 정돈해두지 않으면 오늘 밤 잠자리가 곤란할 것이다.

집에 돌아온 브리기테는 물론이고 귀족인 나와 다무엘 몫으로도 여름 저택에 방이 마련되었다. 내 방을 담당할 모니카와 다무엘을 담당하게 된 프랑도 여름 저택에서 묵게 되었다. 앞으로 플랑탱 상회와 함께 행동할 길과 전속 요리사인 푸고는 남성이라 내 방에 들어오지 못하므로 별채에서 숙박하기로 했다.

각자 숙소로 짐을 옮기는 모습을 보면서 나는 레서버스를 정리하고, 브리기테의 안내를 받으며 일크너 저택에 발을 디뎠다. 장인의 정교한 기술을 뽐내는 듯 예술적인 장식이 많은 에렌페스트의 저택과 달리, 일크너의 저택은 장식이 소박하여 수공예 특유의 따뜻함이 잘 느껴졌다.

"로제마인 님, 일크너에 잘 오셨습니다."

"초대해주셔서 감사하게 생각합니다, 기베 일크너."

손님을 대접하는 응접실에는 기베 일크너와 그 가족이 모여 우리가 도착하기를 기다려주었다. 브리기테의 어머니와 기베 일크너의 부인, 그 아들이 보였다.

"불의 신 라이덴샤프트의 권위가 빛나는 좋은 날, 신들의 인도에 의한 만남에 축복을 기도함을 허가해주십시오."

"허가합니다."

가족 소개와 함께 브리기테의 모친과 기베 일크너의 부인에게 인사를 받고 나니 기베 일크너가 준비된 차를 가리켰다.

"시종이 방을 정돈하는 동안 차 한 잔 어떠십니까? 나누고 싶은 얘기가 많습니다."

나는 호위 기사로서 내 곁을 지키며 가족과 인사조차 나누지 못하는 브리기테와 그것을 당연히 여기는 기베 일크너, 그리고 브리기테에게 말을 걸고 싶어 근질근질해 보이는 다른 가족들을 번갈아 보았다.

"브리기테, 호위는 다무엘에게 맡길게요. 브리기테에겐 돌아가는 날까지 휴가를 주겠어요."

브리기테는 활짝 핀 얼굴로 나를 쳐다보았다가 고개를 절레절레 저었다.

"전 로제마인 님과 동행하겠습니다."

"일크너를 잘 아는 브리기테가 동행해준다니 기쁘군요. 물론 동행은 부탁할게요. 하지만 저는 브리기테에게 물어보고 싶은 것이 많은걸요. 호위 임무 중에는 얘기를 나눌 수 없잖아요?"

호위 기사가 호위 외의 다른 일을 우선시하면 직무유기다. 당연하게도 성실한 브리기테는 임무 중에는 별로 입을 열지 않았다.

"그리고 오랜만에 집에 왔잖아요. 가족에게도 브리기테와 함께할 시간을 줘야죠. ……이건 명령이에요, 브리기테. 옷을 갈아입고 나와 함께 차를 마셔요."

"알겠습니다."

브리기테는 어쩔 수 없다는 듯 웃고는 내 앞에 무릎을 꿇고 손을 교차한 후 명령대로 옷을 갈아입으러 자리를 떴다. 우리의 대화를 들던 기베 일크너가 당혹스러운 듯 곤란한 표정을 지었다.

"로제마인 님은 독특한 분이시군요. 제가 아는 상급 귀족들과는 상당히 다르십니다."

"기베 일크너도 아시다시피 전 평범한 상급 귀족과 달리 신전에서 자랐습니다. 고아원 아이들과 교류하고, 평민 상인과 장인들을 만나고 다녔으니 이런 분위기가 저와 잘 맞아요."

일크너는 풍경과 공기가 좋고, 주민의 기질도 느긋하고 온화해 보였다. 속이 시꺼먼 사람들로 득실대는 성이 아니라 평민촌에서 지내던 시절처럼 마음이 편안했다.

'도서실이 있으니 성도 포기할 수는 없지만 말이지.'

"오래 기다리셨습니다."

브리기테가 서둘러 옷을 갈아입고 왔다. 브리기테까지 함께 차를 마시면서 내일 이후의 일정을 얘기했다. 그러는 동안 방 정돈을 마쳤다고 모니카가 보고했다.

"로제마인 님, 옷을 갈아입혀 드리겠습니다."

"알겠어요. 그럼 나도 잠깐 실례하겠어요."

내가 방을 나오면 가족과 대화도 할 수 있으리라. 나는 응접실을 나와 문을 탁 닫았다. 내가 걷기 시작하자 등 뒤에서 "어서 오너라, 브리기테." 하는 목소리가 들렸다. 그 목소리에 담긴 가족의 애정이 느껴져서 나도 괜스레 돌아가고 싶어졌다.

내가 귀족 방문용 의상을 벗고 농촌을 돌아다닐 옷으로 갈아입자, 프랑과 길이 들어왔다. 두 사람은 다무엘의 방이 정리되었고 길과 회색 신관들이 쓸 별채도 정리가 거의 끝났다고 보고했다.

"오늘 잘 곳은 확보되었습니다. 지금은 강 근처를 살핀 후 공방을 세울 장소를 선정하고, 공구를 설치하고 있습니다."

"플랑탱 상회가 최대한 빨리 기베 일크너와 식물지 협회에 관해서 얘기하고 싶다고 합니다. 로제마인 님께서는 어느 한쪽에 불이익이 없도록 중재 역으로서 함께해주셨으면 한다고 동석을 신청했습니다."

며칠 전 성에서 의논했을 때 일크너 안에서는 물물교환이 중심이므로 금전을 확보하려면 협회를 설치해야겠다고 이야기가 나왔다. 애써 만든 종이를 적정 가격에 매담하기 위해서다. 귀족과 면담하려면 오래 기다려야 하므로 일찌감치 예약을 잡으려 하는 것이리라. 나는 곧바로 면담 예약 편지를 써서 프랑을 시켜 가져가게 했다. 그리고 조금 전 차를 마시면서 들었던 내일 일정을 길에게 전했다.

"내일은 이곳을 잘 아는 주민에게 주변을 안내받을 거예요. 종이 재료로 쓸 만한 나무가 있으면 채집할 테니 숲에 갈 차림을 갖추고, 바구니와 칼도 준비해두세요."

"알겠습니다."

"그리고 저녁에는 이 근방에서 수확한 채소와 고기를 철판에 구운 요리를 만든다고 해요. 환영회를 열어준다고 하셨어요. 푸고에게 식사 준비를 도우라고 전해주세요."

몇 가지 연락사항을 말하고 있자니, 당혹감을 숨기지 못한 표정으로 프랑이 돌아왔다.

"프랑, 문제가 있나요?"

"……기베 일크너는 지금 당장이라도 얘기를 들을 수 있다고 하십니다."

에렌페스트에서 귀족끼리 교류할 때에는 상대방에게 예정이 있을지도 모르므로 며칠 전부터 미리 날짜를 잡으며 일정을 확정하기 위해 편지도 주고받는다. 하지만 기베 일크너는 쌍방의 일정을 아는 상황이니 며칠씩이나 기다릴 필요가 없다고 말했다고 한다. 나는 얘기가 빨라져서 잘됐다는 생각마저 들었지만, 나보다도 훨씬 귀족 사회의 관습에 따라 자란 프랑은 시골 방식에 도무지 적응이 안 되는 모양이었다.

"프랑, 너무 깊게 생각하지 말아요. 벤노도 상점을 너무 오래 비워 둘 순 없잖아요. 용건이 금방 끝나니 다행이죠."

"그건 그렇습니다만⋯⋯."

길에게 벤노를 불러오라고 지시하고, 나는 복잡한 표정을 짓는 프랑과 함께 기베 일크너의 집무실로 이동하기로 했다. 벤노와 다미안도 "지금 당장?" 하고 살짝 어리둥절해했다. 하지만 귀족의 돌발행동에 익숙한 둘은 깜짝 놀라기만 할 뿐, 프랑과 달리 당황하지는 않았다.

"기베 일크너, 시간을 내주셔서 감사합니다."

식물지 협회의 대표는 벤노다. 나는 벤노와 기베 일크너의 협상 자리를 참관인으로 지켜볼 뿐이다. 다미안은 앞으로 플랑탱 상회의 대표로서 일크너에 체류할 것이므로 계약 내용을 정확히 봐두고 싶은 듯했다.

성에서 대부분 협상이 끝난 터라 계약은 일사천리로 완료되었다.

일크너의 브리기테

저녁은 주변에 사는 주민들까지 참여한 성대한 바비큐 파티였다.

"입에 맞으셨으면 좋겠습니다."

"에렌페스트와 기후가 달라서인지 채소 종류도 다른가 보네요. 보기 드문 채소도 있고, 질 좋고 싱싱하니까 갓 구워 따끈할 때 소금만 뿌려 먹어도 아주 맛있겠어요."

나는 모니카의 시중을 받으면서 레주크라는 채소를 입에 넣었다. 보기엔 복숭아 같지만 맛과 먹는 방법은 주키니와 같다. 나는 입을 오물오물 움직이면서 주위를 둘러보았다. 귀족이 앉을 자리는 따로 마련되었지만, 그 외에는 나무를 잘라 옆으로 뉘인 통나무나 큼직한 돌에 제각기 자유롭게 앉아 있어서 다른 일행이 무엇을 하는지 보이지 않았다. 플랑탱 상회와 회색 신관들은 어디에 있는 걸까.

'아.'

신분에 따라 따로 먹고, 모두 똑같은 양으로 나누어서 각자 먹는 것이 일상인 회색 신관들이 신전에서 가져온 개인 접시를 든 채 굳어 있는 모습이 보였다. 음식을 집어도 될지, 먹는다면 어느 정도 먹어야 할지 판단이 서지 않는 듯 무척 곤란한 표정이었다.

"자, 자. 어서들 먹어요."

"아, 예에……."

주민들이 걱정하며 말을 걸어주었다. 하지만 이제껏 평등하게 배급받은 음식만 먹었지 스스로 덜어서 먹어 본 적이 없어서 신관들은 당혹스러운 표정만 지을 뿐이었다.

"모니카, 루츠를 불러와 주세요."

"하지만 로제마인 님의 식사 시중을 들어야…….."

"지금은 접시에 음식이 충분히 있으니까 얼른 불러오면 되죠."

"알겠습니다."

모니카는 쏜살같이 달려서 루츠를 부르러 갔다. 루츠는 철판 앞자
리를 차지하고 고기와 채소를 잇따라 입에 넣는 중이었다. 아주 조금
불만스러운 표정을 지으며 루츠가 모니카에게 끌려왔다.

"로제마인 님, 부르셨습니까…….."

"미안하지만, 길과 회색 신관들에게 식사 방법을 가르쳐주세요.
고아원에서는 받는 대로만 먹을 뿐 스스로 덜어 먹을 일은 없어서,
어떻게 먹어야 할지 모르는 것 같군요."

"진짜야!?……아, 실례했습니다. 분부대로 하겠습니다."

음식을 두고 형제들과 격렬한 전쟁을 치르며 살아남은 루츠는 왜
눈앞에 먹어도 되는 음식을 두고도 손대지 못하는지 이해가 안 될 것
이다. 그래도 신전의 특이성을 알기에 루츠는 어이없다는 듯이 어깨
를 으쓱이면서 회색 신관들이 모여 있는 곳으로 걸어갔다.

"어이, 길. 얼른 안 먹으면 없어져."

루츠는 그렇게 말하면서 철판에서 채소와 고기를 쏙쏙 집어 길의
접시에 올렸다.

"이렇게 스스로 덜어서 먹어도 되니까 먹고 싶은 만큼 먹어. 로제
마인 님의 말씀이시다."

길은 자기 접시를 보고, 나를 보고, 또 주위를 둘러보다가 먹기 시
작했다. 그 모습을 본 회색 신관들도 루츠가 길의 접시에 올린 것과

똑같은 종류를 똑같은 양으로 접시에 덜어 먹기 시작했다.

'아이고, 회색 신관들이 여기서 살아갈 수 있으려나?'

수확제까지 잘 해낼지 몹시 걱정되었다. 동시에 다무엘의 시중을 드는 프랑과 내 시중을 드는 모니카가 한 입도 먹지 않았다는 사실을 깨달았다. 이곳에서는 신분별로 따로 먹지 않는다. 함께 먹지 않으면 두 사람이 먹을 몫이 없어질 것이다.

"프랑과 모니카도 먹고 오세요. 신전과 달리 신의 은총이 없으니까 다 같이 먹어야 해요."

"하지만 시종은 시중을 들어야 합니다."

기베 일크너와 그 가족은 시중을 드는 시종도 따로 없고, 접시를 들고 가면 철판 앞에서 고기를 굽는 주민이 접시에 음식을 올려주었다.

"저도 직접 음식을 받으러……."

"안 됩니다."

프랑과 모니카는 딱 잘라 거절했다. 나는 어깨가 축 처졌다.

"……모니카, 그럼 푸고에게 가서 시중드는 두 사람의 몫을 따로 챙겨와 달라고 전하고 와주세요."

"하지만 그러면 다녀오는 동안에는 로제마인 님의 시중을 들 수 없지 않습니까?"

진지한 얼굴로 반박하는 모니카의 말에 나는 할 말을 잃었다. 자기 식사보다 내게 시중드는 일이 중요한 모양이다. 책임감 있어서 귀엽긴 해도 참 곤란한 시종이다.

"제가 전하고 오겠습니다, 로제마인 님."

내 옆에 있던 브리기테가 자리에서 일어나더니 빈 접시를 들고 철판 쪽으로 갔다. 주민이 말을 걸면 대화를 나누고, 술을 권하면 홀짝 마시고, 즐겁게 웃으면서 가벼운 발걸음으로 철판까지 걸어갔다. 푸고는 남자 주민들과 함께 철판 앞에서 고기와 채소를 차례차례 구우면서 자기 입에도 집어넣고 있었다. 그런 푸고에게 브리기테가 내 말을 전해주면서, 그러는 김에 자기 접시에도 갖가지 음식을 담는 모습이 보였다.

"저분이 정말 브리기테 님이신가요?"

프랑은 신전에서 보던 호위기사의 모습과는 다른 브리기테의 모습에 충격을 받은 듯 멍한 표정이었다.

"가족과 함께 있잖아요. 저는 잘 웃고 편안해 보이는 브리기테가 평소보다 훨씬 멋져 보여요. 하지만 에렌페스트에서는 귀족 아가씨답지 않다는 말을 들을 만한 행동이겠지요."

그쯤에서 말을 멈추고 나는 프랑과 똑같이 놀란 표정으로 뻣뻣하게 굳은 다무엘에게 말을 걸었다.

"쭉 에렌페스트의 귀족 마을에서 자란 다무엘이 보기엔 지금의 브리기테는 어때요? 역시 귀족답지 않아서 실망스럽나요?"

"저도 처음 보는 모습이라 깜짝 놀랐지만, 음, 저기, 귀여워 보입니다."

볼을 붉적이며 살짝 시선을 피한 채로 다무엘은 마지막 말은 작은소리로 빠르게 얼버무렸다.

"그런가요? 그럼 브리기테에겐 그렇다고 전해줄게요."

"그러지 마십시오!"

단박에 호의를 거절당해버렸다. 굳이 다무엘을 놀리면서 즐기려는 것은 아니므로 나는 흔쾌히 다무엘의 요구를 받아들였다.

"알았어요. 비밀에 부쳐두지요."

"송구스럽습니다."

가슴을 쓸어내리는 다무엘을 바라보면서, 주변이 전혀 보이지 않는 다무엘의 그 모습에 나는 쓴웃음을 지을 수밖에 없었다.

'내가 말하지 않아도, 지금 히죽거리며 재미있어하는 가족 분들이 말할 텐데.'

다음 날은 일크너 주민 사이에서 박학다식 할아범이라고 불리는 정정한 할아버지와 함께 산행하는 날이었다. 나는 소재 채집용 옷을 입고 마술구 나이프를 든 채 기수를 탔다. 완벽한 채집 복장 세트였다. 브리기테와 다무엘은 간이형 갑옷을 착용했지만, 산행하기 편하도록 평소보다 차림이 간편했다.

"오랜만이라 가슴이 뛰네요."

브리기테는 오늘도 휴가를 받았지만 나와 함께 행동하기로 했다. 견습 기사가 되어 기숙사에 들어가기 전까지는 항상 산을 오르곤 했다고 한다.

벤노는 별채에서 미처 마무리하지 못한 일을 하고, 다미안도 그 일을 돕는다고 했다. 그 두 사람을 제외하고 루츠와 길을 비롯한 회색 신관들은 숲에 갈 때처럼 바구니를 등에 메고 나이프를 쥔 채 채집 복장으로 차려입었다.

"오호라. 포린처럼 부드럽고 섬유가 가늘고 긴 나무가 필요하군요……."

"그래요. 그리고 어린 나무면 좋을 텐데, 아세요?"

나는 1인용 레서버스로 산길을 이동하면서 할아버지의 이야기를 들었다. 맨 앞에서 이끄는 사람은 브리기테이고, 브리기테 뒤에는 다무엘이 따랐다. 그 뒤를 나와 할아버지가 뒤따라가고 그 뒤를 루츠와 길, 신관들이 따라왔다.

"린파이 아니면 쉭스일라…… 또, 마목이긴 하지만 난세이브나 에이폰이 적당할 듯합니다만……"

"할아범의 안목은 확실하답니다. 로제마인 님. 그럼 오늘은 난세이브와 에이폰을 벱시다."

할아버지는 에렌페스트에 없는 다양한 나무들을 알려주었다. 대부분 처음 듣는 나무였다. 그중에서도 종이 제작에 적합할 만한 부드럽고 어린 나무가 바로 생각나는 것만 해도 네 종류나 있다고 했다. 루츠와 길이 서자판에 나무의 명칭과 구분 방법 등을 열심히 기록했다.

"난세이브나 에이폰은 이 계절에 가장 많이 번식하는 마목이라서 오늘도 몇 그루는 맞닥뜨릴 겁니다. 베는 방법만 알면 지역 주민도 거뜬히 벨 수 있습니다."

콧노래를 부르며 선두를 걸으면서 브리기테가 식용 버섯과 나무 열매, 반대로 독이 있어서 먹을 수 없는 재료를 신관들에게 가르쳐주었다. 평소처럼 먹을 수 있는 재료도 수확하면서 걸어가는 도중, 할아버지가 갑자기 멈춰 서더니 눈을 가늘게 뜨고 한 곳을 가리켰다.

"저기 봐요, 아가씨. 난세이브가 저기에."

"나무가 걷고 있는데요!?"

할아버지가 가리킨 곳에서 성인 무릎까지도 안 오는 작은 나무가 걷고 있었다. 나무는 뿌리를 다리처럼 움직이며 어슬렁어슬렁 이동했다. 내가 쫓아가도 잡을 수 있을 만큼 움직임이 느리긴 했지만, 나무가 움직이는 것 자체가 신기했다. 혼자서 움직이면 식물이 아니라 동물이 아닐까?

"씨를 심을 나무를 찾는 겁니다. 난세이브는 영양이 풍부한 거목에 뿌리를 내리고 나무의 내부에 씨를 심습니다. 그리고 기생한 나무의 영양을 남김없이 흡수하고, 말라버린 껍질을 찢고 나와 새로 자랍니다."

브리기테는 "큰 나무를 시들게 하는 기생 나무예요."라고 말하면서 난세이브를 덥석 잡았다. 파닥거리는 뿌리를 나이프로 거침없이 자르고, 움찔거리는 뿌리 조각들을 자루에 하나하나 집어넣었다.

"이 뿌리로 영양을 흡수하니 난세이브를 벨 때는 꼭 뿌리를 전부 주워주십시오."

브리기테가 주의를 주자 회색 신관들이 고개를 끄덕였다.

"아가씨, 저쪽에 말라서 쓰러진 거목이 보이는군요. 이 주변에도 난세이브가 많을 겁니다. 부탁드려도 되겠습니까?"

"할아범은 앉아서 쉬어요. 베어올게요."

브리기테가 신이 난 듯이 웃으면서 나이프를 쥐고 달려갔다.

"저도 할래요! 저 속도라면 저도 벨 수 있어요. 가요. 누가 제일 많이 베는지 경쟁이에요!"

"로제마인 님!?"

나의 의욕에 이끌린 듯 루츠와 길도 나이프를 들고 달리기 시작했다. 나는 레서버스로 달려갔다. 다무엘이 깜짝 놀라 뒤따라왔다.

"찾았다!"

꾸물꾸물 움직이는 작은 나무는 나무들 사이에서도 은근히 눈에 띄었다. 나는 기수에서 내려서 난세이브를 "에잇!"하고 집어 들었다. 브리기테는 한 손으로 들었지만, 내 힘으로는 한 손으로 들기에 벅찼다. 심지어 잡을 때도 요령이 필요한지, 뿌리가 버둥거려서 나는 계속 들고 있을 수가 없었다.

"우아악!"

나이프를 들지도 못하고 난세이브를 놓쳐버렸다. 내가 놓친 난세이브를 다무엘이 꽉 잡았다.

"다무엘, 그건 내가 발견한 난세이브예요!"

어렵게 잡은 수확물을 새치기당한 기분이 들어 쏘아보았다. 그러자 다무엘이 한숨을 내쉬었다.

"……제가 들고 있을 테니 로제마인 님은 다리를 잘라주십시오."

"맡겨줘요."

마술구 나이프에 마력을 흘려보내면서 난세이브의 뿌리를 잘라내고, 꼬물거리는 뿌리를 주머니에 쏙쏙 넣었다.

"해냈다! 나도 벴어요, 다무엘!"

"저쪽에도 있으니까 갑시다. 아, 이동은 기수로 부탁드립니다."

다무엘과 협력하면서 난세이브를 세 그루 베어냈을 때였다. 이상한 노랫소리가 들려왔다. 선원을 홀리는 세이렌 같은 아름다운 노랫소리가 아니라 매우 뜨겁고 소울풀한 록 같은 노랫소리, 아니, 리듬 있는 외침소리였다. 이런 곳에서 누가 노래 연습이라도 하는 걸까?

"……뭘까요?"

"글쎄요, 모르는 곳에는 다가가지 말고 우선은 저 할아버지의 얘기를 듣는 편이 좋지 않겠습니까?"

그러나 노랫소리는 점점 커졌다. 굉장히 궁금해졌다. 무엇인지 확인하고 싶어서 참을 수가 없었다. 노랫소리가 커지자 하나가 아니라는 것을 알 수 있었다. 여러 목소리가 함께 들렸다.

"다무엘, 잠깐만 확인하고 가지 않을래요?"

"엄청나게 수상하니까 절대 안 됩니다."

다무엘이 쏘아보았다. 나는 마지못해 할아버지가 있는 곳으로 돌아갔다. 할아버지의 발밑에는 브리기테가 벤 열 그루의 난세이브가 작은 산처럼 쌓여 있었다. 나는 물통의 물을 벌컥벌컥 마시는 브리기테에게 산속에서 노랫소리가 들린다고 말했다. 바로 짐작이 갔는지 브리기테가 가르쳐주었다.

"그것이 에이폰이라는 마목입니다. 시끄럽긴 해도 큰 해는 없습니다."

한 그루만 있을 때는 꽤 조용히 흥얼거리지만, 음성이 닿는 범위 내에 다른 에이폰이 있으면 서로 경쟁하듯 점점 큰 목소리로 노래를 부른다고 한다. 왜 그러는지 모르겠다.

"여러 목소리가 들렸다면 최대한 빨리 베야겠습니다. 정말 시끄럽거든요."

베는 방법을 가르치기 위해 다른 신관들이 모이길 기다리는 동안, 여기까지 노랫소리가 들려오기 시작했다. 음성이 커지는 속도가 빠르다.

"이거 시끄러워지겠는데요, 아가씨."

다 함께 노랫소리가 나는 방향으로 향했다. 나는 혼자만 기수를 타고 이동했다. 그래도 지금까지와 달리 혼자 뒤에 남겨지지 않고 모두와 함께 이동할 수 있어 기뻤다.

'내 레서버스는 정말 대단해.'

나무 사이로 우렁찬 노랫소리와 함께 나뭇잎이 스쳐서 바스락거리는 소리가 들리기 시작했다. 바람은 별로 불지 않았다. 운전 중만 아니면 귀를 틀어막고 싶을 정도로 소리가 크게 들리기 시작했을 때쯤, 소리의 근원지에 다다랐다.

"……으아, 신났네."

노랫소리와 함께 들리던 나뭇잎 스치는 소리는 바람 때문이 아니었다. 에이폰이 헤드뱅잉 하듯 나뭇가지를 들썩들썩 움직이면서 노래를 부르고 있었다. 덩실거리며 노래하는 나무들을 모두가 멍하니 바라보았다.

"오, 오, 오, 오……아아아아아아아아아아아!"

너무나도 우렁찬 음성에 나도 모르게 "꺅!" 하고 소리치며 귀를 틀어막았다. 회색 신관들도 서둘러 귀를 막는 모습이 보였다. 나무에 난 구멍에서 굉장한 소음이 울려 나왔다. 리듬감이 있어서 노래인 줄 알았는데 왠지 모르게 박자만 띨 뿐, 딱히 가사도 없었다. 그 순간, 다른 에이폰이 그 소리에 반응해서 덩실덩실 움직이기 시작했다.

"우우우, 우우우우우우, 오오오오오오오오!"

꽤 가까이에 여러 에이폰이 생식하는지, 여기저기서 자기주장을 펼치듯 "우오, 우오, 예이!"라는 노랫소리가 들려왔다. 이 소리가 굉장히 괴로웠다. 소음은 공해가 될 수도 있다. 에이폰이 해가 없는 마목이라니 완전히 틀린 말이다.

"로제마인 님, 이건 종이 재료로 쓸 수 있겠습니까?"

슬그머니 다가온 브리기테의 질문에 나는 브리기테보다도 커다란 에이폰을 올려다보며 고개를 절레절레 저었다.

"큰 건 종이로 못 쓸 만큼 성장했을 거예요. 저쪽 작은 에이폰은 재료로 쓸 만하겠네요."

"그럼 큰 에이폰은 마석을 노리고 잡겠습니다. 전 이걸 벨 테니, 다무엘은 저기 있는 에이폰을 잡아주십시오."

두 사람이 슈타프를 꺼내어 변형시켰다. 슈타프는 토론베 토벌 때도 본 적이 있는 도끼와 창과 미늘창을 섞은 듯한 핼버드가 되었다. 그때와 다르게 어둠의 신의 축복이 없어서 시꺼멓지는 않지만.

"불의 신 라이덴샤프트의 권속, 무용의 신 앙리프의 가호를 브리기테와 다무엘에게."

내가 기도를 올리자, 반지가 푸르게 빛을 발했다. 반지에 박힌 마석에서 뿜어져 나온 빛이 두 사람의 머리 위에서 쏟아져 내렸다. 핼버드를 힘껏 쥔 다무엘이 에이폰을 날카롭게 쏘아보았고, 브리기테는 자수정빛 눈동자로 주위를 둘러보았다.

"신관들, 비켜서라!"

기사가 싸우는 현장을 볼 수 있는 사람은 많지 않다. 그 이유는 마력의 충격이 주변에 영향을 끼치기 때문이기도 하다. 기사가 싸우는 현장에 마력이 없는 자가 있으면 상당히 위험하다.

"내가 바람의 방패로 모두를 지킬게요. 두 사람은 이쪽 걱정하지 말고 싸워주세요."

"부탁드립니다, 로제마인 님."

고개를 끄덕이는 두 사람을 보고, 나는 바로 길과 루츠에게 내 주변에 모이라고 말했다.

"수호를 관장하는 바람의 여신 슈첼리아여, 그 곁을 모시는 권속 열두 여신이여. 나의 기도를 듣고 거룩한 힘을 내려주시어 해의를 품은 자가 가까이 오지 못하도록 바람의 방패를 내 손에 주소서."

끼잉 하고 날카로운 소리를 내면서 호박색 돔이 우리를 감쌌다.

"이건 뭐야!?"

"……이것이 슈첼리아의 방패인가?"

"프랑에게 듣긴 했지만, 보는 건 처음입니다."

할아버지는 이해할 수 없는 사태를 보고 다리에 힘이 풀려버렸다. 루츠는 깜짝 놀라 위를 올려다보았고, 길은 눈을 반짝이며 흥분했다. 나는 바람의 방패를 유지하면서 회색 신관 몇 명이 할아버지를 일으키려는 모습을 곁눈으로 보았다.

"다무엘, 마석은 소리를 내는 구멍 속에 있어요!"

먼저 움직인 사람은 에이폰 처리에 익숙한 브리기테였다. "이야압!" 하고 큰 소리를 지르며 핼버드를 크게 휘둘러 가장 큰 에이폰에게 내리쳤다.

마력이 폭발하는 듯한 거대한 파열음과 함께 에이폰의 구멍이 터졌다. 산산조각이 난 나무 파편이 에이폰을 중심으로 사방으로 흩어지며 흙먼지가 크게 일었다. 바람의 방패 안으로는 날아오지 않을 테지만, 그래도 모두가 "으악!" "힉!" 하고 비명을 지르며 머리와 얼굴을 지키려고 팔을 들었다.

다무엘도 브리기테에게 지지 않으려고 핼버드를 쥐고 자세를 취하고는 덩실덩실 줄기를 흔들며 또다시 소리를 지르는 에이폰을 향해 달려들었다. "얍!" 하고 기합이 들어간 소리를 지르며 핼버드를 내리찍었다. 마력의 차이 때문인지, 브리기테가 공격했을 때와 같은 폭발은 일어나지 않고 줄기에만 깊은 상처를 입혔다.

"큭!"

그 결과를 분한 듯이 노려보다가 다무엘은 두 번, 세 번 에이폰을 내리찍었다. 세 번째에 줄기 속에 있던 마석이 빠져나왔다. 다무엘은

핼버드를 다시 고쳐 쥐고, 창 부분으로 그 마석을 찔러 마석을 회수했다. 에이폰의 소음이 단번에 잦아들었다.

"벌목꾼을 모으는 데도 시간이 걸리고 다무엘도 있어서 오늘은 간편하게 마력을 썼지만, 큰 에이폰도 보통은 벌목꾼이 도끼로 찍어서 쓰러뜨릴 수 있습니다."

벌목할 땐 괴성에 대비해서 모두가 귀에 귀마개를 하고 여럿이 합세해서 베어버린다고 한다.

"작은 에이폰은 여러분도 간단히 벨 수 있습니다. 갑시다."

브리기테는 그렇게 말하며 루츠와 길을 비롯한 회색 신관을 데리고 에이폰을 채집하러 달려갔다. 다리에 힘이 풀려서 주저앉은 할아버지와 나는 자리를 지켰다. 나를 호위하러 다무엘이 돌아왔다.

"전혀 강해지지 않네요. 마력도 조금은 늘었는데……."

다무엘은 스스로가 한심한 듯 중얼거리며 에이폰에게서 회수한 작은 마석을 내려다보았다. 나는 고개를 갸웃거리며 "다무엘, 공격력을 올리고 싶어요?" 하고 물었다.

"당연하지 않습니까!"

"전 다무엘이 마력을 보존하려고 공격력을 낮추는 줄만 알았어요. 일부러 그랬던 건 아니었군요."

다무엘은 무슨 뜻인지 몰라 미간을 찌푸렸다. 나는 그런 다무엘에게 알려주었다.

"지금 다무엘은 사용하는 마력을 예전과 똑같은 양으로 억제하는 걸요. 그러니 당연히 공격력이 올라가지 않지요."

"……네?"

예상치도 못한 말을 들은 듯이 다무엘이 눈을 깜빡거렸다. 정말 다무엘은 몰랐던 모양이다. 볼을 괴고 잠깐 고민하다가 나는 다무엘에게 문제를 냈다.

"문제입니다. 다무엘에겐 마력이 30 있어요. 한 번에 5만큼 마력을 쓰면 6번 공격할 수 있죠. 최근에는 마력을 35까지 올려서 7번 공격할 수 있게 되었지만, 다무엘은 공격력이 늘지 않아 고민입니다. 그럼 공격력을 올리려면 어떻게 하면 될까요?"

내가 낸 문제를 듣고, 다무엘이 정신이 퍼뜩 든 듯이 나를 쳐다보았다. 그리고 자기 손에 든 마석과 나를 번갈아 바라보았다.

"마력을 억누르면서 싸우는 방식이 몸에 밴 게 아닌지요? 내가 보기엔 1~5씩 나눠 쓰는 방식은 능숙해도, 한 번에 20~30만큼 마력을 쓰는 방법을 모르는 것 같아요. 공격력을 올리고 싶다면 지금부터는 한 공격에 많은 마력을 쓰려고 의식해보면 어떨까요?"

하급 귀족이라 마력이 적은 다무엘은 반드시 마력이 많은 자와 함께 싸운다. 강대한 적은 마력이 많은 자가 쓰러뜨리고, 다무엘은 주위의 잔챙이를 쓰러뜨리고 시간을 벌며 보조하는 역할을 맡는다. 그러니 조금이라도 긴 시간을 싸우려고 마력의 소비를 억누르는 버릇이 생겼을 것이라고 짐작했다. 의식해서 한번에 많은 마력을 쓸 수 있게 되면 분명 공격력도 향상될 터였다.

"귀중한 조언을 주셔서 감사하게 생각합니다."

불쌍한 표정을 짓던 다무엘이 의욕에 넘친 표정이 되어 마석을 가죽 주머니에 넣었다. 목표가 생겨서 천만다행이다.

"로제마인 님, 많이 잡았습니다!"

길이 손을 붕붕 휘두르며 돌아왔다. 신관들이 등에 멘 바구니가 꽉

차 있었다.

"이건 브리기테 님께서 가르쳐주신 데그루바 잎이에요. 이걸 물에 담그면 물이 끈적해진다고 해요. 에딜 대신 쓸 수 있을지도 모르겠어요."

루츠가 바구니에 담긴 데그루바 이파리를 보여주었다. 데그루바 외에도 에렌페스트에서는 찾아볼 수 없는 식물이 많았다.

"저는 내일 벤노와 함께 에렌페스트로 돌아갈 거예요. 제가 없어도 새로운 재료가 이렇게 많으니 내일부터 종이 제작은 잘 진전되겠지요?"

길과 신관들은 우렁차고 시원시원하게 "네!" 하고 대답했다. 나는 그들에게 미소로 응답했고 이윽고 일행은 산에서 내려왔다. 할아버지를 부축하는 브리기테를 선두로 할아버지의 짐을 든 회색 신관들이 뒤를 이었고, 그 뒤는 길과 루츠, 맨 뒤를 나와 다무엘이 따랐다.

"힘내, 루츠."

기수에 탄 채 주변의 수다 소리에 묻힐 만큼 조그마한 목소리로 루츠에게 말을 걸었다. 나를 힐끗 쳐다본 루츠가 씩 웃었다.

"너야말로 실수하지 마. 약 재료는 1년에 한 번밖에 못 딴다며? 이번엔 실패해도 안 달래줄 거야."

"읔, 이번엔 신관장님도 있으니까 괜찮거든? 수확제가 끝나고 데리러 왔을 때 전부 땄다고 보고할 수 있게 노력할게."

"나도…… 네가 데리러 왔을 때 새로운 종이가 완성되었다고 보고할 수 있게 힘낼게."

그날 밤은 기베 일크너와 그 가족에게 푸고의 요리를 대접했다. 그리고 다음 날 오전 중에 돌아가기로 했다. 돌아가는 사람은 나, 벤노, 프랑, 모니카, 푸고, 그리고 호위 기사 두 사람이었다. 나머지는 일크너에서 종이 제작에 힘쓸 예정이었다.

우리를 배웅하러 많은 주민이 모여 주었다. 나는 대표로 제일 앞에 무릎을 꿇은 기베 일크너에게 말을 걸었다.

"일크너에는 에렌페스트에 없는 다양한 목재가 있습니다. 이곳에만 존재하는 재료로 새로운 종이가 만들어진다면 이 땅의 특산품이 되겠지요. 여러분께도 협력을 부탁드립니다."

"알겠습니다."

나는 뒤돌아서 호위 기사다운 진지한 표정으로 내 뒤에 서 있는 브리기테를 쳐다보았다.

"브리기테, 당분간 또 헤어질 텐데 가족에게 인사하세요. 인사는 중요해요."

"오라버니, 어머님……. 여러분, 다녀오겠습니다."

"브리기테, 건강하고, 로제마인 님을 잘 모시거라."

가슴 앞에서 손을 교차하고 무릎을 꿇는 사람들에게 배웅을 받으며 나는 레서버스를 출발시켰다.

로엔베르크 산

내가 일크너에서 돌아온 다음날, 평소대로 세 점 종에 페르디난드의 방에 업무를 하러 가자 임무 인계를 마친 듯한 에크하르트가 페르디난드의 방에 있었다. 단, 문 앞에 서서 호위하는 나의 호위 기사와 달리 사무작업을 돕는 요원이 되어 노동착취를 당하는 듯했다. 청색 신관과 시종이 별달리 반응하지 않는 것을 보아 이미 이런 상황이 일상다반사인 모양이었다.

"신관장님한테는 호위 기사가 한 사람밖에 없는데 에크하르트 오라버니에게 사무 업무를 시켜도 되는 거예요?"

"지금은 신관이 빈번하게 출입하니 그대 곁에는 반드시 호위 기사가 하나라도 필요하겠지만, 나는 없어도 딱히 문제없다. ……왜냐하면, 난 불시에 공격을 받아도 자력으로 막을 수 있지만 그대는 아무 공격을 받지 않아도 혼자 멋대로 쓰러지니까. 그 차이다."

끽소리도 못했다. 확실히 나는 혼자 픽픽 쓰러진다. 그래서 상태를 지켜볼 사람이 필요하다. 브리기테가 쉬는 날도 다무엘에게 문관 업무를 시키고 싶었지만 퇴짜 맞았다.

"오늘은 점심시간 전에 유스톡스도 올 것이다. 소재에 관한 얘기를 할 테니 그 전까지 최대한 업무를 끝내지."

"네!"

나는 며칠간 자리를 비우느라 밀린 계산 업무를 처리했다. 생활환경이 다른 일크너에서는 이래저래 정신적으로 힘든지 "환경이 약간

바뀌었다고 이렇게 피곤할 줄은 몰랐습니다."라며 힘없이 웃던 프랑
은 신전에 돌아온 후로 다시 생기가 돌았다.

페르디난드가 말한 대로 네 점 종이 울리기도 전에 유스톡스가 신
전에 찾아왔다. 재미있다는 듯 눈을 반짝이면서, 흥미로운 것을 찾듯
주변을 두리번거리면서 유스톡스는 페르디난드의 책상 앞에까지 걸
어왔다.

"안녕하십니까, 페르디난드 님. 그리고 다녀오셨습니까, 로제마인
님. 일크너는 어떠셨나요? 뭔가 재미있는 일은 없으셨습니까?"

콧노래라도 흥얼거리는 듯한 가벼운 발놀림으로 유스톡스는 점심
도 기대되고, 나와 대화를 나누는 것도 기대되고, 공방도 견학하고
싶다고 말했다.

"갑자기 그런 말을 하면 곤란해요. 오늘은 공방이 아니라 고아원에
갈 예정이에요."

"그럼 고아원을 견학해도 괜찮겠습니까? 로제마인 님께서 자비를
베푸신 고아원이 상당히 궁금합니다. 모든 고아가 글을 읽고 쓸 수
있다지요?"

귀족이니 내가 거절의 뜻으로 말했다는 것을 확실히 알아들었을
텐데도 유스톡스는 모른 체하고 내 일정에 자신을 끼워넣으려고 했
다. 내가 귀족 아가씨답게 돌려 말하자 "아직 고아원을 본 적이 없는
데 기대되네요."라며 유스톡스가 멋대로 따라붙으려 하기에 나도 에
두르지 않고 딱 잘라 거절하기로 했다.

"……고아원과 공방 견학은 신관장님이 함께 가주실 때 해주세요.
유스톡스는 멋대로 고아원 안을 돌아다닐 것 같아서 곤란해요."

"이런. 혹시 제가 보면 곤란해지는 것이라도 있습니까?"

유스톡스는 더욱 구미가 당긴 듯했다. 나는 유스톡스를 째려보았다. 이렇게 막무가내고, 자기 흥밋거리만 신경쓰는 귀족을 고아원에 들였다가는 남자를 싫어하는 빌마의 상태가 더 심해질 것이 틀림없다.

"회색 무녀 중에는 난폭한 청색 신관 때문에 남성을 어려워하는 사람도 있어요. 여자동에는 남성 출입 금지인데 유스톡스는 그 규칙을 지킬 사람 같지 않으니까 안 돼요."

"흠. 그렇군요……."

유스톡스는 납득한 것처럼 보였지만, 알고 보니 전혀 납득하지 않았다.

"그럼 여장하면 들어갈 수 있다는 말이지요?"

눈빛이 진심이다. 이 사람은 진짜 여장해서라도 여자동에 들어갈 속셈이라는 확신이 들었다. 나는 고개를 세차게 젓고 양손을 교차해서 커다랗게 X를 만들었다.

"유스톡스는 고아원 출입을 일절 금지하겠어요!"

"뭐라고요!? 그건 너무 심하지 않습니까!"

유스톡스는 애원했지만 여장하면서까지 여자동에 들어가려는 이상한 사람을 고아원에 들일 수는 없었다. 고아들에게 어떤 악영향이 있을지 모르고, 고아원을 괴상한 흥미의 희생물로 삼을 수도 없었다. 고아원장으로서, 신전장으로서 내가 고아원을 지켜야 한다고 굳게 결심했다. 페르디난드가 여봐란 듯이 한숨을 내쉬었다.

"그런 대단치 않은 이야기는 나중에 해라. 본론이 먼저다."

페르디난드는 손을 저어 우리의 얘기를 자르고 시종을 전부 방에서 내보냈다. 신관들도 조용히 퇴실하고 이 방에는 호위 기사도 포함해 채집에 갈 사람들만 남았다. 페르디난드는 지도를 쫙 펼치고 남쪽에 있는 산을 가리켰다.

"이번에는 로엔베르크라는 산에 간다. 닷새 후가 여름 소재를 채집하는 데에 최적의 날이다. 내일모레 채집하러 출발하겠다."

일크너에서 내가 돌아오지 않았다면 일크너에서 합류할 생각이었던 모양이다.

"신관장님, 이번 소재는 뭔가요?"

"리즈팔케의 알이다. 리즈팔케는 불의 신 라이덴샤프트의 분노를 가라앉히는 새라고 불린다. 그 알이 이번에 채집할 소재다."

"네? 신의 분노를 가라앉히는 새알을 가져오라니, 리즈팔케는 성스러운 새가 아닌가요? 심지어 이건 알 도둑이잖아요. 무시무시한 천벌을 받지 않을까요?"

아무리 그래도 그건…… 하고 내가 중얼거리자, 페르디난드가 고개를 가로저었다.

"안심해라. 리즈팔케는 딱히 성스러운 새가 아니다. 마물의 일종이지. 그리고 라이덴샤프트의 분노를 가라앉힐 대책은 세워놓았다."

그렇게 말하며 페르디난드가 의아한 눈빛으로 나를 보았다.

"아까 알 도둑이라고 했는데, 겨울에 슈네티름을 죽이고 마석을 손에 넣지 않았는가? 봄에 잡은 탈크로쉬며, 가을에 잡은 잔체나 골체도 그렇고, 그대의 채집을 위해 토벌한 마물이 산더미인데 이제 와서 알 하나로 호들갑인가?"

"……그것도 그러네요."

아무리 마물이라고 하지만 무수히 살생을 해온 지금, 알 도둑 정도는 별것도 아니라는 느낌도 들었다.

"하지만 로엔베르크에 사는 마물을 죽이면 라이덴샤프트의 분노가 폭발한다. 이번 채집에서 가장 어려운 부분이지."

"분노를 가라앉히지 않으면 어떻게 되는데요?"

"라이덴샤프트의 분노가 강해지면 산이 불을 내뿜는다."

'그건 한 마디로 분화 아니에요? 로엔베르크가 화산이란 말입니까?'

그러나 화산 분화와 마물을 죽이지 않아야 하는 이유 사이에 관련성이 없어 보여 나는 고개를 갸웃거렸다.

"리즈팔케의 알은 로엔베르크 산의 마력을 모아 부화한다. 그런데 알이 없어지면 알이 흡수해야 할 마력이 남아돌게 되지."

페르디난드의 말에 유스톡스가 고개를 끄덕이며 설명을 덧붙여주었다.

"마력이 기존보다 넘치면 라이덴샤프트가 노하셔서 불을 내뿜습니다. 전에 한번 제가 알을 너무 많이 훔쳐서 라이덴샤프트의 노여움을 폭발시킬 뻔한 적이 있으니까 틀림없어요."

"네!?"

잘못 들은 줄 알았는데, 사실인 모양이다. 페르디난드가 관자놀이를 누르며 깊은 한숨을 내쉬었다.

"……그땐 끔찍했다."

"정말입니다. 죽는 줄 알았습니다."

페르디난드와 에크하르트의 눈빛이 동시에 아련해졌다. 유스톡스가 상당히 엄청난 일을 저질렀던 모양이다. 정보 수집만큼은 우수하지만, 이래저래 위험한 인물이다.

"자자, 그래도 제 경험이 도움이 되지 않습니까."

"난 두 번 다시 그런 경험을 하고 싶지 않다. 그러니 대책에 만전을 기할 생각이다."

이미 수많은 소동을 처리해온 페르디난드에게 맡겨두면 문제없으리라.

"전부 신관장님께 맡길 테니 잘 부탁합니다."

그로부터 이틀 뒤. 점심을 먹자마자 우리는 기수를 타고 로엔베르크로 출발했다. 동행하는 사람은 페르디난드, 에크하르트, 다무엘, 브리기테였다. 유스톡스도 따라오고 싶어 했지만 그 소망은 이루어지지 않았다. 페르디난드가 매정하게 거절했고, 성의 문관을 시켜 산더미 같은 일거리를 떠맡겼다고 했다.

"약간의 흥미로 아무 생각 없이 접근해서 소동을 일으켜선 곤란하다. 유스톡스는 이미 로엔베르크에서 한 번 소동을 일으킨 전례가 있다. 무엇보다 이번엔 시간 싸움이니 하는 수 없지."

페르디난드는 성가신 표정을 그대로 드러내며 그렇게 말했다. 이번에는 근처에 마을도 없으므로 빠른 이동을 위해 시종조차 떼어두고, 기사들의 행군에 따라 행동하기로 했다. 식사는 휴대식량을 먹고, 목욕은커녕 세척 마술로만 대충 씻고, 몸 상태가 안 좋아지면 약으로 억지로 고치는 강행군이다.

적어도 한 끼만이라도 제대로 된 밥을 먹고 싶었던 나는 엘라와 푸고에게 도시락을 만들게 했다. 도시락을 상하지 않게 하고 싶다고 페르디난드에게 말했더니 마술구인 작은 빙실을 빌려주었다. 빙실에는 어째서인지 이미 페르디난드의 도시락이 담겨 있어, 거기에 내 도시락도 넣고 기수에 실었다. 기수를 소형화할 수 있게 최대한 짐을 줄이라던 페르디난드가 내 짐을 늘려버렸다.

'딱히 상관은 없어. 상관은 없는데, 석연치 않단 말이지.'

"로제마인 님, 부디 몸조심하십시오. 약과 침실을 준비해놓고 돌아오시길 기다리고 있겠습니다. 부디 일찍 돌아오시기를 바라겠습니다."

배웅하는 프랑의 말을 들자 하니 내가 쓰러질 게 확실하다고 생각하는 듯하다. 약을 많이 먹지 않고 이번 채집이 끝나기만을 바라야겠다.

걱정스러워하는 시종들의 배웅을 받으며 우리는 로엔베르크로 출발했다. 에크하르트를 선두로 하고 내가 뒤를 이었다. 내 좌우로 다무엘과 브리기테가 호위하고, 페르디난드가 마지막이었다.

최근 열흘간 꽤 무더웠다. 내리쬐는 햇살만 닿아도 녹을 것만 같은 진짜 한여름다운 더위였다. 그런 날씨 속에서 기수를 타고 지상보다 훨씬 태양에 가까워지니 기온이 더 올라가는 느낌이 들어 싫었는데, 그렇게 느끼는 사람은 나뿐이었다. 기사들은 마술구 갑옷을 입었다. 각자의 마력마다 다르기는 하지만 추위도 더위도 거의 느끼지 않는 듯했다.

'보기만 해도 더운 전신 갑옷 때문에 내 체감 온도는 올라가는데 본인들은 전혀 더위를 타지 않는다니, 좀 치사하잖아! 흥!'

기수를 타고 오로지 남쪽을 향해 하늘을 달렸다. 밭이 펼쳐진 직할지를 날아서 지나가니 숲과 언덕이 많은 풍경이 펼쳐졌고, 점차 산머리가 가득 보이기 시작했다. 수없이 이어진 산 중에 유달리 높은 산이 눈에 들어왔다.

'저긴가?'

여럿 이어진 산 중에서 가장 높은 산이 로엔베르크라고 페르디난드가 말했다.

산기슭에는 우거진 푸른 나무들이 펼쳐졌다. 중턱부터 위로는 산이 분화한 적이 있어서인지 작은 나무와 잡초가 흔했다. 산등성 근처에는 식물은 흔적도 없고 거친 바위 표면만 보였다. 하지만 지금은 연기를 내뿜으며 분화할 징조는 별달리 보이지 않았다.

날개가 달린 늑대를 닮은 에크하르트의 기수가 지상을 향해 내려가기 시작했다. 나도 마찬가지로 레서버스의 고도를 조금씩 낮췄다. 우리가 로엔베르크의 산기슭에 도착한 시각은 여름 해가 저물기 시작할 시각이었다.

"내일은 아침 일찍부터 행동을 개시한다. 가능하면 가장 태양이 높이 떴을 때 채집해둬야 하니까. 그리고 이번에는 모두 그대의 기수 안에서 자기로 했다. 브리기테와 둘이서 세척 마술로 잘 준비를 하고 나면 기수를 넓히도록. ……봄과 똑같은 일이 일어나면 낭패다."

마지막 말은 굉장히 불쾌한 어조였다. 아무래도 저번 채집 때 여성만 기수에서 재웠다가 신비한 힘에 휩쓸려 손도 쓰지 못했던 일이 상당히 굴욕이었던 모양이다.

그런 식으로 이번 일정에 대해 이야기하며 나와 페르디난드는 도시락으로, 다른 세 사람은 휴대식량으로 저녁을 먹었다. 그 뒤에 나와 브리기테는 세척 마술로 몸을 씻기 위해 레서버스 안으로 들어갔다.

"그럼, 로제마인 님. 씻겨드리겠습니다."

슈타프를 꺼낸 브리기테가 무어라 중얼거리면서 슈타프를 휘둘렀다. 타이밍을 몰라 미처 코를 막기도 전에 내 몸은 커다란 물방울에 휩싸였다.

"쿨럭!?"

'익사하겠어!'

고작 몇 초간 몸을 씻는 것이니 죽을 일은 없다. 알고는 있지만, 그래도 세척 마술 때문에 익사하는 줄 알았다. 물에 빠진 몇 초간이 상당히 길게 느껴졌다.

"괜찮으십니까, 로제마인 님!? 대단히 죄송합니다."

"으, 괜찮아요. 언제 숨을 멈춰야 할지 몰랐을 뿐이니까."

브리기테가 새파래진 얼굴로 사과했지만, 이미 물기가 완전히 빠져나가서 괴롭지도 않았다. 콧속에 '조금 전까지 느껴지던 괴로움은 어디로 갔지?' 하는 묘한 위화감은 남았지만 전신은 깔끔해졌다.

"브리기테가 다 씻으면 남성들에게도 말을 걸 테니 서둘러주세요."

서두르라는 말로 브리기테의 사죄를 억지로 끝내고, 나는 모두가 탈 수 있게끔 레서버스를 거대하게 만들었다. 브리기테가 몸을 다 씻은 걸 확인하고 입구를 쩍 벌리자 세 남자가 자기 짐을 안고 버스 안으로 들어왔다.

"호오, 이게 로제마인의 기수구나."

에크하르트가 안을 둘러보며 좌석을 만지더니 "부드러워." 하고 깜짝 놀란 소리를 냈다.

"자리도 부드럽고, 다리를 쭉 펴고 잘 수 있으니까 그것만으로도 야영보다 피로가 가실 거예요. ……어때요, 신관장님? 제 레서 군,

대단하죠?"

"대단하다기보다 비상식이라는 감상밖에 떠오르지 않는군."

'레서 군이 얼마나 멋진지 모르다니, 신관장님도 참 고지식하네!'

미간에 깊은 주름을 새기고, 마뜩잖은 표정으로 레서 군을 둘러보는 페르디난드에게 나는 속으로 독설을 날렸다. 효율을 제일 따지는 주제에 이상한 부분에서 융통성이 없다니 모순적이다.

"로제마인, 이쪽을 보고 있지만 말고 어서 자라. 내일은 힘든 일정이 될 거다. 최대한 일행의 발목을 잡지 않게 푹 쉬도록."

기사들이 망을 볼 순서를 정하는 모습을 바라보다가 얼른 자라며 혼이 났다. 리카르도보다 페르디난드가 몇 배나 무서우니 나는 얼른 잠자리에 들었다.

태양이 떴는지 아닌지 애매한 시간. 브리기테가 나를 깨웠다. 꿈지럭거리며 일어나 레서버스에서 나가니 기사들이 휴대 식량을 먹을 준비를 하고 있었다.

"아주 조금 소금 맛이 나네요."

"잡곡과 채소를 빻아서 가루로 만든 후에 술과 소금에 절여서 수분을 날리고 둥글게 굳힌 음식이니까 그렇지."

"소금을 조금 더 넣으면 보존성과 맛이 더 좋아지지 않을까요?"

기사단의 휴대 식량은 탁구공만 한 갈색 덩어리 형태이고 뜨거운 물에 불려서 먹는다. 상하지 않고 영양가 높게 만들었지만, 결코 맛있지는 않다.

"물을 끓일 여유가 없는 상황에서는 찬물을 마시며 베어먹어서 배를 채우기도 한다. 소금이 지금보다 많이 들어가면 그럴 때에 먹기 힘들어. 지금 싱거운 건 그대가 뜨거운 물을 너무 많이 부었기 때문이다."

아침식사를 마치고, 바로 출발이다. 기수를 타고 로엔베르크 중턱의 갈라진 틈처럼 생긴 입구로 이동했다. 틈이라고는 해도 어른이 넉넉히 들어갈 만큼 컸다.

동굴에 들어간 후 기사들은 날개를 활짝 펼쳐야 하는 기수를 타지 않고 걸어서 움직였다. 나는 최대한 기수를 소형화해서 따라가야 했다.

"으윽, 냄새~."

로엔베르크가 화산이라는 사실을 알고부터 각오는 했지만 입구에서부터 유황 냄새가 났다. 인상을 찡그리는 다무엘을 봐도 알 수 있듯이 냄새가 고약했다. 게다가 냄새가 나는 근원지는 이제부터 들어가야 하는 동굴 깊숙한 곳이었다.

"금방 익숙해진다. 포기해."

냄새를 못 느끼게 하는 약도 있지만, 그 약을 먹으면 마수가 접근해도 눈치채지 못하기 때문에 쓸 수 없다고 했다. 페르디난드도 불쾌하게 얼굴을 찌푸렸지만 지체 없이 선두에 서서 동굴에 들어갔다. 이어서 브리기테, 나, 다무엘, 에크하르트 순서로 줄을 이었다. 다들 울퉁불퉁한 바위를 손으로 짚어가며 낮은 경사면을 내려가는 동안 나는 레서버스로 폴짝 뛰어내렸다.

"멋대로 먼저 내려가지 마라. 뭐가 있을지 모르지 않는가, 어리석긴."

"죄송합니다."

동굴 속에서 지상의 빛은 그다지 길게 이어지지 않았다. 금세 빛이 사라져 발밑도 보이지 않았다. 그와 동시에 공기도 제대로 순환하지 않게 된 모양이었다. 경사면을 내려간 순간, 갑자기 온도가 올라가고 공기가 습해졌다.

"여기서부터는 어두울 거다. 이걸 써라."

모두가 평평한 지면에 내려오자, 페르디난드가 허리춤에 찬 약주머니 중 하나를 꺼내더니 액체 약을 안약처럼 자기 눈에 넣었다. 그리고 에크하르트에게 넘겼다. 에크하르트도 마찬가지로 약을 눈에 넣었다. 모두 돌아가며 약을 사용하고 나서, 페르디난드가 "자, 로제마인, 눈을 떠라."라고 말하며 안약을 건넸다.

"저, 안약은 싫어해요."

"싫든 말든 이곳을 걸으려면 꼭 필요한 약이다. 에크하르트, 꽉 잡아라."

두 사람은 억지로 내 눈을 벌려서 액체를 떨어뜨렸다. 어떤 물질이 들어간 약인지 눈알이 욱신욱신하고 싸했다. 코 안쪽에서 새큼한 맛이 나면서 목구멍이 씁쓰름해졌다.

"……우에엑, 이 안약 쓰잖아요. 맛 개선을 요구합니다."

"안약에서 어떻게 맛이 난다는 거지? 바보 같은 소리 말고 앞서라."

'바보 아니야! 진짜 맛이 났다고!'

화는 내봤지만, 안약에서 맛을 느끼는 사람도 있고 느끼지 못하는 사람도 있기는 하다. 페르디난드는 느끼지 못하는 사람이니 나와 공감할 수 있을 리가 없다.

안약은 어둠 속에서도 시야를 확보할 때 쓰는 마술구였다. 동굴을 나아가려면 필요하다던 페르디난드의 말은 사실이었다. 시야가 갈색이랄지 어두운 주황이랄지 애매한 색으로 물들어 한밤중에 소형 전구를 달고 걷는 느낌이지만 앞이 전혀 보이지 않는 건 아니었다.

잠시 걸어가니 도중에 샘이 나왔다. 샘에 유황 냄새가 짙은데 설마 온천이 아닐까. 잠깐 휴식을 하자기에 나는 샘에 다가가 손을 넣어보고 싶어졌다.

"물에 손을 넣어도 되나요?"

"바보 녀석. 멋대로 행동하지 마라. 샘 속에 마물이라도 있으면 어쩔 건가? 애당초 왜 손을 넣으려는 거지? 손이 더러워져서 그런다면 세척 마술을 써줄 테니 아무 기사한테나 얘기해라."

"……아뇨, 손을 씻고 싶은 게 아니라, 만져 봐서 물이 따끈하면 목욕탕처럼 들어가 보고 싶었을 뿐이에요."

'온천을 보면 본능적으로 다들 들어가 보고 싶어지잖아?'

하지만 페르디난드는 콧방귀 한 번으로 내 의견을 일축했다.

"이렇게 냄새가 고약한 물에 들어가서 어쩔 셈이지? 온몸에서 냄새가 날 거다. 그리고 리즈팔케의 알은 가장 안쪽 샘에 있으니 싫어도 들어가야 한다. 조금만 참도록."

"네? 알이 따뜻한 온천물에 담겨 있어요?"

'그거 온천 달걀 아니야?'

나의 뇌 속에서 이번 임무가 신의 분노를 진정시키는 새알을 빼돌리는 미션이 아니라 온천 달걀을 손에 넣는 미션으로 바뀌었다.

"페르디난드 님, 혹시 리즈팔케의 알은 맛있나요?"

온천 달걀의 맛을 묻자, 페르디난드가 불가사의한 물건을 쳐다보는 듯한 눈빛으로 나를 내려다보았다.

"뭐? 마력을 부어서 마석으로 변화시켜야 하는 약 재료다. 식량이 아니란 말이다."

"그, 그렇죠."

'힝, 아쉽다. 한번 먹어보고 싶었는데.'

짧은 휴식이 끝나고, 우리는 동굴의 끝을 향해 계속 나아갔다. 깊이 들어갈수록 온도와 습도가 점점 올라갔다. 장마철 방안, 목욕탕의 탈의실, 그리고 목욕탕으로 옮기는 느낌으로 체감 온습도가 바뀌었다.

"더, 덥네요."

"그야 그렇겠지."

두 번째 짧은 휴식을 취하는 도중 덥다고 말하자, 전신 갑옷 덕에 더위를 느끼지 않는 페르디난드가 시원한 목소리로 대답했다. 레서버스로 이동하는 내가 가장 더위에 지쳐 있었다.

"빙실에 넣어둔 수건을 목에 둘러라."

"예에……."

나는 어젯밤에 미리 차게 식혀둔 수건으로 얼굴을 닦고 목에 둘렀다. 차가운 감촉이 닿자 현기증이 일 것 같던 머리가 약간 시원해졌다.

이 주변은 완전히 온천지인지 샘에서 수증기가 폴폴 솟아 나왔다. 조금 전 샘에 손을 넣으려 했을 때 혼나길 잘했다. 온천 속에는 파충류 같은 무언가가 잠들어 있었다.

"덤비지만 않는다면 내버려두어라. 이곳에서는 최대한 살생을 자제해야 해."

"어째서요?"

"이곳에 있는 마물은 로엔베르크 산의 마력을 흡수하며 산다. 만약 마물을 여럿 살생하면 산의 마력 소비량이 줄겠지. 그러면 마력이 산에 과하게 고여서 라이덴샤프트의 분노라고 하여 불이 뿜어져나오고 만다."

유스톡스는 알을 얻으려고 마물을 쓰러뜨렸으리라. 그렇지 않으면 페르디난드가 이렇게 자세히 알 리가 없다.

"리즈팔케의 알도 마물과 마찬가지로 이곳의 마력과 열로 부화한다. 그래서 이번에 알과 크기가 똑같은 불 속성 마석을 하나, 그리고 크기가 제각각인 불 속성 마석을 여러 개 준비해왔다. 전부 마력이 비어있는 마석이지."

페르디난드가 허리에 찬 가죽 주머니를 쳐다보았다. 울퉁불퉁한 상태로 보아 안에 마석이 들어있는 것을 알 수 있었다.

"마력이 빈 마석을 어디에 쓰나요?"

"마력이 빈 마석을 속성이 강한 자리에 놓아두면 마력이 마석 속으로 돌아온다. 이번에는 그 성질을 이용해서 알을 훔칠 것이다."

"알을 훔치려면 알과 비슷한 크기로 마력을 흡수하는 물건을 준비해야 한다는 말이군요?"

그렇다며 고개를 끄덕이고, 페르디난드가 움직이기 시작했다. 출발하는 모양이다. 나는 빙실에서 새로 차가운 수건을 꺼내고 미지근해진 수건은 넣었다.

그로부터 또 잠시 걸었다. 온도와 습도가 올라 숨이 턱턱 막혔다. 코는 유황 냄새에 익숙해졌다. 냄새는 났지만, 조금 전보다는 신경

쓰이지 않았다. 그래도 찌는 더위에는 익숙해질 기미가 없었다. 이젠 목욕탕도 아니고 사우나였다. 숨을 들이마시기만 해도 폐까지 열기가 들어와서 숨쉬기가 힘들었다.

"저 앞이다. 부모 새가 나타날 때까지 대기한다."

페르디난드가 깊숙한 곳의 시꺼먼 구멍을 가리키며 그렇게 말했다. 부모 새가 먹이를 찾으러 둥지를 떠나는 틈에 알을 가져와야 하므로 민첩성이 중요하다고 했다. 체력과 민첩성에는 전혀 자신이 없는데다 열기로 체력마저 바닥을 보이는 내가 과연 할 수 있을까.

그런 생각을 하면서 잠깐 기다렸다. 가만히 있어도 체력을 갉아먹는 듯한 뜨거운 열기 속에서 주위 마물들을 자극하지 않게 조용히 기다렸다.

얼마나 기다렸는지, 잘 모르겠다. 내겐 기나긴 시간이었지만 그렇게 오래 걸리지 않았는지도 모른다. 파닥파닥하고 날갯짓 소리가 앞쪽에서 울려왔다. 그 소리가 멀어지자 페르디난드가 몸을 일으켰다.

"가자."

앞으로 달려나간 순간, 옆쪽 샘물 표면이 출렁이며 무언가가 튀어나왔다. 안약 때문에 어렴풋이 주황색으로 보이는 시야 속에서도 마치 불이 타오르는 듯이 붉게 보였다. 페르디난드와 덩치가 비슷하고 큰도롱뇽과 목도리도마뱀을 반반 섞은 듯이 생긴 마물이 자기 알을 지키려고 앞길을 막았다.

"네 알은 관심 없으니까 길 좀 열어줬으면 좋겠는데!"

물론 마물을 상대로 말이 통할 턱이 없었다. 상대는 완전히 임전 태세를 취했다. 페르디난드와 에크하르트에게는 지금까지 만난 강적보다 쉬운 상대일 것이 틀림없었다. 하지만 이곳에서는 마물을 죽이지 말아야 했다.

"에크하르트. 채집하는 방법은 기억하고 있겠지? 다무엘, 그대는 리즈팔케를 감시해라."

페르디난드가 도마뱀과 노려보며 대치한 채, 한 손으로 허리에 찬 가죽 주머니를 얼른 떼어서 에크하르트에게 휙 던졌다.

"난 이놈을 산 채로 잡아두겠다. 그대들은 서둘러 리즈팔케의 알을 가져오도록."

"네!"

리즈팔케의 알

에크하르트가 페르디난드에게 받은 가죽 주머니를 재빠르게 자기 허리춤에 맸다. 마석끼리 부딪치는 경쾌한 소리가 들렸다.

"로제마인, 다무엘. 페르디난드 님이 아이데로트를 붙잡으시는 즉시 움직인다."

낮게 울리는 에크하르트의 목소리에 모두가 고개를 끄덕였다. 나는 레서버스의 핸들을 꽉 쥐었다. 우리 앞에서는 페르디난드가 슈타프를 꺼내어 아이데로트에게 겨누었다. 무기로 겨눈 순간, 아이데로트가 입을 쩍 벌려 불꽃을 내뿜었다.

"꺅!?"

아이데로트가 입에서 거세게 뿜어낸 불꽃은 길거리 예술가가 뿜어내는 불꽃처럼 거대하지도 않을뿐더러 사정거리도 짧았지만, 위협으로서는 충분했다. 나는 무심코 불꽃을 피하려고 한쪽 팔을 머리 위로 들고 눈을 꼭 감았다.

"게티르트."

다음 순간, 끼잉 하고 날카로운 소리가 울리더니 "꾸에엑!" 하고 마물의 낮은 비명이 들렸다. 내가 팔을 내리고 눈을 떴을 때는 몇 미터 밖으로 날아갔던 아이데로트가 서둘러 태세를 고치고 있었다.

불꽃으로 놀라게 한 후 몸을 부딪쳐 공격할 생각이었겠지만, 페르디난드가 방패를 꺼내는 속도가 더 빨랐던 것이다. 페르디난드는 슈첼리아의 방패를 뒤집어 들어 다시 돌진하는 아이데로트를 붙잡았다. 작년에 슈첼리아의 밤에 내가 골체를 잡았을 때와 똑같은 방식이었다. 단, 나와 달리 마력을 능숙하게 다루는 페르디난드는 슈첼리아의 방패를 서서히 축소했다.

"가라!"

슈첼리아의 방패를 유지하는 페르디난드의 옆을 지나치고, 방패 속에 갇혀서 날뛰는 아이데로트 옆을 앞질러 우리는 안쪽 샘을 향해 달렸다.

"신관장님, 또 한 마리가 와요!"

백미러에 비친 또 다른 아이데로트를 발견한 내가 뒤를 향해 소리치자, "문제없다."라는 힘찬 목소리가 되돌아왔다.

좁은 통로를 달려서 빠져나가자 탁 트인 공간이 나왔다. 그곳에는 지금까지 이동해온 동굴과는 전혀 다른 풍경이 펼쳐졌다.

안약 때문에 주변이 어두운 주황색으로 물들었지만, 그 샘만은 희미하게 푸르스름한 빛을 발했다. 채도가 높은 파란 수면에서 일렁이며 피어오르는 하얀 수증기가 시야를 뿌옇게 흐리며 더욱 환상적인 광경을 자아냈다.

보글보글, 보글보글……하고 어렴풋한 소리를 내며 땅 아래에서부터 뜨거운 물이 솟아올랐다. 곳곳에서 솟아 나오는지 수면 전체가 어지럽게 일렁거렸다. 보글보글 끓는 수면을 들여다보니, 보일 듯 말 듯 희미하게 알의 윤곽이 보였다. 열 개쯤 되는 알이 한데 모여 있었다.

"저게 리즈팔케의 알이야."

샘을 가리키며 에크하르트가 말했다. 그 물체를 바라보던 나도 고개를 끄덕였다.

"다른 사람의 마력과 섞이면 안 되니까 네가 직접 가지고 와야 해. 다른 소재와 마찬가지다. 알지?"

"……네. 그런데 이 안에 들어가야 하나요? 엄청 뜨거워 보이는데요."

온도계가 없어서 몇 도인지 정확히 잴 수는 없지만, 주변을 가득 채운 수증기만 보아도 평소에 들어가는 목욕물보다도 뜨겁다는 것쯤은 알 수 있었다.

"당연히 이대로는 못 들어가지."

에크하르트는 씁쓸하게 웃으며 그렇게 말하더니 건틀릿을 벗어 다무엘에게 던지고, 대신 마력을 차단하는 가죽 장갑을 꼈다. 그리고 조금 전 페르디난드에게 받은 가죽 주머니에서 복주머니럼 끈이 달린 망을 슥 꺼냈다. 망 속에는 마석이 한가득 채워져 있었다. 페르디난드가 말했던 마력이 텅 빈 마석일까. 언뜻 보기에는 망에 담아 파는 굴 같았다.

에크하르트는 망의 끈을 손목에 걸고 가죽 주머니 속에서 주먹보다 조금 더 큰 마석을 하나 꺼내더니 알 주변을 겨냥하고 던졌다. 풍덩 하고 둔탁한 소리가 들리는가 싶더니 에크하르트가 마석을 넣은 망을 손목에 건 채, 갑옷 차림으로 샘에 들어가기 시작했다.

"에크하르트 오라버니!?"

"마석이 열을 흡수하니까 이젠 들어와도 돼. 이리 와라, 로제마인."

나는 에크하르트가 시키는 대로 샘물에 손가락을 살짝 넣어보았다. 따끈한 목욕물 정도의 온도였다.

'와우! 마석이 참 대단하네.'

"이 샘의 온도는 마석이 마력을 흡수하는 동안에만 낮아져. 마력이 채워지면 다시 온도가 올라갈 거야."

내가 옷을 입은 채 온천에 들어가기 머뭇거리자 에크하르트가 나를 번쩍 들어올려 성큼성큼 온천으로 들어갔다. 순식간에 내 다리가 닿지 않을 만큼 깊이가 깊어졌다. 나는 에크하르트의 팔에 꼭 매달렸다.

'오오, 뜨끈해~.'

온도가 딱 좋았지만, 만족스럽게 숨을 쉬기엔 물결에 흐늘거리는 옷이 방해되었다. 차라리 홀딱 벗고 들어가고 싶었지만 그럴 수는 없는 처지고, 마석에 마력이 채워지면 온도가 올라가는 온천이라 느긋하게 몸을 담글 여유도 없으리라. 너무나 아쉬웠다.

발밑에 알이 있는 곳까지 도착했다. 물은 에크하르트의 어깨까지 왔다.

"로제마인, 한 번에 앉으면서 잠수할 테니 재빨리 알을 잡아."

"네."

"숨을 크게 들이마시고⋯⋯."

숨을 크게 들이마신 직후, 웅크리는 에크하르트의 움직임을 따라서 내 몸이 기세 좋게 물속에 잠겼다. 나는 그대로 에크하르트의 발밑으로 잠수했다. 허여멀겋고 탁한 색으로 아른거리며 시야를 방해하는 온천물 속에서 내게 가장 가까이에 있는 알을 집었다. 타조 알만 하지 않을까. 내가 양손으로 간신히 들어야 할 정도로 크기가 컸다. 기묘하게 영롱한 빛깔이라 먹기에는 망설여질 듯했다. 먹을 재료가 아니니 전혀 문제없긴 하지만.

'좋았어! 채집 완료.'

뒤돌아 에크하르트에게 고개를 끄덕이자, 에크하르트가 내 겨드랑이를 잡고 있던 손에 힘을 주어 번쩍 들어올렸다. 몸이 수면 위로 올라가기 직전에 물속에서 접근하는 무언가가 보였다. 수면 위로 올라오는 나를 좇아오는 듯했다.

푸핫 하고 수면 위에 얼굴을 내밀자, 작은 원숭이가 수면에서 불쑥 얼굴을 내밀고 상냥한 눈망울을 굴리며 능숙하게 헤엄치면서 다가왔다.

'새끼 원숭이?'

귀엽다고 아주 잠깐 생각한 그 순간, 새끼 원숭이가 눈을 날카롭게 번뜩이며 리즈팔케의 알을 노리고 앞발을 홱 내밀었다.

"로제마인!"

에크하르트가 얼른 끌어당겨 준 덕분에 원숭이의 앞발이 닿기 전에 알을 지켜냈다.

"저건 바트아페라는 마수다. 로제마인, 반드시 알을 사수해!"

그렇게 강하지는 않지만, 이곳에서 죽여 버릴 순 없다면서 에크하르트가 얼른 왼팔로 나를 끌어안고 오른팔로 물을 가르며 물가를 향해 성큼성큼 걷기 시작했다.

"바트아페는 떼지어 행동하는 마수다. 한 마리 보이면 30마리는 있다고 생각해!"

마치 우라노 시절 나의 천적이던 '바퀴'로 시작하는 네 글자짜리 까만 악마 같지 않은가. 에크하르트의 말을 듣자 바트아페를 향한 혐오감이 한층 강해졌다. 동시에 어렵게 내 마력으로 물들인 류엘 열매를 마수에게 빼앗겼던 기억이 떠올랐다.

'절대 안 넘겨줄 거야. 이건 내 온천 달걀이라고.'

나는 알을 꼭 껴안고 바트아페를 쏘아보았다. 알을 놓친 바트아페는 얼굴을 추악하게 일그러뜨리고 이빨을 드러내며 나와 에크하르트를 쫓아 헤엄쳐왔다. 나를 위협하는 그 얼굴에 조금 전에 보였던 귀여움은 손톱만큼도 없었다.

"우갸! 우끼끼!"

조금이라도 강하게 보일 심산인지, 바트아페는 조금 전과 달리 수면을 마구 때리듯이 세차게 헤엄치면서 알을 노렸다. 전혀 포기할 기색이 없는 적에게 나는 점차 짜증이 나기 시작했다.

"이건 내 거야!"

바트아페가 "우끼~!" 하고 위협하면서 또다시 앞발을 뻗었다. 이번에는 알이 아니라 나를 노리고 공격했다. 나는 알을 지키려고 가슴에 안고, 분노에 몸을 맡긴 채 "우갸악!" 하고 바트아페에게 힘껏 마력을 내리꽂으며 위협했다. 설마 반격당할 줄은 몰랐는지, 아니면 마력의 위압에 놀랐는지, 바트아페가 눈을 크게 떴다. 경직된 그 표정에 나는 승리를 확신했다.

'훗훗훗, 놀랐냐? 나도 할 땐 한다고.'

의기양양하게 바트아페를 바라보는데 바트아페가 입에 거품을 물고 수면 위로 둥둥 떠올랐다.

'아차, 너무 지나쳤나!?'

어쩔 줄 몰라 하며 주변을 둘러보자, 우리가 들어온 입구의 맞은편 기슭에 난 구멍에서 수많은 바트아페가 송곳니를 드러내며 샘으로 뛰어드는 것이 보였다. 잘 보니 온천 속에서도 복수의 그림자가 여기저기서 이쪽을 향해 헤엄쳐왔다.

"에크하르트 오라버니! 바트아페가 엄청 몰려와요!"

"예상했던 바다!"

"에크하르트 님, 리즈팔케가!"

리즈팔케를 감시하던 다무엘이 고함치며 위를 가리켰다. 저 멀리 머리 위에 있는 구멍에서 맹금류 같은 형태의 상당히 거대한 새가 급강하하는 모습이 보였다. 몸 크기에 비해 굵다란 다리와 곡옥처럼 곡선을 이루며 굽은 날카로운 발톱과 부리, 먹잇감을 발견한 날카로운 눈빛을 지닌 마수였다.

페르디난드가 붙잡고 있는 아이데로트와 우르르 몰려오는 바트아페보다 지금 날아오는 리즈팔케가 훨씬 강해 보였다. 그런 리즈팔케가 알을 안은 나를 적이라고 인식했다. 이쪽을 향해 일직선으로 날아오는 기세에서 분노가 느껴져 무심코 숨을 삼켰다.

"큭!"

에크하르트는 수면에 둥둥 뜬 바트아페를 비어 있는 오른손으로 꽉 잡고, 리즈팔케를 향해 힘껏 내던졌다.

"꿀럭!"

에크하르트의 왼팔에 안겨 있던 나는 반동으로 온천 속에 처박혔지만, 던져진 바트아페를 피한 리즈팔케가 일단 상황을 보려고 공중으로 날아올랐으니 다행이라 치자. 불평하진 않겠다.

'콧속이 엄청 아프지만, 용서할게.'

한 번 날아오른 리즈팔케는 물가로 올라온 우리와 알이 담긴 수면 위에 떠서 "끼, 끼." 아우성치고 버둥거리며 철수하기 시작한 바트아페를 비교하려는 듯이 주변을 빙글빙글 돌았다. 그러더니 지금 알을 노리려는 바트아페를 겨냥하고 급강하하기 시작했다.

"콜록, 콜록……."

물가에 올라온 에크하르트는 코에서 온천물을 질질 흘리며 콜록거리는 나를 기수에 태우고, 마석이 든 망과 가죽 장갑을 기수에 휙 던져 넣었다. 그리고 다무엘이 들고 있던 건틀릿을 다시 장착하면서 "달려!" 하고 고함치더니 자신도 달리기 시작했다.

콧속이 아무리 아파도 느긋하게 코를 풀 시간은 없었다. 나는 내 가죽 주머니에 알을 넣고 서둘러 핸들을 잡았다. 긴급 사태라 안전띠도 뒷전이었다. 지금까지 좁은 통로를 지키고 있었는지 브리기테가 선두를 달렸고 나는 브리기테 뒤를 따라가라는 지시가 떨어졌다.

좁은 통로를 빠져나가 페르디난드가 있는 곳으로 돌아갔다. 페르디난드는 슈첼리아의 방패를 한 번에 여럿 발동해서 아이데로트를 다섯 마리나 붙잡고 있었다. 같은 방패 속에 갇힌 아이데로트는 서로를 적으로 간주하고 공격하고 있었다. 내가 골체를 붙잡을 땐 놓칠까 싶어 필사적이었는데, 페르디난드는 다섯 마리나 꼼짝 못 하게 붙잡고 있는 상황이면서도 여유 만만한 표정이었다.

"어떻게 됐나?"

되돌아온 우리를 발견한 페르디난드의 질문에 선두를 달리던 브리기테가 "무사히 완료했습니다."라고 즉답했다. 뒤에서 달려온 에크하르트가 현재 상황을 더욱 자세히 보고했다.

"안쪽 샘에 리즈팔케가 귀환했습니다. 알을 노리는 바트아페에게 날아가는 것을 확인하고 철수했습니다만, 로제마인이 알을 훔친 것을 눈치챘습니다. 리즈팔케가 이쪽을 향해 올 가능성이 있습니다."

안쪽 상황을 들은 페르디난드가 미간을 잔뜩 찌푸리고 통로를 바라보았다.

"여기서 방패를 펴고 있다간 마력이 발견당할 가능성이 크겠군. 가급적 신속하게 철수하는 편이 좋겠다. 나는 여기서 마지막까지 아이데로트를 붙잡을 테니 먼저 출발해라!"

"네!"

페르디난드의 말에 고개를 끄덕인 에크하르트를 선두로 모두 출구를 향해 달리기 시작했다. 아이데로트를 붙잡고 있는 페르디난드가 마지막을 이었다. 들어올 때 짧게나마 여러 번 휴식을 취하면서 걸어온 길을 이번에는 쉬지 않고 전력을 다해 달렸다. 기수에 탄 나는 그나마 다행이지만, 자기 다리로 달려야 하는 다른 이들은 죽을 맛일 것이다. 이 좁은 통로에서는 기수를 확대해서 모두를 태워줄 수도 없었다.

"괜찮아요, 브리기테? 태워줄 수 있었으면 좋을 텐데."

"걱정하지 마십시오."

"쓸데없는 말은 삼가라. 괜히 마력만 소비한다."

뒤에서 페르디난드의 질책이 날아왔다. 나는 브리기테와 얼굴을 마주보며 입을 꾹 닫고 오로지 달리기에 집중했다.

더는 쫓아오지 않을 거라고 판단한 페르디난드가 달리기를 멈춘 곳은 출입구에서 그리 멀지 않은 곳이었다. 내가 코를 풀고 얼굴을 닦는 동안, 어차피 쉴 거면 동굴을 나가서 점심을 먹자고 모두 결론지은 모양이다. 세척 마술로 안약을 씻어내고 입구로 향했다. 잠시도 쉬지 않고 달린 기사들은 거친 숨만 내몰아쉬었다.

동굴을 나가자, 갑자기 온 세상에 색깔이 돌아왔다. 밝고 눈부신

녹색 풍경이 펼쳐지고 신선한 공기가 깔렸다. 여름답게 덥기는 했지만 공기는 건조하고 유황 냄새도 나지 않았다. 그것만으로도 훌륭하게 느껴졌다.

동굴을 나온 우리는 기수를 꺼내어 타고 야영했던 곳 근처로 이동했다. 조금 늦은 점심을 먹기 위해 모두가 물을 끓이고 휴대 식량을 준비하는 동안, 나는 혼자 기수 안에서 기진맥진해 있었다. 온천에서 나와서 제대로 몸을 닦지도 못하고 옷을 갈아입지도 못한 채 오로지 도망만 친 탓에 순식간에 감기에 걸려버렸다. 머리가 띵했다. 브리기테가 걱정하며 세척 마술로 몸을 씻고 옷을 갈아입혀 줬지만 묘한 오한이 멈추지 않았다. 목덜미가 으슬으슬하고 전신에 닭살이 돋는 느낌마저 들었다.

"자, 로제마인. 먹어라. 먹어야 약을 먹지."

페르디난드가 아침과 똑같은 휴대 식량을 내밀었다. 식욕이 없어서 먹고 싶지 않았다. 하지만 약을 먹어야 낫는다. 하는 수 없이 한 숟갈을 떠먹었다. 어째서인지 아침보다 맛있었다. 지금 몸 상태가 나빠서 이렇게 부드러운 죽 같은 음식이 맛있게 느껴지는 걸까.

"……이상하게 휴대 식량이 아침보다 더 맛있어요."

"아침에 그대가 물을 너무 많이 넣었다고 말하지 않았는가. 우리가 먹는 양의 절반도 못 먹으면서 물은 같은 양을 넣었으니 싱거운 게 당연하지."

"그런 의미였군요. 그냥 똑같이 넣었는데 무슨 말인가 했네요. 이건 적당량을 아는 신관장님이 만들어주셔서 맛있는 거군요. 감사하게 생각합니다."

히죽 웃으며 감사 인사를 하자, 페르디난드는 피곤한 듯 한숨을 내쉬고 자기 식사를 시작했다.

"……에……에, 에취!"

"이미 예상했다. 문제없어."

그렇게 말하며 페르디난드는 끔찍하게 쓴 약을 꺼내더니 억지로 내게 약을 먹였다. "예상은 했어도 문제는 있잖아요."라고 되받아칠 기력도 이젠 없다. 피곤하다.

나는 이미 누가 봐도 한눈에 열이 펄펄 끓는 상태였다. 사람들이 휴식할 수 있게 기수를 확대한 후 나는 운전석 의자를 뒤로 젖혀 누웠다. "로제마인 님, 이러면 조금은 편해지십니까?" 하며 브리기테가 걱정스러운 얼굴로 빙실에서 차게 식힌 수건을 이마에 올려주었다. 브리기테의 상냥한 마음이 가슴에 사무쳤다. 아프면 약을 먹고 억지로 회복하는 페르디난드나, 감기에 걸리면 보니파티우스에게 "약해 빠지긴!" 하고 들들 볶이며 자란 에크하르트에겐 기대할 수 없는 브리기테의 상냥함에 눈물이 나올 것 같았다.

"에크하르트, 가죽 주머니는 어디 있지?"

"죄송합니다, 페르디난드 님. 여기 있습니다."

페르디난드는 기수 안에 던져두었던 마석 망주머니를 정리하고, 널브러져 있던 가죽 장갑을 "정리해라." 하며 에크하르트에게 던졌다. 그러다 조수석에 놓은 나의 가죽 허리띠에 페르디난드가 시선을 멈췄다. 그리고 허리띠에서 채집 주머니를 풀어서 내게 건넸다.

"약효가 나타날 때까진 못 움직일 거다. 이왕 이렇게 되었으니 리즈팔케의 알을 안고 자도록. 그대의 마력으로 채운 기수 안이라면 물들이는 데 오랜 시간이 걸리지 않겠지."

나는 한숨을 내쉬며, 환자를 상대로 효율성을 따지는 페르디난드에게서 채집 주머니를 받아들고 리즈팔케의 알을 꺼내어 안았다.

"신관장님, 이젠 가을의 류엘 열매만 남았네요. 이번엔 반드시 딸게요."

내가 작년의 실패를 떠올리고 얼굴을 찌푸리자, 페르디난드도 불쾌하다는 듯이 표정을 일그러뜨리고 나를 쏘아보았다.

"당연하지. 나는 두 번이나 실패할 생각은 추호도 없다. 반드시 따게 해줄 테니 지금은 얌전히 자도록. 그대가 회복하지 못하면 여기서 움직일 수도 없다."

"네. 안녕히 주무세요."

리즈팔케의 알을 안고 마력을 흘려보내면서 나는 잠들었다. 열이 내렸을 때 이미 알은 파란 마석이 되어 있었다.

펌프

여름 소재 채집을 무사히 완수하고 신전에 돌아온 나는 또다시 한 번 앓아눕고 나서야 겨우 열이 내렸다. 아침을 먹고, 프랑과 오늘 일정에 관해 얘기를 나눴다. 페르디난드와 함께 며칠간 신전을 비운 데다 내가 앓아누운 탓에 일이 산더미라는 말을 들었다.

"며칠 신전을 비웠다고 일이 쌓이는 것도 문제네요. 캄펠이나 프리닥이 얼른 신관장 대리로 일을 처리할 수 있게 성장하면 좋겠는데……."

하아, 하고 내가 한숨을 내쉬자 호위를 하던 다무엘이 씁쓸하게 웃으며 고개를 저었다.

"로제마인 님, 그건 지나친 욕심 같습니다……. 페르디난드 님의 대리가 되기는 다른 귀족들에게도 쉽지 않을 겁니다."

"……하긴 그러네요. 저도 신관장님 대리를 목표로 삼으라는 말을 들으면 말문이 막힐 거예요."

한 사람이 페르디난드의 대리를 맡기란 명백히 비현실적이지만, 적어도 여러 명에게 일을 분담해서 우리가 없어도 신전이 돌아가게끔 단련해야겠다고 생각했다. 페르디난드가 환속해버린 이상, 신전을 비울 일이 지금보다 훨씬 잦아질 테니까.

오늘은 플랑탱 상회에서 벤노와 마르크가 방문한다. 나는 점심을 먹자마자 프랑과 모니카와 니콜라와 함께 고아원 원장실로 이동했다. 플랑탱 상회를 들여보낼 수 있게 비밀의 방을 준비하게 하려고 문에 손을 얹어 마력을 보내려다가 나는 큰일이 났다는 것을 깨달았다.

'어떡해!? 길이 없어!'

평민 시절의 나와 벤노를 비롯한 사람들의 관계를 알고, 눈앞에서 서슴없이 행동해도 되는 시종은 길과 프랑뿐이다. 하지만 프랑은 비밀의 방에 끔찍한 기억이 있는지 가까이 가면 얼굴이 딱딱하게 굳는다. 부디 정리를 해달라고 하면 죽을 각오를 한 듯한 얼굴로 내 요구를 들어줄 테지만, 그렇게 강요하고 싶지 않았다.

"로제마인 님, 비밀의 방을 준비하려던 게 아니십니까?"

내가 가려던 발길을 멈추자, 프랑이 의아스럽게 물었다. 나는 순간 말문이 막혀서 배시시 웃으며 얼버무렸다.

"오늘은…… 여기서 얘기할까, 싶어서요."

"……길이 없으니 오늘은 제가 함께하겠습니다."

"마음은 기쁘지만 프랑이 무리할 필요는 없어요."

내가 고개를 젓자, 프랑은 약간 무리하는 티가 나는 얼굴로 평정을 갖춘 채 "로제마인 님, 수고를 끼쳐 죄송하지만, 제가 약점을 극복할 수 있도록 협력해주십시오."라고 말했다.

"로제마인 님께서 영주의 양녀로서 노력하시는데, 수석 시종인 제가 언제까지고 같은 자리에서 제자리걸음하고 있을 수는 없습니다. 편치 않은 장소도 극복하고 싶습니다."

무조건 하겠다면서 프랑이 고집을 부렸다면 '안 해도 된다'라고 즉시 거절했겠지만, '협력해 달라'라며 부탁하니 거절하기 어려웠다.

"그럼 협력은 하겠지만, 힘들어지면 바로 말하기예요? 이 방에서도 마음만 먹으면 대화할 수 있고, 어떤 일이든 무리하면 안 되니까요."

프랑은 쓸쓸하게 웃으며 "알겠습니다."라고 수긍했다. 그 뒤에서 니콜라가 "평소랑 뒤바뀌었네요."라며 키득거렸다.

비밀의 방을 청소하는 데에 내가 방해되지 않게 시종들이 2층 테이블에 서류와 차를 준비해두었다. 시종들이 청소하는 동안, 나는 업무를 해야 하는 모양이다.

하지만 나는 차를 마시다가 뒤돌아보기를 반복하며 비밀의 방 상황을 엿보았다. 처음에 모니카가 비밀의 방문을 활짝 열고, 안에 들어가서 청소를 시작했다. 니콜라도 마찬가지로 비밀의 방에 들어갔다. 그 둘에 이어 프랑이 문 앞에 섰다. 역시 안색이 나빴다. 내가 안절부절못하며 프랑의 모습을 살피자 프랑이 시선을 느끼고 이쪽을 돌아보았다. 눈이 마주치자 프랑이 살짝 미소를 지었다.

"괜찮은 것 같습니다, 로제마인 님."

비밀의 방에 첫발을 디디면서는 새파랗게 질린 굳은 표정이었지만, 한 번 들어갔다 나오더니 프랑도 평소 같은 표정으로 돌아왔다. 담담한 얼굴로 청소하고 차를 준비하면서 움직였다. 프랑은 감정을 능숙하게 숨긴다. 그래서 혹시나 괴로운데 필사적으로 숨기는 건 아닐까 하고, 나는 의자에서 몸을 쑥 내민 채로 청소하고 과자를 준비하는 프랑을 바라보았다.

그러다 두 번째로 프랑과 눈이 마주쳤다. 그러자 프랑이 웃음을 참는 표정을 지어버렸다.

"정말 괜찮습니다."

'치, 그러면서 사실은 무리하는 거 아냐?'

의심스러운 눈으로 프랑을 지켜보는 사이, 문에서 대기하던 프리츠가 벤노와 마르크를 데리고 왔다. 귀족의 인사를 나누고 우리는 비밀의 방으로 들어갔다. 역시 걱정이 되어 프랑의 모습을 보려고 고개를 살짝 움직인 순간, "한눈파시면 안 됩니다."하고 프랑이 내 어깨를 지그시 눌렀다. 평소 프랑의 반응이다.

'음, 정말 괜찮은 것 같은데?'

비밀의 방에 들어와서도 프랑은 아무렇지 않은 표정으로 벤노와 마르크에게 차를 냈다. 나도 프랑이 따라준 차를 마셨다. 동요와 긴장감이 일절 없는 평소와 같은 맛이었다.

"자크가 보낸 전언이다. 우물용 펌프 시제품이 완성되었다더군. 난 생각이 안 나는데, 네가 난데없이 주문한 물건이지?"

"네? 시제품이요? 설계도가 아니고요?"

내가 눈을 깜빡거리자 벤노는 턱을 괴면서 자크가 한 말을 떠올리려는 듯 눈동자를 천천히 굴렸다.

"네가 말한 대로 원리를 도입해봤는데, 정말 물이 길어지는지 확인하려고 시제품을 만들었다더군. 벌써 자크가 소속된 벨데 공방이 쓰는 우물에 설치해서 몇 차례 개량까지 했다고 들었다."

"이미 시제품이 완성됐다면 보급도 빨라지겠네요? 펌프 설계도 관리는 대장간 협회에 맡기고 대장장이라면 누구나 만들 수 있게 하고 싶어요. 한 공방이 독점하기엔 이익이 방대하고, 물을 길 때 고생하는 건 어느 누구나 마찬가지니까요. 최대한 빨리 평민촌에 보급하고 싶어요."

자크에겐 최대한 단순하게 펌프를 설계하라고 부탁했다. 요한만이 만들 수 있는 세밀한 부품도 일부분 있지만, 가능한 많은 사람이 단기간에 만들 수 있어야 보급하기 쉬워지기 때문이다.

"넌 또…… 이익을 생각해!"

"이래봬도 일단은 생각했어요. 대장간 협회에 설계도 관리를 맡기기는 하지만, 그렇다고 무료로 보급하는 건 아니에요. 하나를 만들 때마다 처음 제안한 저와 설계도를 작성한 자크에게 돈이 들어오도록, 그리고 멋대로 설계도를 사용했을 땐 대장간 협회가 같은 금액을 보상하도록 계약 마술을 맺을 생각이에요."

"흠. 그렇군. 대장간 협회에 마을 내의 펌프를 감시하게 하려는 거냐."

결코 무료 보급이 아니라는 점을 알리자 벤노가 납득하며 말했다. 실은 설계도의 사용료를 받음으로써 나중에 보급할 저작권 개념이 받아들여지기 쉽게 하려는 의도도 있었다.

'말하지 않은 야망도 있지롱, 우후훗.'

"그러니까 벤노 씨. 대장간 협회와 맺을 계약 마술을 부탁드려도 될까요? 아, 물론 계약 마술에 드는 비용은 낼게요."

내가 가장 중요한 계약 마술을 부탁하자 벤노가 당혹스러운 표정을 지었다. 그러더니 두통이 생기는지 손을 내젓고 나를 쳐다보았다.

"잠깐만. 아무 상관도 없는 내가 그런 대규모 계약 마술을 도맡다니 이상하잖아."

"그렇지만 계약 마술을 쓸 줄 아는 지인은 벤노 씨밖에 없는걸요."

지금까지 내가 맺은 계약 마술은 전부 벤노가 도맡아줬다. 장사를 전제로 계약 마술을 맺을 땐 벤노 외에 부탁할 사람이 없었다.

"……나 말고 네 양아버님한테 부탁해."

"네? 양아버님이요?"

"어차피 계약 마술을 맺고 나서는 영주님에게도 보고해야 해. 그리고 새로운 상품은 윗선에서부터 유행시키는 게 낫지 않겠어? 나중에 네가 제작에 참여한 상품을 평민에게 먼저 보급했다는 사실이 알려지면 곤란해지지 않겠냐?"

"……곤란해지긴 하겠네요."

엘비라에게 혼쭐이 나고, 질베스타에게 '그런 재미있는 물건을 숨길 생각이었냐.'라며 딱밤을 맞게 될 미래가 뇌리에 또렷이 그려졌다.

"네가 주도하는 일이니 상인이 맺는 마을 단위 계약 말고 영지 전체를 아우르는 귀족의 계약 마술을 써. 그럼 대장간 협회에도 권위가 설 테지. 그리고 자크나 대장간 협회가 호감을 사게 하기 위해서라도 그렇고, 영주님께 펌프를 하나 바치면 일이 풀리기 쉬워질 거다."

벤노도 식물지가 완성됐을 때 계약 마술을 보고하면서 신상품을 바쳤다고 한다.

"상인의 방식이 그렇다면 따르는 게 좋겠네요. 그럼 자크에겐 영주님께 바칠 펌프를 만들라고 전해주세요. 그리고 알현이 성사되면 대장간 협회의 회장과 함께 계약하러 성을 방문해야 할 테니, 그쪽에도 미리 얘기를 전해주면 좋겠어요. 전 신관장님께 부탁해서 알현 허가를 받을게요."

벤노에게 얘기를 들은 자크와 요한이 "영주님께 바칠 펌프!?" 하고 울상지으며 펌프를 만들기 시작했을 무렵, 나는 페르디난드에게 펌프가 완성되었다고 보고한 후 비밀의 방에서 "나는 들은 적 없는 일이다."라며 꾸중하는 소리를 들었다.

"설계도가 나오면 말씀드리려고 했는데 벌써 시제품이 완성되었다는 거예요. 물을 편하게 긷는 도구니까 귀족과 직접 상관은 없겠지만 평민들은 정말 기뻐할 거예요."

변명하는 김에 벤노와 얘기를 나누었던 대로 이익을 얻을 방법과 계약 마술에 대해서도 보고하고, 질베스타와의 알현을 잡아달라고 부탁했다.

"빨리 보급하려면 상인용이 아니라 귀족용 마술 계약을 써서 영지 전체를 범위로 삼으라고 벤노가 그러더라고요. 그러니 양아버님과의 알현을 예약하고 싶어요. 알현인은 저와 후견인인 신관장님, 설계자인 자크, 설계도를 관리하는 대장간 협회의 회장, 이렇게 네 사람으로 예정했어요."

"하긴 간단히 듣기에도 규모가 커지겠군. 허나 영주에게 보고하기 전에 그 제품이 어떤 물건인지 확인하고 싶구나. 먼저 내게 보이라고 대장간 협회에 말해두어라."

"알겠습니다."

벤노를 통해 페르디난드의 요구를 전한 끝에 요한의 공방이 쓰는 우물에 설치할 예정이었던 시제품 2호를 신전으로 옮기게 되었다. 펌프를 설치하면서 자크와 요한이 설명을 하려는 모양이었다.

"그럼 이쪽 우물에 설치해주세요."

신전에 데리고 온 대장장이 몇 명이 내 말이 떨어지기 무섭게 묵묵히 신전 우물에 펌프를 설치했다. 나는 슬그머니 장인 무리에 숨으려는 요한의 팔을 덥석 잡고, 설계도를 든 채 긴장으로 굳어진 자크의 손도 잡았다.

"신관장님, 이들이 저의 구텐베르크로서 인쇄에 쓰는 도구를 설계하고 제작해주는 대장장이들입니다."

내가 자신만만하게 두 사람을 자랑하자, 눈을 살짝 크게 뜬 채로 얼굴에 동요와 혼란이 고스란히 드러나는 두 사람을 페르디난드가 매우 불쌍하게 내려다보았다.

"……로제마인에게 휘둘리느라 앞으로도 힘들겠으나 힘쓰거라."

"예, 옙!"

"설계도가 있다고 했지? 보여 봐라."

자크가 긴장감에 딱딱하게 굳은 채 설계도를 펼치고 페르디난드에게 펌프의 원리를 차근차근 설명했다. 최대한 예의 바르게 말하려고 한 나머지 자꾸 말이 꼬이고 더듬거렸지만 자크는 애썼다. 말이 어눌한 요한은 그 모습을 곁눈질로 바라보다가 살금살금 장인 무리에 끼어들어 묵묵히 설치 작업을 도왔다.

"……호오. 이걸 움직이면 이쪽이 움직여서 밸브가 열리는구나. 어째서 이렇게 되지?"

연구자 기질인 페르디난드는 새로운 도구와 처음 보는 원리를 앞에 두고 생기가 넘쳐서 자크의 어색한 말투에도 전혀 개의치 않고 집요하게 질문했다. 반면에 질문을 받는 자크는 거의 한계에 달한 표정을 지었다.

"그러니까, 진공? 상태를 형성해야 해서? ……로제마인 님의 설명을 듣고, 그걸 제가 ……최대한 단순하게 만들라고 하셔서! ……빈틈을 만들지 않으려면 이 부분은 요한의 실력이 필요한데 ……원리는 로제마인 님께서 설명해주실 겁니다."

결국 자크는 내게 통째로 떠넘겨버렸다. 나도 페르디난드의 질문 공세를 견딜 만큼 지식이 많지는 않은데.

"로제마인 님, 완성했습니다."

"그럼 마중물을 붓고 실제로 움직여보세요."

요한이 마중물을 한가득 넣고, 끼익끼익 소리 내며 손잡이를 움직였다. 여러 번 움직이자, 펌프에서 물통으로 물이 쿨렁쿨렁 흘러나왔다.

"호오……."

"전보다 훨씬 편하게 물을 길어올릴 수 있겠어요. ……이왕이면 여자아이도 도전해보게 할까요? 모니카, 펌프를 움직여보세요."

"아, 네. 알겠습니다."

지명받은 모니카가 주목을 받아 긴장한 표정으로 펌프 앞에 서서 손잡이로 손을 뻗었다. 힘껏 힘을 실어 손잡이를 움직이자, 금방 물이 나왔다. 물이 왈칵 쏟아져 나오자 모니카는 깜짝 놀라 얼른 손잡이에서 손을 뗐다. 눈을 동그랗게 뜨고, 통에 든 물과 자기 손과 펌프를 번갈아 보았다. 그러고는 펌프를 설치한 장인들에게 찬사를 보냈다.

"이렇게 쉽게 물이 나오다니…… 대단해요. 물을 긷기가 아주 쉬워졌어요."

모니카의 움직임을 지켜보던 페르디난드가 흠, 하고 고개를 끄덕였다.

"정말이군. 훌륭한 물건이다. 이건 영주에게 반드시 보고해야겠군. 알현을 예약해두마. 영주에게 바치기에 적절한 물건을 만들도록."

칭찬보다도 페르디난드가 준 부담감만 머릿속에 가득했는지, 자크와 요한은 새파랗게 질린 얼굴로 재차 고개를 끄덕이고 신전을 나갔다.

"알현일이 정해졌어요. 당일은 두 점 종이 울리면 공방 문을 열고 나서 신전으로 와주세요. 긴장되겠지만, 나와 신관장님이 함께이니 비합리적인 문관을 상대하지는 않아도 돼요. 안심하라고 전해주세요."

벤노를 통한 전언이 제대로 전달되었는지, 알현 당일에 긴장한 얼굴로 자크와 대장간 협회의 회장 아저씨가 예복 차림으로 신전을 방문했다. 영주에게 바칠 펌프를 설치할 장인들도 모두 표정이 딱딱했다.

"펌프가 커서 마차로는 옮기기가 어렵네요. 제 기수를 쓸까요?"

"……본래 기수는 짐수레가 아니지만 무슨 말을 하든 그대가 들을 리 없지. 이번에는 아우브 에렌페스트에게 바칠 진상품이니 허락하마."

약삭빠르게 내 기수에 자기 짐을 싣는 페르디난드가 할 말은 아니었다. 어쨌든 허가가 떨어졌기에 레서버스를 꺼내어 펌프를 싣게 했다. 장인들도 단체로 타게 했다. 레서버스를 매우 불안하게 둘러보면서 모두 겁먹은 표정으로 하나둘 올라탔다.

'귀족과 같이 타서 무섭겠지만, 참아줘.'

프랑이 돌아다니며 장인들에게 안전띠를 매는 방법을 가르쳐준 후에 레서버스에서 내렸다.

"다녀오십시오, 로제마인 님, 신관장님. 일찍 돌아오시길 기다리겠습니다."

앞에서 이끄는 다무엘의 기수를 따라 영주의 성으로 출발했다. 이번에는 주거지로 이동하기 위해서가 아니라 공적인 접견이 목적이므로 마차가 다니는 길을 저공비행으로 달려서 정면 현관에 도착했다.

"아우브 에렌페스트와 알현이 있다. 그리고 이것은 진상품이다. 집무실에서 가장 가까운 우물에 설치하게 하도록."

현관에 들어가자마자 가장 가까운 방에 있던 문관에게 페르디난드가 말을 걸었다. 영주의 이복형제인 페르디난드가 절차를 밟아준 덕분에 우리는 바로 대기실로 안내받았다. 그리고 장인들은 문관의 유도를 받으며 우물로 펌프를 날랐다.

"알현 중에 두 분은 무릎을 꿇고 계세요. 응답은 나와 페르디난드 님이 할 테니까요."

"알겠습니다."

안심한 듯 자크와 대장간 협회의 회장이 가슴을 쓸었다. 원래 대상인도 아닌 장인이 영주를 알현할 일은 없다. 두 대장장이가 빳빳히 긴장하는 심정도 이해가 되지만, 계약 마술을 맺어야 하니 어쩔 수 없었다. 영주를 평민촌에 불러들일 수는 없기 때문이었다.

'잠시만 참아요.'

그렇게 오래 기다리지 않고 우리는 영주의 집무실로 입장했다. 질베스타는 영주답게 위엄 있는 얼굴로 우리를 맞이해주었다. 하지만 새로운 것이라면 사족을 못 쓰는 짙은 녹색 눈동자는 흥미와 호기심으로 반짝거렸다. 절대 내 기분 탓에 그렇게 보이는 게 아니었다.

"진상품이 있다고 들었는데?"

"그렇습니다. 로제마인과 그 전속인 구텐베르크가 펌프를 진상하고자 합니다. 펌프는 우물의 물을 편하게 길어올릴 때 쓰는 도구로서, 지금 성의 우물에 설치 중입니다."

페르디난드도 진지하고 정중한 태도로 설명했다. 이미 신청할 때 보고한 내용이라 이런 대화는 그저 확인 절차인 셈이다.

"가능하면 이 펌프를 에렌페스트에 보급하고 싶다는 생각에 상인용 계약 마술이 아닌 아우브 에렌페스트의 계약 마술을 맺길 원합니다."

"……아무리 그대들의 부탁이라도 먼저 실물을 보지 않고는 뭐라고 말하기 어려운 일이군."

혈족이라도 편애할 수는 없다며 곤란하다는 듯한 얼굴로 그럴듯한 말을 하면서도, 질베스타의 눈빛은 '자, 얼른 보여줘'라고 힘주어 말하고 있었다.

'난 상관없지만, 주변은 어떻게 생각할까?'

보통 영주에게 우물가로 행차해달라고 하는 것은 심히 실례이다. 지하는 평민 인부가 일하는 곳이지 귀족이 드나들 곳은 아니다. 질베스타는 평민촌 숲에 다녀갔던 적도 있으니 상관없을지도 모르지만, 그래도 영주의 위엄과 명분을 소홀히 할 수는 없었다.

나는 페르디난드를 힐끗 쳐다보았다. 페르디난드는 예상했던 바라는 듯한 얼굴로 고개를 살짝 끄덕이고, 입을 열었다.

"직접 보신다면 계약 마술이 필요한 이유를 아실 겁니다. 매우 실례된 간청입니다만, 아우브 에렌페스트께서 직접 우물까지 걸음해주시길 청합니다."

"흠. 그대가 그렇게까지 말한다면 직접 이 눈으로 판단하지. 안내하라.”

사실은 귀찮아 죽겠다는 표정을 지었지만, 질베스타의 발걸음은 가벼웠다. 호위 기사와 문관을 줄줄이 거느리고 우리는 성의 우물가로 이동했다.

“이쪽입니다.”

안내에 따라 우물로 가니 장인들이 설치를 완료했는지 성의 인부들이 펌프를 써보며 놀라 소리를 지르는 모습이 눈에 들어왔다. 우리의 모습을 보자마자 인부들은 사방으로 뿔뿔이 흩어졌고, 장인들은 몇 걸음 물러나 무릎을 꿇었다.

질베스타는 무릎을 꿇은 장인들 앞에 서서 펌프를 보았다.

“……이것인가?”

“그렇습니다. 자크, 사용 방법을 보여주세요.”

자크가 직접 사용하는 모습을 질베스타가 뚫어지게 바라보았다. 아마 자기도 해보고 싶어 몸이 근질근질하리라. 하지만 어찌 영주에게 물을 긷게 할 수 있으랴. 편리성과 상품 가치를 확인하기 위해 이곳에 직접 온 것만으로도 충분히 양보한 셈이다. 그것을 아는 질베스타도 손이 근질근질하면서 불만이 섞인 표정을 지었지만 “하고 싶다”라는 말은 차마 꺼내지 못했다.

“……그대들의 말대로 이 물건을 보급하려면 계약 마술이 필요하겠군. 이 펌프라는 것이 전 영지에 널리 퍼지도록 온 힘을 다하라.”

불만스러워하는 표정이 깊이 고민하는 복잡한 표정처럼 보여서, 질베스타는 언뜻 사려 깊은 영주처럼 보였다. 그런 질베스타의 말에 자크와 대장간 협회의 회장은 왠지 깊이 감동한 표정을 지었다. 완전히 속아 넘어갔군요.

장인들이 속아넘어간 동안 계약 마술을 끝냈다. 나와 질베스타는 마력으로 쓰는 펜으로 사인하면 끝이었지만 자크와 대장간 협회 회장은 상인용 계약 마술에 쓰는 것과 똑같은 잉크로 사인한 후 피로 도장을 찍어야 했다.

자크가 혈도장을 찍자, 계약서가 금색 불꽃에 휩싸여 사라졌다. 자크는 "우왁!?" 하고 고함치며 눈을 휘둥그레 떴다가 깜짝 놀라 입을 틀어막았다.

"이걸로 계약 마술은 끝났습니다. 펌프가 보급되어 모두가 편하게 물을 길을 수 있으면 좋겠네요."

설계자를 명확히 밝히고 설계비용을 징수하는 계약을 맺음으로써 앞으로 만들어질 모든 펌프에는 설계자인 나와 자크의 이름이 새겨지게 되었다.

게오르기네의 방문

세 점 종이 울리고 페슈필 연습이 끝나 평소대로 페르디난드의 업무를 도우러 갔다. 신관장실에 들어간 순간, 페르디난드가 심히 곤란한 얼굴로 나를 불렀다.

"로제마인."

"네, 왜 그러세요?"

내가 고개를 갸웃거리자 페르디난드는 턱을 들어 설교방을 가리켰다. 혼날 만한 짓을 저지른 기억은 없지만, 페르디난드의 시선과 말 없이 턱을 치켜드는 동작에서는 섬뜩한 노여움밖엔 보이지 않았다. 무턱대고 "제가 잘못했습니다"라고 말하고 싶어졌다. 오히려 도망치고 싶었다. 나는 끼기긱 소리가 날 것만 같은 굳은 움직임으로 프랑을 올려다보고 눈빛으로 도움을 청했다. 하지만 프랑은 천천히 고개를 저으며 거부했다.

'Noooooo! 누가 좀 살려줘.'

모두가 내 시선을 슬그머니 피했다. 나는 할 수 없이 설교방에 들어갔다.

설교방에서 마주보고 앉자마자 페르디난드가 금색 눈동자로 날카롭게 쏘아보았다. 오늘은 상당히 저기압이다. 숨을 멈추며 나는 자세를 고쳤다.

"자, 로제마인. 나는 전혀 보고받지 못한 얘기다만, 여름 막바지에 아렌스바흐에 계시는 질베스타의 누님이 오신다지?"

"……어라? 보고하지 않았던가요?"

"금시초문이다. 이건 중요한 사항이다."

"윽, 죄송합니다."

나는 영주 부부가 돌아왔을 때 질베스타의 집무실에서 얘기했던 내용을 페르디난드에게 전했다. 내가 신전에서 전 신전장의 사망에 대해 답장을 보내버린 탓에 질베스타가 영주 회의에서 힐책당한 사실, 질베스타의 누이가 성묘를 위해 에렌페스트를 방문한다는 사실까지. 내가 얘기를 이어갈수록 표정이 안 그래도 난감해 보이던 페르디난드의 표정이 더욱 난감해졌다.

"잠깐만. 어째서 그 사람이 영주 회의에 간 거지?"

"왜냐니…… 첫째 누님은 아렌스바흐의 영주와 결혼하셨다면서요? 에렌페스트에서는 플로렌치아 님이 영주 회의에 참여하셨으니 아렌스바흐에서도 양아버님의 누님이 당연히 오셨겠죠."

나는 페르디난드의 질문이 이해가 되지 않아 고개를 살짝 갸웃거렸다. 페르디난드는 살며시 고개를 가로저으며 내 말을 부정했다.

"그녀는 셋째 부인으로 시집갔다. 영주 회의는 첫째 부인이 가는 자리인데 그녀가 동석하다니 이상하군. 실제로 작년에는 그녀가 없었다. 그래서 한창 영주 회의 기간에 전 신전장을 둘러싸고 일어난 모든 일을 그녀에게 숨길 수 있었던 것이지."

영주 회의에는 영주를 보좌하며 정치에 관여하는 첫째 부인만이 참여한다고 했다. 둘째 이하의 부인들은 첫째 부인과 관계가 돈독할 경우 첫째 부인을 보좌할 수는 있어도 기본적으로 정치에 관여하지 않는다. 사공이 많아서 배가 산으로 올라가는 상황을 피하기 위해서라고 했다.

"하아, 그렇군요……."

"전혀 이해 못 했군."

"그렇진 않아요. 이해한 부분도 있어요."

셋째 부인으로 시집을 간 누님은 지금까지 아렌스바흐의 정치에 관여하는 위치가 아니었다. 하지만 올해 영주 회의에 출석함으로써 첫째 부인으로 올라갔음을 공표한 셈이다.

"그런데 그렇다고 해도 정세가 어떻게 바뀌는지는 잘 모르겠어요."

"이러니 전혀 이해 못 한 셈이지. 정치에 관여하는 첫째 부인은 친정과 좋게든 나쁘게든 영향을 미치기 쉽다. 최근 에렌페스트에서는 질베스타의 또 다른 누님이 시집간 곳이자, 첫째 부인인 플로렌치아의 친정인 서쪽 프뢰벨타크의 영향이 컸다. 그건 알고 있겠지?"

"작은 성배를 억지로 떠맡긴 곳이잖아요."

상대가 오빠와 누나라서 에렌페스트 영주 부부가 프뢰벨타크 영주 부부에게 약하다고 들었다.

"그래도 프뢰벨타크는 오히려 낫다."

프뢰벨타크는 정변에 휩쓸려서 영지 내 상황이 어지러워졌다. 덕분에 그곳을 조금씩 도와주는 에렌페스트가 다소 유리한 위치에서 관계를 쌓고 있다고 했다.

"아렌스바흐는 다르다. 그곳은 정변 때 흐름을 잘 탄 대영지야. 그곳의 첫째 부인이 되었으니 앞으로 에렌페스트에 끈질기게 간섭하겠지. 프뢰벨타크는 비교도 안 될 만큼 거절할 수 없는 압력을 가할 거다."

곧 다가올 역경을 응시하는 듯한 눈으로 페르디난드가 중얼거렸다. 주변 영지와 힘의 관계가 어떤지는 다소 이해가 갔다. 하지만 역시나 에렌페스트 자체가 어떻게 바뀐다는 건지는 모르겠다.

"양아버님의 누님은 대체 어떤 분이세요? 전 그분 성함도 몰라요."

"이름은 게오르기네. 질베스타가 태어나기 전에는 에렌페스트의 차기 영주로 꼽히는 사람이었다더군."

"그건 알아요. 전 신전장이 보관하던 편지에 대충 그런 사정이 적혀 있었거든요."

"……난 그 내용도 보고받지 못했다만?"

움찔거리는 관자놀이를 누르고 페르디난드가 나를 찌릿 쏘아보았다. 나는 횡설수설하며 '연애편지인 줄 알고 그냥 모르는 척해주고 싶었다'라고 변명했다.

"이 바보 녀석! 범죄자를 상대로 멋대로 증거를 은폐해서 어쩌자는 것이야. 공범자가 되고 싶은가!?"

"죄송해요옷!"

어마어마한 호통이 떨어졌다. 연애편지라면 더더욱 숨겨서는 안 된다고 한다. 은폐했다가 공범자로 몰리면 얼마나 위험한지 지겹도록 설교를 듣고 나는 어깨를 축 떨어트렸다.

"하아, 못 말리겠군……. 질베스타의 외할머님이 아렌스바흐 영주의 딸이었는데, 그 연으로 게오르기네를 셋째 부인으로 받아들였다고 들었다. ……솔직히 나도 게오르기네를 잘 모른다. 내가 성에 들어왔을 땐 이미 시집을 간 후였으니까."

질베스타에게 듣기로는 지난 일을 계속 끄집어내며 문제삼고, 쿡쿡 찌르는 듯이 듣기 싫은 소리를 해대는 사람이라고 했다. 형제로서 경쟁하기는 진심으로 싫은 상대라는 점은 분명했다. 다만 영주 자리를 차지한 질베스타에게만 그렇게 대하는지, 아니면 모두에게 그러는지는 알 수 없었다.

"딱 한 번 본 적이 있다. 아버님…… 선대 영주의 장례식에 게오르기네도 참석했지. 다만 멀리서만 본 게 고작이라 인사조차 주고받지 않았다."

"네? 어째서죠? 인사쯤은……."

나는 이해가 되지 않아 재차 눈을 깜빡였다. 타 영주의 부인 겸 고인의 딸이 장례식에 참석한 것이다. 이번에 영주의 양녀인 나도 인사를 해야 할 정도이니 그때 이복형제인 페르디난드도 인사쯤은 할 수 있지 않았을까.

"나는 질베스타의 모친에게 미움받아 선대 영주가 사망하기 얼마 전 신전에 들어갔던 탓에 장례에는 신전 관계자로서 출석했었다. 친족으로서 참석한 게 아니었지. 당연한 말이지만, 그녀는 일개 청색 신관이 인사를 건네도 될 상대가 아니었다. 그것뿐이다."

담담한 그 말을 듣자 장례식조차 가족으로서 참석하지 못하고, 신전 관계자로서 멀리서 아버지를 보냈을 페르디난드의 모습이 머릿속에 떠올랐다. 가슴이 욱신거리고, 무릎에 얹었던 내 손이 주먹을 꽉 쥐었다.

"그럼, 신관장님은…… 아버지의 장례식에 가족으로 참석하지 못했단 말이잖아요."

"그렇지. 그게 왜?"

"그게 왜? ……가 뭐예요!"

페르디난드는 웬 호들갑이냐는 듯이 눈썹을 올렸다. 나도 모르게 고함쳤다.

"가족과 소원한 신관장님이 아버님이라고 부를 만큼 선대 영주님은 분명 신관장님에게 소중한 가족이었겠죠? 그분의 장례식에 가족으로서 참석하지도 못하다니, 화내고 울 권리가 있잖아요. 그런데 왜 그렇게 태연한 표정을 짓는 거예요!?"

"……내게 화내고 울 권리가 있다 한들 왜 그대가 화를 내지? 그대와는 관계가 없지 않은가."

페르디난드는 관자놀이를 누르며 "알 수가 없군." 하고 중얼거렸다.

"그야, 그건 너무 슬프고, 외롭잖아요. ……언젠가 나도 그렇게 될 텐데, 내게도 화내고 울 권리쯤은……."

가족이지만 가족이 아닌 지금의 나는 평민촌에 사는 가족의 장례식에 당연히 불려가지 못할 것이다. 어쩌면 사망 소식조차 듣지 못할지도 모른다. 완전히 고립되어 가족에게 명복을 빌어주지도 못할지도 모른다.

"진정하라, 로제마인. ……부탁이니, 지금은 울지 마. 평판에 좋지 않다."

"지금 평판을 신경쓸 때예요!? 달래주든, 지칠 때까지 울게 놔두든, 좀 상냥하게 대해주세요!"

벌떡 일어나 상냥함을 요구하자, 페르디난드는 "정말이지, 그대는 귀찮군." 하고 말하며 내 팔을 잡아당겨 나를 안아들었다. 그리고 나를 자기 무릎에 올리고 한 번 가볍게 안고서 후 하고 콧방귀를 뀌었다.

"이러면 됐겠지?"

그렇게 의기양양한 얼굴로 말해 봤자다. 달래려는 태도가 전혀 아니다.

"전혀요. 상냥함이라곤 흔적도 보이지 않는데요."

"눈물은 멈춘 것 같으니 됐다. 내려와라."

페르디난드는 내 주장을 가볍게 흘려넘기고 나를 무릎에서 내려놓았다. 그 순간, 한숨과 함께 온몸의 힘이 쑥 빠졌다. 아무리 화를 내도 페르디난드를 이해시킬 수 없다. 나는 형용할 수 없는 허탈감을 느끼며 다시 소파에 앉았다.

하지만 기력이 깎인 사람은 나뿐만이 아니었던 모양이다. 페르디난드도 설교방을 가리켰을 때의 노여움이 사라진 상태였다. 무슨 얘기를 하던 중이었는지 떠올리려는 듯 손끝으로 페르디난드가 관자놀이를 톡톡 두드렸다.

"얘기가 너무 벗어났군. 어쨌든 질베스타의 말로 그녀는 상당히 성가신 인물이라고 하니 부디 조심하도록."

"어떻게 조심하면 좋을까요?"

"절대 혼자가 되지 말고 시종과 호위 기사를 데리고 다녀라. 출석하라는 연회 외에는 최대한 신전에 머물도록 유의하고. 나도 그 사람을 모르는 이상, 명확하게 충고하기가 어렵군."

가족에 관한 불평은 받아주지 않으면서 귀족에 대한 주의사항은 까다롭다. 과보호하지만 상냥함이 부족한 페르디난드를 보고, 나는 다시 한번 한숨을 내쉬었다.

'신관장님이 애인과 왜 오래가지 않는지 알겠어.'

여름이 막바지에 다다른 어느 날, 귀족문이 활짝 열리더니 마차 몇

대가 신전 앞을 지나 줄줄이 귀족 마을로 들어갔다. 겨울 사교계를 앞둔 가을 막바지 때엔 흔하지만 늦여름에는 상당히 드문 광경이다. 나는 그 모습을 신전장실에서 보고 게오르기네가 도착했다는 것을 알았다. 평소처럼 신전장실에서 업무를 돕는 시간에 나는 페르디난드에게 보고했다.

"게오르기네 님이 도착하셨나 봐요."

"그래. 알고 있다. 조금 전에 질베스타가 올도난츠를 보냈지. 이틀 후에 환영회를 열 테니 성에 모이라고 하더군. 그대도 준비하도록."

페르디난드는 귀찮다는 듯이 그렇게 말하면서 시종들에게 자신이 부재중일 때 해야 할 일을 지시했다. 나도 프랑과 시종들에게 지시를 내리고 성에 갈 준비를 시작했다.

"자, 자, 공주님. 의상은 무엇을 입혀드릴까요?"

성에 도착하기가 무섭게 환영회 준비를 해야 했다. 입으로는 내 의사를 물으면서도 리카르다는 이미 마음을 정한 듯이 한 의상을 지그시 바라보았다.

"어차피 리카르다가 이미 골랐잖아요? 전 다른 영지 분을 환영하는 연회 자리는 처음이에요. 잘 모르니까 리카르다가 골라줘요."

"알겠습니다. 맡겨주십시오."

여름이 끝나가는 시기라 의상은 여름 귀색, 장식은 가을 귀색으로 리카르다가 골라주었다. 머리장식은 평소처럼 화려한 꽃장식을 꽂는 대신에 머리카락을 정교하게 땋고 세밀한 자수가 들어간 얇은 베일을 썼다.

"아렌스바흐의 여성은 공식 석상에선 반드시 베일을 써야 한답니다. 에렌페스트에 베일을 쓰는 풍습을 들여오신 분은 아렌스바흐에서 에렌페스트로 시집을 오신 질베스타 님의 할머님이셨습니다. 그 무렵에는 누구나 빠짐없이 베일을 쓰는 유행이 에렌페스트에 퍼졌답니다."

리카르다가 그리운 듯 그렇게 말하며 복잡하게 땋은 머리에 핀을 꽂아 베일이 흘러내리지 않게 고정했다.

"저기, 리카르다. 게오르기네 님은 어떤 분인지 아나요?"

순간 핀을 꽂던 리카르다의 손이 멈췄다. 할 말을 찾는 듯 시선을 굴리며 리카르다는 살짝 한숨을 쉬었다.

"……대단히 노력파이십니다."

주저하며 대답하는 리카르다의 목소리는 내 기분 탓인지 조금 가라앉은 것처럼 들렸다.

환영회가 시작되었다. 오늘 만찬으로는 게오르기네에게 그리운 맛일 고향 요리와 평소 친숙할 아렌스바흐의 요리가 함께 나왔다. 내가 가르친 레시피는 봉인되었다고 했다. 질베스타가 그다지 사이가 좋지 않은 게오르기네에게 새로운 요리를 숨기려는 의도로 보이기도 했다.

강당에 모인 귀족들은 리카르다의 말대로 아렌스바흐 풍으로 보이는 의상을 입은 사람이 많았다. 대부분 여성은 베일을 썼고, 남성은 셔츠와 바지 위에 망토 대신 얇고 큰 천을 몸에 감아 둘렀다.

나와 페르디난드를 비롯한 영주 일족이 입장한 후, 오늘의 주역인 게오르기네가 입장했다. 게오르기네는 한눈에 봐도 고귀한 귀부인임을 알 수 있는 우아한 몸짓으로 당당하게 걸어왔다. 얇은 베일 너머로 비쳐 보이는 머리카락과 눈동자는 질베스타와 닮은 색이었지만, 용모는 상당히 달랐다. 윤곽이 날렵하고 이목구비가 뚜렷한 미인이었다.

질베스타에게 집념이 강한 성격이라는 말을 들어서일까, 말끝을 흐리던 리카르다 때문일까, 아니면 전 신전장 일로 무슨 말을 들을지 몰라 경계되어서일까. 게오르기네가 한 걸음, 또 한 걸음 다가올 때마다 긴장감에 속이 쓰렸다.

"빌프리트, 로제마인, 아렌스바흐의 첫째 부인에게 인사하거라."

질베스타의 재촉에 나와 빌프리트는 함께 게오르기네 앞으로 나갔다. 게오르기네는 선대 영주의 딸이자 에렌페스트보다 상위인 아렌스바흐의 첫째 부인이므로 인사는 이쪽에서 먼저 드리는 것이 예의였다.

"아우브 에렌페스트의 자식인 빌프리트라고 합니다."

"아우브 에렌페스트의 양녀인 로제마인이라고 합니다."

"불의 신 라이덴샤프트의 권위가 빛나는 좋은 날, 신들의 인도에 의한 만남에 축복을 기도함을 허가해주십시오."

둘이 나란히 서서 각자 이름을 말한 뒤 입을 맞추어 게오르기네에게 인사했다. 지금까지 인사를 받기만 해왔던 빌프리트가 상당히 고생해서 인사말을 외웠다고 들었다. 게오르기네는 "허가합니다."라며 빨간 입술을 싱긋 끌어올렸다. 우리가 반지에 약간의 마력을 담아 축복을 마치고 몸을 일으키자 게오르기네는 빌프리트를 가만히 쳐다보았다. 머리끝부터 발끝까지 훑어보듯 녹색 눈동자가 위아래로 움직였다.

"어머나, 정말 어렸을 적의 질베스타와 꼭 닮았군요."

"제가 아버님을 많이 닮았습니까?"

기뻐하는 빌프리트에게 게오르기네가 웃으며 고개를 끄덕였다.

"예, 너무나. 너무나 닮았답니다."

게오르기네는 생글생글 웃으며 매우 상냥하게 말했지만, 어째서인지 나는 소름이 끼쳐서 무심코 손목을 슥슥 문질렀다. 나만 묘한 느낌을 받은 걸까. 주위를 둘러보니 씁쓸해 보이는 사람은 웬일로 가면처럼 감정을 전혀 드러내지 않는 질베스타뿐이었다. 다른 사람들은, 놀랍게도 페르디난드마저도 게오르기네와 빌프리트를 미소지으며 바라보고 있었다.

"고모님은 할머님을 닮으셔서 아름다우십니다."

빌프리트는 아무것도 느끼지 못했는지 천진난만하게 웃으며 대화를 이었다. 그 순간 아주 잠깐 게오르기네의 눈썹이 움찔하고 움직였다.

"어머나, 그런가요? 어머님이 그대를 정말 귀여워했다지요?"

"네!"

빌프리트가 웃으며 씩씩하게 대답한 그때 플로렌치아가 상냥하게 미소지으며 게오르기네에게서 빌프리트를 숨기듯이 앞으로 나왔다.

"저도 인사하게 해주십시오, 게오르기네 님."

그렇게 말하고 플로렌치아가 무릎을 꿇었다. 질베스타는 살짝 눈을 내리뜨고 플로렌치아의 옆에 서서 빌프리트와 나에게 손을 저어 물러나라고 지시했다. 우리는 몇 걸음 물러나 그 자리를 비켰다.

질베스타와 게오르기네 둘 다 귀족다운 미소를 띠었지만, 두 사람 사이에는 상당히 긴장감이 넘쳤다. 약간 떨어진 거리에서도 찌릿찌릿한 공기가 느껴져서 나는 마른침을 꼴깍 삼켰다.

질베스타는 한번 게오르기네와 시선을 마주치고는 천천히 무릎을 꿇었다. 얇은 베일 속에서 게오르기네의 녹색 눈동자가 강한 빛을 발하며 질베스타가 자기 앞에 무릎을 꿇는 모습을 지그시 지켜보았다. 질베스타가 양손을 가슴 앞에서 교차하여 윗사람을 대하는 태도를 보이자, 게오르기네의 입술이 매우 만족스러운 미소를 지었다.

"시간의 여신 드레팡아의 실이 엮이어 이렇게 다시 만나 뵙는 소망이 이루어져서 기쁘게 생각합니다."

재회를 기뻐하며, 오랜만에 방문한 고향에서 느긋하게 즐기기 바란다고 전하는 내용으로 영주 부부가 인사를 마쳤다. 그러고 나자 게오르기네는 "그대가 편지를 보낸 신전장인가요?"라며 내게 손짓했다. 심장이 펄쩍 뛰었다. 나는 움찔거리며 앞으로 나갔다.

"네, 저입니다."

"알려주어서 감사드려요."

그렇게 말하며 게오르기네는 기품이 넘치는 태도로 상냥하게 미소 지었다. 역시 높은 여성답다며 솔직히 감탄하게 될 만큼 아름다웠다.

"질베스타는 옛날부터 무정한 아이였지요. 그대가 가르쳐주지 않았다면 난 평생 그 일을 모를 뻔했어요. 양녀가 되었다고 들었는데, 질베스타가 양아버지라 고생하진 않나요? 이렇게 어리디어린 아이를 신전장 자리에 앉히다니. 상징으로서 자리에만 앉아 있어도 얼마나 힘든지 몰라주고 질베스타가 그대를 그 자리에 앉힌 것이겠지요. 가엾게도."

가족끼리의 대화라서 허용되는 것일까. 게오르기네는 고상하게 웃으며 질베스타를 매몰차게 깎아내렸다. 사실 몇몇 대목에서는 고개를 끄덕이고 싶기는 했지만, 어찌 됐건 양녀로서 질베스타에게 보호받는 입장이니 질베스타를 변호해주는 편이 좋으리라.

"말씀대로 신전장은 매우 힘든 자리지만, 저를 위해서 양아버님은 페르디난드 님을 후견인으로 붙여주셨습니다. 양아버님도 여러모로 절 생각해주고 계셔요."

"어머! 양아버지라는 사람이 다른 사람에게 양녀를 맡기다니 가족으로서 부끄럽기 짝이 없군요. 자기는 아무것도 하지 않고 주변에 전부 맡기는 버릇은 어릴 적부터 여전하네요."

'미안해요, 양아버님. 내 변호가 전혀 도움이 안 됐네요.'

"유능한 사람이 후견인으로 붙었어야 할 텐데, 그런가요? 아니면……."

무능한 자에게 시달리고 있느냐, 라는 말은 속으로만 담아둔 채로 게오르기네는 말 대신 동정 어린 시선을 내게 보냈다. 그녀의 머릿속에서는 내가 풍부한 마력을 노린 질베스타의 손에 의해 억지로 양녀가 된 끝에 무능한 후견인까지 붙어 신전장으로서 혹사당하는 그림이 그려진 듯했다. 시선과 말 하나하나에서 그런 생각이 엿보였다.

"제 후견인 페르디난드 님은 매우 우수하십니다, 게오르기네 님."

"……페르디난드라, 어디선가 들어본 이름이군요……."

그렇게 말하며 게오르기네가 질베스타를 바라보았다. "난 소개받지 못했는데요?"라는 목소리가 들리는 듯했다. 가면을 쓴 것처럼 감정을 보이지 않는 표정이던 질베스타가 페르디난드를 힐끗 돌아보고, 정중한 태도로 페르디난드를 소개했다.

"누님, 이 사람이 제 이복동생 페르디난드입니다. 누님이 아렌스바흐로 시집가신 후에 성에 들어와서 면식은 없으실 겁니다."

소개를 받고 페르디난드는 유려한 움직임으로 게오르기네의 앞에 나왔다. 그리고 시선을 마주치고 미소 지었다.

'이건 또 뭐야?!?'

페르디난드가 굉장히 환한 미소를 지었다. 여태 본 적 없는 상냥한 미소로 게오르기네의 앞에 무릎을 꿇고 인사했다.

"불의 신 라이덴샤프트의 권위가 빛나는 좋은 날, 신들의 인도에 의한 만남에 축복을 기도함을 허가해주십시오."

허가를 얻고 축복을 받은 후 페르디난드가 일어나자 게오르기네는 나의 후견인인 점과 관련해 몇 가지를 물었다. 페르디난드는 질문에 눈부실 만큼 반짝거리는 미소로 대답했다. 뭐라 할까, 평소에 보는 억지웃음보다 세 배는 더 상냥하고 상큼해 보였다. 솔직히 평소의 무뚝뚝한 사람과 같은 인물 같지 않았다. 빌마가 그린 그림과 판박이였다.

'그런데 이상하단 말이야. 저렇게 환하게 웃으니 오히려 굉장히 싫어하는 것처럼 보이는걸.'

게오르기네는 영주 일족과 인사를 마친 후 귀족들의 인사를 받으러 강당을 돌아다니기 시작했다. 에렌페스트 출신이라 지인이 많은 듯했다.

"게오르기네 님, 정말 오랜만에 뵙습니다."

"어머나, 글로리에가 아닙니까. 정말 반갑군요. 건강해 보여서 다행이네요."

"게오르기네 님께서 계시는 동안 다과회를 열 예정이랍니다. 꼭 참석해주세요."

"그야 당연하지요. 기대하고 있겠어요."

여성들이 둘러쌌을 뿐 아니라 남성들도 게오르기네에게 말을 걸었다. 30대가 넘는 세대의 귀족들에게 게오르기네는 반갑고 친숙한 사람인 모양이다.

"게오르기네 님, 여전히 아름다우십니다……."

"어머, 그대는 여전히 칭찬을 잘 하시는군요. 호호호……."

수많은 귀족의 중심에 서서 게오르기네는 화사한 미소를 띤 채 사람을 능숙하게 다루며 재치어린 말을 건넸다. 그 사교술은 과연 대영주의 부인답다는 생각이 절로 들 만큼 훌륭했다.

디르크의 마력과 종속 계약

게오르기네의 환영식이 끝나고 나와 페르디난드는 얼른 성에서 신전으로 돌아왔다. 빌프리트도 다른 귀족이 접촉하기 어렵도록 우선 북쪽 별채에 머무르기로 했다는 모양이었다. 나는 도서실에도 가지 못하고 북쪽 별채에 갇힐 바에야 차라리 신전에서 하던 업무를 처리하는 게 나았다.

'신전에도 도서실은 있으니까.'

게오르기네가 있으니 귀족 마을에 드나드는 귀족이 늘었다. 그 때문에 귀족끼리 떠드는 괜한 정보에 확신을 실어주지 않기 위해 나는 핫세를 둘러보러 가지도 못하고 신전에 플랑탱 상회나 길베르타 상회를 불러들이는 것도 금지되었다. 여러모로 제약이 생겼지만, 그래도 나는 성보다 신전에서 보내는 일상이 편했다.

신전에 돌아오자 게오르기네의 방문은 전혀 생각나지 않을 만큼 일상적인 나날이 흘렀다. 세 점 종까지 악기를 연습하고 그 뒤에는 네 점 종까지 페르디난드의 업무를 도왔다.

네 점 종이 울리고 점심을 먹으러 신전장실로 돌아오니 프리츠가 조금 심각한 표정으로 기다리고 있었다. 어지간히 급한 용건인 모양이다.

"프리츠, 무슨 일 있어요?"

"기다리고 있었습니다. 디르크의 일로 급히 드려야 할 말씀이 있습니다."

초조해하는 프리츠의 말을 듣자 퍼뜩 정신이 들었다. 그러고 보니 벌써 1년이나 디르크의 마력을 방치했다. 작년에는 타우 열매로 디르크의 마력을 몰래 **빼냈지만**, 앞으로 같은 일이 몇 번은 일어날 터이다. 디르크의 처우를 어떻게 할지도 페르디난드와 의논해야 했다. 디르크의 처우에는 빈데발트 백작과 맺은 종속 계약이 엮여있으므로 공공연히 대화할 순 없었다. 그리고 디르크를 구하기 위해서라고 해도 내가 멋대로 행동하면 혼이 날 게 **뻔했다**.

"프랑, 신관장님께 면담을 신청해주세요."

"알겠습니다."

프랑이 급한 일이라고 전하자, 페르디난드는 놀랍게도 다음날 다섯 점 종에 시간을 잡아주었다.

'보통 사흘 후는 되어야 하는데 내일이라니……. 음. 혹시 신관장님도 날 감시하느라 신전에 갇혀서 심심한가?'

그리고 다음날. 다섯 점 종이 울리자 나는 프랑과 프리츠와 다무엘을 데리고 신전장실을 나왔다. 복도를 걷는데 에크하르트가 신관장실에서 나와 정면 현관을 향해 발**빠르게** 사라지는 모습이 보였다. 페르디난드에게 무언가 급한 일을 명령받기라도 한 듯한 발걸음이었다.

'그러고 보니 최근엔 신관장실에서 에크하르트 오라버니를 못 봤네. 무슨 다른 임무라도 시키나? 사람을 맘대로 부리는 주인을 두면 고생이구나.'

그런 생각을 하면서 걷다 보니 신관장실 앞에 도착했다. 안에 들어가니 페르디난드가 서류에서 눈을 떼지 않은 채 "급한 모양인데 무슨 용건인가?"라고 물었다.

"신관장님, 사람을 물려주세요. 호위 기사는 다무엘, 시종은 프랑과 프리츠만 남기고 방에서 내보낼 수 있을까요?"

내가 호명한 멤버의 얼굴을 돌아보고 페르디난드는 "또 성가신 문제인가?"라고 작게 중얼거리며 손을 휙휙 흔들었다. 그 손짓을 보고 페르디난드의 시종들이 일제히 움직이기 시작했다. 차를 준비하던 시종은 프랑에게 뒤를 맡겼고 서류를 정리하던 시종은 손을 멈춘 채 조용히 방을 나갔다. 모두 나간 것을 확인하고 프리츠가 문을 닫았다.

"자, 로제마인. 무슨 일이지?"

프랑의 차를 한 모금 마시고 페르디난드가 말했다. 내가 프리츠를 바라보자 프리츠는 고개를 한 번 끄덕이고 입을 열었다.

"빌마의 전갈입니다. 디르크의 마력이 최근에 부쩍 늘었다며 대처를 부탁했습니다."

페르디난드는 미간을 찌푸리며 "디르크?" 하고 중얼거렸다. 나는 곧장 설명을 덧붙였다.

"빈데발트 백작이 억지로 종속 계약을 맺은 신식 아기인데요……."

"아아. 슬슬 마력이 찰 시기군."

디르크라는 이름은 기억하지 못하지만 신식 아기라고 말하자 페르디난드는 곧바로 용건을 알아들은 모양이었다. 나는 고개를 크게 끄덕였다.

"맞아요. 어쩌죠? 마력을 봉납하게 할까요? 마력이 넘치면 생사가 위험하니까 어서 대처하고 싶어요."

"흠, 지금은 조금이라도 마력을 모아두는 게 좋겠지."

페르디난드는 슥 일어나 마력을 차단하는 가죽 장갑을 끼고 찬장에서 검은 마석을 꺼냈다. 그리고 그것을 가죽 주머니에 넣어 내게 내밀었다.

"세례를 받지 않은 아이는 고아원 밖으로 나올 수 없으니 신구에 직접 봉납하게 할 수는 없다. 이 마석으로 마력을 흡수해오도록. 그대가 이 마석을 만지면 그대의 마력이 흡수되니 만지지 않도록 조심해라. 그대의 시종을 시키거라. 이 마석을 아기의 몸에 대면 알아서 마력을 흡수해줄 것이다."

"감사하게 생각합니다, 신관장님. 프랑, 받으세요."

나는 페르디난드에게 마석이 든 가죽 주머니를 받아 얼른 프랑에게 건넸다. 내가 갖고 관리하기보다 프랑에게 맡기는 편이 안전할 것이다.

"……그리고 제가 말씀드리고 싶은 본론은 지금부터입니다. 디르크의 종속 계약은 파기되었나요?"

나는 가죽 주머니를 프랑에게 건네고 페르디난드에게 디르크의 처우에 대해 물었다. 빈데발트 백작이 붙잡힌 지 벌써 1년 반이 지나려 한다. 정신없이 바쁘던 상황은 이미 끝났을 터였다.

페르디난드는 "아아" 하고 중얼거리더니 난처한 표정을 지었다. 그리고 관자놀이를 손끝으로 톡톡 두드리면서 혼자 생각에 빠져들었다.

"지금까지는 딱히 손쓰지 않았는데 어찌해야 할까. 여태껏 내버려 둬도 아무런 문제가 없었지만, 앞날을 생각해서 주인만 변경하도록 할까? 그런데 그러면 또다른 약점을 만드는 셈이기도 한데……."

"저기, 신관장님? 계약을 파기했는지를 물었는데요……."

혼잣말을 중얼거리며 무언가를 고민하는 페르디난드에게 나는 재차 말을 걸었다. 페르디난드는 미간에 주름이 잡힌 곤란한 얼굴로 나를 보았다.

"지금까지는 계약을 방치하는 것이 최선이었다."

"어째서죠?"

"이미 계약을 맺었으니 다른 귀족과 계약이 맺어질 걱정이 없지 않은가. 현상태를 유지하면 더 신경쓸 필요가 없었던 거다."

다른 영지의 범죄자와 엮인 아기이니 이대로 고아원에 맡겨두면 다른 귀족에게 빼앗길 염려도 없고, 아기의 일상생활을 돌볼 필요도 없어 가장 편했다면서 페르디난드는 과거형으로 말했다.

"······지금은 상황이 바뀌었나요?"

내가 묻자, 페르디난드는 아무 말 없이 도청방지 마술구를 꺼내들었다. 내가 건네받은 마술구를 쥐는 것을 확인하고 페르디난드가 입을 열었다.

"게오르기네다."

게오르기네가 지금 에렌페스트를 방문하기는 했지만 그게 대체 어떻단 말인가. 디르크와 게오르기네 사이의 관계가 전혀 생각나지 않아 나는 고개를 갸웃거렸다.

"그녀가 아렌스바흐의 첫째 부인이 되는 상황은 우리에겐 바라는 바가 아니었으며, 또한 예상한 바도 아니었다. 당분간은 첫째 부인으로서 맡은 업무에 쫓기겠지만 이후 다소 여유가 생겨 에렌페스트를 조사한다면 빈데발트 백작 일을 환히 알게 되겠지."

"빈데발트 백작이 아렌스바흐의 귀족이었어요?"

그러고 보니 에렌페스트의 남쪽에 영향력이 있는 사람이랬지, 하고 나는 기원식 때 당한 습격을 떠올려보았다.

"아아, 그렇다. 게오르기네는 전 신전장의 부고조차 몰랐으니, 아마 셋째 부인이기에 그 일의 전모를 자세히 듣지 못한 것이었겠지. 아렌스바흐 영주가 보기엔 자기 영지의 귀족이 다른 영지에서 날뛰었다는 추문이다. 알려지면 아렌스바흐가 불리해질 만한 일이니 소문을 퍼트리지 않으려 했을 터. 그러나 앞으로 정치에 관여하는 첫째 부인으로서 조사하면 갖가지 정보를 알아낼 수 있을 것이다. 게오르기네는 그 일에 대해 알아낼 수 있는 자리에 올랐어."

일단 이해했다는 얼굴로 고개를 끄덕이기는 했지만, 솔직히 전혀 모르겠다. 게오르기네가 빈데발트 백작과 디르크에 대한 정보를 알아낸다고 해서 무엇이 변한다는 말일까.

"하아……. 그대가 신전장이자 고아원장이라는 건 모두가 아는 사실이다. 그러니 빈데발트 백작의 계약을 명분으로 디르크를 넘기라고 하거나 고아원을 조사할지도 모른다."

"신식 고아를 상대로 거대한 영지의 영주 부부가 그런 짓을 할까요?"

"그대는 정보수집 능력이 전혀 없군."

내 견해를 말하자 페르디난드가 나를 노려보았다. 귀족과의 교류가 제한되어 있으니 내 정보수집 능력을 탓할 일이 아닌데 말이다.

"게오르기네가 가장 원망하고 증오하는 사람은 자신을 폐하고 아우브의 자리에 앉은 질베스타다. 전 신전장이 보관하던 그 편지를 읽은 그대가 모를 리가 없지."

'미안해요. 그땐 설마 20년이나 지난 지금까지 원망하고 증오할 줄은 몰랐어요.'

나는 마음속으로 사과하면서 최대한 진지한 얼굴로 페르디난드의 이야기를 들었다.

"그리고 그대는 질베스타가 원해서 양자결연을 한 양녀다. 충분히 공격할 만한 대상이지. 거기에 더해 그대는 그녀가 결혼 후에도 남몰래 교류를 이어올 정도로 소중한 친척이었던 전 신전장을 죽음으로 내몬 원흉이기도 하지 않은가. 그 사실을 게오르기네가 이번 방문으로 알게 되었다."

"네!? 그걸 신관장님이 어떻게 알아요?"

내가 제멋대로 굴지 않게 감시한다는 명목으로 똑같이 신전에 틀어박힌 페르디난드가 어떻게 성에 체류 중인 게오르기네의 행동을 안단 말인가. 내가 깜짝 놀라 눈을 크게 뜨자 페르디난드가 코웃음을 쳤다.

"내겐 에크하르트와 유스톡스가 모은 정보가 들어온다. 신전에 머무는 이유는 그대를 감시하기 위해서이기도 하지만, 그 두 사람이 나를 보좌하느라 시간을 뺏기지 않게 하기 위함이기도 하다."

에크하르트는 집에서 어머님에게 여자들만 모이는 다과회의 상황을 듣고, 유스톡스는 여기저기 다니며 직접 정보를 모아온다고 했다. 또 질베스타가 자기를 한밤중에 불러내어 하소연을 늘어놓기도 한다고 덧붙이면서 페르디난드는 더 상세한 정보를 알려주었다.

"아렌스바흐와 교류가 많은 파벌은 질베스타의 어머니가 실각하면서 힘을 잃었어. 그래서 게오르기네를 통해 대영지의 위세를 등에 업고 조금이라도 기세를 회복하려고 꾸미는 듯하다. 적극적으로 게오르기네와 교류하려고 안간힘이지. 그럴 목적으로 연 다과회에서 달돌프 자작 부인이 이런저런 소문을 게오르기네에게 불어넣었다더군."

귀족 간의 세력 관계도 잘 모르는 채 듣는데 처음 듣는 이름까지 등장했다.

"신관장님, 달돌프 자작 부인은 대체 어떤 분이시죠?"

"호위 임무를 내팽개치고 그대를 다치게 해서 토론베를 증식하게 만든 어리석은 기사의 어미다."

'네? 시키코자의 엄마란 말이죠!? 히이이이익! 몸을 지키려면 중요하겠지만, 그런 무서운 정보는 알고 싶지 않았어!'

평민 출신 견습무녀라며 나를 경멸하던 시키코자의 잔인한 눈빛과 눈을 도려내겠다며 들이밀었던 날카로운 칼끝이 떠올라 등골이 오싹했다.

"아들이 처형당한 후에는 영주와 한 약속대로 대놓고 그대에게 접근할 순 없었겠지. 그 대신 다과회에서 자기가 아는 사실을 푸념인 양 늘어놓는다더군. 같은 파벌끼리 모이는 내밀한 다과회에서만 말을 꺼낸다고 하니 엘비라로서도 파악하기 어렵고, 죄를 물을 수도 없어 실로 성가셔."

달돌프 자작부인은 전 신전장과 영주의 어머니에게 시키코자의 감형을 청원할 정도였으니 어머님이나 양어머님과 파벌이 다르다는 사실은 명백했다. 그런 그녀가 게오르기네의 방문을 반기며 다과회를 열어, 전 신전장이 죽은 원인이 나라는 사실을 게오르기네에게 알린 것이다.

"……무시무시하네요."

"천하태평인 그대가 조금이라도 위험을 자각했다니 다행이군. 앞으로 실각한 영주의 모친을 대신해서 대영지의 첫째 부인으로서 게오르기네가 영향을 끼친다면 에렌페스트에서 그녀의 발언권은 커질 것이다. 그런 상황에서 빈데발트 백작과 종속 계약을 맺은 신식은 아렌스바흐의 소유라는 주장이 나오면 반론하기 어려워."

압력을 행사할 수 있는 아렌스바흐, 디르크와 계약을 맺은 당사자인 빈데발트 백작의 친족, 게오르기네의 입김이 닿은 에렌페스트의 귀족 등 디르크를 빼앗고자 하면 간단히 빼앗을 수 있는 사람이 수두룩하다고 했다.

"고아를 빼앗은 후 고아원에 관해 그대에게 불리한 소문을 날조하기만 하면 지금까지 쌓아 올린 성녀 전설은 땅에 떨어질지도 모른다. 내가 상대 입장이었다 해도 마음만 먹으면 어려운 일이 아닐 터. 무엇이 어떻게 움직일지 지금으로선 예상할 수 없다."

"그럼 빈데발트 백작과 맺은 종속 계약을 파기하고 저와 다시 계약하죠. 영주의 양녀가 계약한다면 다른 귀족이 뺏어가진 못할 거 아녜요? 신관장님도 처음엔 저와 계약하면 된다고 말씀하셨잖아요."

그렇게 하면 대놓고 손대지 못할 터이다. 누가 어디에서 손을 뻗을지 모르는 상황보다는 지키기 쉬워지겠지. 디르크를 그런 위험한 상황에 놔두고 싶지 않았다.

"계약은 가능하다. 그리고 계약을 하면 디르크를 지키기는 편하겠지. 그러나 그대에게 접근하려는 자, 원한을 가진 자에겐 디르크의 존재가 그대의 약점이 될 거다."

"디르크는 이미 가족 같은 존재니까 오래 전부터 제 약점이었어요. 디르크를 지킨다는 전제하에 생각해주세요."

그때 디르크를 돕고 싶다는 나의 마음이 축복의 빛이 되어 디르크에게 날아갔었다. 이미 내게 디르크는 소중한 존재였다. 내 말에 페르디난드는 눈을 꼭 감고, "대체 얼마나 가족을 늘릴 심산인가, 바보 녀석." 하고 주문을 외는 듯한 저음으로 중얼거렸다.

"계약을 맺어 디르크를 지키는 것은 간단하지만, 지금은 그대의 환경이 달라지지 않았는가. 계약을 맺으면 그 아기의 보호자는 그대가 된다. 보호자가 있는 아이는 고아원에 둘 수 없어. 그대 슬하에서 키워야 하는데, 대체 어디서 키울 생각이지?"

예전에 디르크는 빈데발트 백작과 계약을 맺었기에 고아원을 나와서 신전장실에 살았다. 지금은 그때 디르크를 데리고 있던 전 신전장은 사망하고 계약주인 빈데발트 백작도 체포되어 아이를 키울 수 있는 환경이 아니므로 디르크가 보호자 없는 아이로서 고아원에 맡겨진 것이다. 당연히 내가 계약하면 내가 거둬야 한다.

세례도 받지 않은 어린 아기를 인부로서 성에 들일 수도 없고, 가족이라는 설정이긴 하지만 아무 관계도 없는 엘비라에게 디르크의 양육을 부탁할 수도 없었다. 내게 가능한 방향이라곤 신전장실에서 키우는 방법뿐인데 그러면 시종들의 부담만 커질 거라고 페르디난드가 지적했다.

"설마 육아 시종을 새로 들일 셈인가?"

"으……. 그런 면을 생각하면 되도록 오래 고아원에 두고 싶네요."

무엇보다 내가 디르크를 거두면 고아원에서 평생 나올 수 없는 델리아와 떼어놓아야 한다. 디르크를 남동생처럼 아끼는 델리아와 떼어놓는 상황은 마지막 순간까지 피하고 싶었다.

"음. 디르크를 지금처럼 고아원에서 지내게 하고 계약만 제게 옮길 순 없나요?"

"그렇게 제멋대로 할 방법은 없다. ……아니, 잠깐. 없진 않군."

"정말요!? 역시 신관장님이세요!"

내가 손뼉을 치며 기뻐하자, 페르디난드는 상당히 불쾌하게 얼굴을 찌푸렸다.

"질베스타를 흉내내자니 꺼려지기는 한다만, 도장을 찍지 않은 계약서를 디르크에게 지니게 해두는 것이다. 그러면 위험이 닥쳐 다급해졌을 때 바로 혈도장을 찍어 계약할 수 있지. 이 방법이면 되도록 이용당할 위험을 방지하면서도 고아원에서 키울 수 있지 않을까 하는데?"

"……음. 그렇군요."

그러고 보니 그때 질베스타의 계약용 마술구가 막판에 나를 구했다. 1년 반 정도 지난 일이 먼 과거의 일처럼 느껴졌다.

"백작과 맺은 계약은 해약할 테니 종속 계약 서류에 그대 이름을 적어 서명하고, 디르크 주변의 신용할 수 있는 자에게 맡겨두도록."

"감사하게 생각합니다."

페르디난드가 작성해준 계약서에 내 사인을 하고 종이를 접었다. 일반적인 종속 계약이라 늘 몸에 지니고 다닐 마술구까지 만들 필요는 없는지, 페르디난드는 평범한 종잇조각 한 장만 내게 건넸다. 내가 대필한 디르크의 이름 부분에 디르크의 혈도장을 찍으면 효력을 발휘한다고 했다.

"폐를 많이 끼쳤습니다. 디르크의 마력은 앞으로도 신관장님과 의논하면서 가끔 마석으로 흡수하도록 할게요."

의논을 끝낸 나는 페르디난드의 방을 나와 얼른 고아원으로 향했다. 소식을 전한 프리츠의 표정이 어두웠던 것으로 보아 꽤 상태가 심각하리라고 예상되었기 때문이다.

"빌마."

고아원에 도착하자, 빌마가 나를 발견하고 종종걸음으로 다가왔다.

"로제마인 님, 이곳까지 와주셔서 감사하게 생각합니다. 요새 디르크가 울기만 하면 얼굴에 우둘투둘한 것이 돋아요. 그래서…….'"

"빌마, 조금 전에 신관장님과도 상담하고 왔습니다. 괜찮으니까 디르크를 이곳에 데려오세요."

안절부절못하며 호소하는 빌마를 진정시키고, 나는 힐끔 프랑을 돌아보았다. 프랑은 검은 마석이 든 가죽 주머니를 들고 앞으로 나왔다.

"알겠습니다. 델리아, 델리아! 디르크를 이리 데려오세요."

빌마가 부르자 안쪽에서 델리아가 "네" 하고 대답하고는 디르크의 손을 잡고 이쪽으로 왔다. 잠시 못 본 사이에 디르크는 부쩍 자랐다. 금방이라도 넘어질 듯 아슬아슬하게나마, 기저귀로 꽁꽁 싸맨 무거운 엉덩이를 씰룩이며 아장아장 달려올 만큼 컸다.

'카밀도 이만큼 컸을까?'

봄의 성인식 때 먼발치서 봤지만 멋대로 돌아다니지 못하게 투리의 등에 가만히 업혀 있어서 나는 카밀이 걷는 모습을 보진 못했다.

"……디르크가 참 많이 컸네요."

"네. 매일 놀라움의 연속이에요. 정말 신기하지요…….'"

빌마가 쿡쿡 웃다가 디르크를 보고 걱정스럽게 슬픈 표정을 지었다.

"빌마, 걱정하지 마세요. 신관장님께 얘기해서 마력을 흡수하는 마석을 빌려왔어요. 이걸로 디르크의 마력을 빨아들이면 증상이 나아질 거예요."

"감사합니다."

안심하며 웃는 빌마에게 디르크가 비틀거리며 달려와 매달렸다. 꼭 칭찬해달라는 것처럼 동그란 눈으로 빌마를 올려다보았다.

"우～, 아～."

나는 마치 카밀을 보는 것만 같아 매우 흐뭇한 기분이 들었다. 그 자리에 살짝 몸을 웅크려서 디르크를 들여다보았다. 눈이 마주친 순간, 낯을 가리는지 디르크가 빌마에게서 떨어져 델리아에게 매달리면서 싫다고 고개를 도리도리 저으며 내게서 도망쳤다. 안으려고 할 때마다 카밀도 울었던 기억이 떠올랐다. 좀 충격이다.

"로제마인 님, 오랜만에 뵙습니다. 디르크를 잘 부탁드립니다."

델리아가 매달리는 디르크를 껴안으며 내 앞에서 무릎을 꿇었다.

내가 고개를 끄덕이고 프랑을 바라보자, 프랑은 마석을 꺼내어 디르크의 앞에 몸을 웅크렸다. 다음 순간 디르크가 프랑을 무서워하며 델리아 뒤에 숨어서 울상을 지었다.

"정말, 디르크. 울지 마. 얼굴에 우둘두둘한 게……."

그렇게 말하며 디르크를 달래던 델리아가 프랑이 든 검은 마석을 보자 안색이 싹 바뀌었다. 동시에 디르크를 지키려는 듯이 꼭 껴안았다. 전 신전장에게 억지로 마력을 빼앗겼을 때의 상황을 떠올렸으리라. 델리아의 행동은 누나라기보다 작은 엄마 같았다.

"괜찮아요, 델리아. 전 신전장처럼 송두리째 빼앗으려 들지만 않으면 그 때처럼 위험해지지는 않아요. 그보다 마력이 넘치기 일보 직전인 지금 상태가 더 위험해요. 디르크도 프랑을 무서워하니까 델리아가 대신 마력을 흡수해줘요. 델리아라면 디르크의 상태를 살피면서 적절하게 흡수할 수 있겠지요?"

델리아가 프랑이 건넨 검은 마석을 잠깐 망설이듯 노려보다가 살짝 손에 집었다. 그리고 겁이 난 표정으로 디르크의 손에 마석을 댔다.

마력이 흘러나가는 것이리라. 디르크가 "아~" 하고 소리를 내고 이상한 듯이 눈을 깜빡이며 델리아를 보았다. 쌓인 마력이 흘러나가는 감각은 잘 안다. 몸이 후련하게 가벼워지는 느낌이 들면서 꽤 기분이 좋아진다. 디르크도 후련한지 기분 좋게 델리아에게 손을 뻗었다.

"……이만하면 됐을까요?"

디르크가 싫다며 얼굴을 휙휙 돌리자 그 신호를 알아채고 델리아가 디르크에게서 검은 마석을 떼어 프랑에게 돌려주었다.

"로제마인 님, 감사하게 생각합니다. 이제 안심했어요."

델리아가 기쁘게 웃었다. 나는 델리아에게 가볍게 고개를 끄덕여 대꾸하고, 표정을 살짝 굳혔다.

"델리아, 조금 전에 디르크의 종속 계약에 관해서 신관장님과 상의했습니다. 그 내용을 델리아, 빌마, 두 사람에게도 얘기하고 싶은데 괜찮을까요?"

델리아가 눈을 크게 뜨고 자세를 고쳤고, 빌마는 진지한 눈빛으로 고개를 끄덕였다.

"빈데발트 백작과 맺었던 디르크의 종속 계약은 파기하기로 했습니다. 앞으로는 평범한 신식 아이로 고아원에 지낼 겁니다."

"다행이야, 디르크."

"단, 빈데발트 백작과 관계 있는 자가 뭔가를 요구하거나, 마력을 노리고 에렌페스트의 귀족이 접근할 가능성은 있어요."

델리아와 빌마가 굳은 표정으로 나를 보았다. 델리아의 손이 디르크를 지키려고 어깨를 꼭 껴안았다. 그 몸짓이 나를 지키려고 하던 가족의 손과 매우 닮아 보였다. 그리움과 사랑스러움에 가슴이 욱신거리는 것을 느끼며 나는 디르크의 종속 계약서를 두 사람에게 보이도록 내밀었다.

"이건 저와 디르크의 종속 계약서예요. 계약을 맺어버리면 디르크는 다시는 고아원에 있을 수 없게 돼요. 하지만 디르크의 몸을 지키는 데 다소 도움은 되겠지요. 이걸 델리아에게 맡길게요."

"……로제마인 님. 맡긴다는 게 어떤 뜻인가요?"

계약을 맺지 않고 계약서만 맡기는 이유가 이해되지 않는지 빌마가 눈을 깜빡였다.

"전 델리아를 디르크의 누나라고 생각해요. 그러니 디르크가 고아원을 나가야만 하는 상황까지도 감수하고 보호해야만 할 위험이 미쳤을 때, 델리아가 판단해서 디르크의 혈도장을 이 이름이 쓰인 부분에 찍으세요. 그러면 계약은 완료됩니다. 계약이 완료되면 델리아 대신 제가 주인으로서 디르크를 지키겠다고 약속하지요."

델리아는 깜짝 놀라서 나를 물끄러미 바라보았다. 계약서와 디르크와 나를 번갈아 보더니, 델리아는 천천히 고개를 끄덕였다. 그 입술에는 애틋한 미소가 떠올랐다.

"……로제마인 님은 약속을 지키는 분이란 걸 알고 있습니다. 이젠 의심하거나 감언이설에 속아 넘어가지 않을 거예요."

예전과 달라진 신뢰가 담긴 델리아의 하늘색 눈동자가 나를 똑바로 바라보았다. 델리아가 시종이었을 때 이만한 신뢰가 있었다면 고아원에 델리아를 묶어두게 되지도 않았을 텐데, 하고 조금 안타까워졌다. 그와 동시에 앞으로 델리아와 새로운 관계를 쌓아 가게 되리라는 확신이 들었다.

게오르기네 님의 배웅

질베르타가 보낸 올도난츠를 받고 페르디난드가 "내일 떠난다는 군." 하며 나를 바라보았다. 업무를 돕던 나는 무심코 "드디어 가네 요."라고 중얼거렸다. 솔직히 손님에게 미안한 태도이긴 하지만, 엘 비라와는 다른 파벌에 속한 귀족들이 뒤에서 몰래 뭔가를 꾸미는 듯 해서 게오르기네가 빨리 돌아갔으면 하는 생각뿐이었다. 그리고 길베 르타 상회나 플랑탱 상회를 호출하지도 못하고, 핫세를 보러 갈 수도 없는 상황이 생각보다 길게 느껴졌다.

"내일은 손님을 배웅해야 하니 모두 아침을 먹고 바로 성으로 가기 로 했습니다."

방에 돌아와서 시종과 호위 기사들에게 내일 일정이 변경됐다는 얘기를 하는데 브리기테 앞으로 올도난츠가 날아왔다. 이 시간이니 일크너에서 보낸 연락이리라. 예상대로 올도난츠는 기베 일크너의 목 소리로 같은 말을 세 번 반복했다.

"새로운 종이가 완성되었습니다만, 잉크가 잘 흡수될지는 모르겠 다고 합니다. 완성된 종이를 성으로 보냈으니 이른 시일 내에 받아주 시겠습니까? 잉크의 흡수 상태를 보고 대량생산 여부를 결정하고 싶 다고 공방 장인들이 말하더군요."

나는 가슴 앞에 깍지를 끼고 하아, 하고 감탄의 한숨을 뱉었다. 한 달하고도 며칠 만에 새로운 종이를 맞이할 줄은 몰랐다. 루츠와 길 모두 노력하는 모양이다.

"로제마인 님, 어떻게 답장할까요?"

브리기테가 답신용 올도난츠를 만들어냈다. 나는 그 올도난츠를 향해 말을 걸었다.

"벌써 새로운 종이가 완성됐나요? 역시 나의 구텐베르크군요. 마침 내일 성에 갈 용건이 있으니 바로 수령하겠습니다."

세 점 종이 울리기보다 조금 이른 시간대에 성에 도착했다. 별관에 도착하자 대기하던 리카르다가 내 옷을 갈아입히고, 머리를 다시 땋고, 베일을 씌웠다. 배웅에 걸맞은 의상으로 갈아입고 나서는 배웅 전까지 대기실에서 기다려야 했다.

대기실에 도착하자, 귀족 마을에 있는 자택으로 갔던 페르디난드가 벌써 옷을 갈아입고 돌아와 업무 용품을 펼쳐놓고 있었다.

"페르디난드 님은 이런 때에도 일하세요?"

"아직 배웅하러 나가기 전까지 시간이 많이 남았다. 여기서 멍하니 있기보다 시간을 유효하게 활용하는 게 낫겠지."

에크하르트를 조수처럼 부리면서 페르디난드가 그렇게 말했다.

"그럼 저도 일이나 할까요? 페르디난드 님, 제 앞으로 도착한 우편물을 받으러 가고 싶은데 어디로 가야 하는지 알려주세요. 일크너에서 새로 만든 종이를 확인하는 일인데 그것도 제겐 중요한 업무잖아요?"

"나는 새 종이가 도착했다는 보고를 받지 못했다만?"

페르디난드가 쏘아보아서 나는 고개를 크게 끄덕였다.

"지금 보고드리려고 수석 시종인 리카르다가 아니라 페르디난드 님께 말씀드리는 거죠. 새로운 재질로 만든 새로운 종이라니까요? 누구보다도 먼저 보고 싶죠? 전 보고 싶어요. 그리고 페르디난드 님의 짐을 레서 군에 실어서 도와드렸으니까 페르디난드 님도 제 일을 도와주세요."

내가 열심히, 정확히 말하자면 절대 물러서지 않겠다는 의지를 보이며 조르자 페르디난드는 짜증나는 표정을 짓고 "그럼 앞으로도 짐 옮기는 걸 도와라."라고 말하며 일어났다. 어차피 여태껏 페르디난드는 '싣는 김에 이것도 옮겨라' 하고 한 마디 툭 던지며 내게 짐을 맡겨 왔다. 그까짓 식은 죽 먹기다.

"감사하게 생각합니다, 페르디난드 님."

징세 창고와 별도로 영지 각 지역의 귀족이 보내는 목패와 서류 등의 짐이 도착하는 곳이 본관에 있었다. 문관들이 관리하는 부서가 따로 있는 듯했다. 전이 마법진으로 받은 물건이 여럿 늘어서 쌓여 있고, 문관들이 그 내용물을 확인하며 분류해갔다. 그 모습은 우라노 시절의 택배 회사나 우체국을 연상케 했다.

"페르디난드 님께서 직접 이곳에 오시다니, 대체 무슨 일이십니까?"

우리가 온 것을 보고 문관 한 사람이 깜짝 놀라 이쪽으로 다가왔다. 아무래도 평소에는 전속 문관을 시켜 물건을 가져오게 하지 이곳에 영주 일족이 직접 방문하지는 않는 모양이다.

"일크너에서 로제마인 앞으로 보낸 짐이 오지 않았는가?"

"문서궤가 도착해 있습니다. 내용물을 확인해주십시오."

페르디난드는 익숙한 움직임으로 문서궤를 받아서 궤에 묶인 짐표의 수신인을 확인하고, 뚜껑을 열었다. 그리고 안에 들어 있던 새로 완성된 종이, 편지, 작은 금속 패를 꺼냈다.

"로제마인, 이 패에 이름을 써라. 그대가 수령했다는 증거가 된다."

페르디난드가 금속 패를 손가락으로 가리켰다. 나는 페르디난드에게 받은 마력으로 쓰는 펜으로 수령 사인을 했다. 페르디난드는 얼른 패를 훑어본 뒤 문서궤에 넣어 문관에게 넘겼다.

"자, 돌아가지."

"네. 수고하셨습니다."

나는 새로운 종이와 편지를 품에 안고 1인용 레서버스에 탔다. 아주 살짝 만져 보니 새로운 종이는 빳빳하고 매끈매끈했다. 여기에 잉크로 깔끔하게 인쇄가 된다면 트럼프 소재로 안성맞춤이리라고 생각되었다.

'벤노 씨한테 하이디에게 연락을 넣어보라고 해야겠어. 새 재료를 보면 엄청 좋아하겠지?'

으흐흐흥, 으흐흥 하고 콧노래를 부르며 대기실에 돌아가 나는 얼른 편지를 읽었다. 루츠와 길이 보낸 편지였다. 올도난츠로 들었던 대로 '새로운 종이를 하이디에게 보내서 잉크를 연구하게 해 달라'라고 적혀 있었다. 회색 신관도 포함해서 다들 씩씩하게 종이를 만들고 있는 모양이었다.

나는 새로운 종이를 작게 잘라보기로 했다. 예전에도 잉크를 묻히는 방법을 연구하기 위해 종이를 접어 작게 찢은 적이 있다. 자, 과연 이 빳빳한 종이는 잘 접힐까. 접히지 않거나 이상한 주름이 생긴다면 따로 금을 그어서 커터로 잘라야만 한다.

우선 바깥쪽으로 접어보니 빳빳하다고 갈라지거나 이상한 금이 가

지 않고 무난하게 접혔다. 그래서 안쪽으로도 접어보고, 지그재그로
도 접어봤다.

"아, '쥘부채'처럼 됐다."

강도가 아주 적당했다. 나는 종이 끝을 잡고 내 손바닥을 착착 때
려보았다. 제법 경쾌한 소리가 났다.

"로제마인, 이건 뭐지? 어디에 쓰는 것이냐?"

페르디난드는 작업 도구를 펼쳐놓고 다시 에크하르트에게 일을 시
키려다가 쥘부채를 흔드는 나를 보고 의아한 표정을 지었다.

"우후훗~. 이렇게 쓰는 거랍니다. 얍!"

수상해하는 페르디난드를 향해 나는 쥘부채를 내리쳤다. 나의 기
습에도 불구하고 페르디난드는 왼쪽 팔꿈치를 들어 공격을 막았다.
오른손으로는 바로 내 손에서 쥘부채를 빼앗았다. 그리고 그대로 내
머리를 쥘부채로 찰싹 때렸다.

"꺅!"

"흠, 그렇군. 이럴 때 쓰는 거로군."

페르디난드는 쥘부채를 들고 손바닥에 착착 내리치면서, 한 건 해
냈다는 듯이 씩 웃었다. 짜증날 정도로 시원스러운 미소다.

"윽……. 돌려주세요."

신전에 돌아가면 돌려주겠다며 페르디난드는 쥘부채를 빼앗아갔
다. 쓸데없는 짓 말고 일을 도우라는 지시에 나는 배웅 시간 전까지
계산 업무에 힘쓰게 되었다.

길게 늘어진 소매가 더러워지지 않도록 리카르다에게 끈을 가져오
게 해서 소매를 걷어 끈을 둘러 묶고, 그 상태로 업무를 돕는데 빌프
리트도 대기실에 들어왔다.

"로제마인, 뭘 하고 있지?"

"신전에서처럼 페르디난드 님을 돕고 있어요. 빌프리트 오라버니도 하시겠어요?"

"아니, 난 고모님께 드릴 인사를 연습해야 해. 안타깝지만 지금은 못 도와준다."

빌프리트는 오즈발트의 지도를 받으면서 귀족의 작별 인사를 연습했다. '또 언젠가 시간의 여신 드레팡아가 자아낸 실이 겹치는 그 날까지 신들의 가호와 함께 존체 만안하시길 빕니다'라는 인사다. 간단히 말해 '또 언젠가 만나면 좋겠네요'라는 표현으로, 다음 약속을 당장 잡을 의향이 없을 때 쓰는 사교용 겉치레 인사다.

잠시 뒤 배웅하러 나오라고 노르베르트가 부르러 왔다. 우리는 정면 현관 앞으로 이동했다. 게오르기네에게 기수를 보여주어서 소란이 일어나면 곤란하다는 이유로 나는 페르디난드의 지시대로 에크하르트에게 안겨 현관 근처까지 이동했다.

현관에 도착했을 때쯤에는 페르디난드의 얼굴이 무뚝뚝한 모습이 아니라 사교적이고 시원한 미소가 되어 있었다. 그 미소를 유지한 채 페르디난드는 게오르기네에게 인사했다.

"또 언젠가 시간의 여신 드레팡아가 자아낸 실이 겹치는 그 날까지 신들의 가호와 함께 존체 만안하시길 빕니다."

나도 무탈하게 인사를 마쳤다. 모두의 인사가 얼추 끝났을 때쯤이었다. 불현듯 생각났는지 빌프리트가 갑자기 게오르기네를 향해 달려갔다.

"이번엔 거의 대화를 못 했으니까 다음에는 고모님과 느긋하게 얘기하고 싶습니다."

다같이 '또 언젠가 만나면 좋겠지만 그게 언제일지는 모르죠' 하는 분위기를 기껏 만들어 놓았는데 빌프리트가 말 한 마디로 분위기를 완전히 산산조각냈다. 플로렌치아의 남색 눈동자가 충격에 휘둥그레져서 빌프리트를 내려다보았다. 빌프리트의 측근들은 입가를 가렸다. 이윽고 페르디난드에게서도 냉기가 감돌았다. 표정은 여전히 시원한 미소인데도 분위기는 옆에 서 있는 나까지 굉장히 무서워질 정도였다.

주변 반응을 보면서도 게오르기네는 시치미를 뚝 뗀 표정으로 기쁘게 미소를 지으며 빌프리트와 마주 보았다. 그리고 살짝 몸을 굽혀 빌프리트의 얼굴을 들여다보았다.

"어머나, 빌프리트. 나와 이야기가 하고 싶었군요? 그럼 또…… 내년 이맘때쯤에 방문할까요?"

"기대하고 있겠습니다!"

천진난만하게 기뻐하는 빌프리트에게 게오르기네는 진한 녹색 눈동자를 가늘게 뜨며 싱긋 웃었다. 그리고 플로렌치아에게로 시선을 옮겨 우아하게 고개를 갸웃했다.

"내가 빌프리트의 초청을 받아들여도 실례되지 않을까요?"

지금까지 한 인사말을 듣기는 했나요? 라는 진심을 이런 공적인 자리에서 뱉을 수 있을 리는 없었다. 빌프리트의 폭주를 예측하지 못했던 플로렌치아에겐 어떠한 해답도 없었다.

"물론 환영합니다."

내년에도 게오르기네가 에렌페스트를 방문하게 되어버렸다.

마차가 완전히 떠나자, 페르디난드는 시원한 웃음을 순식간에 싹 지워버리고 미간에 짙은 주름을 새겼다. 금색 눈동자를 차가운 분노로 번뜩이면서 페르디난드는 혼자서만 환하게 웃으며 마차를 배웅하는 빌프리트를 내려다보았다.

"해치워버려, 로제마인."

그 말과 함께 페르디난드가 건넨 것은 좀전에 압수당했던 쥘부채였다.

'이걸 왜 여기에 가져왔을까?'

굉장히 의아했지만 의문을 입에 담기도 무서웠다. 나는 고개를 끄덕이면서 쥘부채를 집었다. 빌프리트는 자기 호위기사와 시종에게 골머리를 앓게 하고, 영주 부부를 놀라게 하고, 페르디난드를 노하게 했다. 마음 편히 마구 내리치자.

나는 쥘부채를 번쩍 치켜들어 빌프리트의 머리를 노려 내리쳤다.

"빌프리트 오라버니는 바보예요! 해도 되는 말이 있고, 해서는 안되는 말이 있어요. 분위기를 파악하세요!"

내가 호통치는 목소리와 함께 팡 하고 쥘부채가 속시원히 부딪치는 소리가 울렸다. 빌프리트는 눈이 동그래졌다.

"뭐 하는 짓이냐!?"

"그건 제가 할 말이에요. 게오르기네 님과 내년 약속을 잡다니, 대체 무슨 생각으로 그런 어리석은 짓을 한 거예요!?"

영주 부부가 고개를 끄덕이는 모습이 시야에 들어왔다.

"뭐가…… 난 고모님과 얘기하고 싶다고 말한 것뿐이야!"

"그게 잘못이라고요! 이번에 외운 인삿말은 뭐였죠? 어떨 때 쓰는 인사였는데요? 왜 영주 부부가 그 인삿말을 골랐을 것 같아요?"

빌프리트는 모르겠다는 듯 고개를 갸웃거렸다. 하지만 조금 전 대기실에서 오즈발트에게 배웠으니 모를 리가 없었다.

"로제마인, 안에 들어가서 얘기해라. 너무 흥분하다간 쓰러진다."

쥘부채를 건넨 사람이 누구였는데요, 라고 지적하고 싶었지만 목구멍으로 삼키고 나는 페르디난드의 뒤를 따라 걷기 시작했다.

선두를 걷던 질베스타가 본관 안에서 가장 정면 현관에 가까운 작은 회의실로 들어갔다. 모두가 그 뒤를 따라 들어가서 자리에 앉자, 한숨과 침묵이 공간을 가득 채웠다. 모두의 차디찬 시선을 한 몸에 받은 빌프리트는 당황한 듯 불쌍한 표정을 지으며 조심스럽게 입을 열었다.

"……아무리 생각해봐도 잘 모르겠습니다. 전 고모님과 얘기하고 싶은데, 아버님과 어머님은 그렇지 않다는 말씀이십니까?"

그 말에 영주 부부는 물론, 빌프리트의 시종까지 한숨을 크게 쉬었다.

"그렇다. 다른 곳의 영주나 첫째 부인이면 아무리 형제자매라도 성에 함부로 들여보낼 수 없다. 어디서 어떤 정보를 줄지, 무엇을 어떻게 이용할지, 가족이기에 더욱 파악이 어렵기 때문이다."

"오늘 해야 할 인사는 분명히 가르쳐줬지요, 빌프리트. 윗사람 앞에서는 정해진 인사 외의 행동을 제멋대로 하면 안 됩니다. 어떤 식으로 이용당할지 모르는 상황에서 기회를 만들면 안 되는 겁니다. ……더 공부하지 않으면 빌프리트를 귀족원에 보낼 수는 없겠네요."

귀족원에는 에렌페스트보다 큰 영지와 상위 영지, 그리고 중앙을 지배하는 왕족의 자식도 온다. 에렌페스트에서는 부모 외에 머리를 조아릴 필요가 없는 빌프리트가 예를 갖추고 무릎을 꿇어야 하는 상대가 있는 셈이다. 어머니가 앞날을 걱정하며 주의를 주어도 빌프리트에겐 자기보다 윗사람이라는 존재가 어떤 것인지 즉각 머리에 떠오르지 않은 모양이다.

"빌프리트보다 윗사람이라……. 보니파티우스밖에 생각나지 않는군."

질베스타가 팔짱을 끼며 그렇게 말했다. 하지만 빌프리트는 영주 회의 기간 중에 신세를 진 보니파티우스에겐 이미 제대로 경의를 표할 줄 알았다. 그러니 새롭게 공부가 되지는 않는다.

"빌프리트 오라버니는 같은 영주 일족이면서 연장자인 페르디난드 님에게 말을 놓잖아요? 전부터 윗사람을 대하는 태도가 아니라고 생각했어요."

빌프리트가 게오르기네를 고모님이라고 부르며 경의를 표하듯이 페르디난드를 숙부님이라고 부르며 예를 갖추고 무릎을 꿇는 방법을 익히게 하자는 제안이었다. 그러자 빌프리트가 믿을 수 없다는 듯이 눈을 부릅떴다.

"로제마인, 페르디난드는 윗사람이 아니야. 할머님이 내게 그렇게 말씀하셨다!"

"페르디난드 님은 이미 환속하셨으니 신분상 오라버니와 동등한 영주 일족이고, 연상이니까 윗사람이 아니겠어요?"

"그렇지만 할머님 말씀으론……."

"빌프리트 오라버니. 오라버니의 할머님은 범죄자로서 유폐된 지 1년 반이에요. 이런 상황에 무슨 말씀이신가요?"

빌프리트가 깜짝 놀라 눈을 크게 떴다. 오즈발트가 허둥대며 나와 빌프리트 사이에 끼어들었다.

"로제마인 님, 그 얘기는 빌프리트 님이 더 성장하신 후에 알려드리기로……."

"오즈발트, 빌프리트 오라버니에게 현실을 보여줘야 한다는 사실은 작년 가을에 통감하지 않았나요?"

대체 오즈발트가 무슨 말을 하는지, 당장은 이해가 되지 않았다. 주변을 둘러보니 질베스타가 "말해 버렸군" 하고 눈을 꼭 감는 것이 보였다.

나는 오즈발트에게서 시선을 떼고 질베스타와 플로렌치아를 바라보았다. 나는 귀족과 교류하는 방법을 한창 페르디난드에게 철저히 배우는 중인데, 정작 후계자가 이래서야 대체 어쩌자는 건가. 머리와 가슴이 식어 갔다.

"저번에는 데뷔를 눈앞에 두고 필요한 내용만 다급하게 주입했지만, 매번 같은 방법이 통하진 않겠지요. 귀족원에 들어가기 직전에 또 교육이 부족해서 데뷔 때와 같은 방법을 반복하는 어리석은 짓…… 양아버님과 양어머님은 하지 않으시겠지요?"

말에 가시가 돋아버린 건 눈감아줬으면 한다. 내가 가족과 헤어지게 된 원인은 빌프리트의 할머님이 서류를 위조해서 빈데발트 백작을 마을에 들였기 때문이다. 페르디난드가 신전에 들어오게 된 건 목숨에 위험을 느낄 정도로 그녀가 집요하게 해치려고 했기 때문이다. 딱 잘라 말하자면 나는 만난 적도 없는 빌프리트의 할머님이 싫었다.

"빌프리트 오라버니가 할머님을 좋아하든 어떻든 상관없지만, 할머님이 그렇게 말씀하셨다는 이유 하나만으로 제 후견인을 업신여기면 가만히 지켜보진 않을 거예요. 영주 일족인 페르디난드 님 앞에서 태도를 바로잡아야 할 사람은 빌프리트 오라버니가 아니겠어요?"

내 말에 질베스타가 천천히 고개를 끄덕였다.

"로제마인의 말이 맞다. 지금까지는 페르디난드가 내 이복형제라 해도 신관이었기 때문에 명백히 지위가 낮았지. 하지만 이미 환속한 상태야. 빌프리트, 앞으로 페르디난드에게 조카로서 예를 갖춰라."

"아버님, 진심으로 하시는 말씀입니까?"

빌프리트가 큰 소리로 항의했지만 질베스타는 무시하고 오즈발트를 바라보았다.

"오즈발트, 예를 갖추는 법을 빌프리트에게 기초부터 가르칠 필요가 있겠군. 로제마인, 어떻게 빌프리트를 교육해야 적절하다고 생각하느냐?"

"그런 고민은 부모님이나 빌프리트 오라버니의 시종들 몫이 아닐까요? 전에도 말씀드렸다시피 전 할 일이 산더미입니다. 또다시 떠오른 빌프리트 오라버니의 교육 계획에 관여할 시간이 없어요. 게오르기네 님이 계시는 동안 하지 못했던 일거리를 처리해야만 하는걸요."

저번에는 교육 환경으로 인해 폐적될 위기에 빠진 처지가 불쌍했고, 플로렌치아에게 교육권을 돌려주고 싶어서 협력했다. 하지만 데뷔 무대가 무사히 끝나고 부모에게 교육권이 돌아갔음에도 또다시 내 시간을 빌프리트를 위해 할애해야 할 이유는 없다고 보았다.

'플랑탱 상회에 연락을 넣어서 새로운 종이를 하이디에게 전해줘야 하고, 길베르타 상회를 불러서 투리와 머리장식을 주고받아야 하고, 그리고…….'

나는 게오르기네가 체류하는 동안 하지 못했던 업무를 떠올렸다.

"페르디난드 님, 저는 이제 핫세로 가도 괜찮겠지요?"

여긴 내버려두고 신전에 돌아가자는 청을 페르디난드는 정확히 알아들은 듯했다. 페르디난드가 "상관없다."라고 말하며 자리에서 일어났다.

"그래서 대체 무엇 때문에 핫세에 가려는 거지?"

신전에 돌아가는 도중 페르디난드가 질문하여 나는 신관장실을 향해 걸으며 용건을 말했다.

"핫세에서 부탁이 있다면서 얼마 전에 면담 의뢰 편지를 보내왔어요. 면담 내용은 핫세가 겨울 준비를 해야 하니 고아를 사갔으면 좋겠다는 부탁이에요. 기원식이 금지되면서 작년보다 수확량이 떨어진 탓에 본격적인 겨울 준비가 시작되기 전에 현금을 준비하고 싶은 거겠지요."

게오르기네가 체류하는 동안 보류해뒀던 용건을 전하자, 페르디난드가 고개를 끄덕였다.

"그 용건이라면 나도 동행해야겠군. 일정은 내일모레 오후로 지정하거라."

"알겠습니다. 그리고 겨울 동안 핫세에 회색 신관을 파견해도 괜찮을까요?"

"그건 왜지?"

"실은…… 핫세에서 보낸 면담 의뢰 편지의 문장이 상당히 심각했어요. 다른 귀족에게 보냈다면 무례하다며 불호령이 떨어졌을 거예요."

글씨가 지저분하거나, 귀족다운 표현을 갖추지 못한 건 아니었다. 편지에는 '신들의 사자에게 과실의 달콤한 이슬과 이 계절의 가장 아름다운 꽃을 바치고, 천을 준비하고 향을 피워 신앙심을 표하겠습니다'라고 아름답게 꾸민 표현이 적혀 있었다. 하지만 그 의미는 '술과 여자와 금품을 준비해둘 테니 요청을 들어주십시오'였다. 내가 어린 여자애인 줄 알면서 쓸 만한 표현이 아니었다.

"전 신전장이 너무 오래 재위한 탓에 귀족에게 보내는 편지에는 항상 이런 표현을 써야 한다고 착각하고 있을 가능성이 커요. 핫세 사람들은 분명히 이 표현이 무슨 의미인지 모를 거예요. 가르쳐주는 게 낫겠지요? 진짜 의미를 아는 주민이 없는 게 아닐까요?"

"……하긴. 이리도 당당하게 뇌물을 바칠 테니 요구를 들어달라고 하면 처음 받아보는 사람은 눈이 휘둥그레지겠군."

페르디난드도 이 사태에 머리가 아픈지 관자놀이를 손끝으로 톡톡 두드렸다.

"그러니 핫세의 겨울 저택에 회색 신관을 두세 명 파견할까 해요. 표면적인 이유로는 겨울 저택을 감시한다는 명목을 세우면 되지 않을까요? 어디 보자, 반항심은 없나, 정말 반성하고 있나 하고 확인하겠다는 식으로요."

"올해 겨울엔 그렇게 얼버무릴 수 있겠지."

"그렇다면 겨울 동안에 새 촌장 리히트를 비롯해 편지를 대필할 만한 사람들에게도 모두 서류 작성법과 귀족 특유의 완곡한 어법을 가르칠게요."

"나쁘지 않군. 이쪽도 이런 편지를 더 받고 싶지는 않으니까."

페르디난드는 어이없어하는 눈빛으로 허가를 내렸다. 나는 주먹을 꽉 쥐었다.

'다행이다. 얼른 핫세에 답장해서 일정을 잡아야겠어.'

나는 신전장실로 돌아가서 핫세 촌장 리히트에게는 면담 일정을 지정하는 편지를, 핫세의 작은 신전에는 새로운 고아가 들어올 테니 방을 준비해두라는 편지를 썼다.

"모니카, 빌마에게 연락 전해줘요. 이쪽 고아원에 남는 생필품을 다섯 세트쯤 챙겨서 내일모레 오후까지 준비해줬으면 해요. 핫세의 작은 신전에도 다소 여유분은 있겠지만 부족해질지도 모르니까요."

"알겠습니다. 고아원에 다녀오겠습니다."

"프랑, 플랑탱 상회와 연락을 취하려는데 길 대신 프리츠에게 부탁해도 괜찮을까요?"

프랑은 잠시 고민하다가 "별다른 문제는 없으리라 생각합니다."라고 대답했다.

"그럼 내일 오후에 플랑탱 상회를 불러도 될까요? 일크너에서 보낸 새로운 종이를 전달해주고 싶어서요."

게오르기네가 돌아감으로써 내 일상에 걸렸던 제한은 풀렸다. 나는 안심하며 그간 미뤄두었던 안건들을 처리하기 위해 차례차례 지시를 내렸다. 체류 중에 별다른 접촉이 없었기 때문이리라. 내 안에서 게오르기네의 존재는 이미 희미한 기억이 되어갔다.

에필로그

해가 지는 시간도 날이 갈수록 빨라져 갔다. 징세관이 방문하며 수확제가 열리는 가을은 토지를 맡은 기베에게 가장 분주한 계절이다. 아렌스바흐에서 손님으로 온 게오르기네를 만나기 위해 귀족 마을에 집합했던 기베들은 서둘러 각자의 땅으로 돌아가야만 했다. 달돌프 자작도 마찬가지였다. 근방이니 마차에 짐을 싣고 한번에 가도 되지만, 서두르려면 기수가 훨씬 빠를 터였다.

"글로리에. 미안하지만 기베가 있어야 해결되는 일이 많아. 나는 먼저 기수를 타고 돌아갈 테니 당신은 마차에 짐을 싣고 달돌프로 오지 않겠소?"

"알겠어요. 그러죠."

남편이 부탁하자 달돌프 자작부인 글로리에는 싱긋 웃었다. 되도록 기수를 타고 얼른 돌아가고 싶기는 했지만 마차를 타고 짐을 옮기는 일도 중요했다.

"고맙소. 예레미아에게 너무 오래 땅을 맡길 순 없으니말이야. 부탁하겠소."

예레미아의 이름을 듣고 글로리에는 살짝 눈을 내리떴다. 예레미아는 글로리아를 눈엣가시로 보던 전 첫째 부인의 아들이었다. 예레미아를 폐하고 아들 시키코자를 후계자로 세우고자 했던 글로리에의 희망은 시키코자의 처형으로 산산조각났다. 가슴을 후벼파는 불쾌감과 아들을 잃은 억울함 그리고 절망감을 삼키고, 글로리에는 미소를 보였다.

"그럼요. 맡겨주세요."

남편과 그의 측근 몇 사람이 기수를 타고 날아가는 모습을 배웅한 후 글로리에는 겨울 저택을 지휘하는 시종과 인부들에게 짐 꾸리기를 맡겼다.

수많은 짐을 실은 마차에 타고 글로리에는 달돌프로 돌아가는 길에 올랐다. 덜컹덜컹 흔들리는 마차 안에서 할 수 있는 일은 딱히 없었다. 멍하니 창밖 풍경을 바라보자니 지금까지 있었던 갖가지 기억이 머릿속에 떠올랐다. 정말이지 뜻대로 되지 않는 이 세상이 끔찍하기 짝이 없었다.

'저는 그저 시키코자의 원수를 갚고 싶을 뿐인데, 그조차도 허락되지 않다니요……'

◆

글로리에가 달돌프 자작의 둘째 부인으로 시집와서 낳은 아들 시키코자는 중급 귀족에 걸맞은 마력이 없었다. 남편은 시키코자를 저택의 하인으로 쓸지, 하급 귀족의 양자로 보낼지, 신전에 보낼지 선택을 강요했다. 그때 글로리에는 시키코자를 신전에 보내는 길을 선택했다. 시키코자를 당시 신전장 베제반스와 친하게 지내게 하면 영주의 모친인 베로니카와도 연결고리를 만들 수 있겠다고 계산했기 때문이다. 그리고 달돌프에 우선순위로 마력을 융통해달라고 베제반스에게 부탁할 수 있을 만큼 친밀한 관계를 만들어야 했다. 글로리에는 베로니카와 접촉했고, 아들에게도 마력 융통을 노리고 베제반스에게 접근하라고 지시했다. 시키코자를 달돌프에 아무 쓸모 없는 아이로 만들지 않기 위해 글로리에는 필사적이었다.

'그 무렵엔 힘들었지만, 보람은 있었지요.'

글로리에의 노력이 결실을 맺어 베로니카와 관계가 돈독해지면서 달돌프는 윤택해졌다. 그리고 예레미아의 어미가 죽음으로써 글로리에는 첫째 부인으로 올라섰다. 또 그와 거의 비슷한 무렵에 일어난 정변의 영향으로 특례가 내려져 시키코자가 귀족원으로 편입하게 되었다. 믿을 수 없는 행운이었다. 청색 신관이었던 시키코자가 달돌프 자작의 첫째 부인의 아들로서 귀족들에게 인정받은 것이다.

'남은 건 예레미아를 폐하고, 시키코자를 후계자로 앉히는 일뿐이 었는데……'

글로리에가 베로니카에게 후계자 자리에 관한 약속을 얻어내는 데 성공한 그때, 평민인 청색 견습무녀 때문에 시키코자가 처형당했다. 마치 혼돈의 여신이 집어삼킨 것처럼 글로리에의 앞날은 전혀 보이지 않게 되었다.

어찌하여 그 평민이 아니라 내 아들이 처형당하는 것인가. 어찌하여 그런 천박한 평민을 귀족인 내 아들이 호위해야만 했는가. 누구에게 호소해도 시키코자의 죄를 뒤집을 수는 없었다. 두 번 다시 그 평민에게 관여하지 말라는 조건을 받아들여 시키코자의 죽음은 순직으로 처리되고 그의 명예와 일족의 생명은 지켜냈지만, 글로리에는 아직도 전혀 수긍할 수 없었다. 평민 견습무녀와 그 평민을 호위하라는 불결한 임무를 내린 페르디난드, 처분을 결정한 질베스타를 향한 깊은 증오만이 글로리에의 마음속에 쌓였다.

남편은 글로리에에게 다시는 평민 견습무녀에게 접근하지 말라고 명령하여 보복할 기회마저 빼앗았다. 글로리에는 자기 대신 평민 견습무녀를 해치워줄 사람을 찾아 겨울 사교계를 돌아다녔지만, 페르디난드의 비호 하에 들어간 자를 손수 처치해주겠다고 적극적으로 나서는 사람은 없었다. 단 한 사람, 페르디난드의 존재를 증오하는 베로니카를 제외하고는.

페르디난드를 괴롭히기 위한 수단일 뿐이더라도 상관없었다. 글로리에는 평민 견습무녀만 죽일 수 있으면 충분했다. 그런데도 글로리에의 희망은 이루어지지 않았다. 오히려 빈데발트 백작을 불러들인 죄로 베로니카가 실각했고, 평민 견습무녀였던 아이는 어째서인지 기사단장의 딸로서 세례식을 받은데다 영주의 양녀가 되었다.

'왜 그 평민 견습무녀가 기사단장의 딸로서 세례식을 받는 거죠!? 왜 아우브의 양녀로 영주 일족에 이름을 올리고, 제 위에 서는 건가요!?'

글로리에에겐 도무지 용서할 수 없는 일이었다. 귀족에 대한 모독이었다. 기사단장도, 아우브도, 애초부터 자기 아들을 처형하려고 손을 잡았음이 틀림없다고 글로리에는 진심으로 믿었다.

'아우브도 페르디난드 님에게 조종당하는 건지도 모르겠어요. 베로니카 님께서 매번 그는 위험한 남자라고 말씀하셨으니까요.'

페르디난드가 신전에 들어간 후에도 그를 위험하게 보는 사람은 베로니카뿐이었지만, 글로리에는 베로니카의 말이 옳다고 믿었다.

'아우브 에렌페스트가 질베스타 님이 아니라 게오르기네 님이셨다면 평민 견습무녀를 영주 일족으로 들이는 어리석은 죄를 범하지 않았을 테지요.'

글로리에는 선대 영주가 질베스타를 후계자로 선택한 일이 아직도 분해서 견딜 수가 없었다.

'아우브에 어울리는 사람은 게오르기네 님인데.'

게오르기네는 아름답고 지혜롭다. 그녀가 아우브가 된다면 틀림없이 라이제강을 끌어내리리라.

이번에 게오르기네가 돌아오면서 글로리에와 같은 생각을 품게 된 귀족도 많을 터이다. 에렌페스트를 벗어난 지 10년은 훌쩍 흘렀는데도 아직 그녀에겐 신봉자가 많았다. 글로리에가 아는 한, 어머니인 베로니카를 유폐하면서 자신의 지지 기반을 잘라버린 질베스타보다 게오르기네를 지지하는 귀족이 훨씬 많았다.

심란한 마음으로 마차를 타고 가는데 하얀 새가 마차로 들어왔다. 올도난츠보다 작은 하얀 새는 편지로 바뀌어 글로리아의 손에 떨어졌다. 남에게 내용을 알리고 싶지 않을 때 주로 쓰이는 방식이었다. 글로리에는 편지를 훑어보았다.

보낸 사람은 게를라흐 자작부인인 로이에아였다. 에렌페스트의 미래를 좌우할 매우 중요한 편지를 게오르기네 님께서 보내셨다고 적혀 있었다. 그 내용에 관해 얘기하고 싶으니 게를라흐에 와 달라고 초대하는 편지였다.

그 순간, 짜증이 파도치던 글로리에의 마음이 가라앉았다. 글로리에가 다과회에서 에렌페스트의 현재 모습을 한탄했을 때 게오르기네는 "저는 아렌스바흐의 첫째 부인이라 아무리 당신에게 협력하고 싶어도 에렌페스트에 과하게 간섭할 순 없답니다."라며 쓸쓸하게 미소 지었는데, 그새 대체 어떤 변화가 생긴 걸까. 어쩌면 귀족 마을에서는 아우브의 부하가 잠복해 있을 가능성을 염려해 문제 되지 않게 대답했던 건지도 모른다. 게오르기네의 신중한 행동을 생각해보면 그쪽이 더 와닿았다.

게오르기네는 글로리에가 마음속으로 정한 유일한 주인이었다. 그녀가 중요한 소식을 보냈다면 모든 일을 내팽개치고 편지 내용을 알기 위해 게를라흐로 달려가야 했다. 달돌프에 도착하고 나면 게를라흐를 방문하기 힘들어지리라. 마차를 타고 혼자 따로 행동하기엔 지금이 절호의 기회였다.

"몸이 조금 안 좋군요. 멀미인가 봐요. 오늘 밤 묵을 곳에서 이삼일 쉴 수 있도록 준비하세요."

시종에게 그렇게 명령하고, 글로리에는 기수를 타고 게를라흐로 빠져나갈 계획을 세웠다.

기수를 타고 게를라흐의 여름 저택에 도착하여 글로리에는 시종의 안내를 받으며 응접실로 향했다. 그곳에서는 열몇 명의 귀족이 편히 앉아 담소를 나누고 있었다. 모두 게오르기네를 주인으로 받드는 동지들이었다. 글로리에는 초청을 보낸 게를라흐 자작 부부와 재회의 인사를 나누었다.

"그라오잠 님, 로이에아 님. 시간의 여신 드레팡아의 실이 엮이어 이렇게 만나 뵙게 되었습니다. 이렇게 빠르게 실이 엮일 줄은 미처 몰랐습니다."

"그래요, 글로리에 님. 저 역시 몇 번이고 게오르기네 님과 이야기를 나누기는 하였지만 이렇게 빨리 편지를 보내주실 줄은 몰랐답니다."

로이에아가 기쁜 듯이 밝게 웃으며 자리를 권해주었다. 듣자 하니 게오르기네는 검열을 받아야 하는 경계문을 지나기 전에 미리 편지를 보내두었다고 한다.

"이왕이면 게를라흐에 들르셔서 직접 대화를 나눴으면 참 좋았을 텐데 말이죠……."

귀족 마을과 달리 게를라흐에서는 영주의 부하가 있지나 않을지 주변을 경계할 필요 없이 스스럼없이 대화할 수 있는데, 하며 로이에아가 아쉬운 듯 한숨을 내쉬었다. 그라오잠은 부인의 어깨를 가볍게 두드리며 허허 웃었다.

"아렌스바흐 사람들이 알아선 안 되는 내용이니 별수없지. 게오르기네 님은 옛날부터 신중한 분이시니 말일세."

두 사람의 표정만 보아도 매우 좋은 소식임이 틀림없었다. 부부가 같은 감정을 함께 느끼는 게를라흐 자작 부부를 부러워하며, 글로리에는 게오르기네가 어떤 편지를 보냈는지 물었다.

"그라오잠 님, 로이에아 님. 게오르기네 님께서 보내신 소식을 두 분만 공유하지 말고, 저희에게도 기쁨을 나눠주셔요."

"잠시만 기다려주세요. 지금 읽을 테니."

로이에아가 그렇게 말하며 게오르기네에게 받은 편지를 읽기 시작했다. 그 자리에 있는 모두가 입을 다물고 가만히 로이에아가 읽는 편지 내용에 귀를 기울였다. 약간의 장식적인 표현을 빼면 내용은 '에렌페스트의 초석에 이르는 길을 발견하고 말았습니다. 어떻게 하면 좋을까요?'라는 내용이었다.

"……어떻게 하냐니, 생각할 것도 없이 대답은 단 하나밖에 없지 않습니까. 당연히 게오르기네 님께서 에렌페스트의 초석을 손에 넣으서야지요!"

글로리에가 모두를 둘러보며 그렇게 말했다. 그러자 다들 확고한 끄덕임으로 화답했다. 그 모습을 보고 로이에아는 기쁜 듯 편지를 가슴에 안으며 미소 지었다.

"그럼요, 이곳에 있는 모두가 저와 글로리에 님과 같은 마음일 겁니다. 하지만 게오르기네 님께서 출가하신 지 어언 20년이란 시간이 지났습니다. 자리를 비우신 시간이 너무 길어요. 본래라면 아무리 우리가 바라더라도 다른 귀족이 동의하지 않았을 터이고, 게오르기네 님은 다시 에렌페스트로 돌아오지 못하셨을 겁니다."

로이에아가 말했다. 그라오잠은 그 말에 고개를 끄덕이다가 자리에서 일어나 "그러나 지금은 다르네."라며 힘차게 주먹을 쥐었다. 희망으로 이글이글 불타는 뜨거운 눈빛으로 모두를 둘러보며 소리쳤다.

"선대 아우브께서 아득히 멀고 높은 곳에 오르신 후 질베스타 님께서 체제를 견고히 다지기에 충분한 시간이 흐른 지금, 에렌페스트의 정세는 흔들리고 있네. 어째서인가? 그 이유는 작년 봄에 베로니카 님을 유폐했기 때문이야. 지금 질베스타 님의 체제는 단단하다고 할 수 없지. 그런 가운데 게오르기네 님께서 에렌페스트의 초석에 이르는 길을 발견하셨네. 이것이야말로 신들의 인도가 아니겠는가!"

그라오잠의 열변은 글로리에의 가슴을 크게 흔들었다. 확실히 질베스타를 끔찍이 사랑하던 베로니카가 건재했다면 게오르기네가 돌아올 수는 없었으리라. 하지만 베로니카가 붙잡히고 질베스타의 기반이 흔들리는 지금이라면 승산이 있다. 그런 때 초석으로 이르는 길을 게오르기네가 발견한 셈이다. 이보다 훌륭한 우연의 일치가 있으랴.

'신들은 게오르기네 님이 아우브 에렌페스트가 되시길 원하신다'라는 확신이 모두의 마음에 새겨졌다.

"게오르기네 님은 신중한 분이십니다. 승리에 확신이 들지 않으면 움직이지 않으시지요. 그러니 그분께서 에렌페스트에 돌아오실 수 있다는 것을 우리가 직접 보여드려야 합니다. 에렌페스트를 더욱 흔들려면 지금이 최적입니다. 다행히 빌프리트 님께서 권해주신 덕분에 내년 여름에 다시 방문하게 되었다고 편지에 나와 있어요."

로이에아의 말에 모두 앞다투어 나서며 어떻게 에렌페스트를 흔들어서 게오르기네에게 확신을 주면 좋을지 제각기 의견을 냈다.

"질베스타 님의 통치가 과연 얼마나 안정적인지, 파고들 틈이 있을지 우선 시험해 보는 게 중요하겠군. 질베스타 님의 기반이 얼마나 무른지 다른 귀족들에게 보여주는 데에 성공하면 중립파 귀족을 설득하기 쉬워질 걸세. 게오르기네 님도 기뻐하시겠지."

"현 영주 일족의 기량과 그 측근의 능력, 질베스타 님의 사태 수습 능력을 시험해 보죠. 그 결과를 보고하면 내년 여름에는 게오르기네 님께서 어떤 말이든 해 주시지 않겠어요?"

게오르기네가 에렌페스트의 초석을 손에 넣기 위해 움직일지, 아니면 멈추어야겠다고 판단할지 지금 시점에서는 전혀 알 수 없었다. 단 게오르기네가 아우브로서 에렌페스트에 돌아오기란 쉽지는 않았다. 게오르기네가 아렌스바흐의 첫째 부인이라는 자리에서 해방되고, 에렌페스트에서 게오르기네를 지지하는 귀족이 늘어야만 했다.

"지지자를 늘리려면 베로니카 파를 끌어들이는 방법이 가장 간단할 겁니다. ······빌프리트 님을 이용하면 어떨까요? 오점이 찍힌 상황에서 구해내는 것이지요. 우리의 은혜를 입게 해두면 훗날 이용하기 편해질 겁니다. 또 빌프리트 님을 게오르기네 님의 손녀와 짝지어 배우자로 삼게 하면 영내의 귀족을 잠재우는 데에도 도움이 될 테고, 필요 없어지면 처분하기도 쉽지 않을까요?"

베로니카가 귀여워했던 빌프리트를 끌어들이면 귀족들은 의외로 간단히 이쪽으로 포섭될지도 모른다.

"빌프리트 님은 이용 가치가 있겠지만, 로제마인…… 그 평민 아이는 어쩔 셈인가요? 게오르기네 님께 필요할 것 같지는 않은데."

글로리에에겐 빌프리트보다도 영주의 양녀인 로제마인을 어떻게 처리할지가 가장 큰 관심사였다. 차라리 나에게 넘겨준다면 속이 풀릴 때까지 가지고 놀아줄 터인데, 하는 생각이 절로 들었다. 글로리에의 심사가 험악해졌음을 눈치챘는지 진정하라는 듯이 그라오잠이 가볍게 손을 저었다.

"라이제강 계통 귀족의 반발을 막고, 또한 일개 평민을 일족의 희망이라며 추대했던 현 영주의 어리석음을 알려야 할 것이오. 그러려면 전 신전장 베제반스가 옳았다는 것을 증명해 그의 명예를 회복시키고 로제마인이 평민이라는 사실을 공표해야겠지. 그러고 나서는 귀족을 속인 평민에게 걸맞게 처분하면 그만이지 않겠소?"

"평민에게 걸맞은 처분이라 하심은?"

글로리에가 묻자, 그라오잠은 천천히 턱을 쓰다듬으며 회색 눈동자를 번뜩였다.

"어딘가에 묶어둔 후 영주의 양녀가 됐을 만큼 풍족한 그 마력을 쉼없이 뽑아내든지, 마력이 높은 아이를 낳는 도구로서 신전에 가두든지, 아렌스바흐의 귀족에게 팔아넘기든지, 신식 병사로 키우든지……. 쓸모는 많소. 그러다가 쓸모가 없어지면 마석으로 만들어버리면 그만이오."

그라오잠이 지극히 무미건조하게 말했다. 그 말을 듣고 로이에아는 뭔가 생각났다는 듯이 손뼉을 쳤다.

"게오르기네 님께서 말씀하시길, 정변의 영향으로 아렌스바흐 분들은 마력이 부족해서 고생하고 계신답니다. 아렌스바흐에 팔아넘기는 건 어떨까요? 게오르기네 님이 돌아오시면 마력이 부족해질 테니 그만큼을 보충해주는 의미도 되겠지요……."

게오르기네 같은 우수한 영주 일족을 에렌페스트로 데려오는 셈이다. 아렌스바흐에도 다소의 보상이 필요하리라. 그와 같은 제안을 꺼낸 아내를 향해 그라오잠은 "게오르기네 님께도 의견을 물어보아야겠지만 그 방법도 나쁘지 않군." 하며 고개를 끄덕였다.

"허나 그 아이는 신전에 틀어박혀 나오질 않아. 베로니카 님께서 끝까지 경계하셨을 만큼 우수한 페르디난드 님이 곁에 붙어서 지키는지라 친족으로 설정된 라이제강 계통 귀족들조차도 쉽게 다가갈 수 없다고 하네."

"허약하다는 정보마저도 얼마나 정확한지 모르는 상태인걸요. 허약한 척하며 정보가 새어나가지 않게 접촉을 제안하고 있을 가능성도 있어요. 지금은 너무 정보가 부족해요."

그라오잠은 귀족들의 의견을 들으면서 팔짱을 꼈다. 그 상태로 뭔가 고민하는 표정으로 손끝을 까딱까딱 움직였다. 게오르기네를 위해 일할 수 있다는 기쁨 때문인지 회색 눈동자에는 의욕이 가득했다.

"질베스타 님의 측근 쪽 정보를 듣자 하니, 페르디난드 님은 귀족원에서 쭉 최우수 학생이었을 만큼 뛰어나다더군. 나와는 딱히 가깝게 지내지 않으니 얼마나 우수한지 모르지만, 만약 우리 계획을 눈치채면 방해할 게 분명하네."

　게오르기네를 에렌페스트에 맞이한다는 것은 즉 질베스타를 폐위한다는 뜻이다. 질베스타를 지지하는 페르디난드와는 적대하게 될 가능성이 크다.

　"페르디난드 님의 방해를 막으려면 로제마인과 페르디난드 님이 신전에서 벗어나지 못할 때, 혹은 의식 기간중 신전을 비울 때 움직이는 편이 좋지 않겠는가?"

　그라오잠이 그렇게 말하자, 로이에아가 천천히 고개를 갸웃거렸다.

　"제일 가까운 의식은 수확제군요. 최근엔 청색 신관이 부족하니 로제마인 님과 페르디난드 님은 분명히 신전을 비우시겠지요?"

　"잠깐. 그 시기엔 우리도 게를라흐를 벗어날 수 없지 않소?"

　그라오잠이 내키지 않는다는 표정으로 로이에아를 바라보았다. 게오르기네를 위해 직접 움직이고 싶어 근질거리는 모양이었다. 옛날 그대로인 그라오잠의 모습에 모두가 쓸쓸하게 웃었다.

　"그라오잠 님, 저는 기베가 아니라서 수확제 시기에도 움직일 수 있습니다. 이번 행동의 목적은 아우브 주변을 살피는 것뿐 큰 일을 벌이려는 계획은 아니지 않습니까? 그럼 귀족 마을에 있는 귀족끼리만 움직이는 편이 좋지 않겠습니까? 최대한 게오르기네 님과의 관계를 감춰둬야 하니 말입니다."

　게오르기네의 의향조차 확인할 수 없는 지금, 질베스타 측에 지나치게 경계심을 심어두면 이후에 움직이기 어려워질 것이다. 최대한 우연을 가장해서 게오르기네가 배후에 있다는 것만큼은 온 힘을 다해 감추어야 한다. 그 말을 듣고 그라오잠은 "일리가 있군."하며 고개를 끄덕였다.

"아우브의 위신에 흠집을 내고 파벌을 뒤흔들어, 파고들 틈이 있다는 것을 보여드림으로써 게오르기네 님께서 돌아올 각오를 굳히시게 하는 것이 중요하네. 걸리기만 하면 목숨이 위험해질 만한 거창한 함정은 필요 없어. 가벼우면서도 빠져나갈 수 없는 함정을 많이 파는 방향을 우선시해야만 하네."

그라오잠이 유쾌한 듯 입꼬리를 올렸다. 머릿속으로 다양한 함정을 펼치고 있음이 틀림없었다. 글로리에는 이렇게 생기가 넘치는 그라오잠을 참 오랜만에 보았다.

"그럼 이번 목표는 빌프리트 님인가요? 양녀보다 친자를 흔드는 편이 질베스타 님에게도 충격이 강하겠지요……."

로이에아가 느긋하게 고개를 갸웃거리며 그렇게 말하자, 그라오잠이 쿡쿡 웃었다.

"그분은 옛날부터 자신이 공격당할 때보다 소중한 사람이 공격당할 때 더욱 약해지셨지."

모두 연이어 의견을 내놓으며 계획을 완성해 갔다. 글로리에도 시키코자의 처형을 결정한 질베스타를 함정에 빠뜨리는 작전에 참여하고 싶었지만, 기베의 첫째 부인인 이상 달돌프 밖으로 나오기란 힘들었다.

'그 평민에게 고통을 주는 건 잠시 연기해야겠군요.'

아쉽긴 했지만, 완전히 접촉을 금지당한 채 손도 쓸 수 없었던 상황보다는 한 발 전진했다. 질베스타를 폐위하면 평민 견습무녀를 지킬 사람도 사라질 것이다.

'아아, 어서 내 소원이 이뤄지는 날이 오기를.'

다
과
회

"샤를로테, 멜키오르, 엄마는 이제 오늘 집무를 하러 가야 하니 보모가 하는 말을 잘 듣고 착하게 지내세요."

"네, 어머님. 다녀오세요."

나는 매일 아침 아이들에게 인사하고, 한 명씩 꼭 껴안은 후 일어나서 아쉬운 마음을 달래며 방을 나섭니다. 귀여운 아이들의 미소를 볼 때마다 빌프리트에게 이렇게 해주지 못했다는 아쉬움이 가슴속에 솟구칩니다.

'시어머님은 정말이지.'

태어나서 고작 두 계절이 지나 아직 젖을 먹여야만 하는 시기에 시어머님은 빌프리트를 빼앗아갔고, 빌프리트는 이후 계속 시어머님 밑에서 자랐습니다. 나는 오로지 저녁 식사 후의 포옹 한 번만 허락받은 채 빌프리트의 세례식을 맞이해야 했습니다.

"그래도 양육권을 되찾은 게 어디에요……."

전부 로제마인 덕분입니다. 제가 처음 시집왔을 때부터 시어머님은 "질베스타의 부인은 아렌스바흐에서 데려오려 했거늘" 하며 제게 늘 까다롭게 구셨는데, 그런 시어머님을 로제마인이 물리쳐주었어요. 그 뒤에도 사람들이 열광할 만한 유행을 로제마인이 연이어 만들어 준 덕에 시어머님이 실각하신 이후 귀족 여성 간의 세력도를 좋은 쪽으로 새롭게 그릴 수 있었습니다. 무엇보다도 로제마인은 영주 일족에게 걸맞은 교육을 전혀 받지 못해 폐적될 위기였던 빌프리트를 구해주었습니다. 로제마인은 에렌페스트의, 아니, 저의 성녀입니다.

자기 자식마저도 똑바로 교육하지 못한 질베스타가 칼스테드의 딸을 양녀로 들이겠다고 했을 땐 제 귀를 의심했습니다. 하지만 로제마인을 만나보니 그 아이가 얼마나 특별한지 바로 알 수 있었습니다.

빼어난 용모와 강대한 마력, 장래가 두려울 만큼 뛰어난 머리 회전, 새로운 유행을 만들어내는 상상력, 발상을 재빨리 실현하는 행동력, 남을 아끼는 마음씨. 거기에 더해 눈을 떼면 당장 죽을지도 모를 허약함.

영지를 위해 로제마인을 곁에 두고 보호해야 한다고 판단했겠지요. 질베스타치고는 드물게도 현명한 판단이었습니다.

오늘은 아렌스바흐에서 손님으로 오신 게오르기네 님과 함께 차를 마시기로 했습니다. 질베스타가 부디 동석해달라고 부탁했기 때문입니다. 하지만 솔직히 말하자면 저는 내키지 않았습니다.

'시어머님과 외모가 닮아서 가뜩이나 거북하거든요. 그런데다…….'

"환영회 때 게오르기네 님이 빌프리트를 보며 지었던 미소가 마음에 걸려서 불안해요."

"당신 직감이 맞을 거야, 플로렌치아. 내 생각에도 빌프리트는 더 이상 누님과 만나게 하지 않는 게 좋겠어. 마지막 배웅까지만 하면 충분하지. ……물론 로제마인도."

질베스타는 원래 가족에게 약해서 그렇게나 제멋대로였던 전 신전장과 시어머님마저도 방치할 정도였는데, 그런 질베스타가 게오르기네만은 심하게 경계하니 신경이 쓰였습니다.

"질베스타, 당신은 왜 그렇게 게오르기네 님을 경계하는 거죠?"

"내 자식이 똑같은 일을 겪게 할 수는 없으니까."

질베스타가 말하길, 질베스타가 후계자로서 교육받는다는 부담감에 짓눌려 힘들어할 때에 게오르기네 님은 자기 후계자 자리를 빼앗아갔다면서 한참 어린 질베스타를 괴롭혔다고 합니다.

"지금 생각해보면 그때까지 살아온 삶 전부를 부정당한 셈이니 누님의 마음이 어땠을지도 조금은 이해가 돼. 하지만 괴롭힘은 세례를 받고 아이들만 지내는 북쪽 별채로 거처를 옮기자마자 시작된 후로, 누님이 아렌스바흐에 시집을 갈 때까지 계속 이어졌어."

질베스타는 되도록 평정심을 갖추며 그렇게 말했습니다. 하지만 수많은 괴롭힘은 질베스타의 마음에 크게 상처를 입혔을 테고, 소년기에 입은 그 상처는 아직 완전히 낫지 않았겠지요.

'이 사람은 정말.'

시어머님의 편애만 받았을 뿐, 정말 필요한 때에 손을 내밀어줄 사람 하나 없이 자란 질베스타는 몸만 자란 어린아이입니다.

"이걸 옮겨다오."

질베스타는 다과회가 열릴 방으로 상자 하나를 옮기라고 시종에게 명령하고, 자리에서 일어났습니다. 저도 함께 일어났습니다.

"바로 그 게오르기네 누님에게 외숙부와 어머님 얘기를 해야만 한다니. ……마음이 착잡하군."

"한쪽 사정밖에 모르는 제가 가족 문제에 말을 얹으면 공연히 더 혼란스러워지겠지요. 이 일은 당신이 해야만 해요. 저도 곁에 있을 테니 의연하게 하세요."

나는 질베스타에게 조금이라도 힘을 북돋아 주고자 이마에 입을 맞추고, 질베스타에게 꼭 붙어서 다과회 방으로 향했습니다.

나와 질베스타가 나란히 앉고, 맞은편에 게오르기네가 앉자 다과회가 시작되었습니다. 아렌스바흐와 맞설 에렌페스트만의 맛을 보여주라는 질베스타의 명령으로 오늘 다과회에는 전통 깊은 과자인 콜데꿀파이가 나왔습니다. 꿀에 절인 콜데를 끼운 이 파이는 칼로 자르면 형태가 뭉개져 보기 싫게 되기 쉽습니다. 이 파이를 얼마나 예쁘게 잘라서 접시에 담는지로 시종의 솜씨를 뽐낼 수 있으며, 또한 이것을 우아하게 먹는 기술이 숙녀의 필수 교양입니다. 로제마인은 요리사에게 명하여 한입 크기로 잘라서 굽도록 하는 모양이지만, 오늘은 전통적인 모양으로 내도록 했습니다.

나는 포크와 나이프를 잡은 손끝에 정신을 집중하여 파이를 자르고 게오르기네 님이 보도록 한입 먹었습니다. 최근에는 줄곧 로제마인의 레시피대로 한 요리만 먹어서인지 전통 파이를 먹자 정겨운 기분이 들었습니다.

"질베스타, 난 외숙부님의 묘에 인사드리러 온 겁니다. 대체 언제 묘로 안내해줄 생각이지요?"

게오르기네는 차를 마시면서 눈썹을 찌푸리고 질베스타에게 차가운 시선을 보냈습니다. 질베스타는 순간 도와달라는 듯이 저를 바라보았다가, 주먹을 꽉 쥐고, 다시 게오르기네를 바라보았습니다.

"외숙부님은 중죄인으로 처형되었다. 본가인 그레첼 백작가에서도 몇십 년 전에 신전에 들어간 사람은 자기 집안이 아니라며 거부한 터라 무덤은 없다."

"처형, 이라고요……?"

게오르기네 님은 신전에서 보낸 편지를 받고 사망 소식은 알았지만 자세한 사정은 몰랐던 모양입니다. 한창 영주 회의가 이뤄지는 기간에 영주가 자리를 비운 기회를 틈타 친족이 불상사를 일으켰다는 이야기는 차마 할 수가 없었던지라 저희 쪽에서도 자세한 사정을 계속 숨겨왔습니다. 게오르기네 님이 주먹을 꼭 쥐며 설명을 요구하는 강한 눈빛으로 쏘아보자, 질베스타는 순간 표정이 굳어지더니 어금니를 꽉 깨물었습니다. 그리고 한번 숨을 고르고 엄격한 영주다운 표정을 짓고는 입을 열었습니다.

"공문서 위조다. 외숙부님은 영주의 명령을 어기고, 영주의 어머니를 꼬드겨 공문서를 위조해서 타 영지의 귀족을 마을에 불러들여 분란을 일으켰다."

질베스타의 무릎 위에 놓인 주먹이 가늘게 떨리는 것이 보였습니다. 내가 그 주먹 위에 살짝 손을 포개자 질베스타는 주먹을 뒤집었습니다. 우리는 서로의 손가락을 겹치고 세게 깍지를 꼈습니다.

'질베스타, 괜찮아요.'

내가 손가락을 움직여 질베스타의 손등을 쓰다듬듯이 가볍게 두드리자, 질베스타의 손가락에서 조금씩 힘이 빠졌습니다.

"영주 회의로 영주가 자리를 비운 사이에 영주의 인장을 멋대로 쓴 죄가 얼마나 무거운지, 아렌스바흐의 첫째 부인인 누님은 잘 알겠지. ……이해해주리라 생각한다."

게오르기네 님은 시선을 내리떴다가 가는 한숨을 내쉬고, 천천히 고개를 들었습니다.

"너무나 가슴 아프지만, 처형은 어쩔 수 없었겠군요. 이해합니다. ……질베스타, 외숙부님의 유품은 없습니까?"

"유품이라면 내가 몇몇 관리하고 있다. 뭐든 마음에 드는 걸 가져가도 좋아."

"네. 그렇게 하게 해주십시오."

질베스타가 시종에게 옮기게 한 나무 상자에는 전 신전장의 유품이 들어 있었던 모양입니다.

"이 상자에는 외숙부님이 신전에서 소중하게 보관한 누님의 편지가 들어 있다. 며칠 전에 페르디난드가 가져다주었어."

"어머, 읽으셨나요? ……부끄럽네요."

게오르기네는 작게 웃으며 나무상자 안에서 편지를 정성스럽게 보관한 상자와 화려하게 장식된 잉크병을 살며시 꺼냈습니다.

"……외숙부님, 마지막까지 사용해주셨군요."

작은 중얼거림을 들어보니 게오르기네 님이 시집가기 전에 선물했던 물건이겠지요. 그리운 듯 가늘게 뜬 시선으로 잉크병을 바라보고, 편지 다발을 어루만지는 게오르기네 님의 모습은 매우 애정이 넘치는 여성으로 보였습니다. 질베스타에게 들은 이야기와 빌프리트를 향한 미소가 거짓말처럼 느껴질 정도로 상냥한 미소였습니다.

전 신전장은 저와는 의식 때 외에는 만날 일이 없었던데다, 귀족도 아닌 신전 소속임에도 시어머님과 합세해 제게 '아내의 마음가짐'에 대해 끊임없이 설교해댔던 사람이라 그다지 좋은 인상은 아니었습니다. 하지만 처형 후에는 본가에서마저 모르는 일이라며 거부하여 무덤조차 없는 처지가 안타까웠던지라, 그 사람을 이렇게 그리워하는 분이 있다는 사실에 저는 조금이나마 마음이 놓였습니다.

"외숙부님은 어머님을 꼬드겨서 죄를 범했다면서요? 그럼 어머님은 어떻게 지내십니까? 환영회에 보이지 않으셔서 의아했는데 그 자리에선 물을 수가 없었거든요."

"어머님은 같은 죄목으로 유폐했다. 지금은 숲에 있는 하얀 탑에……."

"만나 뵙고 싶어요."

게오르기네의 요청에 질베스타는 안색을 싹 바꾸고 고개를 저었습니다. 도망과 살해를 막기 위해 영주에게 반역한 범죄자는 면회가 금지되어 있습니다.

"……영주에게 반역한 범죄자다. 면회는 안 돼."

"만나서 얘기를 하고 싶다는 게 아닙니다. 어머님이 어떻게 지내는지 볼 수만 있으면 됩니다. 얼굴만 봐도 안심하는 게 자식 마음이지 않겠어요? 당신이 나라도 같은 말을 하지 않았을까요?"

게오르기네 님은 진한 녹색 눈동자로 질베스타를 노려보았습니다.

"전 아렌스바흐의 첫째 부인입니다. 어머니라 해도 중죄인을 도망치게 하거나, 감형을 부탁하진 않을 거예요."

"……슈타프를 봉인하는 고랑을 찬다면 보기만 하는 것은 허가하겠다만……."

슈타프를 봉인하는 고랑은 범죄를 일으킨 귀족에게 채우는 물건으로, 슈타프를 봉인하고 마술을 완전히 못 쓰게 만드는 형구입니다. 범죄자가 차는 고랑을 차라는 질베스타의 말은 완곡한 거부의 뜻이었습니다. 하지만 게오르기네 님은 빙긋 미소를 짓더니 가느다란 손목을 슥 내밀었습니다.

"네. 부탁합니다."

질베스타는 씁쓸한 표정으로 게오르기네 님의 손목에 마술구 쇠고랑을 채웠습니다. 어쩌면 시어머님께 그 쇠고랑을 채웠던 기억을 떠올렸는지도 모릅니다.

우리는 게오르기네 님을 숲속에 있는 하얀 탑에 안내했습니다. 귀족의 숲에 우뚝 솟은 하얀 탑은 영주에게 반역하는 중죄를 저지른 귀족을 가둬두는 탑입니다.

하얀 탑에 들어가 가장 안쪽 문을 열었습니다. 쇠창살만 없다면 평범한 귀부인의 방으로 보일 법한 그곳에, 지금의 게오르기네 님과 마찬가지로 슈타프를 봉인하는 쇠고랑을 찬 시어머님이 계셨습니다.

문을 여는 소리에 고개를 들고 일어선 시어머님이 "게오르기네!" 하고 쇠창살 앞까지 달려왔습니다. 유폐되었어도 영주의 어머니입니다. 처우가 그렇게 심하지는 않은지 머리와 옷이 단정했습니다.

"네가 질베스타에게 말해다오. 나를 이곳에서 꺼내주렴. 질베스타는 페르디난드에게 조종당하고 있어. 구해다오, 게오르기네."

필사적으로 설득하는 시어머님을 조용히 바라보던 게오르기네 님은 질베스타와 한 약속대로 가만히 그 모습만 바라볼 뿐, 정말 시어머님과는 한 마디도 섞지 않고, 등을 돌렸습니다.

"……질베스타, 이걸로 충분합니다."

고개를 끄덕이고 질베스타가 걷기 시작했습니다. 게오르기네 님과 내가 그 뒤를 이었습니다.

"게오르기네! 게오르기네!"

그렇게 몇 번이고 부르는 시어머님의 목소리에 게오르기네 님이 걸음을 멈추고, 한 번 뒤돌아보았습니다. 나와 눈이 마주치자 게오르기네 님은 싱긋 웃었습니다.

"어머님의 모습을 한 번이라도 볼 수 있어서 다행입니다. 무리한 부탁을 해서 미안해요, 플로렌치아."

"아닙니다, 걱정하시는 마음은 충분히 이해합니다."

그리고 게오르기네 님은 천천히 시어머님에게 시선을 보내더니,

참으로 유쾌한 미소를 지었습니다. 필사적으로 이름을 부르는 시어머니님를 향해 짓는 게오르기네 님의 미소는 도무지 어머님의 모습에 안심한 딸의 미소로는 보이지 않아 살짝 오한이 느껴졌습니다.

"잘 와줬어요, 엘비라."

오늘은 로제마인의 어머니 된 엘비라와 차를 마시기로 했습니다. 엘비라에게는 에렌페스트에 처음 시집왔을 때부터 도움을 많이 받았습니다. 옆 영지에서 시집와서 에렌페스트를 잘 몰랐던 내게 엘비라는 이곳 사정을 자세히 가르쳐주고, 자신의 파벌에 넣어주고, 은근히 감싸주기도 했습니다.

'질베스타보다 엘비라가 더 믿음직스럽다는 말은 질베스타에겐 비밀이랍니다. 토라지거든요.'

과자와 차 준비가 끝나자 시종을 물리고, 십분 주의하자는 생각에 도청방지 마술구를 엘비라에게 건넸습니다. 아무 말 없이 차를 마시고 과자를 하나 집어 엘비라에게 건네자 엘비라도 차를 한 모금 마셨습니다.

"게오르기네 님 일이지요?"

엘비라는 찻잔을 조용히 내려놓으며 희미하게 미소지었습니다.

"네, 그래요. 당신이라면 제가 접할 수 없는 다양한 정보를 들려주실 테니까요. 늘 기대서 미안해요."

"아니에요. 그러기 위해 제 파벌을 꾸리는걸요. ……그나저나 게오르기네 님은 대단히 정력적으로 움직이고 계시더군요. 어제도 구베로니카 님의 파벌이 여는 다과회에 참석하셨다고 해요."

엘비라는 질린 듯하면서도 감탄한 듯한 한숨을 내쉰 후, 조그맣게 중얼거렸습니다. 베로니카는 시어머님의 성함입니다. 시어머님이 실각하면서 힘을 잃은 파벌이지만, 게오르기네 님이 돌아오시면서 일시적으로 활기를 띤 모양입니다.

"그쪽 파벌은 아렌스바흐와 교류하는 귀족이 많잖아요? 어떻게든 필사적으로 게오르기네 님과 친분을 맺으려 드는 모양입니다. 게오르기네 님도 이쪽과 깊이 교류하려면 분명 옛날 지인들과 친교를 이어야 했겠지요……"

시어머님이 실각하신 후로 에렌페스트와 아렌스바흐는 연결고리가 매우 약해졌습니다. 그래서 첫째 부인이 된 게오르기네 님은 자신을 후원해줄 고향의 강한 힘이 필요해진 건지도 모릅니다.

"어제 다과회에서 달돌프 자작 부인이 제법 많은 정보를 게오르기네 님께 불어넣었다고 해요. ……로제마인이 걱정이에요."

"달돌프 자작 부인? ……2년쯤 전에 기사단의 명령 위반으로 처형된 기사의 어머니지요?"

"맞아요. 당시 청색 견습무녀였던 로제마인을 호위하라는 페르디난드 님의 명령을 어기고 슈타프로 상처를 입히고, 마물 퇴치 현장에 혼란을 일으킨 파렴치한 기사의 어미입니다."

그 사람이 로제마인에 관해 상당히 악의에 찬 소문을 퍼트리는 모양입니다. 하급 귀족끼리라는 인연 때문에 엘비라에게 충고해준 사람이 있었다고 했습니다.

"달돌프 자작 부인은 청색 견습무녀가 평민이라고 소문을 퍼트린 전 신전장과 매우 친했다지요?"

"베로니카 님의 파벌에 속한 달돌프 자작 부인은 신전에 들어간 아들을 잘 부탁한다면서 전 신전장에게 청탁하는 사이였다고 해요. 전 신전장은 베로니카 님의 하나뿐인 동복 동생이었으니까요."

엘비라가 곤란한 표정을 지으며 "그뿐이라면 명백히 명령을 위반한 기사의 잘못이니 크게 걱정할 필요는 없었겠지만." 하고 말한 후, 눈을 내리깔았습니다.

"로제마인은 달돌프 자작 부인의 아들뿐만 아니라 전 신전장이 죽은 이유와도 깊은 관련이 있지요. 평민이라는 소문은 아우브 에렌페스트가 확실히 부정해주셨지만, 전 신전장의 죽음은 숨길 수가 없습니다. 게오르기네 님이 어떻게 느끼고 어떻게 판단할지, 저로서는 짐작이 가지 않는군요."

엘비라의 말을 듣자 전 신전장의 유품을 어루만지던 게오르기네의 모습이 떠올라, 저는 한숨을 내쉬었습니다. 갈 곳을 잃은 감정이 로제마인에게 향할 거라는 예감을 지울 수가 없었습니다.

"저어, 엘비라. 저는 짧게나마 게오르기네 님과 귀족원 기간이 겹치긴 했지만, 에렌페스트 분들 중에서는 콘스탄체 님 외에 다른 분은 잘 모르고 지냈어요. 엘비라가 보기에 게오르기네 님은 어떤 분인가요?"

귀족원의 영주 후보생이 모이는 행사에서 저도 게오르기네 님을 몇 번은 만났을 터입니다. 하지만 상급생과 하급생의 나이 차가 커서인지, 귀족원에 들어갔을 때 오라버니와 연인 사이였던 콘스탄체 님이 저를 귀여워해주셔서 친했던 때문인지, 내겐 게오르기네 님의 기억이 거의 없습니다.

"자존심이 높고 노력가이십니다. 하지만 베로니카 님의 핏줄이라서인지, 게오르기네 님도 적의를 가진 상대에겐 정말 가차 없는 성격이시라 어린 질베스타 님을 배척하려고 집요하게 괴롭히셨어요."

형제간에 영주의 자리를 다투며 서로를 배척하는 경우는 드물진 않지만요, 하고 엘비라가 어깨를 한번 으쓱했습니다.

　"성별 때문에 어린 질베스타 님께 차기 영주의 자리를 빼앗기고, 그 때문에 파혼까지 당하여 아렌스바흐에 셋째 부인으로 시집을 가게 되었으니 게오르기네 님으로선 오죽 굴욕적이었겠어요. 그 심정은 이해합니다. 하지만 세례를 받은 지 얼마 되지 않은 아이에게 가진 증오심치고는 너무나도 심각했습니다. 칼스테드 님이 괴롭힘을 막느라 여간 고생한 게 아니었다지요."

　"영주 자리에는 남성이 더 바람직하기는 하지요."

　자식에게 풍부한 마력을 물려주는 데에는 어머니가 가진 마력의 양이 중요합니다. 임신 중에는 최대한 자식에게 마력을 물려주기 위해 마력 사용을 자제합니다. 그래서 남성이 영주가 되면 마력의 양만 맞으면 굳이 영주 후보생이 아니어도 부인으로 인정받기도 하지만, 여성이 영주가 되면 남편은 반드시 영주 후보생이어야 합니다.

　"제삼자가 보기에 관습과 사정에 따른 일이었다고는 해도 게오르기네 님의 마음은 별개니까요. 질베스타 님과 꼭 닮으신 빌프리트 님도, 자기 몸을 지키기 위해서이기는 했지만 전 신전장을 끌어내린 셈인 로제마인도 조심해야만 할 거예요."

　약점을 보이는 날엔 당장 달려들 분이라며 엘비라가 덧붙였습니다. 나는 그 말에 시어머님이 떠올랐습니다. 아마 기질이 꼭 닮아서겠지요.

　"……게오르기네 님이 아렌스바흐의 첫째 부인으로서 권력을 휘두르게 되었으니 경계해야 할 겁니다."

　"그렇겠네요. 그러는 편이 좋겠어요. 셋째 부인일 땐 한 번도 이쪽에 돌아오지 않으셨는데, 에렌페스트를 무릎꿇릴 만한 권력을 가지자마자 친정으로 돌아오시는 걸 보면요."

아무리 아렌스바흐가 대영지라도 정치에 관여할 수 없는 셋째 부인보다는 영주의 지위가 더 높습니다. 첫째 부인이 되어 질베스타보다 높은 지위를 얻었기 때문에 돌아온 것이겠지요, 라고 엘비라는 말했습니다. 게오르기네 님과 마주 보며 대화를 나누었을 뿐인데 주먹을 떨던 질베스타의 모습이 뇌리를 스쳤습니다.

"저도 강해져야만 하겠군요……."

일주일 간의 체류를 끝내고 게오르기네 님이 아렌스바흐로 돌아가는 날이 왔습니다. 배웅하기 위해 로제마인과 빌프리트도 함께 일렬로 서서 기나긴 인사를 했습니다.

"그동안 폐를 끼쳤네요."

"조금이나마 게오르기네 님께서 즐거우셨길 바랍니다."

솔직히 계속 경계했던지라 조금 안심이 되었습니다. 내가 긴장을 푼 그 순간, 갑자기 빌프리트가 웃으며 게오르기네 님께 달려갔습니다.

"이번엔 거의 대화를 못 했으니까 다음에는 고모님과 느긋하게 얘기하고 싶습니다."

사각지대에서 튀어나와 막을 겨를도 없을 정도로 순식간이었습니다. 빌프리트의 말에 게오르기네 님의 입꼬리가 올라갔습니다.

"어머나, 빌프리트. 나와 이야기가 하고 싶었군요? 그럼 또…… 내년 이맘때쯤에 방문할까요?"

"기대하고 있겠습니다!"

'아아, 쓸데없는 말은 삼가라고 그렇게 말했건만.'

빌프리트의 볼을 꼬집고 싶은 충동이 일었지만, 이 자리에서 그런 짓은 할 수 없습니다. 깍지 낀 손에 힘을 주며 미소를 유지하는데, 게오르기네 님이 나를 보고 우아하게 고개를 갸웃거렸습니다.

"내가 빌프리트의 초청을 받아들여도 실례되지 않을까요?"

매우 실례입니다, 라는 진심을 이런 공적인 견제 자리에서 입 밖에 낼 수도 없지요. 내가 할 수 있는 대답이라곤 하나밖에 준비되어 있지 않았습니다.

"물론 환영합니다."

'이 바보 같은 아들!'

게오르기네 님을 태운 마차가 보이지 않게 되자, 나는 몸을 빙글 돌렸습니다. 페르디난드가 조금 전까지 지었던 화사한 미소를 완전히 지우고 미간에 짙은 주름을 새긴 채 빌프리트를 내려다보고 있었습니다. 어째서인지 하얀 종이로 만든 부채 같은 물건을 로제마인에게 건넸습니다.

"해치워버려, 로제마인."

뼛속까지 시리게 하는 페르디난드의 목소리에 로제마인은 고개를 끄덕이고, 빌프리트를 향해 하얀 부채를 내리쳤습니다.

"빌프리트 오라버니는 바보예요! 해도 되는 말이 있고, 해서는 안 되는 말이 있어요. 분위기를 파악하세요!"

팡 하고 속시원한 부채 소리를 내며 호통치는 로제마인을 보고, 나는 마음속으로 손뼉을 쳤습니다. 내가 하고 싶었던 말을 로제마인이 그대로 해줬습니다.

'에렌페스트의 미래를 위해서라도 로제마인과 빌프리트를 맺어주

는 방향으로 진지하게 생각해봐야겠어요.'

다
무
엘
의 요
청

성결식이 끝나고 신전장으로서 아름다운 축복을 내린 로제마인 님께서는 느긋한 걸음으로 대강당을 퇴장하셨습니다. 문이 닫힘과 동시에 대강당은 성인들만이 즐기는 밤 분위기로 바뀌었습니다. 상대가 정해진 사람들은 연인의 부모와 친척에게 인사를 드리고, 상대를 찾으려는 사람들은 자신의 보호자에게 소개를 받거나 친구들끼리 무리지어 다니다가 서로를 다른 무리에게 소개해주며 오늘 밤을 보낼 것입니다. 한 집안의 후계자는 보호자에게 상대를 소개받지만 그 외의 사람들은 대부분 친구끼리 즐긴다고 봐도 무난합니다.

저는 로제마인 님이 고안해주신 의상을 공개하기 위해 엘비라 님이 함께해주셨기에 친구와 편하게 떠들 수는 없었습니다. 의상을 보고 재잘거리는 친구들에게 좋은 인연이 있기를 빌며 배웅했습니다.

"인연의 여신이 모두를 축복하시기를."

"인연의 여신이 브리기테도 축복하시기를."

"정숙! 오늘은 중요한 소식이 있다."

친구들과 헤어지고 나자 아우브 에렌페스트의 목소리가 온 강당에 울려 퍼졌습니다. 단상을 보니 아우브 옆에 페르디난드 님이 서 계셨습니다. 사전에 로제마인 님께 들은 대로 페르디난드 님의 환속에 관해 아우브께서 이야기하셨습니다.

귀족들이 소란스러워졌습니다. 아우브의 어머님이신 베로니카 님이 집요하게 제거하려고 하여 신전에 칩거하셨던 페르디난드 님께서 다시 영주의 일족으로 돌아오신 겁니다. 그것은 아우브가 베로니카 님의 의사를 완전히 무시하기로 했다는 의미였습니다. 베로니카 님과 뜻을 함께했던 사람들은 슈타프를 치켜들면서도 입을 꽉 다물고, 고개를 푹 숙였습니다.

파벌의 추세가 크게 바뀌는 순간을 두 눈으로 보고 저는 숨을 삼켰습니다. 그러자 엘비라 님께서 슬쩍 한 걸음 뒤로 물러나셨습니다. 엘비라 님은 다시 저보다 반 걸음 뒤쯤에 붙으셔서 속삭이는 듯한 작은 목소리로 "브리기테, 등을 꼿꼿이 펴고 미소지으세요."라고 충고하셨습니다.

"페르디난드 님께서 환속하시고 후견이 발표되었으니 이로써 베로니카 파의 귀족은 권력을 잃었습니다. 그러니 이제부터 자신들을 후원해줄 권력자를 찾으려 들겠지요. 로제마인의 후원을 받고 있음을 몸소 보여주는 당신에게 베로니카 파의 귀족들이 권력을 노리고 접근할 겁니다. 기세에 눌려 압도당하지 마세요."

엘비라 님의 충고를 들으며 주변을 둘러보니, 마음을 주고받으며 즐겁게 대화하는 연인들의 모습 사이로 시선이 느껴졌습니다. 부모뻘 귀족들의 시선이 새로운 의상을 호의적으로 바라보는 눈빛이 아니라 냉정하게 이익을 노리는 눈빛으로 바뀌었습니다. 성결식이 시작되기 전과는 비교도 안 될 만큼 다들 제게 주목하는 것이 아니겠습니까.

갑작스러운 변화에 당황하는데, "엘비라 님." 하고 제가 아니라 엘비라 님을 부르는 젊은 남성의 목소리가 들렸습니다. 귀에 익은 그 목소리에 등줄기가 오싹해져서 홱 뒤돌아보니 엘비라 님께 인사하는 남성의 모습이 눈에 들어왔습니다.

'하스하이트!?'

저의 전 약혼자였습니다. 언뜻 건실해 보이는 생김새로 생글생글 웃고 있지만, 눈에는 전혀 웃음기가 돌지 않는 그 모습이 예전과 전혀 다르지 않았습니다. 소름이 싹 돋았습니다.

"엘비라 님, 시간의 여신께서 저와 브리기테 님의 실을 엮어주신 모양입니다. 최고신의 가호가 있는 이 밤에 부디 축복을 내려주시길 부탁드립니다."

하스하이트는 저의 후견인으로 함께 행동하시는 엘비라 님께 둘이서만 얘기할 테니 허가해달라는 뜻을 담아 요청했습니다. 엘비라 님은 의상 때문에 제 곁에 계셔주시는 것일 뿐, 제 혼약에는 조언할 수 없는 위치셨습니다.

"최고신이 계시는 밤에는 인연의 여신도 장난치지 않으십니다."

엘비라 님은 저와 하스하이트를 번갈아 보다가 자신의 눈이 닿는 곳에서라면 대화해도 좋다는 조건을 내걸고, 한 걸음 뒤로 물러나셨습니다. 그리고 우리의 대화를 지켜볼 수 있는 위치에서 기다려주셨습니다. 엘비라 님이 바라보는 곳에서라면 하스하이트도 강압적으로 나오진 못하겠지요. 그것만으로도 상당히 마음이 든든해졌습니다.

저는 천천히 주위를 둘러보았습니다. 호기심 많은 귀족들이 이쪽을 힐끔힐끔 쳐다봅니다. 귀족들 사이를 헤치며 오라버니가 이쪽을 향해 다가오는 모습이 보였습니다.

'오라버니는 오지 마십시오.'

저는 서둘러 손을 들어 오라버니를 막았습니다. 예전에 파혼당한 결과에서도 밝혀졌듯이, 기베인 오라버니가 하스하이트에게 제대로 대처하지 못했을 땐 일크너 전체가 불이익을 당하게 됩니다. 일크너가 로제마인 님의 후원을 받기 직전인 지금, 그것만은 반드시 피해야 했습니다. 오라버니가 걱정스러운 표정으로 걸음을 멈추는 것을 확인하고, 저는 하스하이트를 돌아보았습니다.

"하스하이트 님, 제게 무슨 볼일이 있으십니까?"

"성결식 밤에 후견하는 보호자에게 청해 대화를 허락받은 것이 무슨 이유이겠느냐. 그런 이유로 다가온 남자에게 너무 차갑지 않으냐, 브리기테? 예전에 인연의 여신이 이어주신 연의 매듭이 이유도 없이 끊어졌을 때도 내 마음은 빙설의 신에게 공격을 받은 것처럼 차갑게 얼어붙었다……."

하스하이트는 예전에 멋대로 파혼한 사람은 나였으며, 이유조차 가르쳐주지 않아 굉장히 상처받았다고 제게 따졌습니다. 하지만 제가 혼약을 취소한 이유는 오라버니를 폐하여 기베 일크너의 자리를 손에 넣으려고 했던 하스하이트를 비롯해 그의 친족과 인연을 끊기 위해서였습니다. 하스하이트는 슬픈 듯이 눈을 내리뜨며 주변의 동정을 얻으려고 했지만, 너무나도 뻔뻔스러운 발언에 저는 분노가 치밀었습니다.

"하스하이트 님, 당신은……."

"브리기테?"

반론하려고 입술을 움직인 순간, 걱정하는 엘비라 님의 목소리를 듣고 정신이 퍼뜩 들었습니다. 우리를 바라보며 조용히, 하지만 위엄마저 풍기며 미소를 짓는 엘비라 님의 분위기를 보고 저는 등을 꼿꼿이 펴고 미소지으라던 충고가 떠올랐습니다.

'기세에 눌려 압도당하면 안 돼.'

머리가 퍼뜩 냉정해졌습니다. 이렇게 많은 귀족이 모인 공적인 자리에서 감정적으로 나서면 상대에게 허점을 보이는 셈입니다. 기베인 오라버니가 그들에게 발목이 잡혀 휘둘린 내부 사정이 알려지면 제가 파혼하면서 어떻게든 지켜낸 일크너를 집어삼키려고 달려드는 귀족이 늘어나겠지요. 저는 가슴속에 소용돌이치는 분노를 숨기며 엘비라 님을 따라 하스하이트를 향해 미소를 지었습니다.

"브리기테, 당신이 아무리 나를 모질게 대해도 나의 라펠은 아직 떨어지지 않았어. 여전히 흙의 여신 게두르리히를 생각하고 있네."

주변 사람들에게는 '아무리 모질게 대해도 지금도 여전히 사랑한다'는 뜻으로 들렸을지도 모르지만 하스하이트의 진의는 '나는 지금도 여전히 일크너를 노리고 있다'였습니다. 이후에도 하스하이트는 주변 사람들이 알 수 없게 표현을 빙빙 돌리며 저를 비웃었습니다. 기베 일족인 나의 파혼으로 귀족이 줄어 쇠퇴해진 일크너를 비웃었으며, 파혼한 나를 기베의 지위를 손에 넣을 기회를 걷어찬 어리석은 자라며 따졌고, 쉽사리 속아서 휘둘린 오라버니를 업신여겼습니다.

'로제마인 님의 후원을 얻었으니 일크너라고 언제까지나 약하진 않을 겁니다.'

그렇게 반박할 수 있다면 얼마나 속이 후련할까요. 하지만 로제마인 님이 정식으로 제지업 활동 요청을 보내기까지는 아직 며칠 남았습니다. 아직 다른 귀족이 보기에도 일크너는 로제마인 님의 비호를 받고 있지 않습니다. 새로운 사업에 관련된 내용은 발설해서는 안 되었습니다.

"아무리 말라빠져 수척해진 게두르리히라도 생명의 신 에이비리베는 게두르리히를 얻으려 하겠지. 하지만 에이비리베 말고는 게두르리히를 탐낼 자는 아무도 없어. 당신에게 물의 여신인 로제마인 님의 힘도 오래 지속되는 성질은 아니지."

귀족의 감소로 내정이 빠듯해진 일크너와, 결점이 생길 것을 알면서도 파혼을 결정한 나와 혼약을 맺고 싶어할 남성은 없다는 속마음을 깔고 하스하이트는 귀족다운 거짓 웃음으로 저를 모욕했습니다.

하스하이트의 말대로 호위 기사인 지금은 로제마인 님께서 뒤를 밀어 주시지만, 저는 여기사라 결혼하면 은퇴해야만 합니다. 모시게 된 지 고작 1년이라는 점을 생각해보면 은퇴한 뒤에도 계속 영주 일족과 인연이 이어지리라고 한가롭게 생각할 귀족은 없겠지요.

하스하이트는 저를 통해 로제마인 님과 연결고리를 얻으려는 주변 귀족들을 견제하며 현실을 들이댔지만, 로제마인 님은 그렇게 야박한 분이 아니십니다. 신전에서 고아들을 걱정하는 모습이나, 신전 시종과 평민 상인에게도 사려 깊은 그 마음씨를 저는 알고 있습니다.

"브리기테, 이번에야말로 나의 라펠을 받아줘. 나라면 상처 입은 당신의 명예를 회복시켜줄 수도 있어."

'그런 명예 따위 필요 없습니다.'

그런 생각이 강했지만 감정에 흔들려 대답할 수는 없었습니다. 이 자리에서 추문이 생겨버리면 로제마인 님께서 주신 새로운 의상을 공개하는 자리를 망쳐버리게 될 겁니다. 하지만 하스하이트가 제게 내민 손을 어떻게 귀족답고 보기 좋게 거절해야 할지 좋은 생각이 떠오르지 않았습니다. 저는 입술을 굳게 다물고, 주먹을 꽉 쥐었습니다.

"어이쿠, 하스하이트 님은 신학을 잘 못 하시나 봅니다?"

장난스럽게 말하며 남자 기사 여러 명이 저와 하스하이트 사이에 끼어들었습니다. '안게리카의 성적 올리기 부대'를 결성했을 때 기사 기숙사에서 즐겁게 게빈넨을 두며 상대해준 다무엘의 친구들이었습니다.

"설령 수척해진 게두르리히라 해도 원하는 자는 수두룩하게 존재합니다. 물의 여신뿐만 아니라, 불의 신, 바람의 여신, 최고신도 흙의 여신을 걱정하며 또한 원하지 않습니까?"

"오히려 게두르리히가 수척해졌기에 더욱 염려하는 신들이 많지 않을까요?"

"하스하이트 님께서 브리기테를 그렇게 걱정할 필요는 없습니다. 그녀를 매력적으로 여기는 남자가 한 명밖에 없는 건 아니니까요. ……자, 다무엘, 가 봐."

다무엘이 그들에게 등 떠밀려 제일 앞으로 나왔습니다. 다무엘이 어색하게 주변을 둘러보았습니다. 최대한 감정을 숨기며 행동했다고 생각했는데 제가 싫어하는 표정이 주위 사람들 눈에 다 보였던 걸까요. 짜증과 불만이 섞인 속마음이 새어 나왔다면 상당히 부끄러운 일이었습니다. 나는 무심코 뺨을 감쌌습니다.

하스하이트가 사이에 끼어든 다무엘을 보고 귀찮은 듯 한숨을 내뱉었습니다.

"브리기테는 중급 귀족이다. 하급 귀족인 너희가 나설 자리가 아니야. 로제마인 님이 측근으로 거둬줬다고 우쭐해진 건 아니냐? 너희 신분을 자각해라."

조금 전만 해도 곤란한 듯 시선이 떨리던 다무엘이, 하스하이트의 마지막 말을 듣는 순간 회색 눈동자에 강한 빛을 띠었습니다. 등을 꼿꼿이 펴고 다무엘은 굳건한 태도로 하스하이트를 똑바로 바라보았습니다.

"저는 한때 신분을 분별하고 물러선 결과로 처벌을 받은 바가 있습니다. 기사란 지켜야 할 사람이 있을 때 신분을 이유로 물러서서는 안 된다는 엄중한 주의를 받았지요. 그러니, 저는 물러설 수 없습니다."

그렇게 말한 뒤 다무엘은 몸을 빙글 돌려 내 앞에 무릎을 꿇고 손

을 내밀었습니다.

"천상에서 가장 높으신 부부신의 인도에 의해 저는 당신을 만났습니다. 브리기테, 저의 빛의 여신이 되어주기를 바랍니다."

다무엘의 입에서 나온 구혼의 말에 나는 무심코 눈을 깜빡였습니다. 신분으로 보아도, 마력으로 보아도 다무엘이 내게 구혼할 수는 없습니다. 다무엘이 내게 어렴풋한 감정을 느낀다는 건 알고 있었습니다. 하지만 우리가 서로 걸맞은 상대가 아니라는 것을 다무엘이 모를 리가 없었습니다. 실제로 지금까지 다무엘이 마음을 드러낸 적은 한 번도 없었습니다.

그런데 어째서, 하필이면 이런 공적인 자리에서 구혼하는 걸까요. 정식으로 구혼을 받으면 결혼 상대로서 걸맞지 않은 이상 거절할 수밖에 없는데 말입니다. 너무 놀라 다무엘을 내려다보는데, 다무엘이 싱긋 웃었습니다.

"……그러기를 바랍니다만, 제가 하급 귀족이니 염려되시겠지요. 브리기테, 1년 동안 당신의 상대로서 걸맞도록 마력을 끌어올린 후에 정식으로 구혼하고 싶습니다. 그때까지 다른 구혼을 받지 않고 기다려주시겠습니까?"

'아아, 다무엘은 나를 이 상황에서 구해주려고…….'

다무엘이 스스로 마력이 부족하다는 점을 공표하고 1년이라는 유예기간을 부탁한 덕분에 저는 다무엘의 요청을 받아들일 여지가 생겼습니다. 다무엘의 요청을 거절하지 않고 하스하이트의 구혼도 거절하며 이 상황을 끝낼 수 있게 된 것입니다.

"매우 죄송합니다, 하스하이트 님. 수척해진 게두르리히를 원하는 분이 더 계시는 모양입니다. 안타깝게도 앞으로 시간의 여신이 자은

실이 겹치는 날은 없겠지만, 신들의 가호와 함께 존체 만안하시길 빕니다."

나는 하스하이트에게 결별의 인사를 하고, 다무엘의 손을 잡았습니다.

"다무엘, 요청해주셔서 정말 기쁘게 생각합니다. 1년 후를 기다리고 있겠습니다."

오오, 하고 주위가 술렁거렸습니다. 하급 귀족인 다무엘이 기베의 딸인 저와 걸맞은 수준으로 마력을 늘릴 거라곤 이 자리에 있는 그 누구도 기대하지 않겠지요. 하지만 제가 다무엘의 요청을 받아들임으로써 주변 사람들은 제가 구혼 자체를 받아들일 마음은 있었음을, 하스하이트의 구혼을 결코 받아들이지 못한 이유는 따로 있었음을 짐작했을 터입니다.

다무엘이 제 손을 잡고 일어나 엘비라 님께로 향했습니다.

"엘비라 님, 가능하다면 이대로 기베 일크너에게 인사를 하고 싶습니다만, 허락해주시겠습니까?"

"그럼, 물론이고말고요. 브리기테가 스스로 남성의 구애를 받아들인걸요. 후견인인 제 역할은 끝났습니다. 하스하이트의 움직임은 나도 유의하도록 하지요. 기베 일크너에게 인사 전해주세요."

엘비라 님이 만족스러운 미소를 지으셨습니다. 제 몸가짐이 로제마인 님의 호위 기사로서 부끄럽지 않았다고 엘비라 님이 인정해주신 것만 같아 마음이 놓였습니다.

"엘비라 님, 오늘은 감사했습니다."

"신경쓰지 않아도 됩니다. 내년을 기대하고 있겠어요."

엘비라 님이 쿡쿡 놀리는 듯 웃는 소리를 들으며 나는 다무엘의 손에 이끌려, 다무엘의 친구들에게 둘러싸인 상태로 오라버니 앞으로 이동했습니다. 조금 전까지 걱정스럽게 이쪽을 바라보던 오라버니가 다소 안심하는 모습이 멀리서도 보였습니다.

"브리기테……."

"오라버니, 멋대로 행동해버려서 정말 죄송합니다."

하스하이트 일을 걱정해주신 오라버니에게 다가오지 말라고 막은 것, 다무엘의 요청을 받아들인 것, 이 모든 일을 가장인 오라버니의 의견을 무시하고 결정해버린 겁니다.

"괜찮다. 내가 뛰어드는 것보다 좋게 마무리된 것 같으니까."

오라버니는 제 사과를 받아들이고 다무엘에게 시선을 돌렸습니다.

"이 자리를 원만하게 끝내주어서, 그리고 여동생의 명예를 지켜주어서 고맙다."

"네. 정말 큰 도움이 되었습니다. 감사하게 생각합니다, 다무엘."

오라버니와 제가 감사의 인사를 하자, 다무엘은 하스하이트를 막아서던 사람과 동일인물로 보이지 않을 만큼 당황한 표정으로 시선을 이리저리 움직이기 시작했습니다.

"아니요, 제 힘만이 아닙니다. 친구들이 힘을 실어준 덕분에 그 자리에 나올 수 있었습니다. ……그럼 전 이만 여기서 실례하겠습니다."

다무엘은 할 일을 끝냈다는 듯이 발걸음을 홱 돌려 친구들이 있는 곳으로 향했습니다. "너 멋있더라." 하고 어깨를 툭툭 치는 친구들과 함께 다무엘은 그 자리를 떠났습니다.

"다무엘이 하급 귀족이어서 아쉽군…… 그렇게 생각하지 않느냐, 브리기테?"

"오라버니도 참……. 다무엘은 보다 못해 도와줬을 뿐이에요."

호기심 많은 귀족들은 내년에 이 구혼이 어떻게 될지 흥미진진해하는 모양이지만, 정말 제게 구혼할 수 있을 정도로 다무엘의 마력이 늘어날 일은 없을 겁니다.

성결식 이후, 주변 사람들이 놀려댔지만 다무엘은 정말 구혼할 마음이 있는 듯한 티는 전혀 보이지 않았습니다. 저도 딱히 진심으로 받아들이지 않은 채 하루하루를 보냈습니다. 일크너로 돌아가기 전까지는…….

로제마인 님이 제지업을 확장할 첫 장소로 일크너를 선택해주셔서 저도 호위 기사로서 함께 일크너로 돌아갔습니다. 짧은 체류 기간이었지만 가족과 함께 지내라는 로제마인 님의 배려로 저는 호위 기사 임무를 쉬게 되었습니다.

오늘도 종이 재료를 채집하러 나섰을 때는 호위 기사로서 동행했지만, 저택에서는 손님을 맞이한 기베 일가로서 지냈습니다.

그런데 다무엘에게 붙여준 가정부가 한밤중에 제게 찾아와 보고했습니다.

"브리기테 님, 다무엘 님께서 이 시각에 외출하셨습니다만……."

이미 일곱 점 종이 울린 지도 꽤 지난 시각이었습니다. 심야이니 어린 로제마인 님은 물론이고, 대체로 아침이 빠른 일크너 주민들도 모두 잠들었을 겁니다. 다무엘은 바깥에 나가 대체 뭘 할 생각일까요. 자랑은 아니지만 일크너에는 귀족도 적은지라 밤에 갈 만한 곳이 없었습니다.

다무엘이 일크너에 해로울 만한 일을 벌이려 한다면 기사인 제가 미리 막아야만 했습니다. 저는 간이형 갑옷을 두르고 발코니를 통해 밖으로 나갔습니다. 어둠의 신이 지배하여 달빛과 별빛만이 빛나는 일크너에서는 희미하게 마력의 빛을 발하는 다무엘의 흰 기수가 똑똑히 보였습니다. 저도 기수를 꺼내어 쫓아갔습니다.

"다무엘."

"브리기테, 이런 시간에 무슨 일이지? 아무리 잘 아는 고향이라도 여자 혼자 밖에 나오면 좋지 않을 텐데."

일크너에 무슨 일을 일으킬까 싶어 약간의 긴장감을 가지고 다무엘을 쫓아왔던 저는 너무나 태평스러운 대답에 몸의 힘이 빠져버렸습니다.

"가정부에게 당신이 외출했다는 보고를 들었습니다. 대체 뭘 하려는 겁니까?"

"아아, 미안. 걱정을 끼쳤군. 실은 낮에 에이폰 토벌 후에 로제마인 님께서 싸우는 방법을 조언해주셨다. 그래서 한번 훈련해보고 싶어져서……."

다무엘은 조금 쑥스러운 듯한 표정으로 그렇게 말했습니다. 저는 기사도 아닌 로제마인 님이 싸우는 방법을 조언하셨다는 말에 깜짝 놀라 눈이 휘둥그레졌습니다.

"싸우는 방법을 조언하셨다고요?"

"정확히 말하면 마력을 쓰는 방법이야. 난 하급 기사이니 항상 다른 기사들을 보좌한다. 다른 귀족들이 거대한 적과 싸우도록 등급이 낮은 마물을 상대하거나, 회복할 때까지 시간을 벌어주는 게 우리의 역할이지. 그러기 위해선 최대한 오래 싸울 수 있게 적은 마력으로 싸우는 버릇이 몸에 배어버렸다. 그래서 큰 마력을 한 번에 방출하며 싸우는 방법을 생각해보지도 않았어. 그런데 로제마인 님께서는 다르게 싸우는 방법을 익혀보라고…… 그렇게 말씀해주셨다."

지금까지 다무엘이 싸우던 모습을 떠올려 보니 마력을 아끼며 오래 싸우는 것이 목표였다는 말에 고개가 끄덕여졌습니다. 다무엘과 달리 중급 기사는 처음에 적에 맞춰 마력을 조절하는 법을 배웁니다.

"한 번에 많은 마력을 방출하는 훈련을 하려면 우선은 슈타프에 마력을 모으는 훈련부터 시작해 보십시오. 중급 기사가 기사단에서 견습할 때 배우는 방법입니다."

저는 숲속에 착지해서 다무엘의 훈련을 도와주기로 했습니다. 어째서인지 예전보다 다무엘의 마력이 늘어난 듯해서 의아했습니다.

"왜 그러지?"

"마력이 전보다 늘어난 듯해서……."

내 말에 다무엘은 조금 주저하는 듯하며 시선을 피했습니다. 아무도 없는 주변을 둘러보고, 부끄러워하며 입을 열었습니다.

"나는…… 마력 성장기가 남들보다 늦었는지……. 내 마력이 지금도 성장 중이라고 기사단장님께서 말씀하셨다."

성장기를 마치고 성인이 되면 마력의 성장은 거의 멈춥니다. 설마 다무엘의 마력이 아직도 자라고 있을 줄은 생각도 못 했습니다.

'아직 마력이 자란다는 말은, 설마……?'

제 머릿속에 하나의 의문이 떠올랐습니다.

"1년 후에 제 마력과 걸맞게 성장하겠다는 말이 진심이었나요?"

성결식 밤, 공적인 자리에서 꺼낸 말은 하스하이트를 물리치기 위해서였을 뿐만 아니라, 진심도 담겨 있었을까요. 제 말에 다무엘은 조금 안쓰러운 표정을 지었습니다.

"······브리기테, 네가 진심으로 받아들이지 않은 건 알아. 그리고 정말 너와 걸맞을 정도로 마력이 커질지 어떨지 나도 아직 모르지. 하지만 포기하고 싶진 않아."

천천히 숨을 내쉬는 다무엘의 옆모습에 가슴이 두근거렸습니다. 고개를 든 다무엘의 회색 눈동자에서 눈을 뗄 수가 없었습니다.

"그러니, 대답해줬으면 해. 만약 마력이 걸맞아지면 내 구혼을 받아주겠어? 공적인 자리에서 거절당하기 전에 마음의 준비를 해두고 싶어서 말이야."

그 진지한 눈빛에 저는 가슴이 심하게 요동치는 것을 느꼈습니다. 동시에 머릿속에서 경종이 울렸습니다. 남자를 쉽게 믿어서는 안 된다고.

하스하이트에게 들었던 수많은 말들이 머릿속을 맴돌기 시작했습니다.

"일크너에 대단한 매력도 없거니와 기베가 될 수 있으면서도 기베가 되지 않으려 하는 당신과 결혼하고 싶어 할 남자는 없어."

"당신에게 얼마나 가치가 있다는 거야? 데릴사위로 들어가 봤자 아무런 이득도 없잖아."

"볼 것도 없는 시골에 장가들고 싶어 하는 남자가 있을 리가 없지."

예전부터 들어온 말들이 뇌리를 스쳤고, 일크너를 지키기 위해 혼약을 파기한 후에 변해간 주변 관계가 잇따라 떠올라 호흡이 괴로워졌습니다.

"브리기테?"

"……다무엘, 일크너를 어떻게 생각하나요?"

일크너를 장가들 만한 가치가 있는 땅이라고 생각하는지 아닌지. 그것은 내게 무엇보다도 중요한 질문이었습니다. 어떤 작은 거짓말이나 속임수도 받아들일 수 없었습니다. 저는 가만히 다무엘을 바라보며 물었습니다.

다무엘이 "갑작스러운 질문이네." 하고 주변을 둘러보고, 상냥한 눈빛으로 피식 웃었습니다.

"좋은 곳이라고 생각해. 주민들은 소박하고 상냥하지. 기베의 인품 때문일까. 지금은 보잘것없는 곳이라는 평가를 받지만, 앞으로 로제마인 님의 후원을 받아 제지업으로 발전해가겠지. 분명 하스하이트가 배 좀 아플 거야. ……그리고 여기서는 네가 얼마나 자유롭고 활달한지 알겠어. 귀족 마을에 있을 때보다 훨씬……음, 아아, 그게, 귀엽다."

어둠 속에서도 다무엘이 부끄러워한다는 걸 잘 알 수 있습니다. 다무엘의 수줍음이 전염되어 왠지 저까지 부끄러워졌습니다.

"크흠, 나는 질문에 대답했는데, 어때? 브리기테, 너는 아직 내 질문에 대답하지 않는데……."

일크너를 시골이라 비웃지 않고, 일크너에 있는 나를 좋게 봐주었습니다. 그리고 진심으로 1년간 마력을 성장하려고 노력해주고 있습니다. 이 이상 뭘 바랄 수 있을까요.

저는 뛰는 가슴을 한 손으로 꾹 누르고, 다무엘을 향해 다른 한 손을 내밀었습니다.

"다무엘이 요청해주어서 정말 기쁘게 생각합니다. 그러니 1년 후

에 있을 성결식 밤을 기다리고 있겠어요. ……이번엔 예의상 하는 말
이 아니에요."

일
크
너
에
서
의

체
류

댕, 댕……. 한 점 종이 울려퍼졌다. 멀리까지 잘 들리게 하기 위해서일까, 에렌페스트의 신전에서 들었던 종보다도 약간 음이 높고 컸다. 기베의 저택에 있는 종소리에 호응하듯 농촌의 겨울 저택에 있는 종도 울리기 시작했다. 가깝고 먼 곳곳에서 종소리가 울리면 일크너의 하루가 시작된다.

"안녕, 루츠. 다미안은 일어났어?"

다미안은 자택에서는 항상 시종이 깨워줬던 탓에 가끔 한 점 종에 일어나지 못하기도 했다. 내가 묻자 루츠는 "요새는 다미안도 늦지 않고 일어나잖아."라며 조그맣게 웃었다.

"익숙해졌을 때 방심하면 실수해. 로제마인 님이 그렇게 말씀하셨어."

"길이 실수했을 때 그렇게 달래주셨지요."

셀림이 쓸데없는 말을 얹어서 나는 한번 노려보았다. 우리는 대야를 안고 강으로 향했다. 기베의 저택에서 비탈 아래로 내려가면 그렇게 크지 않은 강이 있었다. 그곳에서 얼굴을 씻거나, 물놀이를 하며 몸을 깨끗하게 씻었다. 여름이지만 날이 밝기 전의 강물은 제법 차가웠다. 루츠는 "저녁에 하면 되잖아."라며 이상해했지만 신전에는 원래 매일 아침 몸을 씻고 옷을 세탁하는 관습이 있다.

"좋아, 세탁도 끝났다. ……다미안, 옷에 거품 남아 있어. 좀 더 헹궈."

몸단장과 세탁이 끝나면 대야 대신 통을 들고 물을 길었다. 별관 주방에 있는 물동이를 채우는 일이 첫 일과인 건 신전과 똑같았다. 물동이에 물을 채워두지 않으면 손을 씻을 때마다 강에 와야만 한다.

"안녕, 손님들. 오늘은 좋은 후샤를 수확했어. 기대해줘."

우리와 마찬가지로 농사를 하는 주민들도 물을 길었다. 서로 아침 인사를 나누면서 물을 옮겼다.

"그럼 아침 당번한테 주르 열매를 찾아놓으라고 부탁해둘게."

"좋네. 주르 열매가 있으면 기베도 기뻐하실 거야. 부탁하마. …… 어이어이, 거기 젊은 놈. 그렇게 허리가 비실비실해서야 물동이에 붓기도 전에 다 흘러서 물이 반도 안 남겠어."

후들거리며 물을 옮기는 다미안을 보고 농민들이 웃었다. 마을에 있는 집에서는 가정부가 여럿 있어서 스스로 요리, 세탁, 청소를 한 적 없이 귀족 같은 삶을 살아온 탓에 다미안은 일크너 생활에 가장 고생했다.

당초에 다미안은 돈을 내서라도 일크너에서 가정부를 고용할 생각이었다. 하지만 "모두 각자 일이 있는데다 종이를 만드는 방법까지 배우게 되어서 힘든데, 남까지 돌볼 여유는 없어." 하며 주민들이 거절해버렸다. 일크너에서는 물물교환이 기본이라 개인이 금전을 소유하는 생활을 해보지 않은 탓에 다미안이 제시한 금액이 전혀 매력적으로 느껴지지 않은 이유가 가장 컸으리라.

'여긴 상점이 없댔지. 행상인이 왔을 때 기베가 사들여서 기베의 저택에 보관한다는데, 참 놀라워.'

돈에 관한 인식이 아예 달라서 가정부를 고용할 수 없으니 다미안은 자기 손으로 생활할 수밖에 없었다. 처음 사흘 정도는 정말 아무것도 하지 못해서 주민들을 어이없게 만들기도 했다. 지금도 '비실한 허리'라며 놀리지만, 그나마 지금은 웃고 넘길 정도로 많이 나아졌다.

"이제 한 번만 왕복하면 되겠네. 놀트, 한 번만 더 힘내줘. 셀림,

다미안, 둘은 사람들 가죽 주머니에 식수를 긷고 와줘."

생활용수는 강물을 쓰지만 식수로는 저택 뒤뜰에 대어놓은 산의 지하수를 마셨다. 물인데도 단맛이 나서 맛있었다. 식수는 가죽 주머니에 담아서 공방에 갈 때 각자 들고 가는 것이 일과였다. 식수 긷는 곳은 강보다 가깝고, 가죽 주머니에 담으면 물을 실어나를 때 걸음이 흔들려도 물을 흘릴 걱정도 없기 때문에 다미안은 안심하며 모두의 가죽 주머니를 들고 셸림과 함께 식수를 조달하러 갔다.

물 긷기가 끝나면 아침 식사 시간이니 다른 사람들에겐 식사 준비를 맡기는 게 좋겠지. 물이 채워진 물동이를 들여다보며 그렇게 판단하고 나는 지시를 내렸다.

"볼크, 빵을 잘라줘. 발츠와 루츠는 우유 담을 그릇을 가져와 주겠어?"

루츠는 물동이에 물을 부은 후 빈 대야를 내려놓고 주방으로 달려 갔다. 갓 짠 우유가 주방에 도착했을 터였다. 일크너의 아침 식사에 빠질 수 없는 재료다.

"수천 수만의 생명을 저희의 양식으로 내려주시는 높고 정정한 천공을 지배하는 최고신, 넓고 호호막막한 대지를 지배하는 다섯 분의 대신, 신들의 마음에 감사와 기도를 올리며 이 식사를 받겠습니다."

내 인사에 이어 모두가 기도를 올리고 딱딱한 빵을 집었다. 전날 저녁에 남은 음식을 재빨리 먹어치우는 것이 일크너식 아침식사였다. 우리를 위해 따로 준비한 음식이 나오지는 않았다. 인부들이 농부도 겸하기 때문에 손님이 없는 평소에는 기베 일가도 저녁에 남은 음식을 간단히 먹는 것으로 아침식사를 마친다고 한다.

'하아, 로제마인 님께서 내려주시는 신전 식사가 그리워.'

열흘 간격으로 한 번에 몰아 굽는 일크너의 빵은 퍽퍽하고 딱딱해서 촉촉하게 불리지 않으면 먹을 수가 없다. 우유가 있어서 얼마나 고마운지 매번 기도를 올리고 싶어진다.

"로제마인 님의 수프가 그리워요."

놀트가 그리워하자 모두 고개를 끄덕였다. 신전에서도 플랑탱 상회에서도 오트마르 상회에서도 똑같이 로제마인 님이 고안한 수프가 식사로 나온다. 이 자리에 있는 사람들이 먹고 싶어하며 머릿속에 그리는 수프는 모두 같은 수프였다.

"레시피 유출이 막혀 있으니까 마음대로 만들지도 못하고."

"수프는 아쉽지만, 본관이 아니라 별관에서 식사하게 된 것만으로도 감사해야죠."

볼크의 말에 나는 몇 번이고 고개를 끄덕였다. 처음에는 요리를 옮기기가 번거로우니 본관에서 인부들과 함께 먹으라는 지시를 받았지만, 루츠가 '신전에선 윗사람이 먼저 먹고 아랫사람은 남은 음식을 먹는 관습이 있는데, 일크너 사람들까지 그 관습에 따르게 할 수는 없다'라는 이유를 대면서 우리가 별관에서 따로 먹을 수 있도록 협상해 준 것이다.

협상할 때 루츠는 "관습대로라면 로제마인 님의 시종인 길이 먼저 먹고 남은 음식을 다른 사람들이 먹어야 한다."라고 말했다. 그러니 주민들은 내가 고집을 부린 줄만 알 것이다. 처음에 나는 루츠의 행동이 불만이었다. 나는 그 관습을 일크너에서까지 강요할 생각이 없었던데다, 숲에서 채집한 음식은 신분에 상관없이 모두 함께 먹는다는 사실쯤은 루츠도 알 것이었다. 그런데도 왜 그렇게 말한 걸까. 그렇지만 주민들과 어울려 식사하는 사태만은 피하기 위해서였다는 설명을 듣고 이해가 갔다. 지금은 불편한 일크너 관습대로 식사하는 상황을 피하게 해주어서 오히려 루츠에게 고마웠다.

"오늘 할 종이 만들기 작업은 백피 처리야. 볼크, 발츠 셀림, 사람들에게 설명하는 역할을 맡아줘. 백피와 재를 삶는 동안에 흑피를 벗기는 작업에 대해 가르쳐줬으면 해."

"알겠습니다."

아침을 먹으면서 오늘 역할을 분담했다. 신전 공방과 달리 일크너에서는 바깥에서 지시를 내리려면 나이도 중요했다. 미성년자인 나나 루츠의 말은 곧이곧대로 들어주지 않으므로 일크너 사람들에게 작업을 가르치는 임무는 회색 신관들의 일이 되었다. 나는 기본적인 지시만 내리고, 그밖의 시간에는 루츠와 함께 일크너의 재료를 써서 새로운 종이를 개발했다. 풀의 분량을 바꾸어 가며 기록을 남기는 작업을 글을 쓸 줄 모르는 일크너 사람들에게 맡길 수는 없었기 때문이다.

아침을 먹고 설거지를 한 뒤에는 별관과 공방을 청소했다. 신전과 달리 별로 넓지 않아서 금방 끝났다. 그쯤 하면 세 점 종이 울릴 무렵이라 식사 당번은 주방에 집합했다.

"오늘 식사 당번은 다미안이지? 오늘 좋은 후샤가 들어왔대. 주르 열매를 찾아줬으면 좋겠다니까 열심히 찾아봐."

나는 다미안을 응원했지만, 다미안은 불쾌한 표정을 지었다. 식사 당번은 다미안이 가장 싫어하는 일이었다.

"일크너에는 왜 상점이 없는 거야? 식재료는 오트마르 상회에서 사면 되는데……."

일크너에는 상점이 없으므로 매일 식재료를 분담해 채집해오는 일이 식사 당번의 중요한 임무였다. 여름이라 산에 들어가면 산나물이나 열매가 제법 열렸고, 짐승을 잡으면 고기도 얻을 수 있었다. 강에서는 물고기도 생각보다 쉽게 잡히는데다 에렌페스트 근교의 민물고기와 달리 악취가 나지 않았다. 날마다 먹을 식재료를 주변에서 꽤 간단히 얻을 수 있다니 식재료를 대부분 구매에 의존하며 살았던 우리에겐 놀라웠다.

덧붙이자면 조리는 썰어서 삶는 게 전부였다. 아니면 썰어서 소금만 쳐서 굽는 식이었다. 에렌페스트에서 맛있는 레시피를 배웠지만 유출할 수가 없어서 우리는 조리를 돕는 도중 "아아아아아……." 소리치고 싶어지곤 했다. 하지만 그래도 조리 일 자체는 힘들지 않았다.

"식사 당번이 될 때마다 매번 시끄러워, 다미안. 일크너에 보내겠다며 널 억지로 끼워서 보낸 건 네 할아버지와 큰 상점의 주인님이니까 주절주절 불평하지 말고 몸을 움직여. 움직이다 보면 곧 괜찮아질 거야, 회색 신관들처럼."

루츠가 바구니와 나이프를 떠맡기면서 "오늘은 종일 당번이니까 종이와 풀이 될 만한 소재도 찾아."라며 등을 떠밀었다. 다미안은 어깨를 축 떨어뜨리며 주방으로 향했다. 또 일크너 아이들에게 놀림당해 녹초가 되어 돌아올 테지만, 다 경험이다.

'뭐, 노력할 수밖에.'

우리도 일크너가 낯설어 놀라고 있지만, 숲에서 채집하는 일도 공방에서 종이 만드는 일도 2년 정도는 해온 만큼 전혀 경험이 없는 다미안보다는 나았다.

"나 왔어! 오늘은 뭘 하기로 했지?"

매일 세 점 종이 울릴 무렵이면 카야가 주민들 몇 명을 데리고 공방에 찾아온다. 카야는 기베의 저택에서 허드렛일을 하는 여성으로 기베 일크너가 우리에게 붙여준 가정부였다. 가정부라고는 해도 주민들과 연락을 취해주고, 공방에서 개선점이 나왔을 때 기베에게 알려주는 정도지 생활을 돌봐주지는 않았다.

다미안이 자기 가정부로 고용하고 싶다고 제안했을 때 "귀족도 아니면서 무슨 허세야? 어른이니 자기 일은 스스로 해."하고 거절한 사람도 카야였다. 그래도 일단 다른 주민들에게 가정부를 하겠느냐고 물어는 봐주었다. 소득은 전혀 없었지만.

"오늘은 백피를 하얗게 하기 위해 종이 한 번 울릴 때까지 잿물에 삶을 겁니다. 삶는 동안은 전에 작업해둔 흑피의 껍질을 벗기려고 하는데, 각자 나이프 있으십니까?"

볼크와 발츠가 도구와 재를 가지러 갔고, 셀림이 카야를 포함한 다섯 명의 주민들에게 설명하기 시작했다. 나는 이따금 그 모습을 확인하면서 루츠와 놀트와 함께 새로운 종이를 개발해갔다.

"루츠, 놀트. 어떻게 됐어?"

두 사람은 바깥에 말려둔 종이를 가지고 와서 책상 위에 나열했다. 에딜 열매와 슬라모 벌레 대신 '데그루바'라는 이파리를 접착제로 쓸 수 있을지 시험하는 중인데 제법 형태가 나왔다. 우리는 완성된 종이를 만지고, 잉크로 글을 써보면서 완성도를 확인했다.

"포린과 배합할 때는 이만큼 넣으면 되겠다. 린파이 나무에는 조금 더 넣어야겠어. 쉭스일라는…… 또 실패군. 데그루바랑 전혀 안 맞네."

다른 나무를 재료로 쓰면 엉겨서 종이가 되었는데, 쉬스일라만은 엉기지 않고 분리되어버렸다. 배합을 조정할 것이 아니라 재료를 아예 바꿔야만 했다. 내가 노란 기를 띤 투명한 덩어리를 손끝으로 찔러보는 동안, 놀트가 뿔뿔이 흩어진 쉬스일라와 데그루바 덩어리를 슥슥 쓸어 모아서 치웠다.

"쉬스일라는 데그루바랑 섞는 건 포기하고, 에렌페스트에 돌아간 후에 에딜이나 슬라모 벌레를 넣어서 엉기게 할 수 있을지 시험하는 편이 좋지 않을까요?"

"그야 에딜이나 슬라모를 넣으면 엉길지도 모르겠지만, 가능하면 일크너에서 나는 재료로 종이를 만들어야 한다고 로제마인 님이 말씀하셨잖아."

일크너에 제지공방을 세우는 이상, 이 땅에서 얻을 수 있는 재료로 종이를 만들어내야 의미가 있다. 다른 땅에서 재료를 사들여 만들 만한 여유는 없다고 들었다. 입술을 삐죽이면서 내가 그렇게 말하자, 루츠가 팔짱을 끼고 "꼭 그렇지만도 않아."라고 말했다.

"다미안과 얘기해봤는데, 백피 단계까지 가공하면 보존할 수도 있고 나무상자 하나에 꽤 많은 양을 담을 수도 있잖아? 백피는 에렌페스트에서도 가공하기 편할 테니까 일크너와 에렌페스트 간의 무역 상품으로 삼을 수 있지 않을까 해……."

"쉬스일라를 종이 원료로서 상품화한다는 말이야?"

"그래. 물론 에딜과 슬라모 벌레 같은 다른 재료와 맞는지 확인하고 나서겠지만, 그러면 종이에 맞는 나무가 적은 지방에서도 제지업을 할 수 있게 될 거래."

데그루바와 조합해서는 쓰지 못하더라도 다른 재료와 조합할 수 있다면 쉭스일라는 일크너의 상품으로서 가치가 있다. 그런 발상을 해본 적이 없어서 나는 눈을 동그랗게 떴다.

"……헤에. 다미안도 도움이 되는구나. 그동안 한심한 모습밖에 보질 못해서 놀랍네."

"생활력은 전혀 없지만 큰 상점 집안의 도련님이잖아. 상품을 보는 안목이 예리해. 가치도 재빨리 파악하지. 보고 배울 점은 있어."

루츠는 약간 분한 듯이 그렇게 말하고 창문 쪽을 힐끗 쳐다보았다.

"그럼 다미안의 의견을 받아들여서 쉭스일라는 다같이 종이 제작 순서를 익힐 때 쓸 재료로 남겨두자. 놀트, 린파이와 데그루바의 배합을 좀 더 연구해줘. 어제와 마찬가지로 순서대로 조금씩 양을 늘리면서 기록해주겠어?"

놀트가 "알겠습니다." 하고 일어나 데그루바를 놓아둔 선반으로 갔다.

"길, 우리는 트라오페를레를 시험해보자. 그 할아범이 일찍 열린 열매가 있었다면서 가져와 줬잖아?"

로제마인 님이 오셨을 때 함께 산행했던 할아버지가 보통 여름 막바지부터 가을에 열리는 트라오페를레라는 하얀 열매를 "못 먹는 열매이니 마음껏 써."라면서 제공해준 것이다. 열매를 으깨면 진득진득한 액이 나온다고 했다.

"새로운 재료가 나타나면 기대되지. 이번엔 어떤 종이가 나올까 하고 말야……."

"딱 맞는 배합을 발견하기까지 과정이 괴롭긴 해도 말이지."

그런 대화를 나누면서 루츠와 함께 트라오페를레 열매를 으깼다. 제법 단단한 열매라 꽤 힘이 들었다. 우리보다 힘이 센 놀트에게 도

와달라고 할 걸 그랬다는 생각을 하면서 힘껏 으깼다. 으깰수록 열매
는 점점 진득진득해졌다.

"이런 액이 나오는군……. 점성이 대단한데. 루츠, 천 가져와 줘."

나는 루츠가 펼친 천에 천천히 액을 부어서 걸러내어, 으깨진 조
그마한 껍질과 과육을 제거했다. 가장 손에 익은 섬유 재료인 포린과
함께 대야에서 섞어 혼합물을 만들고 작은 시제품용 초지틀로 종이를
떴다. 처음엔 트라오페를레를 적게 넣었다가 커다란 숟가락으로 조
금씩 더해가며 농도가 다른 시제품 다섯 종류를 만들었다. 이제 평소
하던 대로 그중 배합이 괜찮아 보이는 시제품을 골라낸 후 더 세밀하
게 농도를 조정해 나갈 것이다.

지상 위에 다섯 종류의 시제품을 늘어놓자 네 점 종이 울렸다. 점
심시간이었다.

"점심은 정리부터 끝내고 먹는 거야!"

종이 울림과 동시에 우리는 크게 소리쳤다. 일크너 주민들은 종이
울리면 작업을 내팽개치고 공방을 뛰쳐나가곤 하므로 큰 소리로 말해
둬야 했다.

"매일 있는 일이잖아. 그렇게 소리 지르지 않아도 다 알거든."

카야는 불만스럽게 볼을 부풀렸다. 하지만 카야는 종이 제작 과정
을 확실히 익히라는 기베의 명을 받고 작업에 날마다 참여하는 중인
반면, 카야 말고는 농사일이 한가해진 틈에 "한번 해볼까" 하며 작업
에 참가하는 사람들이니 태도가 다를 수밖에 없었다.

뛰쳐나가려는 사람들을 붙잡아 정리를 시키고 나서 공방 문을 잠
그고, 우리는 기베의 저택으로 향했다. 사실 일크너에는 문을 잠그

는 관습도 없었다. "도둑이 들면 어떡해!?"라고 나도 모르게 카야에게 말했을 때 카야는 "훔칠 사람 없어. 애초에 훔쳐서 뭐하게?"라며 고개를 갸웃거렸다. 감각이 달라도 너무 달라서 되받아치지는 못했지만, 그래도 우리는 문을 잠갔다. 일크너의 감각에 익숙해지면 에렌페스트에 돌아가지 못할 것 같다.

"길, 볼크에게 이 짐을 맡기고 먼저 가서 다미안을 도와줘도 될까요?"

놀트가 걱정하며 말했다. 그 말을 듣고 고개를 들자 멀리서 다미안이 비틀거리며 걸어오는 모습이 보였다. 다미안의 양손에는 사람들의 점심식사가 들려 있었다. 손발이 다 위태위태했다. 떨어뜨릴 것만 같은 그 모습을 보자마자 놀트가 왜 걱정하는지 이해하고 나는 다미안을 도우러 가라고 허가를 내렸다.

"있잖아, 루츠. 다미안에게 오후까지 식사 당번을 시켜도 괜찮겠어?"

지금까지 다미안은 오전에만 식사 당번을 하고 오후는 다른 사람이 맡아주곤 했다. 오늘 아침에 루츠가 "오늘은 종일 당번이야."라고 말하기는 했지만, 다미안의 상태를 보아 남은 반나절까지 식재료를 모아오게 하기엔 무리이지 않을까. 내가 말하자 루츠가 눈썹을 씰룩거렸다.

"자기에게 유리한 방향으로 상황을 움직이는 건 상인의 특기야. 다미안이 언동은 기운없어 보여도 최근엔 눈빛이 날카로워졌어. 힘이 남아 있단 증거야. 이젠 다미안의 응석을 받아줄 필요는 없어."

간이 된 채소 수프와 딱딱한 빵, 그리고 산에서 따온 신선한 과일이 점심식사였다. 먹은 후 우리는 다미안을 다시 식사 당번으로 보내고 공방으로 돌아왔다.

"어이, 길. 이것 좀 봐. 이거 엄청 빨리 마르지 않아?"

루츠가 불러서 나는 지상 앞으로 갔다. 수분을 빼려고 판 위에 올려둔 종이가 벌써 굳어 있었다.

"루츠, 이걸 밖에 내놓아 보는 게 어때? 종이를 떼어내지 말고 지상째로 말이야. 저녁까지 밖에 놔두면 어떻게 될지 보고 싶거든."

트라오페를레가 빨리 굳는다는 사실을 눈치채고 나는 루츠와 둘이서 트라오페를레를 쓴 시제품을 펼친 지상을 바깥에 내놓아 보았다. 햇빛을 쬐니 종이가 더욱 희어지면서 눈앞에서 말라가는 것이 보였다. 트라오페를레 액이 많이 들어갈수록 빨리 마르고, 빨리 굳어지는 듯했다. 나는 무심코 루츠와 얼굴을 마주 보았다.

"이거, 저녁까지 놔두지 말고 경과를 지켜봐야겠는데?"

"응. 눈을 뗄 수가 없네. 잠깐 놔뒀다간 완전히 다른 물건이 되겠어."

나는 목패와 잉크를 들고 와서 중간 경과를 기록했다. 햇빛을 받으니 건조가 빨라져 수분이 빠져나가 마른 부분부터 표면이 매끈해졌다. 햇빛을 반사해서 표면이 빛나기 시작했다.

"어이, 루츠. 이 종이 좀 줄어들지 않았어? 제일 처음에 만든 거랑 마지막 거, 내 눈엔 크기가 달라 보이는데."

다섯 종류 중에서 트라오페를레의 양이 많은 종이가 가장 빨리 굳어졌고, 크기도 줄었다. 지금까지 만들어온 종이는 마르는 중에 만지면 움푹 들어갔는데 이 종이는 그런 자국이 나지 않았다. 이미 표면이 굳어진 것이다.

"이게 트라오페를레의 특징이라면 이곳 특산품이 될 거야. 내일은 다른 나무도 써서 시험해보자."

나와 루츠는 다섯 점 종이 울릴 때까지 트라오페를레의 변화를 지켜보았다.

다섯 점 종이 울릴 무렵 트라오페를레를 넣은 종이가 완전히 말랐다.

"루츠, 이거 떼어내 봐도 돼?"

"표면이 저렇게 딱딱하면 실패한 포린지처럼 갈라질 수 있어. 그리고 뒷면은 아직 안 말랐을 수도 있고. 조심히 떼."

루츠의 주의를 받고 나는 트라오페를레를 가장 많이 섞은 종이를 조심스럽게 지상에서 떼어냈다. 매끈매끈하고 딱딱했지만, 쩍하고 갈라지지 않고 깔끔하게 떼어졌다.

"……안 갈라지네."

감탄한 목소리를 내며 루츠는 새로운 종이를 구부려보기도 하고 접어보기도 했다. 종이는 부서지지 않고 깔끔하게 접혔다. 잉크로 써보니, 트라오페를레의 배합이 가장 많은 시제품은 잉크를 흡수하지 못했고, 나머지 시제품은 글자가 적혔다. 번짐도 없었다. 감촉은 이상해도 어엿한 종이였다.

"길, 웬 이상한 종이가 나왔는걸. 이걸 책에 쓸 수 있을까?"

루츠가 트라오페를레 종이를 살랑살랑 흔들자 퍼덕퍼덕 희한한 소리가 났다. 책에 쓸 수 있을지 어떤지 지금으로선 알 수 없었다. 나는 어깨를 으쓱거렸다.

"글쎄? 그런 판단은 로제마인 님한테 맡기면 돼. 우리가 할 일은 새로운 종이를 만드는 거지. 어떻게 쓸지 고민하는 건 로제마인 님이 하실 일 아냐?"

새로운 종이를 펄럭이며 이상한 소리를 내던 루츠가 "하긴 그렇네." 하고 웃었다.

"기베 일크너에게 부탁해서 최대한 빨리 로제마인 님께 보내자. 어떤 식으로 쓸지도 생각해야 하고, 어떤 잉크를 쓸지 하이디한테도 연구하게 해야 하니까."

갓 만들어진 종이를 저물어가는 석양에 비추자, 로제마인 님이 "굉장해, 길." 하고 기뻐하는 소리가 들리는 듯했다.

후기

오랜만입니다, 카즈키 미야입니다.

이번 「책벌레의 하극상～사서가 되기 위해서라면 뭐든지 할 수 있어～제3부 영주의 양녀Ⅳ」를 구매해 주셔서 감사합니다.

이번에는 표지도 되었듯이 브리기테의 새로운 의상 이야기가 큰 비중을 차지합니다. 신분을 뛰어넘어 사랑에 빠진 다무엘. 마력이 맞지 않아 브리기테의 결혼 대상에서 처음부터 제외되지만, 단편에서 약간은 변화하는데……?

그리고 새로운 인쇄기가 완성되었습니다. 오랜만에 길베르타 상회의 수습복으로 갈아입고 공방에서 몰래 조판을 해본 로제마인. 예전에 저도 인쇄 박물관에서 작은 편지지에 이름을 인쇄하는 체험을 해본 적이 있습니다. 금속활자는 크기가 매우 작은데도 묵직했고, 스틱에 활자를 나열하는 것이 상당히 재미있었습니다. 궁금하신 분은 꼭 해보세요. 구텐베르크가 된 기분에 빠져볼 수 있을 겁니다.

드디어 페르디난드가 귀족 사회에 환속하였습니다. 앞으로는 에크하르트와 유스톡스도 신전에 드나들 겁니다. 조금씩 작업 환경이 개선되는 가운데 게오르기네가 방문합니다. 에렌페스트의 아우브가 되기 위해 자라왔던 그녀에겐 아직도 몇몇 신봉자가 있습니다. 그들이 게오르기네를 위해 앞으로 어떻게 움직일까요. 에필로그에서 그들의 표적이 된 빌프리트의 운명은 어떻게 될까요.

「책벌레의 하극상」의 드라마 CD 캐스팅이 정해졌습니다. 로제마인은 사와시로 미유키 님, 페르디난드는 사쿠라이 타카히로 님입니다. 제가 희망하는 분을 지목하긴 했지만 솔직히 정말 이루어질 줄은 몰랐습니다. 내용은 이번 권과 다음 권의 요약판입니다. 일정상 이번 권이 출판될 무렵에는 녹음도 끝날 겁니다. 궁금하신 분은 꼭 TO북스 온라인 스토어에서 예약해주세요.

이번 표지는 책 판매회를 여는 로제마인, 그리고 브리기테의 의상을 만드는 코린나와 투리입니다. 여자아이가 여럿이니 표지가 화사해지는군요. 저만 그렇게 생각하나요? 시이나 유우 님, 감사합니다.

마지막으로 이 책을 구매해주신 여러분께 최상급의 감사를 바칩니다.

제3부 영주의 양녀 V 는 초가을에 나올 예정입니다. 거기서 다시 만납시다.

2017년 4월 카즈키 미야

체력보존

고양이귀 메이드